Sinclair Lewis

Falkenflug

Bibliografische Information der Deutschen Nationalbibliothek:
Die Deutsche Nationalbibliothek verzeichnet diese Publikation in der Deutschen Nationalbibliografie; detaillierte bibliografische Daten sind im Internet über http://dnb.dnb.de abrufbar.

Herstellung und Verlag: BoD – Books on Demand, Norderstedt

ISBN: 978-3-7557-5734-4

Inhaltsverzeichnis

Erster Teil.
Das Abenteuer der Jugend

*

Erstes Kapitel

Carl Ericson war ungezogen. An jenem Sonnabendnachmittag im Oktober gab es in ganz Joralemon wohl keinen ungezogeneren Jungen als ihn. Zur Strafe dafür, daß er während des Soldatenspielens mit Bennie Rusk den vor Angst laut schreienden Haushahn dreizehnmal um den Hühnerhof gejagt hatte, mußte er Holz aufstapeln, und damit war er noch nicht zur Hälfte fertig.

Er stand in der Mitte des Holzschuppens und bearbeitete die umherliegenden Scheite mit pessimistischen Fußtritten. Eine höchst unromantische Schmutzschicht bedeckte sein Gesicht, und so war nichts davon zu merken, daß seine skandinavischen Wangen wie Seide aussahen, deren cremefarbener Grund zartrosa getönt ist. Seine Mütze saß ganz hinten auf dem aschblonden Haar, das jetzt verfilzt war wie niedergetretenes Gras, und auf einer der seidenweichen Locken ritt frech ein kleinwinziger Holzspan.

Die Finsternis im Schuppen mißfiel Carl. Der ganze Begriff Arbeit widerte ihn an. Die Holzstücke waren seine persönlichen Feinde, denen er ehrenrührige Namen gab.

Er trat vor den Schuppen und schnupperte den Rauch brennenden Laubs ein – den Duft des Herbstes, des Streifens und der Wanderlust. Zwischen den Häusern sah er das schilfbewachsene Ufer des Joralemonsees. Der blaue Wasserspiegel war glatt, nur an einer Stelle in der Strömung sprangen, funkelnd und glitzernd wie Diamanten, kleine Wellen auf. Jenseits des Sees unterbrachen Wäldchen, zwischen deren Bäumen helle Tupfen von Steinkraut und Paprika standen, die weite Fläche gelber Stoppeln, und im zärtlichen Sonnenlicht und der kräftigen Luft der Minnesotaprärie leuchtete sanft eine rote

Scheune. Dahinter lagen die Stätten der Tapferkeit, wo erwachsene Männer mit blinkenden Schießgewehren Präriehühner jagten; die »Große Welt«, die geradewegs zum Red-River-Tal und nach Kanada führte. Mit lang ausgestrecktem Hals, raschen Flügelschlags, schwirrten drei Wildenten über Carls Kopf dahin. Von weither kam das Echo eines Büchsenschusses; in der wartenden Stille klang das Krähen eines Hahns fern und zauberhaft.

»Ich möcht auf die Jagd!« jammerte Carl, während er widerwillig in den Holzschuppen zurückging. Dort schien es noch dunkler zu sein und noch mehr nach verschimmelten Holzspänen zu riechen als sonst. Er sprang in die Höhe wie ein gereiztes Eichhörnchen. Seine phlegmatischen porzellanblauen Augen überzogen sich mit einem Tränenschleier. »Will kein Holz mehr aufstapeln«, maulte er.

Carl war ein Norweger in der zweiten Generation: Amerikaner der Geburt, der Sprache und (bis auf das flachsblonde Haar und die porzellanblauen Augen) auch der Erscheinung nach; auf geradezu überwältigende Weise, dank der flaggengeschmückten Volksschule, Amerikaner in seinem Denken. Als er zur Welt kam, hatten die »typischen Amerikaner« früherer Zeiten zum Teil ihr Domizil in Stadtpaläste verlegt, zum Teil lebten sie einsam und fern von der Welt auf abgewirtschafteten Farmen. Carl Ericson, und nicht ein Trowbridge oder Stuyvesant, ein Lee oder Grant, repräsentierte den »typischen Amerikaner« seiner Epoche. An ihm war es, die amerikanische Tradition fortzuführen und den Horizont weiter nach dem Westen hinauszurücken, an ihm, die frostigen Pilgertugenden und die frohen, vom Trommeln der Rebhühner erfüllten herbstlichen Tage Daniel Boones wieder aufleben zu lassen und schließlich, in seiner eigenen oder einer späteren Generation, der amerikanischen Sehnsucht nach Schönheit neue Ziele zu weisen.

Das sind die neuen Yankees, diese Skandinavier in Wisconsin und Minnesota und den beiden Dakotas, ein Menschenschlag, der gedeihen kann und Tausende von Meilen dafür zur Verfügung hat. Wenn die im Ausland geborenen Eltern zum erstenmal in den nördlichen Mittelwesten kommen, schlüpfen sie in ungestrichenen Farmhäusern mit graslosen Vorhöfen unter, in fliegendurchsummten Küchen und säuerlich riechenden Milchkammern, die sie sich in rauhen, baum- und schattenlosen Gegenden mitten in der Prärie bauen oder in neu angelegte, von kleinen Baumstümpfen übersäte Waldschläge stellen. Die erste Generation fühlt sich fremd und verloren. Die echoreichen Fjorde Trondhjems und die Moore der Finnmark haben ihre Phantasie gebunden, haben ihr Lachen erstickt, ihre echte Zärtlichkeit unter einer Eisdecke verborgen. In Amerika besuchen sie unverdrossen die kahle lutherische Kirche und trinken häufig neunzigprozentigen Alkohol. Sie sind auch Helden; von den Tagen der Indianerüberfälle, der Ochsengespanne und der in Bergwände eingegrabenen Höhlenwohnungen bis heute sind sie die Schöpfer eines neuen Landes, wiederholen sie mit ihrem geduldigen Roden und Behacken die Geschichte der westlichen Reservationsgebiete … Innerhalb einer Generation, manchmal sogar im Verlauf eines Jahrzehntes, entringen sie sich der Trostlosigkeit des Fremdseins. Sie und die Deutschen bezahlen Yankee-Hypotheken mit Blut und Schweiß. Bald haben sie die Politik des Landes begriffen, lassen sich bei den Wahlen nur von ihrer Gewissenhaftigkeit leiten; sie machen genau ausgeklügelte, skrupelhaft ehrliche Geschäfte, schicken ihre Kinder in die Schule, vermehren ihren Landbesitz – eine Sektion, zwei Sektionen Staatsland – oder ziehen in die Stadt, um einen Laden aufzumachen, ein Handwerk zu betreiben; sie werden Methodisten oder Kongregationisten, pflegen nachbarlichen Verkehr mit Yankee-Fabrikanten, -Ärzten und -Lehrern und sind innerhalb einer Generation oder noch rascher ganz und gar zu Amerikanern geworden.

So war es auch bei Carl Ericson. Sein Vater, der Zimmermann, hatte (damals hieß er noch Ericsen) als Zwischendeckpassagier Norwegen verlassen und sich in Wisconsin angesiedelt, um eine Farm zu bewirtschaften. Jetzt nannte sich Ericson senior Besitzer eines Häuschens und redete, obgleich sein Amerikanisch noch immer unverfälscht skandinavisch klang, von *seinem* amerikanischen Zoll und *seinem* norwegisch-amerikanischen Gouverneur mit einer Selbstverständlichkeit, als säßen seine Vorfahren seit fünf Generationen in Connecticut oder Virginia.

Carl wußte nichts von der legitimen Erbschaft eines Zeitalters; er wußte nur, daß es im Schuppen dunkel war, und machte rasch seine Arbeit zu Ende.

Dann betrachtete er von der Tür des Schuppens aus in kummervoller Langweile die Welt und rief:

»Ir-r-r-r-rving!«

Von Irving, dem Nachbarsjungen, kam keine Antwort.

Die ganze Ortschaft war aufreizend still. Langsam und unglücklich hüpfte er zu der Ahorngruppe neben der Werkstatt und bohrte mit den Fingernägeln in den spinnwebüberzogenen Rissen der schwarzen Rinde herum. Er warb mit allen Mitteln um die Gesellschaft eines Rotkehlchens, einer Raupe und einer großen blauen Fliege, fand aber nirgends Gegenliebe, und als er einem vorüberlaufenden Hund eine liebenswürdige Einladung zurief, schien dieser Schwanz und Ohren im Davongaloppieren geradezu zu verschlucken. Sonst zeigte sich niemand.

Er stellte sich unter das Küchenfenster und rief in klagenden Tönen:

»Ma-ma!«

Von drinnen war das dumpfe Klopfen eines Plätteisens auf dem gepolsterten Plättbrett zu hören.

»Ma!«

Hinter den Baumwollvorhängen zeigte sich Mrs. Ericson mit dem weißlich gelben Haar, den hellen Augen und den kleinen kräftigen Zügen.

»Ja?« fragte sie.

»Ich hab gar nichts zu tun.«

»Geh das Holz aufstapeln.«

»Ich hab schon ganze Stapel gestapelt.«

»Dann kannst du spielen gehen.«

» *Hab* schon gespielt.«

»Dann spiel weiter.«

»Ich hab aber niemand zum Spielen.«

»Dann such dir jemand. Aber daß du mir keinen Schritt vom Hof wegtust.«

»Wa- *rum* soll ich denn nicht vom Hof weggehn?«

»Weil ich's so haben will.«

Und sie plättete weiter.

Carl erfand ein Spiel, in dem er Kreise laufen mußte, aber das Gras nicht betreten durfte; er inspizierte zum zehntenmal im Laufe dieses Tages die trocknenden Haselnüsse, deren Schalen auf dem Dach des Holzschuppens allmählich dunkelbraun wurden; er suchte nach einer guten neuen Flasche, mit der er nach Irving Lambs Scheune werfen wollte; er reparierte seine Schleuder; er hockte sich auf eine Bank und beobachtete die Straße. Nichts war zu sehn, kein interessantes Geräusch zu hören, nur ein Fuhrwerk kam vorbei.

Jenseits des Wassers erscholl noch ein Büchsenschuß, der von kühnen Wagnissen in weiten Fernen erzählte.

Carl sprang von der Bank herunter, ging »nun grade« vom Hof und marschierte durch die Oak Street zur »Anhöhe« – dem eleganten Teil Joralemons, wo in vornehmer Abgeschiedenheit fünf große Häuser lebten, die nahezu alljährlich frisch gestrichen wurden.

Er stapfte, mit den Füßen kleine Staubwölkchen aufwirbelnd, dahin, höchst würdevoll und melancholisch; was ihn jedoch nicht daran hinderte, hin und wieder wie alle kleinen Jungen ein wenig verrückt zu werden und einem Garnichts nachzulaufen, bis er es einholte.

Vor dem Haus mit den rätselhaften Fensterläden blieb er stehn.

Carl hatte niemals in einer Märchenwelt gelebt oder sich eingebildet, ein Prinz zu sein; er war in dem geheimen Reich der Kindheit vielmehr Soldat, Trapper oder Bremser bei der Minnesota & Dakota-Eisenbahn. Aber die Atmosphäre von Größe, die von dem eisernen Zaun, den anmutigen Bäumen und dem dunklen Wagenschuppen des Hauses mit den Fensterläden ausging, bezauberte ihn. Es war ein großes, viereckiges, massives Backsteingebäude, das zwischen Eichen und düsteren Föhren stand, früher einmal das Heim des Bankiers Whiteley, nun aber seit Jahren unbewohnt.

Vor dem verlassenen Wagenschuppen faulte Laub. Nach Regenfällen standen tagelang seichte Wassertümpel an den

Rändern des unbenutzten Außentreppchens. Die Fenster waren seit jeher verschlossen, aber nicht wie die der gewöhnlichen Häuser Joralemons mit derben Außenläden, an deren primitivem Anstrich schwarze Härchen vom Pinsel klebten: sie hatten Innenläden, deren harte braune Lackierung sehr vornehm wirkte.

Heute standen die Fenster offen, die Läden waren zurückgeschlagen; es wurden Möbel hineingetragen; und gleich hinter dem Eisenpförtchen spielte ein fein angezogenes kleines Mädchen mit einer weißen Muschel.

Damals mochte sie etwa zehn Jahre alt sein, also zwei Jahre älter als Carl. Sie war ein sehr geschniegeltes und selbstgefälliges Kind, das nicht nur ein sauberes weißes Musselinkleidchen mit drei Volants, untadelhafte braune Schuhe und eine grüne Pudelmütze besaß, sondern auch eine große Haarschleife, eine Schärpe und eine Silberkette mit großem, vergoldetem herzförmigen Medaillon. Sie sah weich und rundlich aus, hatte ein weiches, freundliches Gesichtchen und weiches braunes Haar und sprach mit einer weichen angenehmen Stimme.

»Hallo!« sagte sie.

»H'lo!«

»Wie heißt du, kleiner Junge?«

»Bin kein kleiner Junge. Ich bin Carl Ericson.«

»So, ach? Ich bin – –«

»Wenn ich fünfzehn bin, bekomm ich ein Schießgewehr.«

Um zu zeigen, daß er nicht verlegen sei, warf er verlegen mit einem Stein nach einer Telegraphenstange.

»Ich heiße Gertie Cowles. Ich bin aus Minneapolis. Meine Mamma hat einen Anteil an der Joralemon-Mühle ... Bist du ein artiger Junge? Wir sind gerade hierhergezogen, und ich kenn keinen Menschen. Meine Mamma wird mich vielleicht mit dir spielen lassen, wenn du ein artiger Junge bist.«

»Ich komm sehr bald zu dir spielen. Wenn du Soldaten spielst ... Mein Pa kann am meisten von allen Leuten in Joralemon. Er hat das Haus von Alex Johnson gebaut. Er hat ein Gewehr.«

»Ach ... Meine Mamma ist Witwe.«

Carl hängte sich mit den Armen an den Zaun, und sie staunte, atemlos vor Bewunderung über diese Darbietung:

»O-o-oh!«

»Das ist noch gar nichts. Ich kann mich mit den Knien auf ein Trapez hängen … Warum seid ihr aus Minneapolis hergekommen?«

»Wir werden hier wohnen«, sagte sie.

»So.«

»Ich war in diesem Sommer mit meiner Mamma auf der Weltausstellung in Chicago.«

»Ach, ist ja nicht wahr!«

»Doch. Und ich hab eine kleine Lokomotive gesehn, die war so klein, daß sie in einer Nußschale drin war, und man hat sie mit dem Vergrößerungsglas ansehn müssen, und sie ist ununterbrochen drauf los gefahren wie Ich-weiß-nicht-was.«

»Hö! Das ist noch gar nichts! Ben Rusk, der ist auch auf der Weltausstellung gewesen, und er hat n Denkmal gesehn, das war größer als unser Haus und ganz aus reinem Gold. Das hast du nicht gesehn.«

»Doch, hab ich auch gesehn! Und wir haben Vettern in Chicago, und bei denen haben wir gewohnt, und Vetter Edgar ist ein sehr *hervorragender* Arzt für Augen d'Ohren und Inneres.«

»Ach, der Pa von Ben Rusk ist auch Doktor. Und er hat einen Bruder, der wird Schierurg werden.«

»Ich hab einen Bruder. Er ist ein Jahr älter wie ich. Er heißt Ray … In Minneapolis gibts viel mehr Leute wie in Joralemon. In Minneapolis gibts hunderttausend Menschen.«

»Das ist noch gar nichts. Mein Pa ist in Christiania auf die Welt gekommen, im Alten Land, und dort gibts eine Million Millionen Menschen.«

»Ach, das ist nicht wahr!«

»Ehrenwort.«

»Wirklich Ehrenwort?« Jetzt war Gertie voll Bewunderung.

Er warf einen gönnerhaften Blick auf das rotplüschene Möbelstück, das gerade von Jordans Rollwagen in das große Haus getragen wurde – Carl war ein alter Freund Jordans und hatte sich schon oft von ihm auf seinem Wagen mitnehmen lassen. Er sagte herablassend:

»Herrjesus! Du kennst ja Bennie Rusk nicht, und überhaupt niemand! Ich werd ihn herbringen, und dann können wir Soldaten spielen. Und wir können Zelte aus Teppichen machen. Bist du schon mal unter Teppichen durchgegangen, die auf der Leine sind?«

Er zeigte auf die Reihe von Matten und Teppichen, die neben dem Wagenschuppen zum Lüften aufgehängt waren.

»Nein. Macht das Spaß?«

»Es ist schrecklich unheimlich. Aber ich hab keine Angst.«

Er lief auf die Teppiche zu und trat in das von ihnen gebildete lange, schmale Zelt ein. Um die Wahrheit zu sagen: als er aus dem hellen Sonnenlicht in das tiefe Dunkel kam, hatte er ein wenig Angst. Der eine Teppich der Ericsons bildete einen kurzen Tunnel, aber immer weiter und weiter unter dieser Reihe schwerer Matten hindurchzugehn, wo Schlangen und giftige Insekten versteckt sein konnten, und wo die grobfädige, rauhe Rückseite seine tastenden Hände kratzte, das war furchtbar. Er tauchte mit einem gellenden Triumphschrei auf und redete ihr zu, sie solle es gleichfalls versuchen. Sie warf einen Blick unter den ersten Teppich, zog aber sofort wieder den Kopf heraus und erklärte ehrfürchtig:

»Ach, es ist ja so *finster*, wo du durchgegangen bist!«

Prompt wiederholte er seine Großtat.

Als sie zum Eingangspförtchen zurückgingen, um dem Möbelmann zuzusehen, suchte Gertie die ihren Jahren zukommende Überlegenheit wieder herzustellen, indem sie von einem großen Schreibtisch, der gerade durch die Tür hineingeschafft wurde, erzählte: »Den Tisch hat mein Papa in Chicago gekauft …«

Carl unterbrach sie: »Ich hol Bennie Rusk her, und ich und er werden dir zeigen, wie man Soldaten spielt.«

»Meine Mamma meint, ich soll solche Spiele nicht spielen. Ich hab eine Menge Puppen, aber für Puppen bin ich zu alt. Mit der Mamma spiel ich manchmal Dichterquartett. Und Domino; Dichterquartett ist ein sehr nettes Spiel.«

»Aber vielleicht wird deine Ma dich Indianersquaw spielen lassen, und ich und Bennie werden dich an einen Pfahl binden und skalpieren. Das wird nicht so wild sein wie Soldaten. Aber ich werd ein richtiggehender echter Soldat werden. Ich werd ein Noffizier beim Militär werden.«

»Ich hab einen Vetter, der ist Offizier beim Militär«, sagte Gertie großartig, ihren Zopf nach vorn holend und sich mit dem unteren Ende die Lippen streichelnd.

»Hand aufs Herz?«

»Mhmm.«

»Hand aufs Herz, und wenns nicht wahr ist, willst du sterben?«

»Ehrenwort, er ist Offizier.«

»Heiliger Bimbam! Sag, mal Gertie, könnte der mich zum Noffizier machen? Gehen wir ihn suchen. Wohnt er nah von hier?«

»Ach du meine Güte, nein! Der ist ganz weit weg in San Francisco.«

»Komm. Gehn wir dorthin. Du und ich. Herrjeh! Du gefällst mir! Du hast ein schrecklich hübsches Kleid.«

»Man macht nicht ins Gesicht Komplimente, das schickt sich nicht. Mamma sagt …«

»Komm! Gehn wir! Wir gehn!«

»Ach nein. Ich möchte ja gern«, antwortete sie zaudernd, »aber meine Mamma würde es mir nicht erlauben. Sie erlaubt sowieso nicht, daß ich mit Jungs spiele. Jetzt ist sie im Haus. Und außerdem ist es sehr, sehr weit, hinter dem Meer, nach San Francisco; es ist noch hinter dem Salzsee, wo die Mormonen leben, und die haben jeder sieben Frauen.«

»Hinter dem Meer wie Christiania? Ach, das stimmt nicht! Es ist in Amerika. Weil nämlich Mr. Lamb im letzten Winter dort gewesen ist. Außerdem, wenn es übers Meer war, könnten wir nicht als blinde Passagiere gehn, wie die jüngeren Brüder und alle die? Und der kleine Lord Fauntleroy. Der ist hingekommen und Lord geworden, und dabei war er nichts weiter wie eine Waise. Meine Ma hat mir von ihm vorgelesen. Nur spricht sie nicht besonders gut englisch. Aber wir werden als blinde Passagiere gehn«, schloß er triumphierend.

»Gerrrrrtrrrrrude!« rief eine schrille Stimme aus dem Haus.

Gertie warf einen bösen Blick auf ihre Mutter.

Mrs. Cowles, eine hagere Frau, trug über ihrem höchst reputierlichen schwarzen Alpakakleid eine lange grün-weiße Schürze; sie hatte eine große Nase und einen stumpfen Teint, aber ihre Haltung war so gebieterisch, daß sie fast hübsch und auf jeden Fall furchteinflößend wirkte.

»Ach Himmel!« Gertie stampfte mit dem Fuß auf. »Jetzt muß ich reingehn. Wenn mir was Spaß macht, kann ich's nie tun. Adieu, Carl …«

Er unterbrach hastig ihr tragisches Abschiednehmen. »Hör mal! Wunderbar! Ich weiß, was wir machen. Du schleichst dich zur Hintertür raus, und ich treff dich dort, und wir laufen davon und gehn unser-Glück-suchen, und wir müssen deinen Vetter finden …«

»Gerrrtrrude!« kam es aus dem Hause.

»Ja, Mamma, ich komm schon.« Zu Carl: »Übrigens, ich bin älter wie du, und ich bin fast schon erwachsen, und ich glaub nicht an den Nikolaus, und einmal hab ich, wie der Lehrer nicht da war, in der Kinderklasse in der St.-Chrysostomos-Sonntagsschule unterrichtet; also, jedenfalls hab ich und Miss Bessie Unterricht gegeben, und ich hab fast alle Fragen über die Posaunen und die Krüge gefragt. Deshalb kann ich nicht davonlaufen, ich bin zu alt dazu.«

»Gerrrtrrude, komm *augenblicklich* her!«

»Also. Ich werd warten«, erklärte Carl.

Sie war fort. Mrs. Cowles führte sie in das Haus mit den rätselhaften Fensterläden. Carl spazierte, einen schönen, langen, neuen Stock wie einen Säbel an der Seite, über die Straße. Er umging den Block und wartete hinter dem Cowlesschen Wagenschuppen; dort patrouillierte er als Schildwache auf und ab und überlegte sich, wieviele Papageien und wieviel Geld er von San Francisco zurückbringen würde. *Dann* wird es seinem Vater und seiner Mutter schon leid tun, daß sie in ihrem Norwegisch immer über ihn geredet haben!

»Carl!« Gertie kam um die Ecke des Wagenschuppens gelaufen. »Ach, Carl, ich mußte rauskommen und nochmal mit dir reden, aber unser-Glück-suchen kann ich nicht mit dir gehn, weil jetzt das Klavier hineingeschafft ist und ich üben muß, sonst wachse ich als ganz ungebildete gewöhnliche

Person auf, und außerdem gibts zum Abendessen Teezwiebäcke und Honig. Den Honig hab ich schon gesehn.«

Er schulterte schwungvoll seinen Säbel und ordnete an: »Los!«

Gertie kam, verblüfft an einem Fingergelenk lutschend, mit und folgte ihm über die Lake Street dem flachen Land zu. Sie gingen über die Strecke der Minnesota & Dakota-Eisenbahn; in einem Land, wo es, wie im Jahre 1893 auf der eingeleisigen M.&D., nur wenige und langsame Züge gab, war das ein natürlicher Fußweg. Ein wenig besorgt fragte Carl, ob San Francisco im Nordwesten oder im Südosten liege – in diese beiden Richtungen führten alle Eisenbahnen, die etwas auf sich hielten. Gertie behauptete schlankweg, es sei im Nordwesten; und in dieser Direktion brachen sie auch auf – vor ihnen lagen die Sümpfe und die ersten Baumgruppen der Großen Wälder.

An der Strecke konnte er ihr Wunderländer zeigen. Für ihn hatte jede Einzelheit ihre wissenschaftliche Bedeutung. Er kannte die Topographie der Felder zu beiden Seiten der Eisenbahnlinie ganz genau; er wußte, in welchem Winkel von Tubbs' Viehweiden zwischen der Bahn und dem See der strubblige wilde Klee wuchs, und an welchem Teil des Kiesdammes das Herunterrollen am schönsten war. Bis zum Durchlaß hatte jede Schwelle auf der Strecke ihre eigene Persönlichkeit: die dicke weiße Schwelle, die an dem einen Ende in einen scheußlichen Knollen auslief, haßte er, weil sie ihn an eine plattgedrückte Made erinnerte; eine neue, erst vor kurzem von der Sektionsrotte verlegte Lärchenschwelle, die noch ein Stückchen frische Rinde trug, war ein amüsanter Fremder; und vor allem machte er Gertie mit seinem Liebling bekannt, einer einfarbigen Schwelle, die stets lächelte.

Gertie glaubte wohl, sie sei es ihrer Vornehmheit schuldig, den gefangenen Schwellen, die unter den Stahlgeleisen schmachteten, ihre Huld zu gewähren, aber bevor sie zu dem mit Recht berühmten Durchlaß kamen, zeigte sie nicht gerade übermäßige Begeisterung, und auch da pries sie noch die Minnehaha-Fälle, das Fort Snelling und den Calhoun-See; immerhin erklärte sie auf seine bekümmerten Mahnungen, daß die Zwillingsstädte schließlich nichts hätten, was sich mit dem

Durchlaß messen könnte – einem Sandsteintunnel, der, ganze sechs Meter hoch, unter dem Eisenbahndamm hindurchführte und mit großen Steinen eingefaßt war, an denen man herabklettern konnte, indem man von Block zu Block stieg. Durch den Durchlaß sickerte der Bach, in dessen Tümpeln hin und wieder Elritzen zu finden waren, und von dem Bach führten wieder wichtige Pfade in die Wildnis der Haselnußsträucher. Er brachte ihr bei, wie man die trocknenden Hülsen von den Nüssen löst und diese dann mit Steinen aufknackt. Auf seine Bitte holte Gertie von ganz ungeahnten Stellen ihres feinen Kleidchens zwei Stecknadeln hervor. Er förderte ein Stück Schnur zu Tage, und dann angelten sie in dem Wässerchen nach Barschen. Da sie jedoch keinen Köder hatten, war der Erfolg nicht gerade groß.

Ein Flug Enten, der einen Weiher für die Nacht suchte, strich ganz niedrig über sie hin.

»Herrjesus!« rief Carl. »Es wird spät. Wir müssen rasch machen. Nach San Francisco ist's schrecklich weit, und – ich weiß nicht – herrjeh! wo werden wir denn heute nacht schlafen?«

»Wir hätten gar nicht gehn sollen, nicht wahr?«

»Aber ja! Komm!«

Zweites Kapitel

Von dem Wässerchen wanderten sie nahezu zwei Meilen über die dunklen Kieshänge im Eisenbahneinschnitt und dann weiter auf dem hohen Brückengerüst über den Joralemonfluß, wo Gertie mit Schmeicheleien von Balken zu Balken gelockt werden mußte. Nur einmal blieben sie stehen: auf einer Lichtung zeigte sich eine Taschenratte. Gertie vergaß schließlich sogar ihre Altersüberlegenheit, als Carl das zitternde Pfeifen der Taschenratten nachahmte und das Tier wie hypnotisiert auf seinem frisch aufgeworfenen Erdhäufchen sitzen blieb. Carl pirschte sich an sein Wild heran. Es kam wie immer, die Taschenratte verschwand in dem Augenblick, als Carl die Hand ausstreckte, in ihrem Loch: aber es sah wirklich so aus, als hätte er sie um ein Haar gefangen, und Gertie sprang vor Aufregung von einem Bein auf das andere, während Carl stolzen Schritts mit geschultertem Säbelstock zurückkehrte.

Gertie war müde. Ihr, dem Mädchen aus Minneapolis, hatten weder die Eisenbahnschwellen noch der Durchlaß großen Eindruck gemacht, aber neben dem Mann, der Taschenratten fangen konnte, ging sie voll Stolz einher, bis Carl fragte:

»Kriegst du schrecklichen Hunger? Es ist bald Abendbrotzeit.«

»Ja, ich bin wirklich hungrig«, antwortete sie voll Vertrauen.

»Ich werd ein paar 'Toffeln stibitzen gehn. Ich glaub, da drüben muß irgendwo ein Farmhaus sein. Hinter der sumpfigen Stelle seh ich einen Schornstein. Du bleibst hier.«

»Ich trau mich nicht allein zu bleiben. Ich will lieber nach Haus gehn. Ich hab Angst.«

»Komm. Ich geb schon acht, daß dir nichts passiert.«

Sie umgingen ein Moor, das mitten im Walde lag. Carl legte den linken Arm um sie und hielt mit der rechten Hand den Säbel fest. Noch glühte das letzte Rot der sinkenden Sonne am Himmel, muntere Schwarzdrosseln wiegten sich auf dem Schilf, aber aus dem Gebüsch, das auf dem Waldboden wuchs, kroch die Dämmerung hervor, und Gertie wurde von panischer Angst gepackt. Sie wollte augenblicklich nach Hause laufen. Sie sah, wie die Dunkelheit nach ihnen griff. Ihre Mutter würde sie bestimmt durchhauen, weil sie so lange wegblieb. Sie entdeckte, daß ihr Röckchen einen Schmutzfleck bekommen hatte, und daß am Schuh ein Knopf fehlte. Ihr war kalt, und schließlich, wenn sie das Abendessen zu Hause versäumte, würde sie um die Teezwiebäcke und den Honig kommen. Gerties wohlerzogener kleiner Magen kannte seine Rechte und bestand auf ihnen.

»Ich hätte nicht mitkommen sollen!« jammerte sie. »Ich hätt es nicht tun sollen. Glaubst du, daß Mamma schrecklich böse sein wird? Du wirst es ihr doch erklären? Du wirst, ja?«

Als Offizier vom Dienst hatte Carl die Pflicht, die geschwärzten Baumstümpfe zu beobachten, die das Unterholz durchsetzten. Und da war etwas, drüben im Wald, etwas, das hinter den Bäumen gespensterhaft weiß aufleuchtete. Vielleicht hatte das Etwas sich nicht bewegt; vielleicht war es *wirklich* nur ein Baumstumpf – –

Aber er antwortete ihr ganz laut, damit versteckte Räuber es hören könnten: »Ich kenn einen großen starken Mann, gleich da drüben, der ist ein Freund von mir; er ist Bremser bei der M. & D. und läßt mich im Häuschen mitfahren, so oft ich will, und der ist jetzt direkt hinter uns. (Das hab ich jetzt nur so gesagt, Gertie; ich werd deiner Mutter schon alles erklären.) Er ist der größte Mensch, den es gibt!« Dann fuhr er in etwas ruhigerem Tone fort: »Ach Herr Jesus! Gertie, wein nicht! Bitte! Ich werd schon achtgeben auf dich, und wenn du gar kein Abendbrot kriegst, werden wir uns ein paar 'Toffeln stibitzen und braten.« Er schluckte. Es war ihm ein fürchterlicher Gedanke, zum Holzschuppen und zum Hühnerhof zurückzukehren, aber trotzdem sagte er nachgiebig: »Weißt du, vielleicht sollten wir jetzt aufhören und nicht weiter unser-Glück-suchen gehn –«

Ein langer Klagelaut durchschnitt die Luft. Die Kinder schrien wie aus einer Kehle auf und rannten weinend darauf los; besinnungslos vor Angst stolperten sie über den dunklen Waldboden vorwärts. Carl spürte ein eisiges Kribbeln im Rücken. Aber er schwang in wilder Tapferkeit seinen Stock und war, weil er für sie zu sorgen hatte, gefaßt genug, um sich darauf zu besinnen, daß der Klagelaut der Ruf der Rohrdommel gewesen sein mußte.

»Das war nichts weiter wie ein Vogel, Gertie; der tut uns nichts. Hab ich schon oft und oft gehört.«

Trotzdem zitterte er noch, als sie an den Rand der Lichtung hinter dem Sumpf kamen, auf der der Farmhof lag. Es war grau-dunkel. Sie konnten nur die Umrisse einer Scheune und einer Farmershütte erkennen; beide waren für Carl neu. Sie bei der Hand haltend, flüsterte er:

»In der Scheune müssen ein paar 'Toffeln oder Rüben sein. Ich werd mich hineinschleichen und nachsehn. Du bleibst hier am Maisverschlag stehn und legst das Ohr zwischen die Latten. Sieh mal – so.«

Er verließ sie. Ihr furchtsames Weinen hob ihn über seine Jahre hinaus. Er ging auf den Zehenspitzen zum Scheunentor, und dabei erblickte er ein Licht im Farmhaus. Er reckte sich, um den Riegel des breiten Tors zu erreichen, und zog den hölzernen Dorn heraus. Der Riegel löste sich lärmend von der Krampe. Das Tor ging mit ächzendem Knarrlaut auf und schlug gegen die Scheunenwand.

Gelähmt lauschte er in das Schweigen auf der Lichtung und wartete. Im Haus wurden Schritte hörbar. Die Tür öffnete sich. Ein riesiger Farmer mit wirrem Haar und schwarzem Bart hielt eine Lampe in die Höhe und sah um sich. Es war der »Schwarze Deutsche«.

Der Schwarze Deutsche war eine lebendige Fabel. Er betrank sich oft und fuhr, auf die Pferde einschlagend und deutsch vor sich hinfluchend, des Nachts an Carls Haus vorüber. Einmal hatte er den Schullehrer verprügelt, weil sein Sohn geschlagen worden war. Freunde hatte er nicht.

»Du lieber Himmel, du lieber Himmel, wenn ich nur zu Haus wäre!« schluchzte Carl; aber augenblicklich setzte er sich in Bewegung, um Gertie schleunigst zu Hilfe zu kommen.

Der Schwarze Deutsche setzte die Lampe ab. »Wer ist da! Ich seh dich! Verflucht noch einmal!« brüllte er, eilte heraus und packte eine Mistgabel, die im Düngerhaufen stak.

Carl rannte zu Gertie und keuchte: »Er ist hinter uns her!« und zerrte sie in die Haselsträucher hinter dem Maisbehälter.

Während er mit seinen landgewohnten Füßen einen Weg ins Innere des Waldes suchte und auch fand, hörte er, wie der Schwarze Deutsche, mit seiner Mistgabel auf das Strauchwerk einschlagend, schrie:

»Verstecken, ja! Ich weiß, wo du steckst. *Hah!*«

Carl schleppte die Kleine weiter, bis er den Weg verloren hatte. Nichts war zu sehn. Sie konnten nur durch das Gebüsch kriechen, das Gertie mit boshaften Fingern ins Gesicht stach und an ihren stolzen Volants riß. Er hob sie über gestürzte Baumstämme, machte sie von Zweigen frei, und immer wieder sprach er ihr, so oft es sein eigenes Schluchzen erlaubte, Mut zu: er versuchte, sie davon zu überzeugen, daß ihre unglaubliche Bedrängnis nicht das Ende der Welt bedeute, und piepste tapfer:

»Wir sind jetzt beinah schon auf der Straße, Gertie; wirklich, beinah auf der Straße. Ich kann ihn gar nicht mehr hören. Ich hab keine Angst vor ihm – der würde sich ja gar nicht trauen, uns was zu tun, sonst könnt ihm was passieren von meinem Pa.«

»Oh! Ich hör ihn! Er kommt! Ach bitte, hilf mir, Carl!«

»Herrjeh! lauf rasch! … Ach, ich hör ihn nicht. Ich hab keine Angst vor ihm!«

Endlich kamen sie auf einen grasbewachsenen Fahrweg im Wald und legten sich atemlos auf den Boden. Oben konnten sie einen Streifen des Sternenhimmels sehn; die ganze Welt war in der undurchdringlichen Herbstnacht dunkel und still. Carl sagte nichts. Er suchte festzustellen, wo sie waren – wohin diese Straße sie bringen könnte. Sie konnte tiefer in den Wald hineinführen, den er nicht so gut kannte wie die nähere Umgebung des Durchlasses, und im Gebüsch hatten sie sich so oft gewendet, daß er weder wußte, wo die große Landstraße, noch wo die Bahnstrecke lag.

Er half ihr auf, und sie stapften Hand in Hand weiter, bis sie sagte:

»Ich bin schrecklich müde. Es ist schrecklich kalt. Mir tun die Füße schrecklich weh. Lieber Carl, ach, bitte, führ mich jetzt nach Haus. Ich will zu meiner Mamma. Vielleicht wird sie mich jetzt gar nicht mehr durchhauen. Es ist so dunkel –

ohhhhh – –« Die nächsten Worte brachte sie nur stammelnd und abgerissen heraus. »Da! An der Straße! Er lauert uns auf!« Sie sank zu Boden, versteckte das Gesicht im Arm und stöhnte: »Hilf mir! Er soll mir nichts tun.«

Carl marschierte mit wuchtigen Schritten vor. Gleich vorn an der Straße hockte etwas Formloses. Er zitterte und fror am ganzen Leib vor Angst. Seinen Stock-Säbel hatte er verloren, aber er bückte sich, tappte umher, bis er einen andern Stock fand, und piepste der schattenhaften Gestalt zu:

»Ich hab keine A-a-angst vor dir! Geh dort weg, du!«

Die Gestalt gab keine Antwort.

»Ich weiß, wer du bist!« Vor Angst brüllend lief Carl vor, schwang wütend seinen Stock und schrie: »Rühr mich nicht an!« Das Holz fuhr mit einem albernen, tonlosen Knacken auf die Gestalt herunter – einen harmlosen Steinblock an der Straßenseite. »Das ist ja bloß ein Stück Fels, Gertie! Herr Jesus, bin ich froh! Es ist bloß ein Stück Fels! … Ach, ich hab ja die ganze Zeit gewußt, daß es nur ein Stück Fels ist! Ben Rusk kriegt immer Angst, wenn er im Wald einen Baumstumpf sieht, und glaubt jedesmal, es ist ein Räuber.«

So vor sich hinredend, ging Carl zu ihr zurück, hob sie wieder auf, ließ sich auf die Wange küssen und ging mit ihr weiter.

»Mir ist so kalt«, klagte Gertie von Zeit zu Zeit, bis er ihr vorschlug:

»Ich werd mal probieren und ein Feuer machen. Vielleicht sollten wir überhaupt ein richtiges Lager machen. Ich hab noch ein Streichholz, das ich aus der Küche gemaust hab. Vielleicht kann ich ein Feuer machen, und dann bleiben wir besser dabei.«

»Kannst du ein richtiges Lagerfeuer machen? Wie ein Indianer?«

»Mhm.«

»Also machen wir eins … Aber lieber möcht ich nach Haus. Mir ist kalt, und ich wünsch mir, wir hätten ein paar Teezwiebäcke – –«

Die kleine Miss Gertrude Cowles, die überall, wohin sie kam, das gute Mädchen war, besaß eine allzu große Portion Selbstzufriedenheit; doch sie setzte wohl Vertrauen in Carls Heldentum, und als sie davon sprach, daß sie fror, schien sie es für ganz selbstverständlich zu halten, er werde augenblicklich dafür sorgen, daß ihr wärmer würde. Carl hatte allerdings niemals von den romantischen Männern gehört, die in den Romanen schönen, aber frierenden Damen ihren Rock anbieten; nichtsdestoweniger zog er seine Jacke aus und hüllte sie darin ein, obwohl ihm die jetzt nur vom Hemd geschützten Schultern vor Kälte weh taten.

»Ich kann ganz, ganz weit weg dort drüben ein Wasser hören. Dort werden wir Lager machen«, entschied er.

Sie krochen durch das Strauchwerk, wobei Carl führte und tastend den Weg suchte. Am Wasser fand er einen langen Grasstreifen; ohne etwas zu sagen, sammelte er mit zitternden Händen Laub, Zweige und trockene Äste und baute daraus eine Pyramide, wie er es von den älteren, walderfahrenen Jungen gelernt hatte.

Es war still; kein Lüftchen regte sich; aber in Carls Erinnerung lebte jedes Wort über Wildjagden in den Wäldern des Nordens, das ihm jemals zu Ohren gekommen war: er malte sich aus, was alles geschehen mochte, wenn das einzige Streichholz, das er besaß, versagte, und konnte so überaus interessante Ängste produzieren. Gertie mußte sich mit ausgebreiteter Jacke neben ihn knien, und er zögerte einige Male, bevor er sich entschloß, das Hölzchen anzustreichen. Es flackerte auf; das Laub fing Feuer; die angehäuften Zweige brannten augenblicklich mit großen Flammen.

Er schluchzte: »Herr Jesus, wenn das nicht Feuer gefaßt hätte …« Hin und wieder verkündete er laut: »Ich hab keine Angst gehabt«, um es sich selbst einzureden, und warf mit großartiger Gebärde Zweige in das Feuer.

Gerties Hochachtung vor dem Heldentum schien doch nicht allzu groß zu sein; sie seufzte: »Ich bin hungrig, und – –«

»In der zweiten Klasse hat uns der Lehrer eine Geschichte erzählt von einem Polarforscher, und der war in einem Schneesturm draußen – –«

»– und ich möcht, wir hätten ein paar Teezwiebäcke«, schloß Gertie freundlich, aber fest.

»Ich werd ein paar Haselnüsse pflücken.«

Er verließ sie und gab ihr den Auftrag, auf das Feuer acht-zugeben. Als er wegkroch und das Lager im Rücken hatte, plagte ihn grauenhafte Angst, denn nun hatte er niemand zu beschützen. Kaum war er einige Meter vorwärts gekommen, da sah er, keine zweihundert Meter weit, jenseits des Bächleins das kleine Viereck eines erleuchteten Fensters in der Dunkelheit hängen.

Einen furchtbaren Augenblick lang war Carl überzeugt, es müsse das Fenster des Schwarzen Deutschen sein. Das war zu viel für sein erschöpftes Kindergemüt. Aber um den Hof des Schwarzen Deutschen herum gab es keinen Bach. Obwohl er gar nicht die Absicht hatte, sich näher an das unbekannte Licht heran zu wagen, knurrte er: »Wenn ich will, tu ichs auch!« und humpelte vorwärts.

Er mußte über das Wasser, über das fremde Wasser, dessen Übergangssteine er nicht kannte. Langsam und zitternd zog er sich Schuhe und Strümpfe aus und versuchte mit widerstreben-den Zehen, ob das Wasser kalt sei. Es war kalt.

»Verf–flucht!« schimpfte er großmächtig. Er stieg hinein und watete hinüber.

Er suchte sich einen Stein und hielt ihn bereit, um eine Waffe gegen den Hund zu haben, der ganz bestimmt kommen und nach ihm schnappen mußte, während er auf den Zehen-spitzen über die Rodung ging. Seine nassen Beine taten ihm weh vor Kälte. Die Tatsache, daß er sich in ein fremdes Grund-stück eingeschlichen hatte, vertiefte noch sein Gefühl der Ver-lorenheit. Aber tapfer taumelte er weiter, auf die kleine Block-hütte zu, die sich jetzt deutlicher vom Himmel abhob. Es schien ein Haus zu sein, das er noch nie gesehen hatte. Als er hinkam, stand er eine volle Minute still und wagte nicht, sich zu rühren. Doch von der anderen Seite des Wassers kam Ger-ties klagender Ruf:

»Carl, ach *Carl*, wo bist du?«

Er mußte sich beeilen. Er kroch die Hüttenwand entlang, um zum Fenster zu gelangen. Das war aber so hoch, daß er nicht hineinsehn konnte. Er suchte nach etwas, worauf er sich stellen könnte, und fand schließlich ein kurzes Brett, das er an die Hüttenwand lehnte.

Eine Sekunde lang blickte er durch das verstaubte Fenster hinein und sprang schleunigst wieder hinunter.

Ganz allein war in der Hütte gerade der Mann, der noch mehr gefürchtet und noch mehr von Fabeln umsponnen war als der Schwarze Deutsche – Bone Stillmann, der Mann, der nicht an Gott glaubte.

Bone Stillman las Robert G. Ingersoll und sagte, was er dachte. Im übrigen bildete er keine Gefahr für den Gemeindefrieden; er war ein alleinstehender alter Junggeselle, der seine Farm bewirtschaftete. Es hieß, er sei Matrose oder Polizist, Collegeprofessor oder Priester, Falschmünzer oder Defraudant gewesen. Positiv wußte man nur, daß er vor drei Jahren aufgetaucht war und diese Farm erworben hatte. Er war ein graukopfiger Mann von fünfundfünfzig Jahren mit langem, nikotinfleckigem grauem Schnurrbart und trug stets am Hals offene blaue Flanellhemden. Für Carl, der da an der Hütte stand, war Bone Stillman der Inbegriff alles Dämonischen.

Gertie rief wieder. Carl stieg noch einmal auf sein Brett, um die Hütte auszukundschaften, und überlegte sich, was er anfangen sollte.

Bone saß lesend an einem Kiefernholztisch, auf dem noch das Geschirr vom Abendessen stand. Vor ihm lag ein schön gebauter englischer Setter. Der Hund schlief. In der Hütte herrschte eine beängstigende Stille und Einsamkeit.

Während Carl hineinsah, ließ Bone das Buch sinken und sagte: »Na, Bob, was hältst du von der Einzelsteuer, ha?«

Carl blickte sich argwöhnisch um … Außer Bone war niemand in der Hütte … Man erzählte sich, daß der Teufel in eigener Person ihm ab und zu Besuche mache … Über Carl lag der Bann eines Alpdrucks. Der Hund hob den Kopf, reckte sich, blinzelte, klopfte mit dem Schwanz auf den Boden, stand auf, legte die Schnauze auf Bones Knie, und der einsame Mann sprach vor sich hin:

»Der Mensch sagt da in seinem Buch, daß die Stadt der natürlichste Ort ist, wo man leben soll – die Urstämme beweisen, daß der Mensch von Natur aus ein Herdentier ist. Was meinst du dazu, was, Bob? … Ein miserables Land ist das. Gedacht wird hier überhaupt nicht. Warum im Namen der sieben frommen Schwestern hab ich überhaupt Farmer werden wollen, was?

Reißen wir aus, Bob.

Ich bin kein Atheist. Ich bin Agnostiker.

Einsam, Bob? Komm rüber, Karl Marx, und unterhalt dich mit seinem Schnurrbart. Der ist liberal. Dem ist ganz egal, was du sagst. Er – – Ach, halt die Schnauze! Du bist schon eine verflucht armselige Gesellschaft. Sag doch was!«

Carl, der sich noch immer nicht regte, war um so entsetzter, weil von Gertie nichts zu hören war, nicht einmal ein schluchzendes Rufen. Alles Mögliche konnte ihr zugestoßen sein. Während er sich dazu zu bringen suchte, an die Fensterscheibe zu klopfen, ging Stillman, den Hund streichelnd und sich die Pfeife stopfend, im Blockhäuschen hin und her. Dabei kam er aus Carls Gesichtsfeld, auf die Seite des Raums, an der das Fenster war.

Eine riesige Hand riß es auf und packte Carl am Haar. Zwei entsetzte Gesichter starrten einander auf eine Entfernung von fünfzehn Zentimetern an.

»Ich hab dich gesehn. Bist hergekommen, um mich zu piesacken!« brüllte Bone Stillman.

»Ach, Mister, ach bitte, Mister, das ist nicht wahr. Ich und Gertie, wir haben uns im Wald verirrt – wir – autsch! Ach *bitte*, lassen Sie mich los!«

»Nanu, du bist ja bloß son kleiner Bengel! Komm mal her.«

Der hagere Arm Bone Stillmans zerrte Carl am Hemdkragen durch das Fenster herein.

»Verirrt, so? Wo ist denn das andere – Gertie, was?«

»Die ist drüben im Wald.«

»Armes kleines Luder! Na wart mal, ich geh meine Laterne anzünden.«

Die schwankende Laterne zog freundliche, stets wechselnde Lichtkreise, und jetzt hatte Carl keine Angst mehr vor dem gefährlichen Gebiet des Farmhofs. Er saß huckepack auf Bone Stillman und betrachtete zufrieden den ehrerbietig wedelnden Schweif des Hundes, der neben ihnen einherlief. Als sie zum Feuer kamen, fanden sie Gertie schlafend vor. Stillman hob sie auf, um sie in die Hütte zu tragen; dabei wurde sie kaum wach, sie schmiegte ihr weiches Haar unter sein Kinn und schloß die Augen.

Während Stillman die beiden hineinführte, sagte er vergnügt: »Ich werd einspannen und euch in die Ortschaft zurückbringen, ihr jungen Tropenwanderer! Vorher müßt ihr aber eigentlich was essen. Was gibt man Kindern zum Essen?«

Der Hund leckte Carl die Hand, und Carl hatte seine Angst davor, daß der Teufel erscheinen könnte, fast schon ganz vergessen. In einschmeichelndem und freundlichem Ton antwortete er: »Porridge und Fleisch und Kartoffeln – nur mag ich Kartoffeln nicht, und – *Pastete*!«

»Tut mir leid, Pastete hab ich nicht, aber wie wärs mit Speck und Eiern?« Stillman schürte sein Kanonenöfchen schnitt Speck und unterhielt sich weiter mit den Kindern, die schüchtern auf der über sein Bett gebreiteten Büffelhautdecke saßen. »Habt ihr im Wald Angst gehabt?«

»Jawohl.«

»Ihr dürft nie ver – – Zum – – Verflixtes Ei! Du darfst eins nie vergessen, mein Söhnchen: nichts, was nicht in dir drin ist, kann dir was tun. Es kann dir die Zehen abfressen, aber bis zu dir selber kanns nicht kommen. Niemand außer dir selber kann dir was tun. Ich muß mal sehn, daß ich dir das klar mache, alter Junge, wenn ich kann …

Da ist euer Futter. Kommt her und greift zu. Ziemlich schläfrig, was? Ich werd euch eine Geschichte erzählen. Soll ich euch erzählen, wie Napoleon mit der Theorie vom Gottesgnadentum aufgeräumt hat, oder wie ich mit Charlie Weems die Insel Tiburon erforscht hab? Also – –«

Von all dem, was Bone Stillman sagte, behielt Carl allerdings kein einziges Wort im Gedächtnis, aber es ist durchaus möglich, daß die Art des alten Einzelgängers, ihn wie einen erwachsenen Freund zu behandeln, unter den ungreifbaren Kräften, die ihn später aus Joralemon in die große Welt hinaustrieben, eine der mächtigsten war. Dem schulverhafteten Kind, dem junge Damen beibrachten, daß die böseste Ruchlosigkeit ein Flüstern in der Schule und die größte Tugend ein stumpfstilles Verhalten sei, diesem Kind wurde hier zum ersten Male eine vernünftige Grundlage für den Gedanken geliefert, daß es nicht immer ein Klippschüler bleiben müsse.

Der Mann im Flanellhemd, der Tabak kaute, der ein schlechtes Englisch sprach und Flüche in seine Reden mischte, erzog Carl fünfzehn Minuten lang im Sinne von Fröbel und Maria Montessori.

Carls Erinnerung an Bones Gespräche verschwimmt und geht darin über, daß er irgendwo auf einem Leiterwagen, in Büffelhäute gehüllt, neben Gertie saß, daß er dann aufwachte, als der Wagen stehn blieb und Bone eine Gruppe von Männern anrief, die mit Laternen nach der fehlenden Gertie suchten. Scheinbar in der nächsten Sekunde wurde er vor seinem Haus heruntergehoben, seine Mutter, die eine Schürze um hatte, küßte ihn und schluchzte: »Ach mein Junge!« Er schmiegte den Kopf an ihre Schulter und sagte:

»Mir ist kalt. Aber ich geh nach San Francisco.«

Drittes Kapitel

Carl Ericson – er war jetzt sechzehn Jahre alt und trug lange Hosen – brachte, wenn die Schule aus war, die Bogenlampen der Joralemon Licht- und Kraftgesellschaft in Ordnung; dann spielte er in Eddie Klemms Billardzimmer zwei Partien Kelly Pool, die er gewann, rauchte eine selbstgedrehte Zigarette und steuerte fünf Cent zu einer Kanne Bier bei.

Er konnte nicht ohne Stocken sprechen, hatte aber immer sehr viel zu sagen; er war schlank gewachsen und flink wie ein seidenhaariger junger Setter; in einem Alter, in dem die Gesichter seiner Gefährten wie Mondkarten aussahen, glichen seine Wangen rosigen Blütenblättern; er war eigensinnig und gesund; er trug einen Zelluloidkragen und eine glatte schwarze Krawatte: ein blauäugiger, scheuer, eifriger, alles andere als vornehmer Proletarier von sechzehn Jahren, der von Abendanzügen und Poesie nichts wußte, aber zitternd und unklar davon träumte, Minneapolis oder gar Chicago kennen zu lernen. Für ihn war es reinste Romantik, mit einem Blechgefäß voll Kohlen für die Bogenlampen durch die Ortschaft zu stolzieren und die hoch oben hängenden mysteriösen Beleuchtungskörper mit den Handgriffen des Eingeweihten herunterzuholen, während seine sich abrackernden Bekannten Heizungen bedienten oder an den Sonnabenden in Kaufläden aushalfen. Hin und wieder legte er die mannhafte – und geräuschvolle – Uniform des Elektrikers an: Stulphandschuhe, eine Drahtrolle, Steigeisen für die Füße. Seine stählernen Sporen in das feste Kiefernholz der Masten bohrend, kletterte er gleichmütig zur Höhe der summenden Drähte, der roten Querstangen und der grünen Glasisolatoren empor, während von unten Gruppen von zwei oder drei kleinen Jungen ehrfürchtig zu ihm aufsahen. In solchen Augenblicken wäre Carl nicht auf den Gedanken gekommen, seinen Schulkameraden Fatty Ben Rusk, der als Sohn des führenden Arztes nicht zu arbeiten brauchte, sondern zu Hause blieb und Bücher aus der Leihbibliothek las, um seinen aristokratischen Müßiggang zu beneiden.

Das Elternhaus Carls war nicht die geeignete Stelle für die begeisterten Stimmungen, in die ein Junge beim Lesen geraten kann. Dem Zimmermann Oscar Ericson schwebte als Ideal eines Hauses wohl so etwas wie eine Werkzeugkiste aus Kiefernholz vor, das auf »imitierte Eiche« zurecht gemacht ist. Seine Unduldsamkeit und sein Glaube an das Dogma unermüdlicher, phantasieloser Arbeit waren ihm auf die Stirn geschrieben. Abend für Abend las er, ohne Kragen, in gestickten Pantoffeln, seine norwegische Zeitung; dabei fuhr er sich durch das strohfarbene Haar oder strich sich das große, lange Kinn, und seine Hemdleiste machte jede seiner Atembewegungen mit. Carls Mutter stopfte wollene Socken und dachte an Milchkannen, Nachbarn und das Frühstück. Das Knarren der Schaukelstühle erfüllte das schlecht gelüftete, linoleumbelegte Wohnzimmer. An diesem Geräusch änderte sich so wenig wie an den heiligen Plätzen der Photographie von Mrs. Ericsons Vater, des grünglässernen Zylinderhuts für die Streichhölzer und des grellfarbigen Teppichs mit dem Hundekopfmuster. Carls eigenes Zimmer bestand aus nicht mehr als getünchten Wänden, einem schmalen Holzbett, einer Kommode und einem Küchenstuhl. Ein Aufenthalt von fünfzehn Minuten in diesem untadeligen Heim trieb Carl fort zu Eddie Klemms Billardzimmer, das alles andere als untadelig war.

Er hatte einen gewissen Widerwillen gegen die Bitterkeit des Biers und gegen die beißenden Stückchen Zigarettentabaks, die immer an den Lippen haften blieben, aber die Besucher des Lokals – die »Blase bei Eddie« – gehörten zu den wenigen Menschen in Joralemon, die wußten, daß sie lebten. Eddies Etablissement war ein langer, weißgetünchter Raum mit Gußstahldecke und stets ungefegtem Boden. An den Wänden hingen Kalender von Billardfabriken und eine Kollektion Farbdrucke von badenden Mädchen. Die Mädchen hatten einen unnatürlichen Teint, fast allzu vollkommene Züge und mehr als rubinrote Lippen. Carl bewunderte sie.

Ein Septembernachmittag. Der sechzehn Jahre alte Carl saß weit zurückgelehnt, den einen Fuß auf eine Stuhlsprosse gestützt, in der Kneipe und unterhielt sich mit Eddie Klemm, einem flotten Geldmacher und überaus gewöhnlichen jungen Mann von dreiundzwanzig Jahren, der eine »Phantasieweste« trug und in den Rockaufschlägen Zelluloidknöpfe stecken hatte: sie tauschten Klatschgeschichten aus dem Ort und unanständige Witze aus.

Ben Rusk steckte zögernd den Kopf zur Tür herein, und Eddie Klemm rief mit geschäftsmäßiger Herzlichkeit: »H'llo, Fatty! Komm rein. Was macht die Gesundheit? Nen neuen Lebenswandel anfangen, ja? Willst zu uns Rüpeln kommen? Nur herein; ich werd dir Poule-Spielen beibringen. Soll dich nicht einen Cent kosten.«

»Nein, ich glaub, ich werd lieber nicht. Ich wollt bloß Carl suchen.«

»Na, na Fatty, sind wir aber ›feun‹! Warum glauben wir, wir sollten und werden vielleicht eventuell lieber nicht?«

»Ach, ich weiß nicht. Einmal werd ichs wohl schon lernen«, seufzte Fatty Ben Rusk, der ganz genau wußte, daß er als Sohn eines Arztes und einer frommen Mutter und als Mensch mit einer weibischen Vorliebe für das Lesen niemals ein Allerweltskerl werden konnte.

»He! Paß auf!« schrie Eddie in gellenden Tönen.

»W-was ist denn?« keuchte Fatty.

»Der Fußboden fällt auf dich!«

»D-d… Ach hör mal, du ziehst mich ja bloß auf!« sagte Fatty zaghaft und versöhnlich lächelnd.

»Mach dir nichts draus, mein Sohn; du bist heute schon der Dritte, der mir drauf reingefallen ist! Komm nur her, mein Sohn, so oft du willst. Setz dich doch zu uns, und ich werd dir zeigen, wie man Poule spielt. Du hast grade die richtige Größe für nen Championspieler. Zigarette?«

Als den gesellschaftlichen Annehmlichkeiten, mit denen Joralemon seine Jugend auf die Schönheiten des Lebens vorbereitet, Genüge getan war, rückte Fatty Rusk sich einen Stuhl neben Carl und erzählte leise.

»Hör mal, Carl, was ich dir sagen wollte; ich war grade oben bei den Cowles', weil ich eine französische Grammatik zurückbringen wollte, die ich mir geborgt hab, weil ich sie mir mal ansehn – – Das ist vielleicht eine schwere Sprache! Und was meinst du? Mrs. Cowles hat mir erzählt, daß Gertie morgen zurückkommen soll.«

»Na, Mensch, das ist ja allerhand! Ich denke, sie sollte zwei Jahre in New York bleiben. Und sie war doch bloß sechs Monate weg.«

»Mrs. Cowles wird sich ohne sie wohl ein bißchen einsam gefühlt haben!« schmachtete Ben.

»Jetzt wirst du also wieder ganz zuckersüß sein und Gertie lieben, was? Ich kapier ja tatsächlich nicht, warum du dich durchaus verlieben mußt, Fatty, wo du jagen gehen könntest.«

»Wenn du die Sachen über König Artus und Galahad und das ganze Zeug lesen würdest statt deinem *Scientific American* und dem Zeugs über die idiotischen Wagen ohne Pferde und dem ganzen Quatsch – – Für Wagen ohne Pferde wirds sowieso nie eine praktische Verwendung geben.«

»Selbstverständlich wird – –« brummte Carl.

»Meine Mutter sagt, sie glaubt nicht, daß der liebe Gott jemals die Absicht gehabt hat, daß wir ohne Pferde fahren, denn wozu hätte er uns dann Pferde gegeben? Und die Dinger bleiben ja auch immer im Dreck stecken, und dann muß man zu Fuß nach Haus laufen. Mutter hat das erst vor ein paar Tagen in der Zeitung gelesen.«

»Mein Sohn, ich sage dir, ich werd einmal einen Wagen ohne Pferde haben, und ich gehe jede Wette ein, daß ich mit ner Durchschnittsgeschwindigkeit von dreißig und vielleicht von sechzig Stundenkilometern fahren werd.«

»Ach Quatsch! Aber was ich sagen wollte, wenn du ein paar Bücher aus der Leihbibliothek lesen würdest, würdest du über die Liebe Bescheid wissen. Ja, wozu hat Gott die Liebe in die Welt gesetzt – –«

»Hör mal, wirst du aufhören, mir zu erklären, wozu Gott alles Mögliche geschaffen hat?«

»Autsch! Hör auf! Auuuu, hör auf, Carl … Hör mal, paß mal auf, was ich dir eigentlich erzählen wollte; wie wärs, wenn du und ich und Adelaide Benner und noch ein paar von uns morgen zum Bahnhof gehen und Gertie abholen? Sie kommt zwölf Uhr siebenundvierzig an.«

»Na, schön. Hör mal, Bennie, du darfst dir nichts draus machen, wenn ich dich damit aufzieh, daß du in Gertie verliebt bist. Daß ich mal heiraten werd, glaub ich nicht. Aber für dich ist das schon das Richtige.«

Der Sonnabendmorgen war so kühl und strahlend, daß Carl schon frühzeitig mit der Überzeugung aufwachte, er müsse auf die Jagd gehen, auch wenn es im Plan der Weltgeschichte noch so wichtig sei, Gertie abzuholen. Um fünf Uhr brach er auf. Gerties Ankunft war vergessen.

Der Tag war zum Wandern wie geschaffen. Die Sonne ergoß ihren Glanz durch die trockene Luft über die Unendlichkeit der abgeernteten Weizenfelder; aus den grau-gelben Stoppeln wurde in der Ferne ein lohfarbener Samtteppich, den die geraden dünnen Linien der von Goldrutenblüten gesäumten Drahtzäune und die vereinzelten Häuser unter den Weidengruppen nur um so ausgedehnter erscheinen ließen. Die Einsenkungen und gerundeten Konturen der Ebene lockten ihn weiter, die großen Maße taten seinen Augen wohl. Freundliches Insektensummen erfüllte die sich weithin dehnende Heiterkeit der Landschaft mit verborgenem Leben.

Den ganzen Tag über – sein Hund folgte den gewundenen Fährten der Präriehühner, eine Kette Hühner stieg mit rauschenden Flügelschlägen auf, Carl riß die Flinte von der Schulter – streifte er in einer Welt umher, die ganz von glückseligem, eintönigem Pfeifen und Summen erfüllt war. An Vertiefungen in der Prärie und leuchtend grünen, sumpfigen Flecken blieb er stehen, um nach Enten Ausschau zu halten. Wenn Gruppen von Jägern vorüberkamen, die in zweisitzigen Einspännern hinter ihren suchenden Hunden her kreuz und quer über die Felder fuhren, begrüßte er sie mit fröhlichem Zuruf als seine Gefährten. Zum Mittagessen legte er sich ins Gras, verschränkte die Arme unter dem Kopf, starrte einen zehn Meilen entfernten Kirchturm an und verzehrte zufrieden seine mit kaltem Lammfleisch belegten Butterbrote.

Um sechs Uhr nachmittags hatte er sieben Präriehühner in der langen Tasche, die unten um den ganzen Rock herum lief; während er, ohne die geringste Müdigkeit zu verspüren, heimwärts wanderte, entging seinen ruhigen, aufmerksamen Blicken

keine der purpurroten Astern und der zart leuchtenden Goldruten im Gelände.

Sowie er wieder zu denken anfing, fühlte er sich ein wenig
schuldbewußt. Die Blumen brachten ihn auf Gertie. Er
pflückte Astern und Goldruten und vereinigte sie zu einem
großen Strauß, den er dann auf Armeslänge von sich hielt und
prüfend betrachtete. Als er aber in der Ortschaft zu den Rusks
kam und Bennie bat, er möge Gertie den Feldblumenstrauß
bringen, konnte er dessen Vorwürfe mit überlegener Ironie zu-
rückweisen:

»Was regst du dich denn so auf, daß ich nicht zur Bahn gekommen bin? Sie ist doch da, nicht wahr? Was hast du denn
gemeint, was ich tun werd? Sie abküssen? Du hättest dir doch
denken können, daß man sich einen so schönen Jagdtag nicht
verderben läßt ... Wie gehts Gert? Hat sies in New York nett
gehabt?«

Carl brachte die Blumen jedoch selbst zu ihr und lauschte
den Erzählungen aus New York so schüchtern aufmerksam,
daß er sich kaum die Zeit nahm, mit dem »Dienstmädel« der
Cowles, das seine Cousine zweiten Grades war, zu sprechen ...
Mrs. Cowles hörte, wie er dem Mädchen in vetterlichem Ton
zurief: »Hallo, Lena! Wie gehts?« Mrs. Cowles schien ihn sehr
kühl zu behandeln. Carl begriff nicht recht, warum.

Im Verlauf seines Juniorenjahres an der Höheren Schule
wurde Carl von Monat zu Monat unzufriedener. Er ließ die
Zeilen seines Cicero in ein graues Durcheinander verschwim-
men, in dem Ciceros Tugend und Catilinas Verräterei nicht
mehr auseinanderzuhalten waren, und malte sich aus, wie er,
mit einer blauen Tuchjacke bekleidet, auf Schneeschuhen in die
feierlich schönen Schneelandschaften der lärchenbestandenen
Moore im nördlichen Minnesota wanderte. Ein gut Teil seiner
Unzufriedenheit war auf seine gelehrten Präzeptoren zurückzuführen. Die Lehrer für diesen Jahrgang waren ganz danach
angetan, jedem jungen Burschen, der auch nur das geringste
Unabhängigkeitsgefühl besaß, für sein ganzes Leben einen
herzhaften Haß gegen die Bildung einzuimpfen. Mit einer
Ernsthaftigkeit und einem Eifer, wie sie im allgemeinen nur

dem Teufel zugeschrieben werden, sorgten »Prof« Sybrant E. Larsen (B. A. Platonis), Miss McDonald und Miss Muzzy für fünfundneunzigprozentige Disziplin und siebenprozentige Belehrung in allem, was überhaupt der Rede wert war.

Miss Muzzy war eine sarkastische Natur, und sie war stolz darauf. So oft Carl bockig fragte, warum er nicht statt »dem ganzen lateinischen Zeugs« französisch lernen könne, bekam er eine sarkastische Antwort. Wenn das Lateinstudium überhaupt Vorzüge hat (und wir alle haben uns von unserem Lateinunterricht nicht mehr gemerkt, als daß ein »Faktum« eigentlich etwas »Gemachtes« ist), dann war Carl für diese Vorzüge auf ewig blind. Miss Muzzy trug Augengläser und hatte keinen Busen. Carls Vater pflegte anerkennend zu sagen: »Diese Miss Muzzy läßt sich keinen Blödsinn gefallen«, und Mrs. Dr. Rusk lud sie oft zum Dinner ein … Miss McDonald, ein dickes, langsam sprechendes, freundlich lächelndes Geschöpf, das gern das Wort »Herzchen« gebrauchte, gern Longfellow las und gern Blusen mit fehlenden Knöpfen trug, bediente sich gegen Carl einer weiblichen Waffe, die viel unfairer war, als die robusten Sarkasmen Miss Muzzys. Sobald es ihr nämlich gelungen war, einen Jungen mit Selbstachtung zu rüden Ungezogenheiten zu bringen, indem sie seine Seele mit feuchten, gepolsterten Händen streichelte, pflegte sie zu weinen. Sie war ein freundliches, ehrliches und demütiges Geschöpf aus der Familie der Rinder. Carl saß unter ihrer Aufsicht im Klassenraum der Junioren mit den harten Holzbänken, den Tafeln, den getünchten Wänden und hohen Fenstern, den Porträts Washingtons und eines Präsidenten, der entweder Madison oder Monroe war (kein Mensch wußte, welcher von beiden). Er haßte den ewigen Schulmuff, den Geruch von Trinkbechern, Kreide, und Firnis; er verabscheute die vom Kreidestaub weißen Tafeltücher; begeistern konnte er sich nur im Laboratorium, in dem »Prof« Larsen Physik mißlehrte und Fragen, die sich auf den überflüssigen Teil der Chemie bezogen – das heißt, auf den Teil, über den die Lehrbücher nichts sagten – streng rügte.

Am Freitag vormittag vor den Weihnachtsferien reinigten Carl und Ben Rusk den Chemiesaal, den Experimentiertisch aus Kiefernholz, den gußeisernen Ausguß und den ungepflegten Fußboden. Der ganze Ort war in Aufregung. Gertie Cowles gab eine Gesellschaft und hatte die an Eddie Klemm bereits ergangene Einladung wieder rückgängig gemacht. Gertie mußte sich zierlich und vornehm von einer Erkältung erholen und ging deshalb nicht zur Schule. Seit zwei Wochen zeigte man einander im Junioren- und Seniorenjahrgang verstohlen die mit Stechpalmenblättern verzierten Einladungskarten. Auch Eddie war aufgefordert worden, aber nach einem Streit mit Howard Griffin, einem Fuchs vom Plato College, der die Ferien bei Gerties Bruder Ray Cowles verbrachte, hatte man Eddie nahe gelegt, daß es ihm vielleicht lieber sein könnte, nicht zur Gesellschaft zu kommen.

Carl knurrte: »Na sag mal, Fatty, hältst du's für richtig, daß man Eddie aus der Gesellschaft, zu der ich komme, rausschmeißt? Sein Vater ist Barbier, und meiner ist Zimmermann, das ist genau so schlimm. Oder was ist mit dir? Ich hab mal gelesen, daß die Doktoren früher auch ganz einfach Barbiere waren.«

»Ach, geh zum Kuckuck!« antwortete Ben Rusk, der Doktorensprößling, voll Unbehagen, »du willst bloß streiten. Ich glaub das nicht, daß die Doktoren Barbiere waren. Ist vielleicht nicht schon in der Bibel von Doktoren die Rede? Na, natürlich! Lukas war Arzt! Außerdem handelt sichs gar nicht darum, daß Eddie der Sohn von einem Barbier ist. Du müßtest doch wissen, daß Gertie nicht ganz auf der Höhe ist. Es könnte ihr unmöglich angenehm sein, Eddie *und* Griffin bei der Gesellschaft zu haben, und Griffin ist ihr Besuch und außerdem – –«

»Du bringst ja alles durcheinander. Wenn ich dich weiterreden laß, wirst du noch über ein langes Wort stolpern und dir die Birne einschlagen. Komm. Jetzt haben wir genug sauber gemacht. Hauen wir ab. Komm zu mir und hilf mir bei meinem Bob. Ich hab ne neue Idee, wie man den Hinterschlitten anbringen kann … Wart bloß den heutigen Abend ab. Ich werd schon Gertie und dem Herrn Howard Griffin haargenau sagen, wie sie mir mit ihrer Hochnäsigkeit vorkommen. Und deiner zukünftigen Schwiegermutter genau so. Herrjeh! Ich bin bloß froh, daß ichs nicht nötig hab, mich in jemand zu verlieben und auch so aufgeblasen zu sein. Komm.«

Aus diesem gesunden demokratischen und muffigen Dorf-
leben wurde Carl plötzlich in die große Welt versetzt. Vor dem
Hennepin-Haus stand ein Automobil, das erste, das er überhaupt zu Gesicht bekam.

Er blieb stehen. Seine porzellanblauen Augen öffneten sich
weit. Seine Schultern ruckten vor und wurden starr und steif
vor Staunen. Er riß den Mund auf und keuchte, während sie
auf die Menschenansammlung um den Wagen zuliefen:

»Ein Wagen ohne Pferde! Kapierst du das? Es ist einer da,
hier bei uns!« Er faßte die Haube des zweizylindrigen Wagens,
Modell 1901, an und geriet in Verzückung. »Da drunter – der
Motor! Und das da, damit lenkt man ... Ich *werd* einen haben! ... Herrjeh! Du hast recht, Fatty; ich glaub doch, ich werd
aufs College gehen, und dann werd ich Maschinenbau studieren.«

»Ich denke, du hast gesagt, du willst nach Annapolis gehen
und Matrose werden.«

»Nein, Quatsch! Ich werd mir mal einen Wagen ohne
Pferde anschaffen, und dann werd ich alle Staaten in der Union
abfahren ... Denk doch Mensch, wenn man die Gebirge sieht!
Und das Meer! Und dreißig Kilometer in der Stunde! Wie ein
Eisenbahnzug!«

Viertes Kapitel

Gleichgültig, nicht verlegener als sonst, stapfte Carl das neue Steintreppchen zum Haus der Cowles' hinauf; er hatte die feste Absicht, Gertie wegen ihres Verhaltens gegen Eddie gehörig die Meinung zu sagen. Dann öffnete sich die Eingangstür, und ein verblüffter Carl erstarrte zu Höflichkeit. Das »Dienstmädel« der Cowles', seine Cousine zweiten Grades Lena, steif und unbehaglich mit Häubchen, schwarzem Kleid und Rüschenschürzchen, das an ihrer knochigen Gestalt baumelte wie ein an einen Besenstiel gestecktes Spitzentuch, machte ihm die Tür auf. Murray Cowles eilte herbei. Er war im Frack!

Hinter Murray empfing Mrs. Cowles Carl in ein wenig aufgetauter Majestät: »Wir freuen uns ja so, daß Sie kommen können, Carl. Bitte legen Sie doch in dem Zimmer gleich oben an der Treppe ab.«

Die leutselige Art, mit der Howard Griffin (gleichfalls im Frack) ihn bei der Vorstellung begrüßte, ergoß sich wie sänftigender Balsam über Carl. »Freut mich kolossal, Sie kennen zu lernen, Ericson. Ray hat mir erzählt, daß Sie einen blendenden Sprinter abgeben würden. Der Captain von der Läufer-Mannschaft wird Sie aufs Korn nehmen, wenn Sie nach Plato kommen. Selbstverständlich kommen Sie hin. Die Universität von Minn. ist zu groß ... Zigarette? ... Man fängt zu tanzen an. Kommen Sie, alter Junge. Los, Ray.«

Als Carl die Treppe herunter kam, war der Tanz schon im Gange; mit Sicherheit wußte er nur, daß es entweder ein Walzer oder ein Twostep oder etwas anderes war. Das Ganze spielte sich in der Bibliothek der Cowles' ab – dem einzigen Wohnzimmer Joralemons, das den Namen Bibliothek trug, dem einzigen, das sich durch einen Kamin und einen gebohnerten Parkettboden auszeichnete.

Adelaide Benner – eine neue Adelaide, in Chiffon über gelbem Atlas und Lackpumps – grinste ihm zu und schleppte ihn erbarmungslos in das Gewühl der Tänzer. Unter dem Bann der vornehmen Gesellschaft schien niemand Eddie Klemms zu gedenken. Adelaide erwähnte den Zwischenfall gar nicht.

Carl merkte, daß er andere anstieß, sich beständig bei Adelaide und den anderen entschuldigte – und sich nichts daraus machte. Denn er schaute eine Vision! So oft er der Südseite des Zimmers zugewandt war, erblickte er Gertie Cowles in großer Glorie.

Sie war über die fußfreien Kleider hinaus! Sie hatte ein duftiges langes Kleid an, das ihren weichen Hals frei ließ, und trug ihre achtzehn Jahre höchst eindrucksvoll zur Schau. In ihrem braunen Haar stak eine rote Rose. Sie saß zurückgelehnt in einem großen lederbezogenen Eichensessel und lächelte auf das sanfteste, besonders wenn Carl ihr den Kopf zuwandte.

Sie war ihm immer etwas Selbstverständliches gewesen; sie hatte kein Alter und kein Geschlecht, barg keine Rätsel. An diesem Nachmittag noch war sie eine ganz nebensächliche Kleinigkeit Joralemons gewesen, die unter der Anklage der Hochnäsigkeit gegen Eddie Klemm stand und argwöhnisch beobachtet werden mußte – und nun war sie da, mit einem Male erwachsen und schön, umglänzt von den Strahlen eines besonderen Zaubers, der sie von der ganzen übrigen Welt unterschied.

Nach dem Tanz entledigte er sich Adelaide Benners, als wäre sie bloß seine Schwester. Er beugte sich über die Lehne von Gerties Sessel und sagte ganz aufgeregt: »Es hat mir schrecklich leid getan, daß du krank warst … Hör mal, du siehst aber wunderbar aus heute abend.«

»Ich freu mich ja so, daß du zu meiner Gesellschaft kommen konntest. Ach, ich muß mit dir sprechen, nämlich über – – Meinst du, daß du manchmal sehr, sehr böse auf mich armseliges Ding werden könntest? Ich kann sehr schlecht sein.«

Er machte einen schüchternen kleinen Luftsprung, um sein sicheres Auftreten zu demonstrieren, und erklärte ihr: »Ja, ja, wahrscheinlich werd ich dich mal umbringen.«

»Nein, hör zu, Carl; es ist mir schrecklich ernst. Hoffentlich wirst du nicht schrecklich böse auf mich wegen Eddie Klemm. Ich weiß, ihr seid gute Freunde, Eddie und du. Und ich wollte auch, daß er zu meiner Gesellschaft kommt. Aber sieh mal, es war so: Mr. Griffin ist unser Gast (er kann dich sehr gut leiden, Carl. Ist er nicht einfach blendend? Ich glaub, Adelaide und

Hazel sind einfach verrückt wegen ihm. Ich finde, er ist genau so elegant wie die Männer in New York.) Eddie und er sind nicht sehr gut miteinander ausgekommen. Schuld wird wohl keiner von beiden dran sein. Ich dachte nur, es würde Eddie viel angenehmer sein, wenn er nicht kommt, verstehst du mich!«

»O nein, natürlich; ach ja, ich versteh. Selbstverständlich. Mir ist jetzt klar, wieso – – Hör mal, Gertie, ich hab ja gar nicht gewußt, daß du so erwachsen aussehen kannst. Jetzt wirst du wohl nie mehr mit mir spielen wollen.«

»Ich möchte, daß du immer ein guter Freund von mir bleibst. Wir sind doch immer fürchterlich gute Freunde gewesen?«

»Ja, weißt du noch, wie wir davon gelaufen sind?«

Sie stützte ihre Wange höchst zart auf eine Fingerspitze und seufzte: »Ja, ob wir noch einmal so glücklich sein werden wie in unserer Jugend? … Das Tanzen geht wieder los. Ach, wenn ich mich nur wohl genug fühlte, um tanzen zu können.«

»Ich möcht gern hier sitzen bleiben und mit dir reden, Gertie, und nicht tanzen.«

»Du langweilst dich hier wohl schrecklich, wenn du daran denkst, daß du im Billardzimmer sein könntest, nicht?«

»Ja, könnte! Aber nein! Eddie Klemm hätt ja mit seiner Phantasieweste sehr viel Chancen neben Griffin in seinem Frack! Ich will natürlich nichts gegen Eddie sagen, wir stehn uns recht gut miteinander – —«

»Natürlich: ich verstehe. Es ist bloß, man muß bei seiner eigenen Schicht bleiben, findest du nicht auch?«

»Ja, eben. Klar. Das ist ja auch meine eigene Ansicht.« Carl sagte das in einem gemacht vornehmen Ton. In Gerties aristokratischer Gegenwart hatte er das Bestreben, sich von allen vulgären Menschen zu separieren.

Er holte sich einen Schemel und setzte sich zu ihren Füßen. Sofort befürchtete er, daß alle im Zimmer ihn beobachteten. Ray Cowles rief ihnen im Vorüberwalzen zu: »Nimm dich vor dem Carl in Acht, Gertie. Der ist ein richtiger Courschneider.«

Carl wurde es heiß um den Kopf, aber er versuchte tapfer, sehr überlegen zu wirken, als er bemerkte: »Das Kleid hast du wohl aus New York? Warum hast du mir eigentlich nie was von New York erzählt? Dort ists richtig. Herrjesus! würd ich gern dort hingehn!«

»Ich wünsch dir, du wärst dort gewesen. Wir haben in meiner Schule so viel Spaß gehabt. Jungens waren keine da, aber wir – –«

»Keine Jungens? Nanu, wieso denn?«

»Ja, die Schule war eben bloß für Mädchen.«

»Aha«, sagte er albern, völlig zufriedengestellt.

»Wir habens großartig gehabt, Carl. Ich *muß* dir von einer schrecklich ausgelassenen Sache erzählen, die Carrie – das war meine Busenfreundin in der Schule – und ich gemacht haben. In der Dreiundzwanzigsten Straße war ein Theater, und wir waren alle ganz verrückt mit den Schauspielern, und ganz besonders mit Clements Devereaux, und einmal am Nachmittag, da sagte Carrie dem Direktor, sie hat Kopfweh, und ich fragte, ob ich mit ihr nach Hause gehn und ihr die Lektionen für den nächsten Tag vorlesen darf (die Aufgaben haben dort ›Lektionen‹ geheißen) und die haben mich alle für so ein dummes kleines Landgänschen gehalten, daß sie gemeint haben, ich könnt überhaupt nicht mogeln, und da haben sie uns gehn lassen, und was meinst du, was wir getan haben? Sie hatte Karten zu den beiden Waisen fürs Theater. (Du hast ›Die beiden Waisen‹ nicht gesehn? Es ist einfach blendend. Ich hab mir dabei die Augen aus dem Kopf geweint.) Und nachher sind wir nach hinten gegangen und haben am Bühnenausgang gewartet, und was meinst du? Der Hauptdarsteller, dieser Clements Devereaux, ist so nah an uns vorübergegangen, wie ich jetzt bei dir sitze. Ach *Carl*! Du hättest ihn bloß sehn sollen! Er ist der hübscheste Mensch, den du dir vorstellen kannst. Er hat kohlrabenschwarze Locken gehabt, und am Daumen hat er einen Ring getragen.«

»Ich halt nicht viel von den Schmierenkomödianten«, brummte Carl. »Schauspieler werden immer pleite, und dann müssen sie zu Fuß nach Chicago gehn. Findest du nicht, daß es besser ist, wenn man Ingenieur ist oder so was, statt daß man sich das Haar schniegelt und mit nem Spazierstock rumläuft. Das sind ja alles bloß Affen.«

»Aber natürlich, Carl, du dummer Junge! Du glaubst doch nicht, daß ich den Clements ernst nehme? Du dummer Junge!«

»Ich bin kein Junge.«

»So mein ich es nicht.« Sie richtete sich auf, berührte seine Schulter und ließ sich wieder zurücksinken. Er wurde rot vor Wonne, und vor Angst, daß jemand es gesehen haben könnte; sie sprach weiter: »Wenn ich an dich denke, stell ich mir dich immer genau so alt vor, wie ich bin. Und das wird auch immer so bleiben, nicht wahr?«

»Ja!«

»Stille Post!« rief Howard Griffin ins Zimmer. »Los! Wir sind alle wieder ganz klein und spielen Stille Post. Wer ist das erste Mädel, das einen Kuß kriegen will?«

»So eine Idee«, kicherte Adelaide Benner.

»Ich fang bei Adelaide an!« brüllte Joe Jordan.

»Oh, Jo—oe, wetten, ich küß Gertie!« kam es von Irving Lamb.

Alle beugten sich auf ihren Plätzen vor und lachten, bis Carl ganz wütend wurde und sich fragte: »Sind die Kerle denn ganz blöd geworden?«

Mit einer derartigen Selbstverständlichkeit davon zu sprechen, daß man Gertie küssen könnte! Er starrte die zarte Rundung ihrer linken Wange unter dem Backenknochen an, bis sie etwas durchaus Selbständiges wurde und mit ihrer weißen Weichheit das ganze Zimmer ausfüllte.

Als man zehn Minuten lang Stille Post gespielt hatte, sah er sich Gertie im Halbdunkel des Wohnzimmers gegenüber, vom Spiel dazu ermächtigt, sie zu küssen.

Sie nahm ihn bei der Hand und fragte leise: »Wirst du mich ganz fürchterlich küssen?«

Er versuchte liebenswürdig zu scherzen: »O ja! Sicher! Ich werd dich lebendig auffressen.«

Sie wartete.

Es wäre ihm lieber gewesen, wenn sie ihn nicht an der Hand gehalten hätte. In seinem Innern stöhnte er: »Heiliger Strohsack! Mir ist ganz blödsinnig!« Dann krächzte er: »Geht's dir schon besser? Du wirst dich hier nur noch mehr erkälten, nicht? Es zieht ein bißchen. Ich werd mir mal das Fenster ansehn.«

Als er an dem selbstverständlich dicht verschlossenen Fenster stand, fuhr er unendlich sorgfältig mit dem Finger über den Rahmen. In einer Sekunde, jetzt mußte er sich umdrehen und ein leichtfertiges Spiel mit den Lippen treiben, die er kaum mit gewichtigen und langen Zeremonien zu berühren gewagt hätte.

Gertie warf sich in einen Sessel und lachte: »Mir scheint, du hast Angst davor, mich zu küssen! Angsthase! Du wirst nie ein großer Damenritter werden wie die Schauspieler! Das paßt ja zu dir!«

»Ich hab keine Angst«, piepste er … Sogar sein vielgerühmter Halbbaß hatte ihn im Stich gelassen. Er lief zur Lehne ihres Sessels und beugte sich verwirrt, entschlossen, darüber. Hastig küßte er sie. Der Kuß landete auf der Spitze ihrer kalten Nase. Und da kamen auch schon alle rufend hereingelaufen.

»Die Zeit ist um! Den ganzen Abend kannst du nicht mit ihr rumpoussieren!«

»Hast du gesehn? Er hat sie auf die Nase geküßt!«

»Ja? Hohhhhh!«

»Die Zeit ist um. Noch einmal gibts nicht.«

Vor allen andern tanzte Joe wie irrsinnig herum und drohte Carl mit dem Finger.

Die aufgeregte Schar stürmte, Gertie und Carl in die Mitte nehmend, wieder hinaus. Um zu zeigen, daß er sich aus dem Zwischenfall mit dem daneben gegangenen Kuß nichts machte, mußte Carl in der Bibliothek einige Minuten sehr laut und lustig sein. Als jedoch die Stille Post aus war und Mrs. Cowles Ray bat, er solle die Lampe im Wohnzimmer dunkler schrauben, erklärte Carl: »Ich werd es machen, Mrs. Cowles; ich habs näher als Ray«, und sprang davon.

In dem still gewordenen Wohnzimmer stürzte er zu dem Sessel, in dem Gertie gesessen hatte, und küßte schuldbewußt die Lehne. Dann ging er auf Zehenspitzen zum Tisch, blies die Lampe aus, dachte daran, daß er nur den Docht niedriger schrauben sollte, wollte den Zylinder herunternehmen, verbrannte sich die Finger, griff nach seinem Taschentuch, ließ es fallen, ächzte, hob es wieder auf, nahm den Zylinder herunter, legte ihn auf den Tisch, suchte in seinen Taschen nach einem Streichholz, fand eines, ließ es fallen, hob es vom Boden auf, verlor beim Bücken sein Messer aus der Tasche, hatte ein komisches Gefühl an der Kopfhaut, hob das Messer auf, zündete die Lampe wieder an, brachte den Zylinder wieder sorgfältig an Ort und Stelle – und blies die Flamme zum zweiten Mal aus. Und fluchte.

Als das Zimmer sich wieder mit Dunkelheit füllte, kam die Vision Gertie näher. Dann begriff er seinen Zustand und keuchte: »Großer Heiliger Bimbam über allen Wolken! Mir scheint – ich – bin – verliebt! *Ich*!«

Die Gesellschaft war im Aufbruch begriffen. Jeder Junge, der ein Mädchen aus dem behaglich gelben Lampenlicht in den Frost hinausbrachte, lärmte und scharrte im Schnee, um zu zeigen, daß seine Aufmerksamkeit nichts Ernsthaftes bedeutete, und versuchte, augenblicklich sein Mädchen aus der Nähe der andern fortzuschaffen. Mrs. Cowles stand in der Diele – die Gäste nicht verscheuchend, wohlgemerkt, aber durchaus darauf vorbereitet, sich in jeden Abschied zu fügen – als Gertie, die mit sanften Bewegungen und leisen vergnügten Tönen unter den andern umherging, Carl in eine Ecke manövrierte und fragte:

»Bringst du jemanden nach Hause? Mich armes Ding wirst du jetzt wohl ganz vergessen!«

»Keine Rede!«

»Ich wollte dir noch sagen, was Ray und Griffin von Plato erzählt haben, und wie's ist, wenn man Jurist wird. Ist es nicht nett, daß du sie kennen wirst, wenn du nach Plato kommst?«

»Ja, das wird fein sein.«

»Mr. Griffin will Jurist werden, und Ray vielleicht auch. Und warum solltest du's nicht auch versuchen? Du kannst erreichen, daß du Richter wirst und alle wirklich guten Leute kennen lernst. Das wäre reizend … Kultivierende Einflüsse – sie – das – –«

»Ich könnt nie ein erstklassiger Jurist werden wie Griffin«, sagte Carl, den Kopf zur Seite legend, sehr geschmeichelt.

»Natürlich kannst du's, du dummer Junge. Und ich finde, du hast ganz genau so viel Verstand wie er, und sogar in Plato, sagt Ray, bewundern ihn alle … Howard – Mr. Griffin – er sagt, er wäre nie darauf gekommen, Rechtsanwalt zu werden, aber ein Mädel hat einen so guten Einfluß auf ihn ausgeübt, und wenn du auch einmal ein berühmter Mann wirst, vielleicht hab ich dann auch ein ganz klein bißchen Einfluß auf dich ausgeübt, meinst du nicht?«

»O ja!«

»Jetzt muß ich zurück und meinen Gästen Adieu sagen. Gute Nacht, Carl.«

»Ich werd studieren – paß nur auf; und wenn ich nach Plato komm – – Ach herrjeh! Du hast immer einen so guten Einfluß auf mich – –!« Er merkte, daß sie von Adelaide Benner beobachtet wurden. »Na, ich muß gehn. Ich hab mich blendend unterhalten. Gute Nacht.«

Adelaide Benner wartete hoffnungsvoll darauf, daß einer der Jungen sie nach Hause bringe, aber Carl schlich sich schuldbewußt zu Ben Rusk und ordnete an:

»Hauen wir ab, Fatty. Machen wir einen Spaziergang. Ich hab dir was Großartiges zu erzählen.«

Carl wirbelte mit den Füßen Schneewölkchen auf, die im Mondschein glitzerten. Der See dröhnte. Trotz ihren wollenen Fäustlingen, gestrickten Pulswärmern und Plüschmützen mit Ohrenschützern froren sie erbärmlich. Carl verlockte Ben zu Gesprächen über Gertie und die Wonnen langer und hoffnungsloser Liebe. Er entdeckte, daß Ben sich tatsächlich plötzlich in Adelaide Benner verliebt hatte. »Herrjeh!« jubelte er bei sich. »Vielleicht hab ich jetzt Aussichten bei Gertie. Aber ich werd ihr nichts davon verraten, daß Ben nicht mehr in sie verliebt ist. Herrjesus! Es ist doch ein Mordsglück, daß ich Gertie grade in dem Augenblick gefalle, wo sich Ben in eine andere verliebt hat! Komisch, wie so was kommt; und dabei hat sie nie was von Ben gewußt.« Er deckte seine Karten auf. Während sie über die hartgefrorenen Schneeverwehungen stapften und die Arme schwangen wie Kutscher, platzte er mit seinem ganzen

Geheimnis heraus: Gertie sei das »fabelhafteste Mädel in der Stadt«; niemand wisse sie richtig zu schätzen.

»Ho ho!« höhnte Ben.

»Ich hab gemeint, du bist ganz verrückt wegen ihr, und dann fängst du an, dich über sie lustig zu machen! Ein paar feine Kavaliere seid ihr, du und dein Galahad! Du – –«

»Sag nichts über Galahad, oder du kriegsts mit mir zu tun!«

»Der war schon tadellos, aber du bists nicht«, sagte Carl. »Du dürftest überhaupt nie Witze über Liebe machen.«

»Aber du hast doch selber noch heute nachmittag gesagt – –«

»Du armseliges Rindvieh, da hab ich dich doch nur aufgezogen. Nein; wegen Gertie. Die Sache ist die: sie hat mir eine ganze Menge davon erzählt, daß Griffin Anwalt wird und wieviel die Leute in den Großstädten verdienen, und ich bin ziemlich fest entschlossen, ich werd Rechtsanwalt.«

»Ich hab gedacht, du willst Ingenieur werden?«

»Na, darf man sich sowas vielleicht nicht überlegen? Wenn du Ingenieur bist, jagst du immer im Land rum und kannst nie ordentlich rasiert sein und nichts, und du hast gar keine kultivierenden Einflüsse – –«

Das überwältigende Spiel »Was sollen wir werden?« ließ die beiden den Schnee und ihre von der Kälte klamm gewordenen Finger vergessen. Ben, wurde beschlossen, sollte Zeitungsbesitzer werden und den *Attorney-at-Law* C. Ericson bei seinen aufregenden Bemühungen, die Würde eines Staatssenators zu ergattern, unterstützen.

Den Namen Gertie sprach Carl nicht mehr aus. Aber alles, was geredet wurde, bedeutete Gertie.

Als Carl am nächsten Tage seine Bogenlampenrunde machte, schien er dem Äußeren nach ein junger Mensch von robuster Gesundheit zu sein, aber in Wirklichkeit war er ein sich in Liebe verzehrender und unverstandener Träumer. Er hatte eine gute Ausrede für einen Mittagsbesuch bei Gertie gefunden, dort aber die Auskunft bekommen, daß Miss Gertrude ein Schläfchen mache. Er beschloß, zum See zu gehen und nach Kaninchen Ausschau zu halten. Ob er jemals zurückkehren würde, bezweifelte er, und gleichzeitig fragte er sich, ob man ihn vermissen würde. Wem konnte etwas daran liegen, wenn er erfror? Ihm sicherlich nicht! (Immerhin traf er einige Vorsichtsmaßregeln, er zog sich eine Überjacke, zwei Hosen, zwei Paar Socken und Mocassins an.)

Mit der Anmut eines Indianers glitt er auf seinen selbstgefertigten Skiern über die weiten Schneeflächen hin, die den See zudeckten und in dem diffusen Licht des gleichmäßig grauen Himmels funkelten. Das Röhricht am sumpfigen Ufer glitzerte im Frost und klirrte leise. Die morastigen Inseln lagen tief unter dem Schnee. Hügelchen, Eisgeschiebe, durcheinander laufende Nerzfährten – alles verschmolz zu einer einzigen weißen Unendlichkeit, in der Carl sich ausnahm wie eine Fliege auf einer getünchten Decke. Unermeßliche Verlassenheit lag über der Welt. Doch Carl fühlte sich nicht einsam. Er vergaß Gertie ganz, sobald er seine Skier am Ufer versteckte und durch die Wälder stapfte, auf Reisighäuflein sprang und rasch schoß, wenn ein Kaninchen aus seinem Bau hervorflitzte.

Als er drei Kaninchen in der Tasche hatte, überfiel ihn die Melancholie der Einsamkeit, bedrängte ihn plötzlich die Vorstellung der in Silber gekleideten Gertie. Er hatte das Verlangen zu sprechen. Bone Stillman fiel ihm ein.

Es war sehr wahrscheinlich, daß Bone, wie meistens im Winter, sich oben jenseits der Großen Krümmung aufhielt und mit Kreuzstäbchen nach Hechtbarschen angelte. Die Uferstelle mußte etwa drei Meilen entfernt sein. Carl machte sich auf den Weg und eilte durch die Dämmerung, einem Pünktchen gleichend, das sich unaufhaltsam vorwärts bewegt.

Der Kreuzstäbchen-Fischer beobachtet ein Dutzend Kreuzstäbchen – kurze, bewegliche Angelruten, deren Leinen unter dem Eis durchlaufen; der angezapfte Kreuzarm signalisiert das Anbeißen eines Fisches. Manchmal bringt er sich eine kleine Hütte mit; sie mißt etwa eineinhalb mal eindreiviertel Meter und wird von einem winzigen Öfchen geheizt. Bone Stillman verbrachte die Nacht oft in seinem transportablen Häuschen auf dem See, was die allgemeine Überzeugung, er sei der Dorfsonderling, nur noch bestärkte. Aber bei den Lebemännern der Gegend, die dahinter gekommen waren, daß er ein göttliches Poker spielte, erfreute er sich bereits größerer Beliebtheit.

»Hallo, Söhnchen«, begrüßte er Carl. »Komm rein. Deine langen Füße da laß aber draußen am Ufer, drin ist kein Platz dafür.«

»Hör mal, Bone, meinst du, daß man überhaupt mal in einen Kirchenverband eintreten soll?«

»Kommt drauf an. Warum?«

»Na, angenommen, man will Jurist werden und in Politik machen?«

»Du, paß mal auf. Wieso kommst du darauf, daß du Jurist werden willst?«

»Ich hab doch nicht gesagt, daß ich dran denk.«

»Natürlich denkst du dran. Paß mal auf. Weißt du nicht, daß du ne Möglichkeit hast, die Welt zu sehn? Du gehörst zu den glücklichen Menschen, die den Trieb zum Rumzigeunern haben können, ohne daß sie deshalb vor die Hunde gehn, wie ich. Du kannst, du kannst wirklich in Gedanken genau so gut wandern wie in Güterwagen reisen und für die Welt was entdecken. Aber n Jurist – – Das sind Pfaffen. Die bestimmen, was heilig ist, und strafen einen, wenn mans nicht richtig errät. Sie stellen Gesetze auf, die ohne Juristen nicht ausgelegt werden können, und sorgen so dafür, daß sie nicht aussterben. Ich will gar nicht sagen, es ist was Außerordentliches, daß du kein Stubenhocker bist. Bild dir bloß nichts drauf ein. Du bist ein ganz normaler junger Amerikaner. Von der Sorte gibts mehr als genug. Nur, meistens bleiben sie an irgend was hängen, bevor sie kapiert haben, wie groß die Welt ist, in der man rumvagabundieren kann, und davor will ich dich bewahren. Ich will mich nicht lustig machen über die Juristen – – Doch, ich will mich über sie lustig machen. Sie leben in Kalbslederbänden. Junge, Junge, sei um Gottes Willen lebendig im Leben.«

»Ja, aber paß mal auf, Bone; ich hab bloß drüber nachgedacht, das ist alles. Du bläust mir immer ein, ich soll nichts für selbstverständlich halten. Na, auf jeden Fall, sobald ich nach Plato geh, werd ich wissen – –«

»Willst du sagen, daß du auf diese gottverlassene Eintrich-
teranstalt gehen willst? Auf diese Mißgeburt von Universität?
Willst du dein ganzes Leben lang Dame spielen?«

»Ach, ich weiß noch gar nicht recht, Bone. Plato ist doch
nicht so schlimm. Man muß doch schließlich wohin gehen, wo
man unter Leute kommen kann, die wissen, was sich schickt.
Kultivierende Einflüsse und so.«

»Was sich schickt! *Kultivierend*! Junge, Junge, kriegt dich Joralemon in die Klauen? Wenn du das haben willst, was die
Franzosen den großen Lebensstil nennen, wenn du ein tiptop-
per, eins A, original echter, großer feiner Herr werden willst, na
schön, los damit; das ist auch ne Möglichkeit, n großes Spiel zu
spielen. Aber wenns nichts weiter ist wie son muffiger Süßwas-
ser-Nähzirkel wie das Plato College, wo du bei nem nachge-
machten Gelehrten nachgemachte Übersetzungen von überflüssigen Klassikern und bei Weibern mit großen Füßen nachgemachte feine Manieren lernst, mit denen du dich in den wirklichen Salons genau so idiotisch blamieren würdest wie in nem
Holzfällerlager, ja – – Ah, so–o–o–o! Jetzt kapier ich; Mädels,
was? In was fürn Mädel hast du dich denn verknallt, von wem
hast du die Schnapsidee mit Plato?«

»Ach, ich bin nicht verliebt, Bone.«

»Nö, ich glaub auch gar nicht, daß dus bist. In deinem Alter
ist die Wahrscheinlichkeit, daß du verliebt bist, genau so groß
wie die, daß du Großvater bist. Aber ich weiß nicht, irgendwie
hab ich den ganz kleinen komischen Verdacht, daß du *glaubst*,
du bist verliebt. Aber das geht mich ja einen großen Dreck an,
und ich werd dich darüber nicht ausfragen.« Er klopfte Carl auf
die Schulter, was in dem kleinen, dunklen Raum etwas schwierig war. »Jungchen, eins hab ich in meinem Leben gelernt – und
um draufzukommen, hab ich allerhand in mich hineingefres-
sen, auch wenn ich nicht viel Bücher studiert hab und mir nicht
einbilde, daß ich n Mensch bin, der alles aus seiner Erfahrung
erklären kann. Das ist ne Sache, mit der ich nicht ganz fertig
werden kann, weils bei mir nicht dazu reicht, aber trotzdem
weiß ich ganz genau, daß es so ist. Wenn du nicht n Ziel hast,
das so groß ist, daß du's nie ganz einfangen kannst, ist das Leben nichts weiter als ne blödsinnige Partie Dame, die jede Kuh

im Dorfkramladen spielen kann. Du mußt wissen, daß vor dir was ist, was größer und schöner ist als alles, was du schon mal gesehn hast, und darfst nie aufhören, bevor – also, bevor du den Weg überhaupt nicht mehr gehn kannst. Und jede Sache und jeder Mensch, der keine Überraschungen – kapierst du das? – *Überraschungen* für dich mitbringt, ist tot, und sowas mußt du abwerfen wie ne Schlange ihre alte Haut. Du mußt immer dran denken, daß hinter Joralemon Chicago ist, und hinter Chicago Paris, und hinter Paris – na ja, vielleicht ist dann noch irgend n großer Berg im Himalaja da.«

Stundenlang redeten sie, bemühte sich Bone verzweifelt, seine Träume Carl – und sich selbst – klar zu machen. Sie aßen Fisch, den sie auf dem Öfchen brieten, und tranken dazu lauwarmen Kaffee. Sie vertraten sich in der klingenden Kälte vor der Hütte die steifen Beine. Bones nebelhafte Reden zauberten Carl eine Welt unsäglicher Freiheit und Schönheit vor. Doch er war melancholisch. Denn er stand im Begriff, für Gertie Cowles auf sein Bürgerrecht im Wunderland zu verzichten.

Fünftes Kapitel

Das Plato-College in Minnesota ist ebenso ernst und farblos, ebenso langweilig provinziell und menschlich rührend wie ein altjüngferlicher Missionar. Seinen zweihundertfünfzig Studenten, die von der Ackerscholle kommen und nach geistigem Brot verlangen, werden griechische Wurzeln geboten. Rote Backsteingebäude, entworfen von einem Architekten, der Provinzial-Strafanstalten baut, umkränzen den hohen, kahlen, von Kuppeln gekrönten kasernenartigen Grausteinbau der Lehranstalt wie verwelkte rote Blüten einen Grabstein. Eine Weile liegt ein Duft von Holzäpfeln und Präriegras in der Luft, aber bald senkt sich der Winter herab, der so bitter kalt ist wie die Gelehrsamkeit des Präsidenten, des Rev. S. Alcott Wood, D. D. Die Ortschaft und das College Plato nehmen sich auf der weiten Fläche der Prärie kaum imposanter aus als eine Gruppe von Heuschobern. Im Winter gehn die Wege in dem unabsehbaren Weiß unter, die Bäume schrumpfen zu frierenden Skeletten zusammen, und das College sieht aus wie fünf Häuserblocks, die man auf ein erstarrtes Laken gesetzt hat – für warme und ängstliche Seelen kein Obdach, aber auch keine windumrauschte Bergspitze für kühne Geister. Der Schnee deckt alles zu, was im Sommer noch eine gewisse Eigenart hatte, die Säle wirken zur Dämmerzeit noch verlassener als die Prärie selbst – weitaus verlassener als die gelberleuchteten, schlecht gebauten Geschäftshäuser im Ort. Niemals verlieren die Studenten – vielleicht zu ihrem Nutzen, vielleicht auch zu ihrem Schaden – ihren Kontakt mit dem Feldboden. Aus verschlafenen Lehrzimmern sehn die Opfer der Bildung im Sommer auf wogende Weizenfelder, im Winter auf die undurchdringliche Himmelswand. Rasche Schritte und kurzes Lachen der jungen Burschen und Mädchen, heimliches Liebesgeflüster an den Backsteinmauern unter den kühlen Ahornbäumen … das macht Plato der Erinnerung teuer. Aber es verleiht ihm keinen Glanz. Es erklärt nicht, wozu es gut ist, von der Farm zu gehn, wenn man eine andere dafür eintauscht.

Für den Fuchs Carl Ericson, der in Gesellschaft lärmender Jungen mit hohen Mützen und riesigen Sweatern aus dem staubigen Raucherwagen der M. & D. stieg, hatte Plato ein weltstädtisches Gepräge. Als er bescheiden die Hauptstraße entlang ging und zwei vierstöckige Häuser, den Marmorpalast einer Bank und einen über Land fahrenden Straßenbahnwagen erblickte, konnte er sich endlich eine Vorstellung davon machen, wie es in Minneapolis und Chicago sein müßte. Zwei Männer in Sweatern, die mit einem gewaltigen »P« geschmückt waren, Sportsmänner, Generale, Helden, wandelten leibhaftig in den Straßen, und da war auch – wirklich und wahrhaftig und stets zu seinem Dienste – die »College Buchhandlung«, deren Fenster ledergebundene Abhandlungen über Griechisch, Logik und Trigonometrie füllten; und schließlich führte ihn sein Weg durch ein Sandsteintor zu vier, um eine riesige Steinburg gelagerten Gebäuden, deren jedes ungefähr ebenso groß war wie die Höhere Schule in Joralemon.

Ein vergnügt aussehender Funktionär der Young Men's Christian Association, auf dessen Hutband die Inschrift »Y. M. C. A. Empf. Kom.« prangte, lief auf Carl zu, schüttelte ihm eifrig die Hand und erkundigte sich:

»Fuchs, alter Junge? Schon ein Zimmer? Drüben in der Y. M. hängt ne Liste von Logierhäusern. Kommen Sie, ich zeig Ihnen den Weg.«

Er war im Lande Akademien, in Arkadien, im Elysium, mit einem Wort im Plato College aufgenommen.

Man schickte ihn zu einem stattlichen, aber baufälligen Haus, in dem die Witwe eines Collegepförtners regierte, und riet ihm, er solle sich in einem Zimmer einmieten, für das er $ 1,75 wöchentlich als seinen Anteil zu bezahlen hätte. Das brachte mit sich, daß er mit dem Zimmer einen großen, feierlichen Mann übernehmen mußte, der vor ganz kurzem noch Lehrer an einer Dorfschule gewesen war, einen schweren, langsam sprechenden, ernsten Mann von einunddreißig Jahren namens Albert Smith, der als A. Smith eingetragen war und allgemein der »Einfache Smith« hieß. Er pflegte sich zum Studieren die Schuhe auszuziehen und leerte nie das Waschbecken aus. Ihre Unterhaltung im Verlauf der ersten Stunde, die Carl in den Hainen Akademiens verbrachte, bestand darin, daß der »Einfache Smith« bemerkte: »Hoffentlich stören Sie mich nicht durch

Gesinge und Dummheiten und Krachschlagen. Ich bin hergekommen, um zu arbeiten.« Dann wandte Smith sich wieder den großen Büchern zu, die er fleißig durchstöberte, um Weisheiten zu finden, während Carl der braunbekleckten Tapete, der schäbig gewordenen Binsenmatte und dem flachen Kleiderschrank Gesichter schnitt … Aber das Haus gefiel ihm. Es hatte ein richtiges Badezimmer! Zum ersten Male in seinem Leben konnte er in einer Wanne plantschen. Heute würde das Badezimmer vielleicht als primitiv gelten; verweichlichte Seelen würden seine ehrliche Blechwanne, deren Anstrich beständig abblätterte, geringschätzig belächeln; aber verglichen mit dem Schwamm und den beiden, aus der Herdblase in der Ericson-Küche geholten Eimern heißen Wassers, die für ihn jahrelang der Inbegriff luxuriösen Badens gewesen waren, bedeutete es Eleganz und den Garten der Hesperiden.

Übrigens wohnten auch lustigere Gesellen im Haus. Einer, der sich mit Kleiderbügeln sein Brot verdiente und in seinem Zimmer stets einen großen Zigarettenvorrat hatte, war zweiter Vizepräsident des Sophomoren-Jahrgangs. Da das Rauchen allen Platoniern strengstens verboten war, galt das Zimmer dieses Sophomoren als Asyl. Er bestärkte Carl in seinen natürlichen Anlagen zu fröhlicher Lärmerzeugung, während der »Einfache Smith« sogar Einwendungen machte, wenn man beim Ankleiden sang.

Mit vier andern wurde Carl in Mrs. Henkels Studentenkosthaus Kellner und verdiente sich so seine Verpflegung und zwei Dollar in der Woche. Diese zwei Dollar waren sein Taschengeld – eine sehr beträchtliche Summe für Plato, wo die jungen Leute weder rauchten noch tranken; wo man Frackanzüge für geckenhaft und Sweater für etwas sehr Schönes hielt; wo es keine andern Sensationen gab als eine allwöchentlich sich produzierende Truppe, die mit herzergreifenden Stücken, wie »Arm, aber ehrlich«, die Gemüter erregte, und den schon klassisch gewordenen Vortrag »Der Vater der Lügen«, den der Rev. Sam. J. Pitkins alljährlich im Saal der Oddfellows-Loge hielt.

In jedem Brief, den Carl von seinem Vater bekam, mußte er lesen, er sei ein Verschwender. Mit seinen zwei Dollar war er immer im Handumdrehn fertig. Er gehörte als ständiges

Mitglied dem inoffiziellen Club an, der in der Eckdrogerie seinen Standort hatte; man trank da Kaffee-Soda, diskutierte über Sportereignisse und starrte die vorüberkommenden Mädchen an. Es gab keine wilde Unternehmung, zu der er nicht bereit gewesen wäre – und mochte sie auch fünfzig oder sechzig Cent verschlingen. Mit dem Vizepräsidenten der Sophomoren und John Terry aus dem Fuchsjahrgang (der unter dem Namen »Der Türke« bekannt war) wanderte er oft in die nahe gelegene Ortschaft Jamaica Mills, um Poule zu spielen, türkische Zigaretten zu rauchen und Bier zu trinken.

Die Arbeit, die Carl im Kosthaus tat, brachte ihn mit hübschen Studentinnen zusammen und diskreditierte ihn gesellschaftlich keineswegs. Das kleine College besaß die Tugend wahrer Demokratie in solchem Maße, daß es sich nie mit seiner demokratischen Gesinnung brüstete. Mrs. Henkel, die Inhaberin des Kosthauses, wurde hin und wieder, wenn sie sich mit erhitztem Gesicht und in Unordnung geratener Frisur über den Küchenherd beugte, ihren Studentenkellnern gegenüber ironisch; sie meinte dann, die jungen Leute sollten »die Freundlichkeit haben und ein paar Teller und Schüsseln gleich jetzt abwaschen, bevor das Courschneiden anfängt.« Doch die Füchse sangen beim Reinigen und Abtrocknen des Geschirrs Lieder; sie debattierten über die Vorzüge des »humanistischen« vor dem »naturwissenschaftlichen« Unterricht. Während sie bei Tisch bedienten, nahmen sie an den Scherzen und Diskussionen teil, mit denen die Studenten sich in Mrs. Henkels Speisesaal beschäftigten – es war ein sonnenhelles Zimmer, das ganz besondere Zierden aufzuweisen hatte: einen Kanarienvogel, eine Katze, eine Portiere aus Goldschnur, einen bequemen Schaukelstuhl mit einem Platokissen, einen Ofen mit Nickelverzierungen, zwei Geranien und eine in Eiche gerahmte Photographie der siegreichen Fußballmannschaft Plato 1899.

Carl fand rasch Aufnahme bei den Jungen und Mädchen, die sich des Abends um das Klavier versammelten. Seine geschmeidig wirkende Gestalt, seine etwas täppische Schüchternheit, seine in aller Ruhe kampflustige Würde und sein ewiger Drang nach Neuem trugen ihm Achtung ein, wenngleich er so kindisch war, daß er nur im Busen der dicken, lustigen, wuschelköpfigen, bonbonlutschenden Mae Thurston Bewunderung erregte. Mae übte einen solchen Einfluß auf Carl aus, daß er es lernte, ganz nebenbei witzig zu sein; außerdem studierte er einen neuen Tanz namens »Boston«, den Mae aus Minneapolis mitgebracht hatte, obwohl sich jedermann über diesen Rivalen des Walzers und des Twosteps lustig machte. Er beherrschte alle gesellschaftlichen Künste des Kosthauses. Doch er eilte stets fort, um Fußball zu trainieren, das Kraftwerk Platos zu umschleichen, Zeitschriften im Lesesaal der Y. M. C. A. zu durchblättern, ja sogar um zu studieren.

Obgleich in Plato alles einander kannte, hatte Carl nur sehr geringe Aussichten, aus der Klasse der geschirrwaschenden und heizungbedienenden Studenten in höhere gesellschaftliche Sphären aufzusteigen. Jene untadelhaft Vornehmen, Murray Cowles und Howard Griffin, luden ihn nie in ihr Zimmer ein (in einem Haus in der Elm Street, das einen vornehmen Aufgang hatte und von den Klängen eines Klaviers erfüllt war). Ben Rusk, der auf das Oberlin College gegangen war, und Joe Jordan, der jetzt in der Joralemon Speciality Manufacturing Company arbeitete, fehlten ihm sehr.

Der Betrieb am College mit seinen Vorurteilen, seinem provinziellen Zuschnitt, seiner Atmosphäre von Mißtrauen war für die strebsamen, zielbewußten Studierenden eine Gefahr; den andern wiederum, den Schwachen, konnte er die fehlende Sicherheit nicht geben. Die Studien waren zum größten Teil barer Unsinn – zweifelhafte Mathematik, veraltete Botanik, schlechtes Deutsch und ein geradezu militärischer Drill im Konjugieren griechischer Verben; dieser stand unter der Leitung eines kleinen wichtigtuerischen, schnauzbärtigen, kaltäugigen und stets erkälteten Männleins mit einer Unteroffiziersseele, der die leidende Menschheit mit dem viermillionten Xenophonkommentar heimgesucht hatte. Nur wenige unter den Studenten begriffen die Müßigkeit des ganzen Treibens; sicherlich gehörte Carl, der einen gesunden Schlaf hatte und ein überzeugter Jünger des Fußballspiels war, nicht zu diesen Ausnahmen.

Lebensgewohnheiten rechtfertigen sich selbst. Man kommt dazu, alles für selbstverständlich zu halten, seine Nachbarn ernst zu nehmen, ob man nun in Plato oder Persien, in Mrs. Henkels Küche oder einer Schiffsback lebt. Die Platonier eilten ihren verschiedenen Zielen zu, sie wollten Lehrer an einer höheren Schule oder Juristen werden, wollten heiraten oder für immer ihren Eltern entrinnen; sie hatten ihre kleinen Liebesgeschichten und waren faul; sie aßen, sie schworen schlechten Gewohnheiten ab und hatten religiöse Regungen; sie langweilten sich nicht allzu sehr, amüsierten sich selten und waren stets bereit, über ihre Bekannten zu klatschen – um kein Haar anders als Herzöge oder Verkäufer in Delikatessenläden. Sie spielten eben ihr Spiel. Aber das Spiel war so klein, schloß alle anderen Spiele so sehr aus, daß es die Tendenz hatte, seine Opfer zu verzwergen – und unruhige Kinder wie Carl setzen sich instinktiv gegen diesen Verzwergungsprozeß zur Wehr. Sie haben das Bestreben, sich mit andern Rebellen zusammen zu tun. Carl schloß sich einer Gruppe ungeschliffener Füchse an, die gleich ihm in aller Ahnungslosigkeit rebellierten. Sie nannten sich »Die Bande« und hatten ihr Hauptquartier im Zimmer ihres inoffiziellen Anführers John Terry; dieser, ein brünetter Junge mit einem lauten Lachen, führte den Spitznamen »Der Türke«; er hatte die Gewohnheit, seinen Mitmenschen auf die Schulter zu klopfen, war in allen Teufeleien höchst erfinderisch und versprach als Fußballspieler sehr viel.

Die meisten Colleges in kleinen Orten, und unter ihnen gibt es so manche gute, haben ihre »Banden« von Jungen, die aller Voraussicht nach einmal ehrenhafte Männer und Väter sein werden, aber in der Collegezeit der Meinung sind, es beweise Heldentum, wenn man sich fortstehle und alles Mögliche zertrümmere, und es sei witzig, Landmädchen in schmutzigen Liebeleien auf Abwege zu führen. Je abgelegener die Lehrstätte ist, desto ungestümer äußert sich der Tatendurst der Jungen, denn die gärenden Lebenskräfte der Entwicklungsjahre verlangen nach einem Ventil. Die Bande des Türken bemalte die Statuen des Bürgerkrieg-Denkmals, sie stahl Ladenschilder und produzierte unerwartete und unerträgliche Geräusche in stillen, friedlichen Nachtstunden.

Aus dem Nichts albern vertaner Tage zieht die Jugend eine geheimnisvolle Schönheit, wie die Seidenraupe ihr köstliches

Material aus wertlosen Blättern gewinnt. Carl mußte sich durchaus nicht überwinden, um mit der Fußballmannschaft zu trainieren; es bereitete ihm eine gewisse Märtyrerfreude, die Puppe anzugehen und sich die Nase auf dem gefrorenen Erdboden zu zerschinden. Ein heiliger Ehrgeiz durchglühte ihn, als der Trainer, ein früherer Champion der Universität von Minnesota, namens Bjorkan, ihm sagte, daß er in ein oder zwei Jahren vielleicht wirklich »repräsentativ« sein werde; daß er viel mehr Aussichten habe als Ray Cowles, der – während Carl einzig und allein daran dachte, das Seine zum Sieg der Mannschaft beizutragen – viel zu sehr mit seinem Hochschul-Honoratiorentum beschäftigt war, um sich in das Ringen um den Ball einzulassen.

Bei den Spielen wurde Carl toll vor inbrünstigem Eifer. So oft er, den mit veitstanzartigen Bewegungen gegebenen Anweisungen des Einpeitschers folgend, brüllte oder nach der Melodie des Schlagers »Auf dem Pflaster von New York« mit schallender Stimme »Im Fußballtor von Plato« sang, glaubte er allen Ernstes, sein Vaterland zu retten. Wahrhaft patriotische Tränen stiegen ihm in die Augen, als der erprobte Einpeitscher die heiseren Stimmgewaltigen Platos im kritischen Augenblick eines nahezu aussichtslosen Spieles gegen das Militärinstitut von Minnesota zu einem letzten Kampfgebrüll anfeuerte. Das war der nervenstählende Schlachtgesang von Männern, die mit geballten Fäusten und emporgeschleuderten Armen aufstanden, um ihrem College in seiner verzweifelten Notlage zu Hilfe zu kommen, und dann – Herrgott! Pete Madlung bekam den Ball in die Hände und setzte zu einem langen Lauf, zum Sieg an, und alles sprang in wahnwitziger Begeisterung auf die Füße ... In der nächsten Woche, als sie von der Universität Keokuk vierzig zu eins geschlagen wurden, stand Carl weinend da und jubelte der besiegten Platomannschaft zu, bis ihm der Hals brannte.

Seine Liebe teilte er zwischen dem Lachen des Türken, Mae Thurstons Freundlichkeit und den Experimenten im Physiksaal. Und er war überzeugt davon, daß er auf dem besten Wege zu dem Stand der Gnade sei, in dem er danach streben dürfte, Gertie Cowles zu heiraten.

Er dachte nicht jeden Tag an sie, aber stets war sie irgendwo in seinen Gedanken, und unweigerlich riefen die Heldinnen der Magazingeschichten ihm etliche ihrer Tugenden ins Gedächtnis. Sie langweilte sich in Joralemon, und gelegentlich schrieb sie an Carl. Aber sie war noch immer erhaben – versuchte »einen guten Einfluß auf ihn auszuüben« und gab ihm den Rat, er solle »den Umgang mit netten Leuten pflegen«.

Er zweifelte nicht daran, daß er um ihretwillen Rechtsanwalt werden würde, wußte dabei aber ganz genau, daß ihn der Wunsch, Tiefbauingenieur oder Maschinenbauer zu werden, früher oder später vor einen Konflikt stellen müsse.

Ein wärmerer Tag im Januar. Carl wanderte meilenweit in das Hügelland nördlich von Plato hinaus. Eines der Bandenmitglieder zum Spazierengehn zu überreden, war ihm nicht gelungen, aber seine eigenen Lungen verlangten nach dem Freisein. Er stapfte mit seinen schweren Stiefeln durch vereiste Tümpel, rief einen nur in seiner Phantasie existierenden Hund und gewann olympische Streckenläufe vor Millionen von Zuschauern, bis er zum Hiawatha Mound, einer Anhöhe acht Meilen nördlich von Plato, kam. Unter dem Gipfel hockte in einem steinigen, sonnenbeschienenen Bachbett eine einsame Gestalt, die auf die winterliche Prärie hinausblickte. Als Carl näher kam, sah er, daß es Eugene Field Linderbeck war, ein Platofuchs. Das amüsierte ihn. Grinsend legte er sich ein Gespräch zurecht. Es hieß allgemein, Genie Linderbeck sei »verdreht«. Er war ein frühreifer Junge von fünfzehn Jahren, der beste Lerner in seinem Jahrgang; man erzählte sich von ihm, er interessiere sich auch außerhalb des Unterrichtes für griechische Bücher, sei ein Freund des Teetrinkens und entbehre ganz und gar der drei männlichen Tugenden: Sporttreiben, Flirten und Übertreten der Vorschriften durch Rauchen. Genie war klein, blutarm und zu gut angezogen. Er stotterte ein wenig und sah einen immer zweifelnd aus großen und kindlichen Augen an, die unter seiner blassen, knolligen Stirn mit dem wirren mausbraunen Haarschopf darüber nur umso unheimlicher wirkten.

»H'lo, Söhnchen!« begrüßte ihn Carl und setzte sich neben ihn auf einen Stein, aber Genie gab keine Antwort.

»Was ist denn los, Genie? Du siehst so schief gewickelt aus.«

»Warum kann mich keiner von euch leiden?«

Carl war zu Mute wie einer Wanze, die von einem Deutschprofessor genau in Augenschein genommen wird. »W-wieso, was meinst du, Genie?«

»Keiner von euch nimmt mich ernst. Ihr kümmert euch einfach nicht um mich. Und ihr haltet mich für einen Streber. Das bin ich aber nicht. Ich lese eben gern. Das ist alles. Vielleicht meint ihr, ich will vom Sport nichts wissen, obwohl ich etwas leisten könnte. Ich wäre froh, wenn ich laufen könnte wie du, Ericson! Ach verflucht! Ich war so glücklich und zufrieden hier, ganz allein auf dem Mound, wo die Aussicht so schön ist, und – und jetzt bin ich wieder so weit, daß ich dich beneide.«

»Aber, Junge, ich – weißt du – weißt du, wir bewundern dich sicher viel mehr, als wir uns anmerken lassen. Kopf hoch, Alter. Wenn du mal die Abschiedsrede hältst und in der Debattiermannschaft bist und Hamlin schlägst, wirst du die ganze Bande auslachen, und wir werden stolz sein, wenn wir nach Hause schreiben dürfen, daß wir dich kennen!« Carl hätte sich dafür ohrfeigen können, daß er sich jemals über Genie Linderbeck lustig gemacht hatte. »Du hast mir immer kolossal geholfen, wenn ich wegen der verdammten griechischen Syntax was von dir wissen wollte. Wir beneiden dich wahrscheinlich ganz einfach. Du – äh – du *darfst* dich eben von niemand zum Narren halten lassen –«

Der feste, jugendlich vertrauensvolle Blick Genies machte Carl verlegen. Er bückte sich, hob eine Hand voll Kiesel auf, mit denen er die Landschaft beschoß, und stammelte: »Sag doch, warum kommst du nicht mal zum Türken ins Zimmer, um mit der Bande besser bekannt zu werden?«

»Wann soll ich kommen?«

»Wann? Ach, aber Donnerwetter! – du weißt doch, Genie – komm einfach, wanns dir paßt.«

»Also gut.«

Carl brach der Angstschweiß aus, als er daran dachte, was die Bande mit ihm anstellen würde, sobald sie erfuhr, daß er

Genie eingeladen hatte. Aber er blieb bei der Stange. »Komm doch zu mir, so oft du kannst, und hilf mir beim Ochsen«, fügte er hinzu. »Red dir bloß nicht ein, wir erweisen dir eine Lause-ehre, wenn wir dich in unserer Nähe dulden. Du hilfst doch uns. Mit unserem Grips ist es nicht weit her, fürcht ich ... Komm zu mir, wann du willst ... Na, wenn ich noch was schaf-fen will, muß ich mich wieder auf die Beine machen. Komm heut abend zu mir rauf.«

»Du solltest einmal am Sonntagnachmittag mit mir zum Tee bei Mr. Frazer gehen, Ericson.«

Henry Frazer, M. A. (Yale), Dozent der englischen Litera-tur, gehörte zu den Collegemysterien. Er war ein junger Mann mit schütterem Haarwuchs, der seine Arbeit über alles liebte; seine Arbeit, das hieß für ihn Seelen retten, indem er über Mil-tons Lycidas und Comus las. Dies war sein erstes Jahr nach der Promotion, sein erstes Jahr in Plato – und vielleicht auch sein letztes. Man raunte einander zu, er sei ein Jünger der sozialisti-schen Lehre, und der Präsident, der Rev. Dr. S. Alcott Wood, hatte für derartige Verstiegenheiten keinen Sinn.

Carl wunderte sich: »Du gehst zu Frazer?«

»Aber natürlich!«

»Ich dachte, den kann kein Mensch riechen. Er soll doch Anarchist sein, und außerdem weiß ich, daß er ganz verrückte Sachen in seiner englischen Literatur verzapft; das sagen alle, die in seinen Vorlesungen sind.«

»Die Dummköpfe können ihn alle nicht riechen. Deshalb verkehr ich ja bei ihm.«

»Wirst du von den Jungs nicht – äh – so n bißchen –«

»Ja«, piepste Genie in kindlicher Wut, die ihn zum Stottern brachte. »Sie z-ziehen mich auf, weil ich für Frazer bin. Er ist – er ist der einzige Le-lehrer hier, der nicht p–p–p–«

»Spucks aus.«

»– provinziell ist!«

»Was meinst du mit ›provinziell‹?«

»Beschränkt. Mit Bauernansichten. Weißt du, was Bernard Shaw sagt – –?«

»Ich hab nie in meinem Leben ein Wort von ihm gelesen, mein Junge. Und ich muß dir auch sagen, für mich besteht ne

Unterhaltung nicht darin, daß mir einer alle paar Sekunden die Frage ›Hast du das gelesen?‹ an den Kopf wirft und ich dann antworte: ›Nein, hab ich nicht. Ist es interessant?‹ Wenn die Unterhaltung bei Frazer so aussieht, kannst du gleich auf mich verzichten.«

Genie lachte. »Findest du nicht, daß es viel interessanter für dich ist, mich durch den Kakao zu ziehen, als wenn du Terry zehn oder zwölf mal am Tag sagst, er hat ›Fledermäuse im Hirnkasten‹?«

»Gut, mein Sohn, da hast du recht. Vielleicht geh ich mit dir zu Frazer. Mal.«

Am nächsten Sonntag erschien Carl bei Professor Henry Frazers Tee.

Seinem Äußeren nach paßte das Haus durchaus nach Plato; es war einfach und langweilig, der Anstrich bröckelte ab, es hatte süßliche Stuckarbeiten über der Eingangstür und sah im übrigen so aus wie eine Präriescheune, aber das Wohnzimmer kam der Schönheit näher als alles, was Carl bis jetzt gesehen hatte. Dem Geschmack der damaligen Zeit entsprechend war es im Missionsstil eingerichtet, mit lohfarbenen Tapeten, an denen deutsche Farbdrucke hingen, mit brauner Holztäfelung und großen Lederkissen, nicht wie die Häuser der anderen Professoren mit Patentschaukelstühlen und Kohledrucken von römischen Baudenkmälern. Während Carl mit Genie Linderbeck auf das Erscheinen Frazers wartete, entdeckte er auf dem Eichentisch Bücher, wie er sie niemals zu Gesicht bekommen hatte, köstliche, in rotbraunes und olivgrünes Leinen mit komplizierten Goldmustern gebundene Bücher aus England, die schwer aussahen, in der Hand jedoch erstaunlich leicht waren; Bücher über keltische Legenden, provençalische Minstrels, Japandrucke und andere Dinge, von denen ihm niemals etwas zu Ohren gekommen war; für Carl, dessen Lektüre bisher aus schmierigen Lehrbüchern und den seichten Romanen betriebsamer Damen bestanden hatte, war dies alles so neu und verwirrend, daß er mit einem Male etwas von Kultur und Bildung hielt.

Professor Frazer erschien, er trat *nach* seiner zarten Frau und seiner hübschen Schwägerin ins Zimmer; Carl trank Tee (mit Zitrone, nicht mit Milch) und hörte erstaunliche Gespräche und einige, teils heroische, teils beunruhigend musikalische Strophen von einem neuen Dichter, W. B. Yeats, einem Iren, der etwas mit einer Sache zu tun hatte, welche die Gaelische Bewegung hieß. Professor Frazer war von einer merkwürdigen, ganz leichten Freundlichkeit; seine Schwägerin, eine Diana in Braun, erkundigte sich bei Carl respektvoll nach den praktischen Möglichkeiten der Automobile, und alle, darunter auch zwei eben erst gekommene »obergescheite« Senioren, lauschten kopfnickend und interessiert, während Carl in großer Verlegenheit jeden einzelnen der neuen Wagen, die es in Plato und Jamaica Mills gab, exakt beschrieb. Als es dunkel wurde, spielte die Diana in Braun MacDowell, und das Licht der Lampe mit dem Seidenschirm fiel auf das Bild eines Schweizer Märchendörfchens.

Noch am gleichen Abend rang Carl im freien Stil mit dem Türken auf dessen Bett, auf dem Boden, nahezu bis vors Fenster hinaus, um den Wert Professors Frazers und der Bildung zu beweisen. Am nächsten Vormittag belegten Carl und der Türke Frazers Wahlkursus über moderne Dichtung, eine nicht methodische Reihe von Vorlesungen, in denen von Tennyson und Browning allerdings nicht die Rede war. Carl entdeckte also Shelley und Keats und Walt Whitman, Swinburne und Rossetti und Morris. Das Lesen fiel ihm so schwer, daß er von Wort zu Wort kriechen mußte, als wären es Eisschollen in einem reißenden Strom der Gefühle. Die ewigen Anspielungen waren sehr ermüdend. Aber er zog sich die Schuhe aus, legte die Füße auf den Bettrand, trommelte mit einer Schere auf seinen Knien herum und ließ in seiner gewaltsamen Jagd nach dem Schönen nicht ab. Der Einfache Smith wälzte unterdessen ein lateinisches Lexikon oder gönnte sich ein wenig Erholung, indem er in Rev. Mr. Todds *Handbuch für Studenten* las, jener Perle der Weckuhr- und Wassereimer-Epoche der amerikanischen Colleges.

Wieso Genie Linderbeck davon überzeugt sein konnte, daß Worte lebendige Wesen seien, die träumen und singen und kämpfen können, verstand Carl niemals. Doch es wurde ihm klar, daß das Geheul der Bande nicht die letzte Vollendung der sprachlichen Möglichkeiten bedeutete.

Im Frühling seines Fuchsjahres gab Carl die Kellnerdienste auf und wurde Chauffeur bei einem Bankier in der Ortschaft. Er lernte jede Schraube und Feder im Wagen kennen. Er brachte auch Genie dazu, daß er auf den Sportplatz mitkam. Carl eroberte sich eine Stellung in der Collegemannschaft als Achthundertmeter-Läufer und ging wütend auf zwei Füchse und einen Junior los, weil sie über Genies Beine gelacht hatten, die aus den weiten Rennhosen heraustaken wie Strohhalme aus einem Limonadenglas.

In dem großen Wettkampf mit der Hamlin-Universität, in welchem Plato allerdings in den meisten Kategorien unterlag, siegte Carl im Achthundertmeter-Lauf. Er wurde in die exklusive Bundesbrüderschaft Omega Chi Delta gewählt, der Ray Cowles und Howard Griffin angehörten. Das versetzte ihn jedoch weit weniger in Aufregung als die Aussicht, daß er den Sommer mit dem Türken oben im Norden, im Hartweizen-Land, verbringen und mit einer Rotte von Drahtlegern aus Minneapolis eine Überlandleitung für die Telegraphengesellschaft bauen sollte.

Ach ja. Und Gertie sollte er in Joralemon sehen … Von ihr war ein ganz begeisterter Brief gekommen, als er im Achthundertmeter-Lauf gesiegt hatte.

Sechstes Kapitel

Zwei Stunden nach seiner Ankunft in Joralemon, wo er bis zu seiner Abreise nach dem Norden eine Woche bleiben wollte, sah er Gertie. Sie saßen in Schaukelstühlen auf dem Rasen, waren verlegen, schaukelten ausgiebig und schwatzten darauf los. Mrs. Cowles war überrascht und nicht gerade sehr erfreut, als sie ihn erblickte, aber Gertie murmelte, daß sie sehr vereinsamt gewesen wäre, und Carl hatte die Empfindung, er müsse Mrs. Cowles' Geringschätzung gegenüber edle Geduld an den Tag legen. Er ging so weit, »O Gertie!« zu seufzen, erschrak dabei aber, als binde er sich damit fürs Leben. Die vielen Kämme, die in Gerties Frisur staken, störten ihn. Er bemerkte, daß sein Schaukelstuhl in den Scharnieren knarrte, und erdachte eine Methode, ihn mit Eisenbändern zu versteifen. Sie sprudelte hervor, er werde der Große Mann in seinem Jahrgang werden. Er sagte: »Ach Quatsch!« und hatte das Gefühl, sein Kragen sei ihm zu eng … Er ging nach Hause. Sein Vater bemerkte, Carl komme zu spät zum Abendessen, er sei in Plato verschwenderisch gewesen, und »mit der ganzen Streckenläuferei« werde er schwerlich Geld verdienen. Doch seine Mutter strich ihm über das Haar und nannte ihn ihren großen Jungen … Er wanderte zu Bone Stillmans Hütte hinaus – er brannte vor Ungeduld, dem alten Pionier die Hand zu drücken – und wurde, zum ersten Mal seit seiner Heimkunft, beredt! Er erzählte von Professor Frazer und den Wonnen der Dichtkunst. Es war eine sehr anstrengende Woche für Carl in Joralemon. Adelaide Benner gab ein Abendessen für ihn. Sie saßen lachend und plaudernd unter den Bäumen, während auf den schwach erhellten Straßen Fahrräder vorbeiflitzten, und Leute, die er seit jeher kannte, flüsterten einander zu, dieser Ehrengast sei der als Held heimgekehrte Carl Ericson.

Zweimal fuhr Carl mit Gertie zum Tamarack See. Sie saßen am Ufer, und er schwatzte, während er flache Steine über das Wasser hüpfen ließ und mit seiner alten Mütze nach den lästigen Bremsen schlug, von den Großtaten des Türken, dem Automobil des Bankiers und den nebelhaften Hintergründen von Professor Frazers Vorlesungen. Gertie schien interessiert zu sein und lächelte in regelmäßigen Abständen; sobald sich Carl jedoch bei einer von Frazers abstrakten Theorien aufhielt, unterbrach sie ihn mit höchst konkretem Klatsch aus Joralemon … Er hatte den Argwohn, sie habe nicht ganz mit der Zeit Schritt gehalten. Sie machte zwar eine Anspielung auf New York, aber da er eben dieselbe Anspielung schon etliche Male im Laufe der beiden letzten Jahre vernommen hatte, gehörte sie für ihn zu Joralemon … Er hielt sie nicht einmal bei der Hand, wenn er auch darüber nachdachte, ob er es nicht tun könnte: ihre Hand lag so achtlos neben dem Rock auf dem Sand … In der Abenddämmerung des frühen Juni radelten sie zurück. Carl war guter Dinge, als ihre Räder mit langgedehntem, energischem Knirschen über die Straßen dahinfuhren. Die leisen Rhythmen der Frösche dämpften das Klirren ihrer Pedale, und der Himmel war riesengroß und hell und sehnsuchtsvoll.

Gertie jedoch schien nicht so guter Dinge zu sein.

Am letzten Abend seines Aufenthaltes in Joralemon veranstaltete Gertie ihm zu Ehren einen Leiterwagenausflug. Während die schmale Sichel des jungen Mondes still über den Nachthimmel wanderte, sangen sie alle schönen alten Lieder. Carl drückte Gertie die Hand, und sie erwiderte den Druck so rasch, daß er verlegen wurde. Unter dem Vorwand, bei dem Auspacken des Korbes mit dem Ingwerbier, den Hühnerbroten und den drei Kuchenarten helfen zu müssen, zog er seine Hand so schnell wie möglich zurück.

Dieselbe Gesellschaft gab Carl das Geleit auf den Bahnhof der M. & D. Als der Zug sich in Bewegung setzte, sah Carl, wie Gertie sich trostlos umwandte; ihre Schultern fielen vornüber, ihre Bluse zog sich am Rücken hoch. Er beklagte es, daß er in dieser Woche nicht zärtlicher zu ihr gewesen war. Er malte sich aus, wie er, eingehüllt vom Duft des Nachmittags, hingerissen vom Mysterium des Geschlechts und von dem ehrfürchtigen Verlangen, ihr in ihrer Einsamkeit Schutz und Beistand zu gewähren, Gertie am Ufer des Tamarack-Sees küßte. Er wollte zurück – zurück für einen Tag noch, für einen Ausflug mit Gertie. Aber er nahm eine technische Zeitschrift in die Hand, sah einen Artikel über Segelflugzeuge, las im ersten Abschnitt eine

Prophezeiung über das Flugwesen, ließ sich in seinem Sitz zurücksinken, steckte den Kopf in die Zeitschrift – und das Nachmittagsidyll mit Gertie war verschwunden.

Dieser Aufsatz über Segelflugzeuge fiel ihm im Juni des Jahres 1905 in die Hände. Die Eroberung der Luft stand noch so sehr in den Anfängen, daß ihm alles, was er da las, neu und wunderbar erschien; denn es war drei Jahre, bevor Wilbur Wright die Welt mit seinen Flügen in Le Mans in Erstaunen versetzte; vier Jahre, bevor Blériot den Kanal überflog – allerdings war es auch schon eineinhalb Jahre her, daß Wright zum erstenmal heimlich in einem motorgetriebenen Aeroplan in Kittyhawk aufgestiegen war, und vierzehn Jahre, daß Lilienthal seine aufsehenerregende Serie von Segelflügen begonnen hatte, denen die Experimente Pilchers und Chanutes, Langleys und Montgommerys folgten.

In dem Artikel wurde erklärt, wenn man nur Benzin- oder Alkoholmotoren herstellen könne, die leicht genug seien, werde in zehn Jahren alle Welt ins Bureau fliegen; jetzt sei es an der Zeit, daß junge Leute als Pioniere des neuen Zeitalters den Segelflug übten. Carl kam zu dem Schluß, das Fliegen wäre sogar noch schöner als das Automobilfahren. Er machte Entwürfe für drei epochemachende neue Aeroplane, die er mit einem zerbissenen Bleistiftstummel an den Rand der Zeitschrift zeichnete.

Gertie war meilenweit weg, verborgen hinter unzähligen Dreideckern und Helikoptern und raffinierten Eindeckern, welche der erfinderische Zauberer C. Ericson schuf und erbarmungslos wieder vernichtete … Im Sitz gegenüber begann ein kleiner Junge zu heulen; Carl nahm ihn seiner ermüdeten Mutter ab und überredete ihn dazu, Fuchs und Gans zu spielen.

Zu dem Türken und den Drahtlegern stieß er in einem Prärieflecken – einem Haufen zerstreut auseinanderliegender, ungestrichener Holzhütten mit Kaufläden, deren, von Blechgiebeln gekrönte, falsche Fronten eine Höhe von zwei Stockwerken vortäuschen sollten. In den Höfen waren Schweineställe, und die einzige Kirche der Ortschaft hatte einen vierschrötigen weißen Turm, dessen Höhe durchaus nicht imponieren konnte. Vor einer nicht gerade freundlich aussehenden Kneipe standen

Bauernfuhrwerke. Carl war sehr schlecht gelaunt, doch der Türke machte ihn mit einem Hörer der pharmazeutischen Fakultät der Universität in Minnesota bekannt, der seine Ferien bei den Arbeitern verbrachte, und sie wanderten zu dritt über duftende Wiesen. So begann bei Carl ein Sommer des rasenden Tempos.

Die Arbeiter legten den ganzen Tag hindurch Telephondraht von Mast zu Mast, wobei sie die Späße weit herumgekommener Männer trieben, und an den Sonntagen faulenzten sie auf Heuschobern und tauschten Erinnerungen über Schicksale aus, die sie zwischen Winnipeg und El Paso erlebt hatten. Carl faßte den Entschluß, nach seinen Prüfungen mit Gertie zu diesem Leben der Natur zurückzukehren. »Mit der Zeit« würde er eine Ranch kaufen. Oder er würde mit dem Türken Forschungsreisen in Alaska oder im Orient unternehmen. »Jus?« pflegte er sich in seinen Monologen zu fragen, »Jus? Ich in einem muffigen Bureau? Kommt gar nicht in Frage!«

Vier Wochen lang blieb die Drahtlegerkolonne in einer ganz jungen, rasch aufblühenden Stadt von neuntausend Einwohnern, wo sie ein komplettes Telephonnetz einrichteten. Im Südosten der Ansiedlung lagen sanft ansteigende Anhöhen. Als Carl am ersten Abend nach ihrer Ankunft mit dem Türken und dem Mann von der pharmazeutischen Fakultät auf einem Hügel stand, erzählte er ihnen von den Prophezeihungen der Zeitschrift über die Aviatik und fügte hinzu, diese Hügel wären Lilienthal für seine Segelflüge wahrscheinlich geeignet erschienen.

»Hört mal! Großer Strohsack und Heiliger Bimbam! Bauen wir uns doch einen Segelflieger!« rief er begeistert aus.

»Ausgezeichnet!« antwortete der Pharmazeutiker. »Wie würden Sie das anstellen?«

»Na ja – äh – ich denke, man könnte aus Weiden ein Gestell machen – das heißt, man müßte; die Weiden an den Bächen sind die einzigen Bäume hier in der Gegend. Und das Gestell würde man mit gefirnisstem Leinen bespannen – so hats wenigstens Lilienthal gemacht. Aber der Teufel soll mich holen, wenn ich weiß, wie man die Tragflächen biegen – krümmen – muß, so hat ers gehabt. So muß es sein. Man wird wohl gekrümmte Spreizen nehmen müssen. So wie Viertel-Faßreifen … Aber am besten wärs wohl, wir versuchten einen Chanute-Segelflieger zu machen – einfach zwei glatte übereinander angeordnete Flächen statt einer einzigen, die ganz in sich verdreht ist wie ein Fledermausflügel, so wie das Segelflugzeug Lilienthals war … Oder wir können ein paar Experimente mit Papiermodellen machen – Aber nein! Donnerwetter! Bauen wir uns nen Segelflieger.«

Und das taten sie auch.

Mit brennenden Köpfen studierten sie die nüchtern aussehenden Auftriebs- und Luftwiderstandstabellen, die Carl telegraphisch in Chicago bestellt hatte. Nur mit ihren Unterhemden bekleidet, arbeiteten sie alle heißen Prärieabende hindurch in dem nach Oel riechenden, fettigen Generatorenraum des Kraftwerks, vor den Dynamos, die ununterbrochen bösartig grüne Funken sprühten und zur Begleitung des modernen Zauberwerks die mystische Silbe »Om-m-m-m« summten.

Sie gingen auf die Suche nach zwei Zentimeter starken Weidenschößlingen, vertauschten sie aber schließlich mit lufttrockener Esche vom Holzhof. Sie überzogen Leinen mit einer dünnen Firnisschicht, sie unterbrachen sich, um wütende Debatten über Einfallwinkel zu führen und zu brüllen: »Also dann sieh doch mal her, du Schafskopf; ich werd dirs aufzeichnen.«

Am letzten Sonntag, den sie in der Stadt verbrachten, stellten sie ihren Segelflieger zusammen; er hatte eine einzige Tragfläche wie ein Monoplan, eine Spannweite von sechsdreiviertel Metern, einen Schwanz und unterhalb der Tragfläche eine Doppelstange, in die sich der Flieger einhängte; für die Hände waren zwei Halteschnüre an der Vorderkante der Tragfläche angebracht; ausbalanciert wurde die Maschine durch Körperbewegungen.

Am Montag luden sie das Segelflugzeug in der Morgendämmerung auf einen Wagen und galoppierten damit zu einem zwölf Meter hohen Hügel hinaus. Sie starrten den sanften Abfall hinab, dessen Steilheit und Länge mit jeder Sekunde wuchs, und dachten an Lilienthals Tod.

»N-n-n-na«, sagte der Türke zähneklappernd, »wer probierts als erster?«

Alle drei taten so, als kontrollierten sie noch einmal die Zurringe; einer wartete auf den andern, bis Carl knurrte: »Ach, na *schön*! Wenn ich muß, werd ichs tun.«

»'s bricht mir natürlich das Herz, dir die Ehre zu überlassen«, sagte der Türke, »aber ich bin kein Egoist. Ich überlaß es dir. Brrr! Das ist so schlimm, wie wenn man im Frühling zum ersten Male ins Wasser springt.«

Carl lächelte über diesen Vergleich, während das Flugzeug, an dem er hing, hochgehoben wurde. Der Gegenwind, der mit einer Stundengeschwindigkeit von vierundzwanzig Kilometern daherkam, strich unter der Tragfläche hinweg, und augenblicklich wurde die Maschine hochgetrieben wie ein Kork im Wasser. Carl lächelte nicht mehr. Was er da führen wollte, war ein gefährliches Ding mit eigenem Leben. Als er die Arme über die Stange legte, stieß und rüttelte es ihn. Er wollte aufhören und sich das Ganze überlegen. »Los!« schnauzte er sich an und begann hügelabwärts gegen den Wind zu laufen.

Wieder hob der Wind die Maschine. Entsetzt konstatierte Carl, daß seine Füße den Boden nicht mehr berührten. Er flog tatsächlich! Er trat wild in der Luft umher. Sein ganzer Körper strengte sich an, in der Luft ins Gleichgewicht zu kommen, nicht die Herrschaft über sich zu verlieren, das Fallen zu verhüten, vor dem er jetzt das uralte instinktive Entsetzen empfand.

Das Flugzeug begann nach einer Seite zu kippen, anscheinend unaufhaltsam, wie ein Blatt Papier, das sich im Wind umdreht. Eine Zehntelsekunde lang war Carl vor Angst übel. Jede Zelle seines Leibes schauderte vor der herannahenden Katastrophe. Er schwang seine Beine nach der Seite hin, die sich aufwärtsbewegte. Unter diesem Ausgleichsmanöver legte die Maschine sich wieder richtig. Jetzt segelte sie glatt dahin, acht Meter über dem abfallenden Boden, und Carl hing ganz behaglich in der Doppelstange unter der Tragfläche, wie ein Artist, der unter jedem Arm ein Trapez hat. Er wagte hinunterzublicken. Der Rasen, etwas Grünes, im Sonnenlicht Flirrendes, schoß unter ihm dahin. Er jubelte. Fliegen!

Der Apparat kippte nach vorn. Carl lehnte sich mit weit ausgebreiteten Armen zurück. Eine Bö packte die Tragfläche an der Kopfseite. Da das Flugzeug hinten Übergewicht hatte, stellte es sich auf und schwebte dann bis zu einer Höhe von elf bis zwölf Metern empor. Langsam, wie es schien, unaufhaltsam, richtete die ganze Maschine sich senkrecht auf.

Carl baumelte an einem armseligen Stück Holz und Leinwand, das für den Bruchteil einer Sekunde einfach am Wind klebte, wie ein Blatt Papier im Zug an der Tür. Der Apparat kenterte, glitt seitlich durch die Luft und sackte ab, wieder horizontal gestellt, jetzt aber verkehrt – Carl lag oben.

Elf, zwölf Meter abwärts.

»Jetzt passierts«, war sein einziger Gedanke während des Sturzes. Die linke Kante der Tragfläche schlug krachend, mit einem entsetzlichen Knirschen auf den Boden. Aber das dämpfte den Sturz. Carl schoß vorwärts und fiel auf die Schulter.

Er stand auf, rieb sich die Schulter, und während er sich darüber wunderte, daß er am Leben geblieben war, kamen die beiden andern zu ihm heruntergelaufen.

»Herrjesus«, sagte er. »Ich bin froh, daß der Kasten den Sturz abgedämpft hat. Schade, daß wir nicht Zeit haben, einen neuen Apparat mit Tragflächenverwindung zu bauen. Hört mal, wir werden zu spät zur Arbeit kommen. Jetzt aber fix. Los gehts!«

Die andern standen da und kriegten den Mund nicht zu.

Siebentes Kapitel

Ein Haufen Schuhe, Nasenschützer, Fahrradpumpen, zerbrochene Hockeyschläger; an der Wand gestohlene Schilder mit Inschriften wie »East College Avenue«, »Hosenbügelei, Damenkostüme werden sorgfältig aufgefrischt«, »Dr. Sloath, Einreibungen für Jung und Alt«; ein Divan mit zerbrochener Lehne, auf dem ein Sofaschoner mit schäbigen Fransen lag; ein tintenbekleckster Holztisch mit kleinen schwarzen Brandflecken an den Kanten; eine Gipsbüste Martha Washingtons, der mit Tinte ein Schnurrbart aufgemalt war; ein paar Bücher; zahllose Sweater und alte Hüte; eine große, teure Mundharmonika – das sind einige von den interessanten Inventarstücken des Zimmers, welches Carl gemeinsam mit dem Türken während ihres Sophomorenjahres in Plato bewohnte.

Carl war glücklich. In diesem Zimmer redete er dem stotternden Genie Linderbeck zu, er solle doch danach trachten, sich den anderen ein wenig anzupassen. Hier kritzelte er kleine Briefchen an Gertie, und hier verschwatzte er, von künftigen Ruhmestaten in der Technik träumend, halbe Nächte mit dem Türken. Carl bewunderte den Türken wegen seiner Offenheit, seiner munteren Art zu reden, seines Interesses für die Technik und – für Carl.

Er spielte nach wie vor eifrig Fußball, aber für eine Mannschaft, die sich zum größten Teil aus hundertachtzig Pfund schweren Norwegern zusammensetzte, war er ziemlich leicht. Doch er hatte Aussichten. Er fuhr an zwei oder drei Abenden der Woche das Automobil des Bankiers und betreute dessen Rasen, Heizung und Kuh. Seine Mahlzeiten nahm er noch bei Mrs. Henkel ein, zusammen mit der lustigen Mae Thurston, die er zu heimlichen Spazierfahrten im Wagen des Bankiers einlud. Nach solchen Eskapaden pflegte er Gertie ganz besonders lange und freundliche Briefe zu schreiben. Die Episteln fielen ihm immer schwerer, weil er im Fuchsjahr alles erschöpft hatte, was man über das Wetter sagen kann, ohne gewöhnlich zu werden. Als im Oktober ein neuer Bankbeamter meteorgleich in den gesellschaftlichen Horizont Joralemons einbrach und, wie Briefe von Joe Jordan getreulich berichteten, Gertie seine

Ritterdienste weihte, klagte Carl über den Verlust einer Kameradin. Doch er beschränkte seine Trauer streng auf die Mußestunden, und mit den Büchern, dem Fußball und den Hausarbeiten für den Bankier war er ein vielbeschäftigter junger Mann … Nach etwa zehn Tagen empfand er es wie eine Erlösung, daß er sich nicht mehr mit den Briefen an Gertie schinden mußte. Die Gemütswallungen, die ihr hätten gelten sollen, widmete Carl Professor Frazers neuem Kursus über das moderne Drama.

Offiziell war dieser Kursus angekündigt als Studium Bernard Shaws, Ibsens, Strindbergs, Pineros, Hauptmanns, Sudermanns, Maeterlincks, D'Annunzios und Rostands; inoffiziell wurde er aber von Professor Frazer als Versuch bezeichnet, den Geist des Heute, wo immer er in der zeitgenössischen Literatur zu finden sein möchte, aufzuspüren. Carl und der Türke waren verwirrte, doch unerschütterlich begeisterte Jünger seiner Vorlesungen. Sie veranlaßten alle Bandenmitglieder zur Teilnahme und wußten jede Unaufmerksamkeit im Hörsaal durch geschickte Tritte und Püffe zu verhindern.

Selbst dem Einfachen Smith, dem finstern und bäurischen Schullehrer, der ihn einen albernen Jungen genannt und durchaus nicht zu vertraulichen Aussprachen ermuntert hatte, schilderte Carl bei einem zufälligen Zusammentreffen im Collegegarten Professor Frazers Vorlesungen in der verlockendsten Weise. Smith setzte eine spöttische Miene auf und meinte, alles, was mit Theaterstücken und Theaterspielen zu tun habe, sei überflüssig, wenn nicht geradezu unmoralisch.

»Ja, aber es geht jetzt nicht nur um Theaterstücke, mein junger Freund«, äußerte Carl mit einer Erhabenheit, die ganz neu an ihm war, auf den Einfachen Smith aber keinen übermäßigen Eindruck machte. »Er bespricht alle die neuen Sachen, diese ganze neue Philosophie und das Zeugs, was es in London und Paris gibt. Außer Shakespeare und der Bibel gibt es auch noch ein paar andere Sachen!« fügte er hinzu, weil er gehässig sein wollte. Man kann ruhig behaupten, daß er den Einfachen Smith nicht ausstehen konnte.

»Was für eine neue Philosophie?«

»Der Geist der Brüderlichkeit. Sie sind dafür wohl zu orthodox!«

»O nein, mein Jungchen, dafür nicht. Und gar so sehr neu ist das auch nicht. Das ist nämlich das, was Christus gelehrt hat! Nein, mein Jungchen, ich bin nicht so orthodox, daß ich mir nicht gern alles zeigen lasse, womit man die Brüderlichkeit zu fördern sucht. Aber ich muß sagen, ich halte es nicht grade für wahrscheinlich, daß man davon in New Yorker Stücken sehr viel finden kann. Trotzdem, ich werd auf jeden Fall mal zu einer Vorlesung kommen.« »Grönlands eisgekrönte Berge« vor sich hinsummend, stapfte der Einfache Smith davon.

Professor Frazers Kursus über das moderne Drama fing mit Ibsen an. Die ersten fünf Vorlesungen waren fast konventionell; sie stellten einen Versuch dar, die zeitgenössischen Dramatiker zu klassifizieren, und brachten auch Überlegungen zum Thema des Kassenerfolges. Die sechste Vorlesung begann ziemlich ungewöhnlich.

Im Hörsaal A war eine Zuhörerschaft von vierundsechzig Köpfen versammelt – ernste Studentinnen, die Notizbücher und Brillenfutterale hervorholten, leichtfertige Mädchen, die ihre Frisur am Hinterkopf befingerten; die Männer ließen sich mit Mienen nieder, welche sagten: »Na, das wird ja bald überstanden sein«, oder blickten verehrungsvoll vor sich hin wie Eugene Linderbeck, oder aber sie waren, wie Carl, eisern entschlossen, sich nichts entgehn zu lassen – die mißtrauische Kollegsaalzuhörerschaft, gläubig, solange es sich um die Feststellung nackter Tatsachen handelt, und schwerfällig verschlossen dem Geistigen gegenüber. Professor Frazer, jünger als so mancher unter seinen vom Pflug kommenden Hörern, mit fast kahlem Kopf und sensitivem Gesicht, saß vor ihnen, eine Hand in der Tasche, mit der andern nervös auf das Tischchen trommelnd, und sprach ruhig:

»Ich werde heute keine Vorlesung halten. Ich werde die angekündigten Stücke von Shaw nicht analysieren. Ich setze voraus, daß Sie sie selbst gelesen haben. Ich werde mir vorstellen, daß ich bei einer Teegesellschaft in New Haven bin, oder bei einem Abendessen im Brevoort, und mit einer Gesellschaft von Männern spreche, die dahinter zu kommen suchen, auf welches Ziel zu sich die Welt bewegt, warum, wann, wieso; und fragen, wer die Propheten sind, die ihr den Weg weisen werden. Wir würden uns über Shaw und Wells erregen. Und es gibt wirklich etwas, das Erregung lohnt.

Diese Männer haben begriffen, daß unsere Welt nicht ein wildes Durcheinander von Rassen ist, die nicht miteinander verwandt sind, sondern eine Summe von Menschen, die nur allzusehr miteinander verwandt sind, die alle Interessen – Ernährung und Begierden und Spieltrieb – durchaus gemeinsam haben; so daß wir, wenn wir nur alle zusammen dächten und zusammen arbeiteten, etwa so, wie eine Fußballmannschaft es tut, anfangen würden, eine vollkommene Welt einzurichten.

Und das ist es, was der Sozialismus – von dem Sie alle neuerdings so viel hören und von dem Sie noch viel mehr hören werden – will. Wenn Sie sich ehrlich dazu getrieben fühlen, republikanisch zu wählen, so geht mich das selbstverständlich nicht das mindeste an. Ja, die sozialistische Partei dieses Landes ist nicht mehr als ein Glied des internationalen Sozialismus. Aber ich verlange von Ihnen, daß Sie den Versuch machen, selbständig zu denken, wenn Sie den Mut haben wollen, überhaupt zu wählen – bedenken Sie doch – zu wählen und so Einfluß darauf zu nehmen, wie diese ganze Nation geführt werden soll! Fordert diese furchtbare Verantwortung nicht, daß Sie etwas mehr tun als bloß so wählen, wie man es vor Ihnen getan hat? Daß Sie wirklich denken, angestrengt darüber nachdenken, warum Sie so wählen, wie Sie es tun? … Verzeihen Sie, daß ich vom eigentlichen Thema abkomme – aber komme ich in Wirklichkeit denn ab? Eben das, was ich Ihnen jetzt gesagt habe, ist eine von den Botschaften Shaws und Wells'.

Die große Vision der Herrlichkeit, die kommen wird, nicht mit einem plötzlichen Tausendjährigen Reich, sondern allmählich, und zu Freuden des Lebens führen wird, die wir ebenso wenig voraussehen können, wie der Medizinmann primitiver Stämme sich die Röntgenstrahlen vorzustellen vermochte! Ich wollte, es wäre hier Zeit und Gelegenheit, von dieser Vision zu schwärmen, wie William Morris es in *News from Nowhere* getan hat. Sie werden mir sagen, daß die verschiedenen Gruppen der Sozialisten in ihren Überzeugungen hinsichtlich dieser Zukunft so sehr auseinandergehen, daß der verwirrte Laie mit allen Theorien nichts anfangen kann. Ausgezeichnet. Sie gehen so sehr auseinander, weil es so vielerlei gibt, was wir mit diesem Menschengeschlecht tun *können* ... Die Überwindung des Todes. Ein allmähliches Verlängern des Lebens bis zu einer Dauer von zweihundert Jahren, die alle von zufriedener Tätigkeit erfüllt sind. Die Lösung des Arbeitsproblems. Zunehmende Sicherheit und Verringerung der Arbeitszeit, ein Ausweg für den unglückseligen Konsumenten, der zwischen Arbeit und Kapital zermahlen wird. Wahre Demokratie, die Liebe zur Arbeit, die kommen wird, sobald die Arbeit nicht auf Lohnsklaven beschränkt ist, sondern mit Freuden in einer Gemeinschaft aufgeteilt wird, die alle Menschen aller Nationen umfaßt. Frankreich und Deutschland können sich miteinander vereinigen, ebenso wie Sachsen und Preußen und Bayern sich miteinander vereinigt haben. Und, vor allem, allgemeine Einsicht dafür, daß der Umstand, daß wir all dies nicht auf einen Schlag erreichen können, durchaus nicht die Hoffnungslosigkeit derartiger Bestrebungen beweist; Verständnis dafür, daß eines von den Wundern der Zukunft darin besteht, daß es *immer*, in allen Zeitaltern, Fortschritte gibt, auf die wir unsere Blicke richten können.

Meine Freunde, opponieren Sie so heftig, wie Sie nur wollen, gegen die kleinliche Engheit und Schmähsucht gewisser Straßenagitatoren, aber werden Sie nicht kleinlich und eng und schmähsüchtig, wenn Sie es tun!

Um nun den Zusammenhang mit Bernhard Shaws Stücken wieder herzustellen: wenn er sagt – —«

Heute klingen Professor Frazers Äußerungen zahm und konservativ; aber dies ging im Jahre 1905 in einem kleinen, überaus religiösen, inmitten von Ackerland gelegenen College vor sich. Man stelle sich einen frommen Pastor vor, dessen Sohn der Familienbibel Fußtritte versetzt, und man hat ein Bild davon, in welchem Geist die Hälfte der in Plato Studierenden eine Verteidigung des Sozialismus aufnahm. Carl, der ein Echo seiner Gespräche mit Bone Stillman zu hören vermeinte, blickte triumphierend um sich und mußte konstatieren, daß die

Hörer einander entsetzt und ängstlich anstarrten. Er betrachtete den finsteren Einfachen Smith, der weniger geärgert als krank aussah. Er beobachtete, wie zwei Jahrgangs-»Witzbolde« über die Ekstase in Genie Linderbecks Augen kicherten.

In der allgemein unter dem Namen »Der Klub« bekannten Eckdrogerie, wo sich alle Lebemänner des Colleges versammelten, um Brauselimonade zu trinken, schob sich ein aufgeregter alter Mann, dessen krawattenloser Kragen fast ganz unter dem nikotinfleckigen Bart verschwand, den schwarzen Schlapphut mit der Kordel der Großen Armee aus der Stirn, schlug mit der Faust auf den Rezeptiertisch und schrie, halb zu dem Verkäufer gewandt, halb zu den Studenten, die an der Theke Kopf und Adler spielten: »Seit siebenundvierzig Jahren leb ich in Plato – ich war schon da, wie es nicht mehr war als ne vorgeschobene Handelsniederlassung. Ich hab Holz auf meinem Buckel getragen und bin dreiundfünfzig Meilen weit gegangen, um mir n Ochsengespann zu holen. Ich kann mich noch an die Zeiten erinnern, wo die Indianer im Krieg geplündert haben und die Kavallerie von St. Paul hierher geritten ist. Und diese Stadt hier ist immer für Anständigkeit und Gesetz und Ordnung eingetreten. Aber wenns so weit kommt, daß son Frazer oder irgend n anderer von den Ungläubigen aus einem von den Colleges im Osten sich bei uns im Collegegebäude auf die Hinterbeine stellen darf und von Anarchismus quatschen und sagen, wir sollen auf der alten Fahne, für die wir gekämpft haben, rumtrampeln, und keiner von den Professoren, die sich ›Reverend‹ nennen, geht hin und legt ihm das Handwerk, dann will ich euch sagen, daß ich drauf und dran bin, die Zeltpflöcke aus der Erde zu ziehen und nach dem Westen zu wandern, wos noch Patriotismus und Anständigkeit gibt, und wo man die ausländischen Anarchisten an den nächsten Laternenpfahl hängen täte, jawoll Herr, und den Frazer da auch, wenn er sie in ihren verrückten Ansichten noch unterstützt. Sie haben doch sowieso kein Recht, bei uns zu bleiben. Abschieben soll man sie, wenns ihnen nicht recht ist, wie wir unsere Sachen machen. Ich werd mir nicht gefallen lassen, daß Anarchismus gepredigt wird, und solang ich leb, seitdem ich als kleines Kind in Kanada war, hab ich nie nen anständigen Platz kennen gelernt, wo man sich das gefallen läßt. Jawoll Herr, das ist mein Ernst; ich bin ein alter Mann, aber eher zieh ich die Zeltpflöcke raus und geh auf der Santa-Fe-Straße los, das ist mein Ernst.«

»Hier ist Ihr Bitterer, Mr. Goff«, sagte der Verkäufer hastig, als er sah, daß die Tiraden des alten Mannes einen Passanten in den Laden lockten.

Mr. Goff stapfte vor sich hinbrummend hinaus, und die großen Herren vom College, die an der Theke saßen, grinsten einander zu. Aber Gus Osberg vom Juniorenjahrgang bemerkte zu Carl Ericson: »Übrigens, an dem, was der alte Goff sagt, ist schon was dran. Ich geh jede Wette ein, daß der Alte sich nicht gefallen lassen wird, daß Frazer anarchistische Reden führt. Einer, der dabei war, hat mir erzählt, daß er richtig wilde Sachen dahergeredet hat. Richtigen Anarchismus.«

»Quatsch! Davon ist gar keine Rede«, widersprach Carl. »Ich war doch da und hab das Ganze gehört. Er hat ganz einfach erklärt, was Bernard Shaw, der die Stücke schreibt, unter Sozialismus versteht.«

»Na schön, aber trotzdem, halten Sies nicht sozusagen für überflüssig, ganz öffentlich und noch dazu im Hörsaal eines Colleges über Sozialismus zu sprechen?« fragte ein Senior, der in der Debattiergesellschaft sehr viel zu sagen hatte.

»Na, zum Donnerwetter – –!« Mehr brachte Carl nicht heraus, denn alle starrten ihn an. Er kam sich lächerlich vor; er hatte Angst davor, für »verdreht« gehalten zu werden. Er entfernte sich schleunigst aus der Drogerie.

Als er am nächsten Abend in Mrs. Henkels Kosthaus zum Essen kam, ging ein Exemplar der Lokalzeitung, der *Plato Weekly Times*, von Hand zu Hand; auf der Titelseite stand eine Riesenschlagzeile:

PLATO PROFESSOR HÄLT AUFRÜHRERISCHE REDEN

Während der Drucklegung erfahren wir, daß im Collegegarten Gerüchte einhergehen, die darauf abzielen, daß man höheren Orts über die Bemerkungen eines wohlbekannten Mitgliedes unseres Lehrkörpers, das den Sozialismus und andere

Formen der Anarchie gepriesen hat, sehr erregt ist. Es heißt, daß eines der älteren Mitglieder des Lehrkörpers von dem abgeirrten Lehrer eine Erklärung über seine Ausführungen verlangen wird, die angeblich in Form einer Verteidigung des englischen Anarchisten Bernhard Shaw gekleidet waren. Die Eingeweihten erwarten sensationelle Enthüllungen, und die Collegegartengespräche beschäftigen sich in so außerordentlich hohem Grade mit Diskussionen über die Angelegenheit, daß das bevorstehende wichtige Spiel mit dem St.-Johns-College fast in Vergessenheit geraten ist.

Wenn die *Times* auch das Plato-College als einen der schönsten Edelsteine in der stolzen Krone der Gelehrsamkeit Minnesotas stets unterstützt hat, so können wir doch nicht umhin, solche Nachrichten mit üblem Befremden aufzunehmen. Es versteht sich am Rande, daß wir unserer Mißbilligung derartig aufwiegelnder Äußerungen nicht scharf genug Ausdruck verleihen können, und daß wir über diese Angelegenheit bis zum bitteren Ende furchtlos berichten werden, mögen die Späne auch fallen, wohin immer sie wollen.

»Na also, Mr. Ericson«, sagte Mrs. Henkel, eine rundliche, anständige, mißtrauische Frau, an der schon so viele Generationen großer Platonier vorübergegangen waren, daß nichts mehr Eindruck auf sie machte, »da sehen Sie, was man in der Öffentlichkeit über Ihren Professor Frazer denkt. Ich hab Ihnen ja gesagt, so etwas wird mit üblem Befremden aufgenommen werden, und es sollte mich nur wundern, wenn die Öffentlichkeit nicht scharf mißbilligen würde.«

»Das ist doch nichts wie Klatsch«, antwortete Carl matt; als er jedoch den Bericht in der *Weekly Times* gelesen hatte, war ihm elend und ängstlich zu Mute, denn sein jugendlicher Respekt vor allem Gedruckten war groß. Am liebsten hätte er dem Redakteur der Times, der immer bekleckerte Rockaufschläge hatte, eine Tracht Prügel verabfolgt. Als er wieder aufsah, versuchte die kokette Mae Thurston ihn zu trösten: »Bei der Wäsche geht das alles ja heraus, Ericson; machen Sie sich keine Gedanken darüber. Die Redakteure müssen doch über irgendwas schreiben, sonst würden sie ja ihre Zeitung nicht voll kriegen.«

Er streichelte sie unter dem Tisch mit dem Fuß. Dann redete er viel und tat alles, um die allgemeine Unterhaltung von der Angelegenheit Frazer abzulenken; aber er wurde immer wütender und wütender und verspürte den lebhaften Wunsch nach einer wirksamen Tat, der sich in ihm folgendermaßen ausdrückte: »Ich werd ihnen schon zeigen! Ich hab ja so eine *Stinkwut*!«

Überall wurde über Professor Frazer geredet und diskutiert: im Ankleideraum am Sportplatz, wo die Fußballmannschaft sich in der schweißdunstigen Luft umzog und alle, vor kleinen Schränken auf einem Bein balancierend, sich mit braunen unsauberen Frottierhandtüchern abtrocknend, durcheinander sprachen; in den nett gehaltenen Zimmerchen der Studentinnen mit den Bannern und Kissen und rosa Steppdecken und Konfektschüsselchen und Familienphotographien; in dem kleinen, nach Pferden und Lederzeug riechenden, mit Reitpeitschen dekorierten Bureau des Mietstalles der Stadt, wo Mr. Goff mit dem Redakteur der *Times* endlose Reden führte.

Überall hörte Carl das Echo dieser Gespräche und beschloß: »Ich muß was *tun*!«

Achtes Kapitel

Professor Frazers nächste Vorlesung; ein regenschwerer Tag gegen Ende Oktober; hinter dem Collegegarten dehnten sich melancholisch die Stoppelfelder. Der Regen spritzte von den Tümpeln auf den abgetretenen Backsteinbürgersteigen auf, er triefte von den Bäumen und fegte um die Häuser, durchnäßte Füße und Beine.

Carl kam um ein Uhr in sein Zimmer zurück; er stützte die Füße gegen den verrosteten Ofen und sprach mit dem Türken. Am liebsten hätte er die Zeit angehalten, damit es nicht drei Uhr würde – die Stunde von Professor Frazers Vorlesung. »Ich komm mir vor, als hätt ich einen Kampf vor mir und eine Heidenangst davor. Hör dir doch den Regen draußen an. Himmel! die Alte läßt aber die Fenster verschmutzen. Hoffentlich sagt Frazer ihnen tüchtig und ordentlich Bescheid. Wir sollten ihm applaudieren können. Mir ist ganz komisch, so als ob was Tragisches geschehen würde.«

»Ach, den Hund bind draußen an«, gähnte der Türke, der ein treuer Anhänger Carls und darum auch Professor Frazers war, aber keine Phantasie hatte. »Reiß dich zusammen, Mensch; ich werd dir was Hübsches auf der Mundharmonika vorspielen, ja?«

»Ach hör auf! Ich hab eine solche Unruhe im Leibe, daß ich mir nichts anhören kann außer Kanonenschüssen.« Carl stapfte zum Fenster und betrachtete einen Wassertümpel, der das graugefärbte Gras in dem ärmlichen Hof überflutete.

Als es Zeit war, zum Kolleg aufzubrechen, platzte der Türke heraus: »Warum schwänzen wir nicht einfach und vergessen die ganze Sache? Schlag dirs aus dem Kopf. Gehen wir auf die Kegelbahn und schieben wir, bis wir ordentlich in Schweiß kommen.«

»Ausgeschlossen, Türke. Er wird alle Anhänger brauchen, die er hat. Und dir wärs genau so fürchterlich wegzubleiben wie mir. Jetzt bin ich wieder ganz munter; von mir aus kann der Tanz angehn. Hopp! Los!«

»Schön, alter Herr. Der Krach ist mir schon recht; ich will nur nicht zusehen, wenn du dich so blödsinnig aufregst.«

Durch den Regen, über den Collegehof, eilten mehr Studenten als gewöhnlich zu den Dreiuhr-Vorlesungen; sie hatten billige Regenmäntel an, klapperten die Steintreppe des Lehrgebäudes empor, redeten aufgeregt durcheinander, sahen zum Portal hinauf, als erwarteten sie eine Sensation. Viele starrten Carl an. Er kam sich ziemlich wichtig vor. Offenbar kannte man ihn als kampflustigen Anhänger Professor Frazers. Als er zum Eingang des Hörsaals A kam, sah er, daß so manche ihre eigenen Vorlesungen schießen ließen, um die Vorgänge bei Frazer nicht zu versäumen. Er stolzierte zu seinem Sitz, warf hochmütige Blicke auf die Zuläufer, die sich auf die freien Plätze in der hintern Hälfte des Saals drängten und in der Nähe der Tür umherstanden – Studenten anderer Jahrgänge, Mädchen aus dem Ort, der junge Lektor, der Französisch, Deutsch und Musik unterrichtete; ein paar Klubweiber aus der Stadt mit Augengläsern, in Galoschen und Wollstrümpfen, die sich an den Knöcheln bauschten. Alle flüsterten durcheinander, beobachteten einander, warfen immer wieder Blicke auf das Podium und die kleine Tür daneben, durch die Professor Frazer hereinkommen mußte. Carl wollte ihn mit einem Lächeln begrüßen, aber es war eigentlich ausgeschlossen, daß dieses Lächeln gesehen würde; es mußten hundertfünfzig Menschen, zum Teil sitzend, zum Teil stehend, im Raum sein, obwohl der Kursus nur siebzig Teilnehmer hatte und das ganze College in diesem Jahr von nur zweihundertsechsundfünfzig Studierenden besucht war.

Carl blickte hinter sich. Er ballte die Faust, schlug sich damit auf den Schenkel, zog den Atem ein und stieß ihn mit einem langen verzweifelten: »Teufffel!« wieder aus. Der Griechisch-Professor, ein kommagroßer Feldwebel, bei dem nichts Neues als moralisch gelten und nichts Altes von Studenten angezweifelt werden durfte, marschierte in den Saal und stellte sich in Positur wie ein Napoleon vor zwei Wachposten und einem Pinguin auf St. Helena. Ein Student im Hintergrund des Saales trat dem griechischen Gott brav seinen Platz ab. Der Gott setzte sich mit einem wohlabgemessenen Kopfnicken. Augenblicklich verließ ein absonderlich aussehender Mann mit Zelluloidkragen die Gruppe an der Tür, eilte zum Griechisch-

Professor und ging ihm um den Bart. Das war der furchtlose Redakteur und Besitzer (zu Zeiten auch Setzer) der *Plato Weekly Times*, dessen Handpressen und dessen reine Jeffersonsche Politik aus den Tagen Washingtons stammten, der Zeitungsgewaltige, der weder Mensch noch Teufel fürchtete, wenn er sich auch in Gesellschaft seiner Wirtin unbehaglich fühlte. Er interviewte den Griechisch-Professor, der angesichts aller Versammelten wichtigtuerisch antwortete; dabei wedelte er demonstrativ mit einem Bündel Papier in der linken Hand herum und erzeugte mit seiner Füllfeder einen Sprühregen von Tintentropfen. Carl haßte alle beide, er fürchtete den Griechen als Spion, den der Lehrkörper Frazer auf den Hals hetzte, und malte sich aus, wie er den Redakteur mit Fußtritten regaliere – da ging plötzlich ein Raunen durch den ganzen Saal, und alle drehten den Kopf zum Podium.

Er wandte sich um. Er lächelte in seiner Heldenverehrung wie ein scheues Kind. Professor Frazer trat klein und bescheiden durch die niedrige Tür an dem Podium. Sein Mund sah verkniffen aus. In allem verriet sich die Verlegenheit. Seine Bewegungen waren ruckhaft. Er vermied es, die Zuhörerschaft anzusehen. Auf den Stufen, die zum Podium führten, wäre er fast gestolpert, und als er seine Notizen aus der Ledermappe holte und auf das kleine Vortragstischchen legte, zitterte seine Hand. Ein Zettel entglitt ihm und fiel vor die erste Sitzreihe. Fast alles im Raum kicherte. Frazer wurde rot. Eine Studentin in der ersten Reihe sprang aufgeregt vor, hob den Zettel auf und reichte ihn Frazer. Beide benahmen sich dabei ungeschickt, ihre Körper waren dicht beieinander. Die Mehrzahl der Anwesenden lachte ganz laut.

Professor Frazer setzte sich auf seinen niedrigen Stuhl, holte mit zuckender Hand die Uhr heraus und verglich die Zeit mit der Uhr an der Hinterwand des Saales – und so gespannt beobachteten die Amateurhenker ihr Opfer, daß aller Augen mit zur Wanduhr gingen. Selbst Carl machte sich dieses Nachäffens schuldig. Dabei sah er, daß der Redakteur, der da hinten stand, sich Notizen machte und schmutzig grinste: er erinnerte an einen Straßenköter, der einen Knochen stiehlt. Und der Griechisch-Professor beglotzte Frazers linkische Bewegungen mit einer finstern und gezierten Miene, die deutlich sagte: »Genau so, wie ich es erwartet habe«; er hatte die Ellbogen auf die Lehnen des Sitzes gestützt und hielt vor der Brust ein kleines, in Leder gebundenes Notizbuch, auf das er arrogant mit einem spitzen Bleistift klopfte. Er wartete. Wie ein Inquisitionsrichter ...

»Der alte Grieche wird Notizen machen und dem Lehrkörper darüber berichten, was Frazer sagt«, dachte Carl. »Wenn ich nur seine Notizen in die Finger kriegen und vernichten könnte.«

Carl drehte sich wieder um. Es war Punkt drei. Professor Frazer war aufgestanden. Für gewöhnlich saß er während der Vorlesung. Fünfzig geflüsterte Bemerkungen kommentierten diese Tatsache; fünfzig reguläre Teilnehmer des Kursus gewannen dadurch, daß sie dies wußten, in ihren eigenen Augen Wichtigkeit. Frazer lehnte sich leicht an das Tischchen. Es verrückte sich unter seinem Gewicht um einige Zentimeter, aber diesmal war alles zu angespannt, um zu lachen. Er war bleich. Er legte seine Notizen noch einmal zurecht. Zweimal mußte er sich räuspern, bevor er in dem jetzt stillen, mit aasgeierhafter Aufmerksamkeit geladenen Raum, der nach feuchten, billigen Kleidern roch, beginnen konnte zu sprechen.

Das Prasseln des Regens war zu hören. Alles rückte sich in den Sitzen zurecht.

»Ach, Frazer *kann* nicht widerrufen«, stöhnte Carl, »aber er hat Schiß.«

Carl wünschte sich mit einemmal weit fort von diesem sinnlosen Konflikt; er wäre am liebsten mit dem Türken über die nassen Straßen gewandert oder im Wagen des Bankiers mit einer Stundengeschwindigkeit von fünfzig Kilometern klatschend und spritzend durch die Pfützen gefahren. Ganz idiotisch konstatierte er, daß Genie Linderbeck sich kaum gekämmt hatte; er ertappte sich dabei, wie er vor sich hinsagte: »Frazer schmeißt um, schmeißt um, schmeißt um; er schmeißt um, schmeißt um, schmeißt um.«

Dann sprach Frazer. Seine Stimme klang rauh und ungleichmäßig, aber bald gewann er im Lauf des Vortrags die natürliche Ruhe des öffentlichen Redners.

»Meine Freunde«, sagte er, »ein Teil von Ihnen ist mit Fug und Recht hierhergekommen, um meine Vorlesung zu hören; einen andern Teil hat die Sucht hergetrieben, seine Neugier zu befriedigen: Gerüchte haben die Erwartung erweckt, ich werde höchstwahrscheinlich unsittliche und unanständige Reden führen, die Sie sich, geschwellt von Ihrer Sittlichkeit und Anständigkeit, nicht entgehn lassen wollen, und über die Sie bösartige und entstellende Berichte verbreiten werden, um in den Ruf furchtloser Wahrheitsverteidiger zu kommen. Ihren Wunsch zu befriedigen und Sie zu empören – die Versuchung dazu ist freilich viel größer als die, zu revozieren und reaktionär zu werden. Mir ist jedoch bewußt, daß dieser Ort und diese Zeit dazu bestimmt sind, daß Henry Frazer in einer Vorlesung seine Ansichten über das zeitgenössische Drama entwickelt. Ort und Zeit sind keineswegs dazu bestimmt, daß jemand sich als Märtyrer vorkommt und eine kindische Verteidigungsrede hält; auch nicht dazu, daß entweder ich selbst oder einer von Ihnen eine Sensationsreklame für sich macht. Nach diesen einleitenden Worten denke ich nicht im entferntesten daran, auch nur den geringsten Teil meiner Vorlesung der erstaunlich großen Anzahl neuer Freunde zu widmen, deren strahlende und taufrische Gesichter ich vor mir sehe. Ich werde weder so verlogen taktvoll sein, Sie willkommen zu heißen, noch so eingeschüchtert, Sie zu ignorieren. Ich werde Sie auch nicht auffordern, mit Klagen, die Sie über mich vorzubringen haben, zu mir zu kommen, Dazu gibt mir meine wirkliche Arbeit zu viel zu tun!

Ich zwinge mich nicht zu geduldigem Reden. Ich habe keine Geduld für Sie. Ich spreche nicht höflich. Ich glaube wirklich, ich werde nicht mehr lange höflich sein!

Einen Moment. Das klingt mir jetzt nach Phrase! Verzeihen Sie mir, und übersetzen Sie meine Unbesonnenheit in eine mehr alltägliche Sprache.

Wenn mir auch nur Gerüchte zu Ohren gekommen sind, so kann ich mir doch sehr gut vorstellen, daß Sie das ohnedies tun werden … Und nun, glaube ich, wissen Sie, wo ich stehe.

Also. Für die unter Ihnen, die sich für das glänzende Werk Bernhard Shaws ehrlich interessieren, werde ich zunächst in der Auseinandersetzung über die Wichtigkeit seines sozialen Denkens fortfahren, ich werde mich bemühen, es in Verbindung zu bringen mit der gewaltigen und stets an Einfluß gewinnenden Vision H. G. Wells' (den ich, obwohl er Romancier und nicht Dramatiker ist, wegen der großen Bedeutung seiner neuen Bücher, *Kipps* und *Mankind in the Making,* nicht übergehen kann) und ich werde auf den ernsten Sinn hinweisen, der sich meiner Ansicht nach hinter Shaws sarkastischen Bildern von den Masken des Lebens verbirgt.

In meinem letzten Vortrag war ich bemüht, von der destruktiven Seite der sozialen Theorien von heute so wenig wie möglich zu zeigen; mehr von dem heißen Wunsch der modernen Denker nach positivem, aufbauendem Vorstellungsvermögen zu sprechen. Aber ich bin der Ansicht, man hat mich für allzu destruktiv gehalten; das belustigt mich, und ich werde dieser Ansicht zu Leibe rücken, indem ich aufzeige, wie destruktiv das moderne Denken ist und sein muß – ob es nun, die schwelende Fackel der Individualität in der Faust, mit Bakunin einhertobt, ob es mit Nietzsche zischt und pfeift oder mit Bernard Shaw den Olymp verlacht. Man hat von meinem »Radikalismus« gesprochen. Radikal! Begreifen Sie denn nicht, daß ich nicht behaupte oder andeute, es könnte vielleicht eines Tages in Amerika zu einer Revolution kommen, daß ich vielmehr jetzt erkläre: es herrscht hier, in dieser Minute, schon seit Jahren, tatsächlich zwischen Kapital und Arbeit der Kriegszustand? Von Tag zu Tag sagen mehr Menschen ganz offen und mit allem Nachdruck, daß wir unsere Armen aushungern, unsere eigenen Kinder mit überflüssigem Bücherwissen vollstopfen und die Kinder Anderer in Fabriken arbeiten und nachts in den Hurenvierteln auf den Straßen Zeitungen verkaufen lassen! Sie sagen, wir beweisen damit, daß wir mitten im Wahnsinn sind – ist Ihnen das unbekannt? Wenn Sie mir antworten, das sei keine Revolution, denn es gebe keine Barrikaden, so verweise ich Sie auf die nur allzu wirklichen Schlachten bei Homestead, Pullman und so weiter. Wenn Sie meinen, es hätte keine Kriegserklärung gegeben, es sei kein offener Krieg, werde ich Ihnen Leitartikel aus *The Appeal to Reason* vorlesen.

Wohlgemerkt, ich werde nicht sagen, ob ich auf der Seite der Revolutionskämpfer stehe oder nicht. Aber ich verlange von Ihnen, daß Sie um sich sehen und die Wichtigkeit der Industrietumulte und religiösen Beunruhigungen unserer Zeit verstehen lernen. Solange das nicht der Fall ist, werden Sie nichts begreifen; ganz gewiß nicht, daß Shaw etwas mehr ist als ein Enfant terrible; Ibsen mehr als ein griesgrämiger alter Mann mit Verdauungsstörungen und einem törichten Mangel an Interesse fürs Schlittschuhlaufen. Dann erst wird Ihnen klar werden, daß in den verstiegensten Äußerungen rothemdiger Streikführer nur zu oft mehr glühender Glaube und Ehrlichkeit enthalten sein kann als in den jungfräulichen Gebeten eines Mädchens, das in aller Demut christlichen Andachtsstunden beiwohnt, sich aber erlaubt, Emma Goldman ›diese fürchterliche Person‹ zu nennen. Folgen Sie den Führern der Arbeiterpartei. Oder bekämpfen Sie sie ordentlich und tüchtig. Aber übersehen Sie sie nicht.

Doch ich muß systematischer vorgehen. Wenn John Tanners unabhängiger Chauffeur, von dem Sie – ich hoffe es wenigstens – in *Mensch und Übermensch* gelesen haben – —‹

Carl blickte um sich. Viele schnitten finstere Gesichter; einige neigten sich zur Seite, um mit einem verblüfften Kopfschütteln, das ganz deutlich hieß: »das verstehe ich nicht ganz«, mit ihren Nachbarn zu flüstern. Nasse Füße bewegten sich vorsichtig; rasche Atemzüge waren zu hören; Hände zupften nervös an Unterlippen. Der Griechisch-Professor schrieb sich etwas auf. Der Einfache Smith saß steif da und starrte mit undurchdringlicher Miene zum Podium. Carl fand Smiths finstere Ruhe abscheulich.

Professor Frazer kam zum Ende seines Vortrages:
»Wenn Sie wollen, geben Sie diesen Kursus auf, lesen Sie kein einziges von den Stücken, die ich Ihnen nenne, mißachten Sie, was ich sage, schenken Sie keiner einzigen meiner Behauptungen Glauben. Und ich will mich zufrieden geben. Aber tun Sie eines nicht – Sie sind doch lebendige Geschöpfe – verschließen Sie nicht Ihre Augen vor der Tatsache, daß eine

durch die ganze Welt gehende Bewegung da ist, die eine größere, eine neue Welt aufbauen will – daß die Welt sie braucht – und daß es in Jamaica Mills, auf Grundstücken, die einem der Leiter des Plato Colleges gehören, zwei ganz besonders widerwärtige Kneipen gibt, mit denen Sie aufräumen müssen, bevor Sie etwas gegen mich vorbringen!« Zehn Sekunden Schweigen. Dann: »Das war alles.«

Die Zuhörerschaft begann sich langsam zu regen, während Professor Frazer hastig seine Papiere und seinen Regenmantel nahm und durch die Tür am Podium hinauseilte. Augenblicklich erhob sich ein wild durcheinandergehendes hitziges Gesumme.

Carl redete seinen Nachbar an: »Der Mann hat doch wirklich was los. Ob die Leute hier konservativ sind oder nicht, ist ihm ganz egal. Und das am Ende war vielleicht ne Sensation!«

»He? Was? Wer?« der Sophomore starrte ihn an.

»Ja. Na freilich! Was meinen Sie denn?« fragte Carl.

»Na, und was meinen Sie mit Ihrem ›was los haben‹? Ja, von wegen! Ein ganz stumpfsinniger Kerl ist das!«

»He?« rief der Nächste in der Reihe, ein Senior von der Y. M. C. A. »Wollen Sie sagen, daß es Ihnen gefallen hat?«

»Aber ja! Warum denn nicht? Ihnen nicht?«

»Natürlich! Na klar! Er hat ja nichts anderes gesagt, als daß solche verkommenen Weiber wie die Emma Goldman mehr taugen als unsere Studentinnen, und daß er hofft, seine Hörer werden auf seinen Kurs pfeifen und fortbleiben, und daß wir in Jamaica Mills was zu saufen kriegen können, und noch ein paar Kleinigkeiten von der Sorte, das war alles. Natürlich! Um solche Sachen zu lernen, sind wir hergekommen.« Der Senior knöpfte sich verärgert den Regenmantel zu. »Das ist – – Aber der Mensch ist ja wahnsinnig! Und wie er hergefallen ist über Anständigkeit und – – Ach, ich kann gar nicht darüber reden!«

»Na, bei Gott, von allen – allen – –« platzte Carl los. »Sie und Ihre Y. M. C. A. Ihr nennt euch religiös und dann verdreht Ihr so, was – Sie und Ihre – ach, Sie sind ja gar nicht wert, daß man mit Ihnen streitet. Ich glaub auch gar nicht, daß Sie hergekommen sind, um was zu lernen, Sie wissen ja alles schon.«

Aufgeregt und verwirrt, bemüht, der Sache Frazers nicht durch

Ungezogenheit zu schaden, fragte er in bittendem Ton: »Sagen Sie aufrichtig, hat Ihnen seine Vorlesung nicht gefallen, hat sie Ihnen keinen neuen Gedanken gegeben?«

Der Senior verkündete: »Nein, ›mir und meiner Y. M.‹ hats nicht gefallen. Und jetzt lassen Sie sich nicht von mir aufhalten, Ericson. Sie werden wahrscheinlich mit dem lieben Mr. Frazer einen Whisky-Soda trinken wollen; Sie sind ja einer von seinen Lieblingen. Hat er Ihnen das Saufen beigebracht? Sie sollen dabei ja recht tüchtig sein.«

»Sie werden sich entschuldigen, oder ich hau Ihnen die Fresse ein«, sagte Carl. »Ich versteh die Prinzipien von Professor Frazer nicht so, wie ich sollte. Ich kämpf nicht für sie. Wenn ich genug wüßte, täts ichs wahrscheinlich. Aber mir gefällt Ihr Gesicht nicht. Es ist zu lang. Es sieht aus wien Pferdegesicht. Daß ein Kerl mit einem Pferdegesicht in seinem Kolleg sitzt, ist eine Beleidigung für Frazer. Sie werden sich dafür entschuldigen, daß Sie ein Pferdegesicht haben. Verstanden?«

»Sie geben ja bloß an. Sie denken gar nicht dran, hier was anzufangen.«

»Entschuldigen Sie sich!« Carls Fäuste waren geballt. Von allen Seiten starrte man die Streitenden an.

»Hören Sie doch auf! Ich hab gar nichts sagen wollen!«

»Das hab ich mir ja gedacht«, fauchte Carl und drängte sich hinaus; dabei wälzte er sehnsüchtige, kindische Pläne, wie er mit seiner Ergebenheit zu Frazer gehen und ihm seine Dienste in einem Kampf anbieten könnte, dessen Ursache ihm mit jedem Augenblick unklarer wurde. Als er zum Fußballtraining hinauseilte, hatte er neben sich einen Schiedsrichter aus dem Juniorenjahrgang, der ihm zuredete:

»Beruhigen Sie sich doch, Menschenskind. Sie können nicht das ganze College verprügeln.«

»Aber es macht mich so wütend – –«

»Ach, ich weiß, aber ich muß Ihnen sagen, und wenn Sie noch so viel für Frazer übrig haben, wie er gesagt hat, daß Anarchisten vernünftiger sind als anständige Menschen, da ist er doch ein bißchen zu weit gegangen.«

»Das hat er doch nicht gesagt! Sie haben ihn nicht verstanden. Er hat gemeint – – Ach du lieber Gott, was hat das Ganze denn für einen Sinn!«

Er gab es auf und sagte kein Wort mehr.

Er war überzeugt davon, daß die Studenten, die um seine Anhängerschaft wußten, versuchen würden, ihn zu Unbesonnenheiten hinzureißen. »Lieber Gott, bitte, gib mir nur einen von den Dickschädeln, damit ich ihn zu Brei zerdresche, und dann will ich gut sein und die Schnauze nicht wieder auftun«, so betete er in aufrichtiger Demut, während er sich vor seinem Schränkchen auskleidete.

Carl mußte mit den meisten der anderen Ersatzmänner warten, und fast alle klatschten über die Vorlesung. Alle diskutierten aufgeregt über Frazers anklagende Behauptung, daß irgendein Mitglied des Lehrkörpers Grundstücke besitze, auf denen Kneipen stünden, und versuchte zu erraten, wer gemeint sein könne, aber nicht ein einziger sprach für Frazer. Zwanzigmal wollte Carl richtig stellen; zwanzigmal drängte es ihn so sehr zum Sprechen, daß er Atem holte, den Mund öffnete; aber jedesmal brummte er sich zu: »Ach, halt die Klappe! Du machst es ja nur noch schlimmer.« Studenten, die der Vorlesung beigewohnt hatten, erklärten, Professor Frazer habe Bombenwerfen und Lasterhaftigkeit propagiert, und die andern glaubten es, freuten sich salbungsvoll über den Skandal.

Carl hockte hoch oben auf zwei Barrenstangen und baumelte aufgeregt mit den Beinen, während die andern ihn heimlich beobachteten – schlank und groß saß er da, vor seine porzellanblauen Augen hatte die Wut einen Schleier gelegt; seine blonde Skandinavierhaut war rot; unter dem eng anliegenden Fußballtrikot zeichnete sich seine kräftige Brust ab.

Das Gummiband seines Nasenschützers knallte scharf; er zupfte daran und spielte auf dieser harten kleinen Harfe ein Haßlied.

Eine Kleinigkeit brachte ihn zum Explodieren. Tommy La Croie, der französische Kanadier – ein hitziger, ewig grinsender, tabakkauender, ganz sympathischer junger Raufbold mit einem bösen Maulwerk – sah Carl ins Gesicht und sagte laut:

»Dann ist mir noch aufgefallen, daß die Hosen, die Frazer angehabt hat, nicht gebügelt waren. Komisch, daß die feinen Affen aus Yale, wenn sie verdreht werden, am Baden und am
Schneider sparen.«

Carl ließ sich vom Barren heruntergleiten. Er ging zur
Reihe der Ersatzleute hinüber, musterte einen nach dem andern verächtlich, steigerte sich in die Rolle eines kämpfenden
Revolutionärs hinein und erklärte: »Die eine Hälfte von euch
ist zu blöd, um Frazer zu kapieren, und die andere Hälfte sind
alte Klatschtanten, die Tee trinken sollten«; verdrossen ging er
in den Ankleideraum, während hinter ihm die Ersatzmänner
lachten und einer rief: »Es tut uns sehr leid, daß Sie mit uns
nicht einverstanden sind, aber wir werden uns Mühe geben, es
zu ertragen. Wollen Sie das ganze College verprügeln,
Ericson?«

Als er im Ankleideraum war, brannten ihm die Ohren. Er
hatte nicht das Gefühl, sehr großen Eindruck gemacht zu haben.

Von den nächsten ein oder zwei Tagen mit allen Einzelheiten berichten – das hieße ganze Bände mit Betrachtungen über
die kindischen und heldenhaften Züge füllen, die sich in Carls
Treue gegen Frazer mischten; tausend über den Collegegarten
getragene Gerüchte wiederholen, die besagten, daß der Lehrkörper Frazers Rücktritt fordern würde; erklären, warum
Frazers Behauptung, daß ein Lehrer Grundstücke mit Kneipen
besitze, eine kurze Weile in aufgeregten Flüstertönen bespro-
chen und ganz vergessen wurde, während Frazers Ruf als »Ver-
drehter« durchaus nicht in Vergessenheit geriet, ganz einfach,
weil der Mist die Mistgabel über alles haßt; es hieße Carls kurzen Besuch bei Frazer und seine verwirrende Entdeckung, daß
er nichts zu sagen hatte, schildern; die tapferen Berichte des
Lokalblättchens über die Frazeraffaire wiederholen und den
großen Eid des Türken, Frazer »durch Hölle und Hochwasser
hindurch« zu unterstützen, sowie seinen oft wiederholten trut-
zigen Satz: »Na, weiß Gott! Wir werdens den Hammeln schon
zeigen, aber ich wollte nur, wir könnten was *tun*«; es hieße von
öden Unterrichtsstunden erzählen, deren Langweiligkeit Carl

jetzt, da Frazers Vorlesungen ihn interessierten, erst ganz zum Bewußtsein kamen.

Carl kam aus Genie Linderbecks Zimmer zurück und fand auf dem Kleiderrechen aus schwarzem Nußbaum einen Brief von Gertie Cowles vor. Er las ihn nicht, redete sich aber mit Erfolg ein, er freue sich darüber, und ging pfeifend in sein Zimmer hinauf.

Auf Holzstühlen saßen weit zurückgelehnt die mächtigen Senioren Ray Cowles und Howard Griffin, und zwischen ihnen der Herr der Welt Mr. Bjorken, der Fußballtrainer, ein kräftiger, liebenswürdiger, ziemlich religiöser junger Mann, der ein Anhänger des Fußballspiels, der äußeren Mission und der demokratischen Partei war.

»Hallo! Wartet ihr auf mich oder auf den Türken?« stammelte Carl, während er allen ernsthaft die Hand schüttelte.

»Wir sind bloß für einen Augenblick raufgekommen, um mit Ihnen zu sprechen«, sagte Mr. Bjorken.

»Tut mir leid, daß der Türke nicht da war.« Eine kaum hörbare innere Stimme riet Carl, ein ernsthaftes Gespräch mit seinen Besuchern so lange wie möglich hinauszuschieben.

Ray Cowles räusperte sich. Noch einmal im Laufe seines Lebens so viel »Reife« und klägliche Weisheit an den Tag zu legen wie in diesem Augenblick, war dem schwarzhaarigen Adonis, der stolzen Blüte aus Joralemons Blumengarten, nicht bestimmt. »Wir wollen mit dir ernsthaft über etwas reden – um deiner selbst willen. Du weißt, ich habe mich immer für dich interessiert, und Howard auch, und selbstverständlich haben wir auch als Bundesbrüder Interesse für dich. Immer für unser altes Joralemon und Plato, was? Mr. Bjorken meint – wir könntens ihm eigentlich gleich sagen, glauben Sie nicht, Mr. Bjorken?«

Der Trainer nickte mit königlicher Huld. Carl rutschte auf der Holzkiste herum, auf der er hockte, und spürte, wie sein erschrockener Magen den Boden verlor.

»Also, Mr. Bjorken meint, es steht so gut wie fest, daß du nächstes Jahr in die repräsentative Mannschaft kommst, und vielleicht kannst du auch schon in diesem Jahr ein paar Minuten beim Hamling Spiel mitmachen und dein ›P‹ kriegen.«

»Wirklich?«

»Ja, wenn du etwas für das alte Plato tust; genau so, wie du erwartest, daß Plato etwas für dich tut.« Ray war ganz aufrichtig. »Aber wenn du die Mannschaftsdisziplin mißachtest und der Omega Chi Schande machst, dann nicht. Ich kann natürlich nicht als reguläres Mitglied der Mannschaft sprechen, aber als Senior höre ich Dinge – —«

»Was meinst du mit ›Schande‹?«

»Wissen Sie nicht, daß die ganze Mannschaft außer sich ist, weil Sie sich so sehr in diese Frazer-Sache eingelassen haben?« fragte der Trainer. »Cowles und Griffin und ich haben die ganze Angelegenheit durchgesprochen. Die Art und Weise, wie Sie für Frazer eintreten —«

»Hören Sie mal«, unterbrach ihn Carl, »bei meiner Ansicht über Frazer bleib ich. Die Leute haben ihn nicht verstanden.«

»Ausgezeichnet, mein Junge«, sagte Howard Griffin beruhigend. »Wir wollen nicht versuchen, deine Ansichten über Frazer zu ändern. Wir sind deine Freunde. Das weißt du. Wir sind stolz darauf, daß du dich für ihn einsetzt. Die Sache ist bloß die: jetzt, wo er praktisch schon so gut wie an die Luft gesetzt ist, jetzt sag uns bloß, was es ihm oder dir oder irgend jemand anderm nützen soll, wenn du alle Leute wütend machst, indem du sie dir vorknöpfst, weil sie nicht einer Meinung mit dir sind. Sag deine Meinung; aber laß dich nicht in Balgereien ein! Erweck doch nicht bei allen den Eindruck, daß du ein Narr bist.«

»Wenn ich offen sein soll«, fügte Mr. Bjorken hinzu, »wenn Sie so viel böses Blut machen, ist die Wahrscheinlichkeit, daß Sie Frazer schaden, mindestens ebenso groß wie die, daß Sie ihm nützen. Hören Sie mal. Wenn der Lehrkörper Frazer schon an die Luft gesetzt hätte, würden Sie dann noch immer herumlaufen und dagegen hetzen?«

»Das hab ich mir noch nicht überlegt, aber wahrscheinlich würd ichs so machen.«

»Das hab ich ja gefürchtet. Aber haben Sie denn noch immer nicht begriffen, wie wenig es nützen kann, wenn ein einziger Sophomore den Versuch macht, dem Lehrkörper sein Verhalten vorzuschreiben?« Das sagte wieder der Trainer, aber Howard und Ray unterstützten ihn mit mandarinenhaftem Kopfnicken. »Wohlverstanden, ich habe nicht die Absicht, Ihnen persönlich nahezutreten, aber Sie müssen doch zugeben, daß Sie nicht gut erwarten können, alles zu dirigieren. Wozu soll es denn gut sein, herumzulaufen und ein großes Geschrei für Frazer zu machen? Ganz abgesehen von der Frage, ob zu erwarten ist, daß er rausgeschmissen wird oder nicht.«

»Also«, brummte Carl, sich nervös am Kinn reibend, »ich weiß nicht, ob es direkt zu was gut sein kann – höchstens, daß es vielleicht dieses verfluchte schlafmützige College ein biß-chen aufweckt; aber es macht mich so gottsverdammt wütend – –«

»Ja, ja, das verstehen wir, alter Junge«, sagte der Trainer, »aber andererseits müssen Sie bedenken, wozu es gut ist, still zu halten und das Spiel zu spielen. Ich hab Sie von Kipling re-den hören. Also, Sie sind wie ein junger Offizier – ein Subal-terner, so heißt das, nicht? – in einer Geschichte von Kipling, der unter Befehl steht, und es gehört eben zu seinem Spiel, daß er sich ordentlich ranhält, den Mund nicht aufreißt und seine vorgesetzten Offiziere nicht kritisiert.«

»Ach, das wird schon stimmen, aber – –«

»Also, genau dasselbe gilt für Sie. Können Sie das nicht ein-sehen? Überlegen Sie mal. Was würden Sie von einem Leutnant denken, der alle Generäle kommandieren will? Das ist genau dasselbe ... Außerdem, wenn Sie still halten, können Sie noch in diesem Jahr in die Mannschaft kommen, das kann ich Ihnen tatsächlich versprechen. Verstehn Sie das jetzt richtig. Das ist keine Bestechung; wir wollen, daß Sie imstande sind, zu spielen und *wirklich* etwas für das alte Plato zu tun – im Sport. Aber wenn Sie weiter rebellieren, können Sie unmöglich in die Mannschaft kommen.«

»Wir wollen doch nichts anderes von dir«, warf Ray Cowles ein, »als daß du dich nicht in aller Öffentlichkeit blamierst – was du vielleicht schon getan hast, fürchte ich. Bewunder den Frazer, so viel du willst, sprich mit deinen Freunden über ihn, und laß dir deine Ansichten über ihn nicht nehmen, nur glaub

nicht, daß du rumlaufen und ein großes Geschrei über ihn machen mußt. Die Leute bekommen ja eine falsche Vorstellung
von dir. Es ist mir fürchterlich, dir das zu sagen, aber sogar im
Omega Chi haben ein paar von den Jungs über dich geredet
und mich gefragt, ob du nicht wirklich richtig verdreht bist. Ich
sag dann immer: ›Natürlich ist er nicht richtig verdreht, du armseliges Huhn‹, aber ich kann ja nicht überall sein und immer
allen Leuten antworten, und du kannst nicht das ganze College
verprügeln. So kann man in der Welt nichts erreichen. Du
weißt ja gar nicht, was für einen schlechten Eindruck du
machst, wenn du zu offen redest. Verstehst du, wie ichs
meine?«

Als der Rat der Alten sich erhob, richtete Carl an Ray die
schüchterne Frage: »Also ganz aufrichtig jetzt: haben viele gesagt, daß ich ein Narr bin?«

»Eine ganze Menge leider. Alle reden über dich … Jetzt
hängt alles von dir ab. Du brauchst gar nichts Besonderes zu
tun, du darfst dir bloß nicht einbilden, daß du alles verstehst,
und mußt still bleiben. Bleib still, bis du die Schwierigkeiten,
die der Lehrkörper hat, ein bißchen besser verstehst. Klar?
Klingt das nicht ganz vernünftig?«

Neuntes Kapitel

Sie waren fort. Carl litt unter einem geradezu Übelkeit erregenden Schamgefühl – es war die Qual eines praktischen und nüchternen Menschen, der sich niemals den Blicken der Öffentlichkeit preisgegeben glaubt und plötzlich von einem gewissenhaften Freund darauf aufmerksam gemacht wird, daß man ihn beobachtet und kritisiert, daß man seine Schwärmereien als Lächerlichkeiten und seine vom Herzen diktierten Versuche, Freundschaft zu schließen, als Unverschämtheit gewertet hat.

Hunderte von Menschen schienen im Zimmer zu sein, die einander in die Rippen stießen und gierig darauf warteten, daß er etwas Idiotisches tue; er kam sich vor wie ein Hansnarr, der nach reichlicher Reklame vorgeführt wird. Er marschierte auf und nieder, wurde schamrot, brach kampflustig los: »Ach Quatsch! Ich werd ihnen schon zeigen!« und jammerte schließlich: »Frazer werd ich wohl nicht helfen, aber es macht mich so verdammt wütend, wenn niemand zu ihm hält – und er lehrt doch Sachen, die hier so gebraucht werden. Herrjeh! mit der Zeit komm ich dahinter, daß das doch ein ziemlich armseliges College ist. Er ist der erste Lehrer, von dem ich wirklich was hab, und – – Ach, zum Teufel! Was muß ich mich denn in das ganze Zeug einmischen, bis jetzt ist mirs doch ganz gut gegangen? Und wenns ihm nicht helfen kann – –«

Er merkte, daß seine rechte Hand Gerties Brief in der Tasche zerdrückte. Er drehte das Kuvert zwischen den Fingern hin und her, aber da er auf diese Weise von seinem Inhalt wenig erfuhr, öffnete er es:

Lieber Carl, bei Adelaide war eine Gesellschaft, auf der wir uns einfach blendend amüsiert haben. Sie hat ein so hübsches Kleid angehabt. Sie hat schrecklich mit Joe Jordan poussiert, aber Du wirst es gemein von mir finden, daß ich Dir das erzähle, weil Du sie viel lieber hast als mich und alle anderen.

Aber ich habe Dir ja noch gar nicht das Neueste erzählt. Joe hat in St. Hilary eine Position in der Mühle angenommen, und bevor er fortgeht, will Semina eine Gesellschaft für ihn geben. Ich wollte, Du könntest dabei sein. Du wirst wohl inzwischen gut tanzen gelernt haben, natürlich gehst Du in Plato zu einer Menge Gesellschaften, wo es doch so viele hübsche Mädchen gibt und vergißt mich ganz.

Ach lieber Carl, Ray schreibt mir, Du bist für den verrückten Professor Frazer. Ich weiß, dazu muß sehr viel Mut gehören und ich bewundere Dich *ungeheuer* deswegen, auch wenn Ray es nicht tut. Aber, mein lieber Carl, wenn es zu nichts *gut* ist, dann wirst Du Dich hoffentlich nicht bei allen Leuten damit ins Gerede bringen, ohne daß es zu etwas gut ist, nicht wahr Carl?

Ich vertraue ganz fest darauf, daß Du es sehr weit bringst und hoffe, Du wirst nicht Deine ganze Laufbahn ruinieren, wenn es sowieso schon zu spät und zu nichts gut ist.

Wir alle erwarten so viel von Dir – wir warten! Du bist unser Ritter, und Du wirst nicht vergessen, daß Du Deine Rüstung blank halten mußt, und auch nicht vergessen

die Deine, wie immer,
Gertie

»Mm!« bemerkte Carl. »Was das mit dem Ritter und der Rüstung soll, kapier ich nicht recht. Ich würd ja fein aussehen, was, mit einem Waschkessel und noch ein paar Tonnen altem Eisen auf dem Leib. Mmm. ›Vertraue ganz fest darauf, daß Du es sehr weit bringst ‹ Ach, ich darf die Leute wohl nicht enttäuschen. Außerdem weiß ich wirklich nicht, wie ich Frazer helfen könnte. Keine Ahnung.«

Die Frazer-Angelegenheit schien ihm sehr fern, sehr überspannt zu sein.

Zwei von der Bande kamen lärmend herein und schlugen eine Partie Poker, ein Pfennig Einsatz, vor, aber der Gedanke an Karten war ihm widerlich. Er überließ ihnen das Zimmer – einer rauchte die beste Pfeife des Türken, die dieser leichtsinnigerweise ganz offen hatte liegen lassen – ging hinunter und schlenderte zum Collegegarten.

Im Konferenzzimmer des Lehrgebäudes war Licht, obwohl es kein »erster und dritter Donnerstag« war – an diesen Tagen fanden die regelmäßigen Zusammenkünfte des Lehrkörpers statt. Es handelte sich also um eine Sonderkonferenz, und daraus folgte – –

Augenblicklich lief Carl, ohne irgendwelche Pläne zu machen, zur Hinterseite des Gebäudes, klomm an einer Regenröhre hinauf (dazu summte er »Nur vor dem Kampfe, Mutter«), öffnete mit seinem großen Taschenmesser, einem sogenannten Knicker, das Fenster eines Hörsaales (dabei ging er zur Melodie »Vorwärts, christliche Soldaten« über), kletterte hinein, schlich auf den Zehenspitzen durch das Zimmer, blieb einige Male stehen, um zu lauschen, tastete sich an den Wänden entlang, um die Tür zu finden, machte diese ganz leise auf, hockte sich im Flur ruhig nieder, zog die Schuhe aus, brummte: »Autsch, ist das kalt an den Füßen«, schlüpfte in einen andern Hörsaal, der an der Vorderfront des Gebäudes lag, zog die Schuhe wieder an, stieg zum Fenster hinaus, ging auf einem dreißig Zentimeter breitem Sims zu einem Fenster des Konferenzzimmers und sah hinein.

Von den elf Mitgliedern des Lehrkörpers fehlte nur Frazer; Präsident S. Alcott Wood führte den Vorsitz in der Versammlung, und der Griechisch-Professor hielt eine Ansprache, in deren Verlauf er des öfteren auf ein in rotes Leder gebundenes Notizbuch verwies.

»Mhm! Bericht über die Vorlesung von Frazer«, murmelte Carl, sich an den rauhen Steinflächen festhaltend. Ein Windstoß kam um die Ecke des Gebäudes. Er schwankte, klammerte sich noch fester an und warf einen Blick hinunter. Nichts zu sehen. Er war zwölf bis dreizehn Meter hoch über dem Boden. »Beinah runtergefallen«, bemerkte er. »Herr Gott! sind meine Hände kalt!« Als er wieder durch das Fenster hineinschaute, zeigte der Griechisch-Professor direkt auf das Fenster, die ganze Versammlung fuhr auf, wandte sich um und starrte heraus. Ein junger Dozent lief zur Tür.

»Der will mir den Weg abschneiden. Verf-flucht«, sagte Carl. »Am Fenster im Mathematiksaal werden sie auf mich warten. Hurra! Jetzt ist was los.«

Er bewegte sich vorsichtig auf dem Sims entlang, bis er ungefähr zur Mitte zwischen den beiden Fenstern kam, und dort wartete er, sich platt an die Mauer drückend.

Noch einmal blickte er von dem hohen, windigen, schmalen Sims hinunter. »Das wär ja ein netter Sturz … Meine Hände sind kalt … Ich könnt ausrutschen. Komisch, trotzdem hab ich eigentlich nicht viel Angst … Nanu! Wo hab ich denn schon mal genau dasselbe getan? Ach ja!« Er sah den kleinen Carl, der sich mit Gertie im Walde verlaufen hatte und von Bone Stillman am Fenster erwischt wurde. Als er das unrasierte Männergesicht Bones mit der teigigen Visage des jungen Professors verglich, mußte er lachen. »Sieht fast so aus, als ob ich wieder dort war und noch einmal dasselbe täte. Aber sone Angst wie damals hab ich nicht. Wahrscheinlich werd ich doch ein bißchen älter. Hal-lo! Da ist ja unser lieber spanischer Inquisitor und steckt den Schädel zum Fenster heraus.«

Das Fenster des Mathematiksaals, der unmittelbar neben dem Konferenzzimmer lag, war geöffnet worden. Der junge Professor, der Jagd auf Carl machte, würzte die Nacht mit heftigen, in ziemlich pädagogischem Ton geäußerten Worten. »Na, mein Lieber! Jetzt haben wir Sie. Sie können ganz ruhig herkommen und sich in Ihr Schicksal ergeben!«

Carl schwieg.

Die Stimme sagte laut: »Da draußen ist jemand. Ich will mal feststellen, wer es ist.« Carl bemerkte, daß ein Kopf zum Fenster herausgesteckt wurde, und hörte dann die leise gesprochenen Worte: »Ich kann ihn nicht sehen.« Der Dozent rief wieder laut: »Aha, ich sehe Sie. Sie verschwenden bloß Ihre Zeit, mein Lieber. Sie können jetzt ganz ruhig herkommen. Ich lasse Sie so lange da draußen, bis Sie es tun.« Leise: »Laufen Sie ins Konferenzzimmer zurück und sehen Sie zu, ob Sie ihn von der Seite kriegen können. Das ist ganz sicher einer von den schleicherischen Frazeranhängern.«

Carl muckste nicht und gab keinen Laut von sich. Er warf einen Blick auf den Sims über ihm. Es war zu hoch. Er versuchte, den Boden in der verwirrenden Dunkelheit unten zu erkennen. Es sah aus, als wäre er viele Meilen hoch in der Luft. Er wußte nicht, was er tun sollte. Allein wie ein gefährtenloser Falke stand er da auf dem Sims an der Mauer, deren Steine kalt gegen sein Kreuz und seine ausgebreiteten Arme drückten. Er schwankte ein wenig; begriff mit einem zitternden Gefühl der

Übelkeit, was geschehen mußte, wenn er zu heftig schwankte … Es fiel ihm ein, daß der Boden unter ihm gepflastert war. Aber er dachte nicht daran, sich zu ergeben.

Vom Fenster des Mathematiksaals hörte er: »Lassen Sie ihn nicht aus den Augen. Ich steige hinaus und hole ihn.«

Die Schultern des jungen Professors schoben sich zum Fenster heraus. Carl drehte vorsichtig den Kopf und wurde gewahr, daß sich jetzt auch aus dem Fenster des Konferenzzimmers eine Gestalt herausbeugte.

»Von beiden Seiten haben sie mich! Verfluchte Zucht! Na, wenn sie mich reinholen, werd ich wenigstens das Vergnügen haben, ihnen zu sagen, was ich mir über sie denke.«

Der Dozent hatte seine Wanderung auf dem Sims begonnen. Er kam sehr langsam vorwärts. Schließlich blieb er stehen und beklagte sich bei jemand, der im Mathematiksaal war: »Der verfluchte Sims scheint vereist zu sein.«

Carl flüsterte: »Vorsicht! Sie rutschen!«

In wildem Entsetzen glitt der Professor durch das Fenster zurück. Seine Absätze verschwanden und augenblicklich eilte Carl, sich seitlich über den Sims schiebend, am Fenster vorüber. Als der Professor in kühnem Wagemut seinen Kopf wieder in die Nachtluft hinaussteckte und nach links blickte, wo seiner Vermutung nach Carl anständigerweise noch sein sollte, kroch Carl rasch nach rechts. Er kam zum Ende des Gebäudes, tastete nach der Regenröhre und glitt, die Hände mit seinen Jackenenden schützend, daran hinunter. Als er ungefähr in der Mitte war, rutschte der Stoff weg, und seine Hände rieben sich an dem gerieften Zinkblech auf. »Ganz ordentliche Rutschpartie«, murmelte er, als er unten anlangte und sich sacht die brennenden Handflächen blies.

Er ging fort – durchaus nicht wie der tragische Held einer nächtlichen Rutschpartie, sondern wie ein praktisch denkender junger Mann, der in einer geschäftlichen Angelegenheit von nicht übermäßiger Wichtigkeit jemand aufsuchen will. Hin und wieder putzte er zerstreut seinen linken Ärmel oder seine Weste, ganz so, als hätte er den Wunsch, bei dieser Gelegenheit nett und sauber auszusehen.

Er marschierte in die Telephonzelle der Eckdrogerie und rief Professor Frazer an.

»Hallo? Professor Frazer? Hier ist einer von Ihren Hörern im modernen Drama. Ich hab eben erfahren – ich war zufällig im Lehrgebäude, und da bin ich zufällig dahinter gekommen, daß Professor Drood vor dem Lehrkörper – Sonderkonferenz! – über Ihre letzte Vorlesung berichtet. Ich hab son Riecher, daß Sie dabei den Kürzern ziehen. Ich möcht mich nicht einmischen, aber ich bin schrecklich unruhig; ich dachte, es ist vielleicht richtiger, wenn Sie Bescheid wissen … Wer? Ach, bloß einer von ihren Hörern … War mir ein Vergnügen. Ach, hören Sie, Professor, v-viel Glück, 'n Abend.«

Unverzüglich, sogar ohne die Entschuldigung, daß ein böser Geist aus der Bande es vorgeschlagen hätte, begab er sich zum Haus des Griechisch-Professors und band sowohl die Vorder- wie die Hintertür fest zu. Der Zaun, der Haus und Garten umgab, war sehr hoch und stark und überdies oben mit scharfen Eisenspitzen versehen; der Professor war ein kleiner, überaus würdevoller Mann. Carl tat es sehr leid, daß er nicht bleiben konnte, um das Schauspiel zu genießen, wie der Professor an den Knoten herumarbeitete und schließlich über den Zaun stieg. Doch er hatte eine andere Aufgabe.

Er ging zum Haus Professor Frazers. Auf dem Bürgersteig davor blieb er stehen. Seine Schultern reckten sich, seine Haken schlugen aneinander, er hob den Arm zu einem feierlichen Salut.

Er hatte der Vornehmheit Henry Frazers salutiert. Er hatte seiner eigenen Seele salutiert. Er rief: »Ich werd genau so lang zu ihm halten wie der Türke oder sonst wer. Omega Chi und der Trainer werden mich nicht einschüchtern – die ganze Affenblase miteinander nicht. Ich – – Ach, ich glaub *wirklich*, sie können mich nicht einschüchtern.«

Zehntes Kapitel

Die Hörer Platos mußten allmorgendlich dem Gottesdienst beiwohnen. Präsident S. Alcott Wood gab mit ernster Miene zwei Hymnen an und machte zwischendurch in der Manier eines bekümmerten Ratgebers, die verriet, daß er das Gefühl hatte, es müsse augenblicklich etwas getan werden, dem Allmächtigen Mitteilungen von den wichtigeren Ereignissen der letzten vierundzwanzig Stunden.

Präsident Wood war eine ehrenhafte, ängstliche kleine Seele, so etwas Ähnliches wie ein schmächtiger, gelehrter schottischer Weißwarenhändler. Er liebte es, den bekümmerten Ratgeber zu spielen, des Nachts bis zwölf Uhr in seiner ungelüfteten Bibliothek zu sitzen und sich mit der Aufgabe abzuquälen, wie er für völlig klare Bibelstellen neue falsche Auslegungen finden könnte. Sein Körper setzte sich aus lauter Kreisen zusammen – ein runder Kopf mit schlichtem grauen Haar, das er in die Stirn gekämmt trug; ein rundes Gesicht mit runden roten Bäckchen; ein lächerlich wuchtiger grauer Schnurrbart, der über seinem kindlichen Mund nahezu einen Kreis beschrieb; ein runder Knopf von Nase; runde, dicke Schultern; ein rundes Bäuchlein in einem grauen Anzug; runde Klöße von Füßen in Schuhen, die niemals ganz frisch geputzt und niemals ganz bestaubt waren. Er war ein geplagter, ehrsamer, eifriger, unwissender, humor- und witzloser, aufrichtig gewissenhafter Däumling. Seine Gebete waren lang und innig.

Nach der zweiten Hymne pflegte er die bevorstehenden gesellschaftlichen Ereignisse bekannt zu geben – Gebetsversammlungen der einzelnen Jahrgänge und von Missionaren gehaltene Lichtbildvorträge. Während des Gebets und der Hymnen bereitete sich die Mehrzahl der Studenten mit Hilfe von Zetteln, die in den Gesangbüchern lagen, auf die ersten Unterrichtsstunden vor, oder sie lasen klein zusammengefaltete Exemplare des *Journal* und der *Tribune* aus Minneapolis. Sobald aber die Verlautbarungen begannen, setzte sich das ganze Plato College zurecht, weil man immer damit rechnen konnte, daß Prexy Wood mit pedantischem Sarkasmus über studentische

Vergehen, das Kartenspiel, ausgeschnittene Kleider und die unverzeihliche Sünde des Rauchens sprechen würde.

Als Carl am Morgen nach seiner Lauschertätigkeit vor dem Konferenzzimmer zu der kahlen, unfreundlichen Kapelle ging, betrachtete er unruhig die kahlen Felder; er schnupperte den Duft brennenden Laubes ein und beobachtete eine Schar von Amseln, die über den stürmischen Himmel strichen. Er setzte sich auf die Kante seiner Bank, legte ein Bein über das andere und wackelte nervös damit.

Während des Gebets und der Hymnen lief durch die Studentenschaft das plötzlich entstandene Gerücht, bei Präsident Woods Verlautbarungen werde sich etwas Sensationelles ereignen. Als der Präsident die Lieder angab, sah er die Hörer nicht an, sondern glättete mit trauriger Gebärde das saubere grüne Tuch auf dem Pult. Sein schüchternes, frommes Gebet bat um Führung zum Verständnis des göttlichen Willens.

Carl empfand Mitleid mit ihm. »Der arme Kerl ist ganz durcheinander. Ist ja kein Wunder! Ich war es auch, wenn ich versuchen wollte, einem Fünfundzwanzigzentimeter-Geschütz wie Frazer die Mündung zuzustopfen … Er strengt sich beim Singen an … Jetzt, Verlautbarungen … Auf was wartet er denn? Herr Jesus! wenn er nur schon damit anfangen würde, damit das Ganze vorüber ist … Ob er was über gestern abend sagt – über mich –«

Präsident Wood stand schweigend da. Sein Blick wanderte von einer Reihe zur anderen. Die Studenten rückten unbehaglich hin und her. Dann begann er mit seiner trockenen Stimme in geziertem Ton zu sprechen:

»Meine Freunde, es ist mir heute auferlegt, eine unerfreuliche Pflicht zu erfüllen, aber ich habe im Gebet nach Führung gesucht und hoffe –«

Carl ächzte: »Er weiß, daß ich es bin! Er wird mich vornehmen und öffentlich rausschmeißen! … Halt dich fest, Ericson; verlier nicht die Nerven; denk an den guten alten Türken.« Carl war kein Held. Er hatte Angst. Im nächsten Augenblick würden aller Augen ausnahmslos auf ihn gerichtet sein. Er haßte diesen Raum voll neugieriger junger Leute, dessen schmutzfarbene Wände mit Bibelsprüchen geschmückt waren. In der letzten Reihe sah er den Platz, den (selten genug) Professor Frazer einzunehmen pflegte. Im Geiste sah er ihn dort sitzen, bleich und streng. »Ich bin aber froh, daß ich gelauscht hab. Vielleicht hätt ich Frazer vor etwas Bestimmten warnen können, wenn ich nur ordentlich hätte zuhören können.«

Präsident Wood deklamierte weiter:

»– und so hoffe ich, meine Freunde, daß wir, den Idealen der Baptistenkirche treu ergeben, auch in unseren kleinsten täglichen Obliegenheiten immerzu vorwärts streben werden, *per aspera ad astra*, nicht in einem Geist materialistischer Gesinnung und moderner Rastlosigkeit, sondern im Geiste treuer Pflichterfüllung.

Ich brauche Ihnen nicht erst zu sagen, daß zahlreiche Gerüchte über sogenannte ›Unstimmigkeiten im Lehrkörper‹ umhergegangen sind. Aber ich muß Sie auf das ernsthafteste beschwören, leihen Sie mir Ihre angespannteste Aufmerksamkeit, wenn ich Ihnen versichere, daß es *keine* Unstimmigkeiten im Lehrkörper gegeben hat. Wir haben allerdings konstatiert, daß gewisse Lehren nicht mit den Idealen des Plato College in Übereinstimmung stehen. Das Wort Gottes, wie es in der Bibel geschrieben steht, war gut genug für unsere Väter, die gekämpft haben, um unser herrliches Land zu verteidigen, und die Bibel ist auch noch gut genug für uns, denke ich – und in der Bibel kann ich von Lehren wie Sozialismus und Anarchismus und Evolution nichts finden. Die meisten von Ihnen können sich wohl dazu beglückwünschen, keine Zeit an diese Theorie, die sich ›Evolutionslehre‹ nennt, vergeudet zu haben. Wenn Sie nichts davon wissen, haben Sie nichts verloren. So absurd es auch klingen mag, die Evolutionslehre behauptet, daß wir alle von Affen abstammen! Und das, obwohl die Bibel uns lehrt, daß wir Gottes Kinder sind. Wenn es Ihnen lieber ist, nicht Gottes Kinder, sondern die Abkömmlinge von Affen zu sein, nun, dann kann ich nur sagen, mir ist es nicht lieber! (Lachen.)

Aber der alte Satan ist immer eifrig dabei, auch in den Colleges ein- und auszugehen, Und in den zügellosen, allzu großen weltlichen Schulen des Ostens lehrt man diese Doktrin tatsächlich seit vielen Jahren. Ja, ich bin dahin berichtet, daß man sogar an der Universität von Chicago, die doch eine Baptistenanstalt ist, eben dieses törichte Evolutionsgefasel lehrt, und so kann ich niemandem von Ihnen den Rat geben, er möge sich dort für seine Promotion vorbereiten. Aber diese Herren Gelehrten, die sich klüger dünken als die Bibel, fallen früher oder später in die Gruben, die sie selbst gegraben haben, und sie waren in der Entdeckung neuer Tatsachen über die Evolutionslehre so gescheut, daß sie sich in Widerspruch zu nahezu allem gesetzt haben, was Darwin, der der Hohepriester dieses verdammenswerten Kultes war, gelehrt hat, und haben aus der ganzen Theorie ein Durcheinander von Widersprüchen gemacht, von dem sie sich sogar selbst mit Abscheu abwenden. Ja, ich bin dahin berichtet, daß Darwins eigener Sohn vor die Öffentlichkeit getreten ist und zugegeben hat, daß an dieser ganzen Evolutionslehre nichts ist. Nun, das hätten wir ihm und auch seinem Vater schon längst sagen können; die Leute hätten sich ihre ganze Zeit sparen können, denn nun kommen sie wieder alle brav zur Bibel zurück. Vor allem hätten wir ihnen sagen können, daß das Wort Gottes die Abstammung des Menschen ausgezeichnet erklärt, und daß jedermann, der zu entdecken sucht, ob wir von Affen abstammen, ungefähr eben so viel Verstand hat wie der Mann, der aus einem Schweinsohr eine Seidenbörse machen wollte.«

Carl setzte sich beruhigt auf seinem Platz zurecht.

Präsident Wood war in Fahrt. »Dieses ganze Evolutionsgefasel wirkt selbstverständlich lächerlich, sobald ein Geist, der durch eifrige klassische Studien im klaren Denken geschult ist, ihm seine pseudowissenschaftlichen Lumpen vom Leib reißt und es ganz offen dem Schützenfeuer des gesunden Menschenverstandes und der gesunden Religion aussetzt. Und hiermit komme ich zum Hauptpunkt meiner Erörterungen:

Auf eben dieser Evolutionslehre, diesem bombastischen Schwulst vermessener Gelehrter, beruhen alle unchristlichen und unamerikanischen Doktrinen wie der Sozialismus, der Anarchismus und die Frevel des Feminismus, mit allen ihren Anhängern, die so viel von sich halten, daß sie durchaus willens sind, die großartigen alten Einrichtungen, die unsere Vorväter auf die Verfassung gegründet haben, über den Haufen zu werfen; und statt dessen wollen sie – oho, sie sind durchaus bereit, uns zu sagen, wie die Regierungsgeschäfte geleitet werden sollen. Sie wollen einen Staat errichten, in welchem alle unter uns, die ehrlich genug sind, ihr Tagewerk zu tun, die faulen Schurken unterstützen sollen, die diese Ehrlichkeit nicht haben. Aber sie sind sehr schlaue Leute. Sie können uns Sand in die Augen streuen und uns einreden – wenn wir es uns einreden lassen – daß die allgemeine Bereitschaft, die Arbeit dem andern zu überlassen, während man selbst Blumenstücke malt und Romane schreibt, welche die Greuel Babylons schildern, ein überlegenes Menschengeschlecht hervorbringen soll! Nun, wenn Sie diese Leute für klug halten sollten, diesen Shaw, diesen Wells, und alle anderen, die Robert G. Ingersoll nachahmen, dann denken Sie bloß daran, daß der Klügste von allen der Satan ist, und daß er immerzu, seitdem er im Garten des Paradieses Rebellion und Unzufriedenheit gestiftet hat, derart verkommene Lehren unterstützt!

Wenn dies sich so verhält, dann stehen die Lehren Professor Henry Frazers, und mögen sie auch seiner ehrlichen Überzeugung entsprechen, nicht in Übereinstimmung mit der Stellung, die wir hier in Plato einnehmen. Meine Freunde, ich wünsche, daß Sie alle mich verstehen. Gewisse junge Hörer Platos scheinen der Ansicht gewesen zu sein, daß der Lehrkörper Frazer nicht genügend schätzt. Einer von diesen Hörern, ich nehme an, es war einer von ihnen, verstieg sich gestern abend zu dem Versuch, eine Konferenz des Lehrkörpers zu belauschen. Wer das war, das festzustellen, dazu stehen mir jederzeit die Mittel zu Gebote. Aber ich will es gar nicht erfahren, denn ich kann nicht glauben, daß er wußte, wie ehrlos dieses Schleichen war.

Ich wünsche den Unzufriedenen zu versichern, daß ich in meiner Bewunderung für Professor Frazers Beredsamkeit und für sein Wissen in manchen Gegenständen hinter keinem zurückstehe. Es ist aber an dem, daß wir der Meinung sind, seine Lehren lassen sich nicht mit dem vereinen, was in unseren Absichten liegt. Sie mögen um ein gut Teil gerissener und neumodischer sein, und wir mögen ein Haufen alter Stockphilister sein, aber wir sind nicht engherzig, und wir wünschen ihm ebenso viel Recht zu freier Rede zu geben – wir wünschen – es besteht – äh – tatsächlich durchaus nicht das – äh – Bestreben, wem auch immer autoritative Vorschriften zu machen. Aber es ist unsere Pflicht, gegen jede verwerfliche Lehre in aller Aufrichtigkeit Front zu machen.

Das haben wir Professor Frazer sorgfältig auseinandergesetzt, und ich möchte mir erlauben, denjenigen jungen Leuten, die es auf sich genommen haben, seine Anhänger zu spielen, mitzuteilen, daß sie gut daran tun würden, sein Beispiel zu befolgen. Er ist nämlich ebenso wie wir der Ansicht, daß es notwendig ist, in der Tendenz der Lehren am Plato College konsequent zu bleiben. Ja, er hat um seine Amtsenthebung gebeten, und wir haben sie widerstrebend, sehr, sehr widerstrebend gewährt. Diese Amtsenthebung wird am ersten des nächsten Monats in Kraft treten, und bis dahin wird Professor Frazer, weil sich in seiner Familie ein Krankheitsfall ereignet hat, keine Vorlesungen halten. Seine Hörer werden übrigens gebeten, sich zwecks anderer Kurse beim Dekan zu melden … Sie sehen also, wie wenig an diesen verlogenen Gerüchten über ›Unstimmigkeiten im Lehrkörper‹ ist.«

»Lügner, Lügner! Du lieber Gott, jetzt haben sie den guten aufrechten Frazer vernichtet«, dachte Carl unglücklich.

»Und nun, meine Freunde, baue ich darauf, daß Sie wissen, woran Sie sind, und – äh –«

Präsident Wood holte tief Atem, klopfte auf das Pult und sprach mit vor Ärger schriller Stimme weiter:

»Wir haben durchaus das Bestreben, den Studenten Platos völlige Gedanken- und Redefreiheit zuzubilligen, aber ich erkläre Ihnen, wenn es so weit kommt, daß ein kleines Häuflein Hörer dieses ganze große Institut dazu bringen kann, daß es seine wahren Aufgaben aus dem Auge verliert und seine ganze Zeit einem Streit über einen modischen Nonsens wie den Sozialismus widmet, dann ist es an der Zeit, ein energisches Halt zu rufen!

Wenn unter Ihnen Hörer sind, die jetzt noch, nachdem ich erklärt habe, daß Professor Frazer uns aus freien Stücken verläßt, ihren verbohrten Wunsch, Scherereien zu machen, nicht aufgeben, die noch immer der Ansicht sind, daß der

Lehrkörper Professor Frazer nicht so behandelt hat, wie es ihm zukommt, oder daß wir den Versuch gemacht haben, ihn zu etwas zu zwingen, dann mögen die Betreffenden hier, augenblicklich, in der Kapelle aufstehen. Das ist mein voller Ernst! Schluß mit diesem feigen Hin und Her und heimlichen Geklatsche. Sie mögen zum Zeichen ihres Protestes zu ihrer vollen Höhe aufstehen, hier – augenblicklich! Oder sitzen bleiben!«

Den Studenten Platos, Carl Ericson nicht ausgenommen, war der Respekt vor der Schulmeisterautorität so sehr in Fleisch und Blut übergegangen, daß sie voll Unbehagen dasaßen, als wäre Jeder einzelne von ihnen persönlich von dem runden Pedanten angesprochen worden, der da in seinem an den Schultern zerdrückten, vom Kragen abstehenden Röckchen hinter dem Pult stand, sich an den Kanten mit den rundlichen Kinderhänden festhielt und sie in schwächlichem Grimm musterte. Carl warf einen Blick hinter sich auf Frazers Platz; er hoffte, sein Held wäre mit einem Male wunderbarerweise in der Kapelle, um dem Tyrannen entgegenzutreten. Der Stuhl war ebenso leer wie zuvor. Niemand war da, um dagegen zu protestieren, daß Frazer fortgejagt würde, weil er gesagt hatte, was er für wahr und richtig hielt.

Dann entdeckte Carl in seiner Aufregung, daß der Klippschüler Carl Ericson im Begriffe war, aufzustehen und all diese gelehrten Männer zu beunruhigen. Er hatte wieder Angst. Aber er stand auf, sah dem Präsidenten ins Gesicht, kreuzte affektiert die Arme über der Brust, entfaltete sie hastig wieder und steckte die Hände in die Taschen, stellte einen Fuß vor den andern und zog die eine Schulter ein wenig hoch.

Alles in der Kapelle starrte ihn an. Er wagte nirgends hinzublicken, aber er konnte das erstaunte Murmeln ringsum hören. Jetzt, da er stand, machte es ihm sogar Freude, den anderen Trotz zu bieten.

»So, junger Mann, Sie wollen uns also beibringen, wie wir Plato leiten sollen«, zwitscherte der Präsident. »Ich bin überzeugt davon, daß alle sich Ihnen sehr verpflichtet fühlen.«

Carl regte sich nicht. Er wurde gewahr, daß links von ihm Genie Linderbeck sich erhob. Sonst stand niemand, aber als Carl Genies schwache Unterstützung fühlte, empfand er plötzlich den Wunsch, alle dazu zu bewegen, daß sie für Frazer und die Freiheit aufstünden. Er warf einen Blick auf den einzigen Mann, auf dessen Gefolgschaft er sich stets verlassen konnte – auf den Türken. Eine einzige Mundbewegung Carls, ein verstohlenes Zurückwerfen des Kopfes forderte den Türken auf, sich jetzt zu erheben.

Der Türke machte eine Bewegung, setzte langsam, wie unter einem Zwang, zum Aufstehen an. Er sah ziemlich belämmert aus. Er tat die Beine voneinander und legte beide Hände auf die Bank.

»Skandal!« zitterte die Stimme eines Mädchens in der Juniorenabteilung.

»Sitzen bleiben!« zischten zwei oder drei Männerstimmen leise.

Der Türke kreuzte rasch wieder die Beine und ließ sich in seinen Sitz zurücksinken. Carl sah ihn flehend, dann wütend an. Es kam ihm wie eine Entblößung der Seele vor, so in aller Öffentlichkeit um Unterstützung zu bitten, aber er mußte den Türken zum Aufstehen bringen. Der schüttelte beschwörend den Kopf. Carl konnte sich vorstellen, wie der Türke knurrte: »Ach verflucht, ich würd ja gern aufstehen, aber ich will mich nicht zum Affen machen.«

Noch ein Mann stand auf. »Da soll mich doch der Teufel holen!« dachte Carl. Es war der einzige, von dem nicht zu erwarten war, daß er den Ketzer Frazer unterstützte – es war Carls früherer Zimmerkamerad vom Lande, der Einfache Smith. Genie suchte einen Halt an der Bank, aber der Einfache Smith stand noch unerschütterlicher da als Carl selbst.

Keiner vermehrte die Dreizahl. Ununterbrochen war in der Kapelle ein verblüfftes Brummen und ein leise gezischtes »Setzen« zu hören.

Der Präsident blickte sie bekümmert an. Carl fiel ein, daß auch S. Alcott Wood seinen Standpunkt in dieser Frage hatte. Er überlegte sich das, und dabei fühlte er sich ganz losgelöst von seinem unerschütterlich Trotz bietenden Körper. Schließlich verwünschte er den Präsidenten, weil sie durch ihn festgehalten wurden. Am liebsten hätte er sich gesetzt. Er wollte laut etwas rufen.

Präsident Wood sprach: »Sonst noch jemand? Wenn noch einer da ist, möge er aufstehen. Niemand mehr? Also, meine jungen Freunde, jetzt werden Sie wohl mit Ihrem Heroismus, den wir alle sicherlich sehr zu schätzen wissen, zufrieden sein. (Lachen.) Gottesdienst ist zu Ende.«

Augenblicklich wurde Carl von aufgeregten Studenten umringt, die fragten: »Was soll denn das Ganze? Warum sind Sie nicht sitzen geblieben?«

Er schob sich hinaus. Blind saß er in der ersten Unterrichtsstunde – Physik – da; alles beobachtete ihn. Der Gedanke daran, daß der Türke ihn im Stich gelassen hatte, nicht aufgestanden war, ließ ihn nicht los. Immer wieder rumorten die gleichen Gedanken in seinem Kopf, wie Mäuse zu mitternächtlicher Stunde in der Mauer.

»Gerade, wie ich ihn gebraucht hab … Nach seinem ganzen Gerede … Und gestern abend waren wir noch so lange auf und haben drüber gesprochen … Und dabei hat er noch so oft gesagt, er wünscht sich nur eine Gelegenheit, um zu zeigen, wie sehr er für Frazer ist … Verdammter Feigling! Ich werd mit Genie zusammenziehen. Weiß Gott – – Ach, ich muß gerecht gegen den Türken sein. Was hätt er denn schon viel erreichen können, wenn er aufgestanden wäre? Natürlich kommt man sich dabei son bißchen blödsinnig vor. Genie hat ausgesehen – – Ja, in drei Teufels Namen, da haben wirs ja. Der armselige kleine, dünne Genie – ja freilich, *der* hat aufstehen können, er hat keine Angst gehabt, und der Türke, der Riesenlümmel, hat sich nicht getraut … Gerade wie ich ihn gebraucht hab. Wo wir so viel über Frazer geredet haben, so lange aufgeblieben waren – –«

Durch den schwarzen Strudel in seinem Kopf bohrte sich eine gereizte Stimme: »Mr. Ericson, hören Sie nicht? Sind Sie eingeschlafen? Sie sollen ja so ein ausgezeichneter Aufsteher sein! Wie erklären Sie dieses Phänomen?« Der Physik- und Mathematikprofessor – derselbe, der Carl auf dem Sims verfolgt hatte – sprach zu ihm.

Carl murrte verdrossen: »Nicht vorbereitet.« Alles kicherte. Einen Augenblick lang haßte er sie, so wie Parias hassen, dann ging es in seinem Kopf weiter: »Der Türke soll nur warten, bis ich ihn vor mir hab.«

Elftes Kapitel

In Carls Briefkasten lag eine Benachrichtigung des Präsidenten, die ihn in die Kanzlei beorderte. Verdrossen begab er sich in den Warteraum vor den Zimmern des Präsidenten und des Dekans. Er hatte den lebhaften Wunsch, dem rundlichen, wolligen Dr. S. Alcott Wood unverhohlen seine Meinung zu sagen.

Der Einfache Smith verließ eben das Wartezimmer. Er packte Carls Hand mit seiner Bauerntatze und brummte: »Leben Sie wohl, mein Junge.« Er sah durchaus nicht tapfer und ritterlich aus – sein runzliger, ziegelroter Hals stak wie immer in einem nicht allzu sauberen, blauen Flanellhemd, und der schmutzige Nagel seines Zeigefingers arbeitete an seinem großen Ohr herum. Carl begrüßte in ihm einen neuen König.

»Was wollen Sie mit ›Leben Sie wohl‹ sagen, Al?«

»Ich habe mich eben hier abgemeldet, Carl.«

»Wie sind Sie denn darauf gekommen. Hat man Sie herbestellt?«

»Nein, ich hab mich eben abgemeldet«, sagte der Einfache Smith. »Wie ich Schullehrer war, da hatt ich mal mit einem Schulausschuß von Farmern einen Streit darüber, ob die Kinder ein bißchen Botanik lernen sollen. Die Leute haben gemeint, wenn den Kindern Lesen, Schreiben und Rechnen beigebracht wird, ist das ganz genug. Ich bin damals mit meiner Sache ganz durchgekommen, aber ich hab mir geschworen, daß ich keinen Lehrer im Stich lasse, der sich ehrlich für das einsetzt, was er für richtig hält. Ich hab ganz andere Ansichten wie Frazer über die Sozialisten und alle die Sachen – wer mal hinterm Pflug gegangen ist wie ich, der weiß, daß der Mensch für seine Frau und für sich selber vorwärts kommen will und den Gewerkschaftsbonzen gönnt, daß sie auch mal richtig arbeiten. Aber ich glaub, er meints wirklich ehrlich, na, und da bin ich eben aufgestanden, und das bedeutet, daß ich mein Stipendium verliere. Die brauchen mich nicht erst rauszuschmeißen. Ich werd wohl nach Minnesota an die Universität … Wahrscheinlich kann ich dort nicht so billig leben wie hier, aber ein Vetter von mir hat einen Schuhladen, und vielleicht kann ich bei ihm ne Stellung kriegen … Junge, das war mutig von Ihnen, daß Sie aufgestanden sind … Ich freu mich, daß wir uns doch noch gefunden haben. Ich hab so ein Gefühl, als hätten Sie mich von irgend was befreit. Gott segne Sie.«

Dem Assistenten des Dekans erklärte Carl im Wartezimmer großartig: »Ericson, 1908. Bin zum Präsidenten bestellt.«

»Es ist verfügt worden, daß Sie statt dessen mit dem Dekan sprechen. Setzen Sie sich. Der Dekan ist im Augenblick beschäftigt.«

Eine halbe Stunde ließ man Carl warten. Es war ihm nicht angenehm, daß er mit dem Dekan sprechen sollte, der nicht ein ängstliches altes Schaf war wie S. Alcott Wood, sondern ein junger Streber mit gestutztem Schnurrbart; er trug eine goldene Kneiferkette hinter dem einen Ohr, hatte ein barsches Organ, wußte viele Daten und Tatsachen, tat so, als ob er sich ein wenig für Musik interessiere, und war im Ganzen keine sehr erfreuliche Erscheinung. Er hatte an der Universität von Chicago promoviert, worauf er sich in aufdringlicher Weise etwas zugute tat. Während seiner Studien hatte er gearbeitet, um sich »sein Brot zu verdienen« – und das ist aller Tradition und aller Romanliteratur zufolge der vollkommenste Weg dazu, sich edle Unabhängigkeit und Geschäftstüchtigkeit zu erwerben. Der Segen früher Armut wird tatsächlich im allgemeinen als diejenige Erziehung gepriesen, die einen am besten in den Stand setzt, so viel Reichtum zu erwerben, daß man seinen eigenen Kindern den Fluch früher Armut ersparen kann. Wenn man über George Washington und die Pfadfinder, über das professionelle Baseballspiel und die Y. M. C. A. böse Reden führte, würde man sich weniger Gefahren aussetzen, als wenn man zu behaupten wagte, sich während der Studien sein Brot zu verdienen, sei nicht notwendigerweise etwas Mannhafteres, als während der Studien zu spielen, zu träumen und zu lesen.

Schüchtern, ohne verallgemeinern zu wollen, berichtet der Chronist diesen Umstand aus dem Leben des Dekans; der tüchtige junge Mann hatte nichts von der Liebenswürdigkeit seines Vaters, eines freundlichen Landgeistlichen, dafür aber ein widerlich geschäftiges Wesen, eine unangenehme Bereitwilligkeit, sich um alles, was in seiner Nähe vorging, zu kümmern;

das kam daher, daß er in den Tagen vor seiner Promotion ein Meister in allen kleinen Künsten des Geldverdienens geworden war; er hatte bescheidene und beschränkte wohlhabende Studenten unterrichtet und dabei tüchtig geschröpft, er hatte seine Jahrgangskollegen mit endlosem Gerede dazu gezwungen, bei der Wäscherin waschen zu lassen, deren Agent er war … Wenn der Dekan aus einer Tasse trank, streckte er den kleinen Finger weit ab, und auch in seiner Kleidung galt er gern für einen Mann von Welt.

Die halbe Stunde des Wartens lehrte Carl die Macht der Obrigkeit kennen. Und immer wieder sah er den Einfachen Smith vor sich, wie er im Laden seines Vetters sich mit seinen großen roten Händen abmühte, Damenschuhe »anzuprobieren«. Als er schließlich aufgefordert wurde, in die Kanzlei des Dekans zu kommen, stolperte er, an seinem weichen Filzhut herumzerrend, hinein.

Der Dekan saß mit dem Rücken zu Carl an einem Zylinderbureau und schrieb. Die glänzende Fläche seines schmalen, ein wenig kahlen Kopfes sah tüchtig und furchteinflößend aus. Ohne aufzublicken schnauzte der Dekan: »Setzen Sie sich, junger Mann.«

Carl setzte sich. Er zerdrückte seinen Hut in den Händen. Er starrte eine gerahmte Photographie an und scharrte ununterbrochen mit den Füßen, weil er sich Mühe gab, sie still zu halten.

Wieder mußte er warten.

Der Dekan musterte Carl über die Schulter. Die Feder hatte er noch nicht weggelegt. Die Finger seiner linken Hand klopften auf die Schreibtischplatte. Dann wandte er sich entschlossen mit seinem Drehstuhl um, als sei er jetzt willens, alles für immer zu ordnen.

»Also, junger Mann, sind Sie bereit, sich bei dem Präsidenten und dem Lehrkörper zu entschuldigen?«

»Entschuldigen? Wofür? Der Präsident hat gesagt, die, die protestieren wollen — —«

»Wir wollen alle Großtuerei beiseite lassen, Ericson, ja? Ich zweifle nicht im mindesten daran, daß Sie bereit sind, den Märtyrer zu spielen. Deshalb habe ich auch darum gebeten, daß

114

man Sie mir überläßt, damit Präsident Wood nicht noch mehr Ärger hat. Wenn es Ihnen recht ist, wollen wir auf alles Posieren verzichten. Ich versichere Ihnen, daß es nicht den – –«

»Ich – –«

»– geringsten Eindruck auf mich macht, Ericson. Kommen wir direkt zur Sache. Sie wissen ganz genau, daß Sie im Fall des Mr. Frazer so viele Scherereien – –«

»Ich – –«

»– gemacht haben, wie Sie nur konnten. Und ich bin der Ansicht, ich bin tatsächlich der Ansicht, wir müssen von Ihnen eine schriftliche Entschuldigung und das Versprechen bekommen, daß Sie in Hinkunft etwas mehr denken, bevor Sie reden, sonst werden wir Sie eben bitten müssen, sich vom College abzumelden. Es tut mir leid, daß wir anscheinend nicht die Fähigkeit haben, dieses College so zu leiten, daß Sie damit einverstanden sein können, Ericson, aber da wir diese Fähigkeit nun einmal nicht haben, ja, da fürchte ich nun, wir müssen Sie eben bitten, unsere Unfähigkeit nicht noch zu vergrößern, indem Sie so viel Scherereien machen, wie Sie nur können. Einen Augenblick; wir wollen kein Theaterstück aufführen! Sie können Ihren Hut ruhig wieder aufheben. Es scheint mir gar keinen Eindruck zu machen, wenn Sie ihn hinunterwerfen, obwohl Sie das zweifellos höchst dramatisch, ja tatsächlich höchst dramatisch gemacht haben. Passen Sie mal auf. Ich kenne Sie, und ich kenne Ihren Typus, mein junger Freund, und ich habe nicht – –«

»Hören Sie mal. Warum bin ich denn als Sündenbock ausgesucht worden? Warum soll ich mich als einziger entschuldigen? Weil ich als erster aufgestanden bin? Wie der Prexy es verlangt hat?«

»O nein, keineswegs. Sagen wir, es ist deshalb, weil Sie, als Sie dort standen, anderen ganz schamlos Zeichen gegeben und Ihr Möglichstes dazu getan haben, Leute zu verführen, die nicht im geringsten den Wunsch hatten, sich an Ihrem Scherereienmachen zu beteiligen … Also, junger Mann, ich habe sehr viel zu tun; ich glaube nicht, daß ich noch sehr viel Zeit für Sie habe. Ich erwarte also Ihre schriftliche – –«

»Sagen Sie mal ernsthaft, Dekan.« Carl lachte plötzlich. »Kann ich noch eines sagen, bevor ich rausgeschmissen werd?«

»Selbstverständlich. Wir sind durchaus bestrebt, Ihnen Gerechtigkeit widerfahren zu lassen und stets – stets jedem Gelegenheit zu geben – –«

»Also für den Fall, daß ich mich abmelde und Sie nicht noch einmal sehe, wollt ich nur sagen, daß ich Ihre Kaltblütigkeit bewundere. Ich wollte, ich könnte vergessen, daß ich ein Sophomore bin, der mit einem Dekan spricht; dann könnt ich Ihnen nämlich sagen, daß ich nie gedacht hätte, daß jemand so mit mir reden kann, wie Sies getan haben, ohne daß ihm was passiert. Ich habe immer gemeint, ich würde so einem Menschen den Schädel einschlagen, aber Sie haben mich vollständig eingewickelt. Das ist wunderbar! Wirklich wahr, mir ist erst in diesem Augenblick eingefallen, daß es gar kein Gesetz gibt, das mich dazu zwingt, hier zu sitzen und das alles einzustecken. Sie haben mich vollständig hypnotisiert.«

»Sie wissen recht gut, daß ich Ihnen wahrheitsgemäß antworten könnte, ich bin es nicht gewohnt, daß Studenten mir gegenüber derartige Reden führen. Aber es macht mir Freude zu sehen, daß Sie Vernunft genug haben, sich nicht zu einer komischen Figur zu machen und sich einzubilden, daß Sie einen edlen Kampf um Freiheit fechten. Der Beschluß ist nun einmal vom Präsidenten und mir gefaßt, und ich kann Ihnen nicht mehr als diese eine Chance geben. Wenn ich Ihre Entschuldigung nicht bis heute nachmittag fünf Uhr in meinem Briefkasten finde, muß ich Sie bis auf weiteres vom Unterricht ausschließen und Ihre Relegierung beim Lehrkörper beantragen. Ich habe aber den Eindruck, mein Junge, daß Sie vielleicht, trotz aller Flausen, die Sie sich in den Kopf gesetzt haben, eine gewisse Portion Mut haben und ich möchte Ihnen ein Wort darüber sagen – –«

Der Dekan sagte ein Wort; er sagte sogar eine beträchtliche Anzahl höchst bewundernswerter Worte, welche schilderten, wie die Relegation auf Carls Freunde, seine Familie und – hier verstieg er sich fast zu Tränen – auf seine Mutter wirken müßte.

»Jetzt gehen Sie und denken Sie darüber nach; suchen Sie ohne jeden Egoismus Rat im Gebet, mein Junge, und lassen Sie vor fünf von sich hören.«

Nur – –

Der Grund dafür, daß Carl wirklich sehr lebhaft an seine Mutter dachte, daß ihm die Küche des Ericson-Häuschens ganz deutlich vor Augen stand und er sah, wie seine Mutter mit dem müden Gesicht den Arm ausstreckte, um die Weckuhr, die auf dem Regal über dem Wassereimer neben dem Knäuel Bindfaden stand, aufzuziehen, der Grund dafür, daß er ein sonderbar bedrückendes Gefühl im Magen hatte, war das Bewußtsein, daß er im Begriff stand, Plato zu verlassen, ohne eine Ahnung zu haben, wohin in aller Welt er ging.

Noch während Carl sich vor Augen hielt, er dürfe nicht gehen, er sei es »seinen Leuten« schuldig, zu Kreuze zu kriechen und da zu bleiben, stolperte er in die Bank und hob seine zweiundneunzig Dollar ab. Das schien eine große Summe zu sein. Während des Wartens rechnete er auf der Rückseite eines Formulars:

	92.00	von der Bank
	2.27	bei mir
ungefähr	0.10	zu Hause
macht	94.37	

Schulden beim Schneider	1.45
Schulden beim Türken	0.25
Nach Mpls.	3.05
Nach Chi. wahrscheinl.	15 bis 18.00
Nach N. Y.	20 bis 30.00
Nach Europa (Zwischend.)	40.00
Im ganzen ungefähr	92.75

– damit käm ich nach Europa.

»Herrgott! Jetzt könnt ich, wenn ich will, nach Europa fahren, nach Europa! Und so zwei Dollar würden mir noch für Essen auf der Eisenbahn übrig bleiben. Aber ich müßt wohl auch was für Trinkgelder rechnen. Vielleicht kostet Zwischendeck nicht einmal ganz vierzig Dollar. Damit müßt ich – –

Donnerwetter, ich hab so viel, daß ich jetzt auf jeden Fall damit anfangen kann, mir die Welt anzusehen.«

Er schwänzte sein Mittagessen und wanderte aufs Land hinaus, versuchte ins Klare darüber zu kommen, wie und wohin er gehen würde. Als er weit im Norden von Plato war, in einer mit Niederholz bestandenen Gegend, senkte sich wolkenschwer und kalt der Abend herab; abgestorbene Zweige ächzten schwermütig, die unfreundliche Luft drohte mit einem Regen, der niemals wirklich kam, und die Verlassenheit des Landes schien alle Möglichkeiten der Zukunft in traurige Nebel zu hüllen … Er sehnte sich nach dem behaglichen Lampenlicht seines Zimmers, nach dem Türken und der Bande mit ihren roten Sweatern, wollte mit ihnen Negerlieder singen; und die ganze Frazeraffaire sollte ein böser Traum sein, der bald vergessen wäre. Die Welt außerhalb Platos würde jedoch ganz diesen lauernden Wäldern und trübseligen Sümpfen gleichen.

Er kehrte um. Trost konnte er nur finden, wenn er Hirn und Herz ganz leer machte. Verdrossen, stumpf sah er den Sonnenuntergang, sah er die bauchigen Wolkenhaufen, die einen Augenblick lang dem Grand Cañon glichen. Er mußte das Grand Cañon sehen. Und er würde es auch sehen! … Er hatte sich umgewandt. Sein klammes Herz wurde wärmer. Allmählich, ganz langsam begriff er, daß er frei genug war, um nach der Freiheit der Jugend zu greifen.

In einer Vision sah er sich, den Pionieren gleich, deren geistiger Abkömmling er war, Amerika durchwandern. Wie schön das Panorama war, das diesen Amerikaner in der ersten Generation begeisterte, können nur die ermessen, die den Duft unserer braunen Erde gerochen haben, nicht aber die sich huldvoll gebärdenden Götter aus dem Ausland, die herüberkommen, um Geld zusammenzuscharren, indem sie über unsere lasterhafte Gewohnheit, Geld zusammenzuscharren, Vorträge halten und dann nach Europa zurückkehren, um zu berichten, Amerika sei ein Land irischer Politiker, jüdischer Theaterunternehmer und millionenschwerer Bergwerksbesitzer, die sich durch die stereotype Phrase »kalkuliere, daß …« auszeichnen und ausnahmslos in unfreundlichen Hotels oder in armseligen

Hütten auf hoffnungslosen Präriestrichen hausen. So war das Amerika nicht, von dem Carl bewundernd träumte – –

Städte voll ragender Türme; lohgelbe Wüsten im Südwesten, und der fleckenlose, kornblumenblaue Himmel über grünen Sträuchern und leuchtenden Hügeln; die schweigenden Wälder des Nordwestens; chinesische Golddrachen in San Francisco; alte Obstgärten in Neuengland; die ölig schimmernde Fläche des Golfs von Mexiko, über die Viehdampfer nach Rio hinunterfahren; eine verschneite Blockhütte unter feierlichen Kiefern in den Bergen des Nordens. In der Ferne, in der Ferne, in der Ferne, jenseits des Horizonts, unter größern Sternen, wo Männer scherzend zu Pferde sitzen und Frauen lächeln. Er wiederholte Namen, die den Amerikaner bezaubern: Shenandoah, Santa Ynez, das Little Big Horn, Baton Rouge, die Great Smokies, Rappahanok, Cheyenne, Monongahela, Androscoggin; Cañon und Bayou; Broadway und El Camino Real …

Er eilte nach Plato zurück und lief in sein Zimmer. Er hätte gern bei Professor Frazer einen Besuch gemacht, aber er wagte es nicht. Professor Frazer hatte sich aus einem freundlichen, Tee trinkenden Herrn in einen Propheten verwandelt, den er verehrte. Der Türke wartete auf ihn. Die Entschuldigungen, die der Türke dafür vorbrachte, daß er Frazer nicht unterstützt hatte, schnitt Carl mit der fürchterlichen, kurz angebundenen Höflichkeit eines entfremdeten Freundes ab, und als er seine Kleider in zwei alte Koffer zu packen begann, erklärte er: »Ist ja schon gut – ob du in der Kapelle aufgestanden bist oder nicht, ist deine Sache.« Er suchte eifrig im hintersten Winkel des Wandschrankes nach einem Schuh, der gar nicht da war, weil er die beschämt traurige Miene nicht sehen wollte, die der Türke bekam, als er ihm seine Bücher und seinen geliebten Hockeyschläger zurückließ. Er dehnte das Suchen noch aus, weil ihm einfiel, es sei nun elf Uhr, der Zug nach dem Norden gehe um Mitternacht, der nach Minneapolis um zwei Uhr früh, er würde also gut daran tun, sich vor seiner Abreise schlüssig darüber zu werden, wohin er reisen wollte. Schön, Minneapolis und Chicago. Weiter – das wollte er noch abwarten. Es hatte

Zeit – er konnte ja jetzt in die weite Welt hinaus, wohin er wollte …

Vergnügt tauchte er aus dem Wandschrank wieder auf.

Während der Türke schmachtete, schrieb Carl kurze aufrichtige Briefe an Gertie, an den Bankier, bei dem er angestellt war, und an Bennie Rusk, den er mit den Worten »Freund Ben« ansprach. Dann saß er plötzlich da und schrieb einen langen, muntern Brief an Bone Stillman, der als Mann, der etwas gewagt hatte, aus toten Gebieten der Erinnerung wieder auftauchte. Seiner Mutter – die er in Gedanken sehnsüchtig seine Mammi nannte – schrieb er ganz offen. An seinen Vater zu schreiben, war ihm nicht möglich. Mit raschen Faustschlägen klebte er Marken auf die Briefe, und dann warf er einen Blick auf den Türken. Er war fröhlich, reif und sachlich, zu allem bereit. »In einer halben Stunde hau ich ab«, rief er lachend.

»Herrgott!« seufzte der Türke. »Mir ist so, als wär ich an allem schuld. Ach richtig. Hier ist ein Brief, ich hab vergessen, ihn dir zu geben. Heute nachmittag gekommen.«

Der Brief war von Gertie:

Lieber Carl, ich habe gehört, daß du wirklich nicht aufhörst, dich für den Frazer einzusetzen und ich muß Dir sagen, Carl, ich finde, Du könntest auch ein bißchen auf andere Leute Rücksicht nehmen und müßtest nicht so egoistisch sein – –

Ohne weiter zu lesen, zerriß Carl wütend den Brief. Dann dachte er: »Armes Ding; sie meint es sicher ganz gut«, und machte ihr zum Abschied in Gedanken eine Verbeugung.

Sicherlich war sein Herz nicht ganz leer von der Milch der Menschenliebe, wenn er auch seit einiger Zeit zu einem harten Klotz geworden war. Trotzdem muß man ihm den Vorwurf machen, daß er die ungeschickten Versuche des Türken, Frieden zu schließen, mit eisiger Kälte zurückwies. Höflich – Höflichkeit zwischen diesen beiden! – lehnte er das Anerbieten des Türken, ihm beim Transport der Koffer zum Bahnhof behilflich zu sein, ab. Das war wie ein Schlag ins Gesicht.

»Leb wohl. Machs gut«, sagte er, als er die schweren Koffer aufnahm, und, ohne einen Blick hinter sich zu werfen, aus dem Zimmer ging.

Rechtzeitige Selbstbesinnung rettete ihn vor dem Verbrechen des Pharisäertums. In der Dunkelheit des Treppenhauses empfand er mit einem Male wieder, was für ein guter Kamerad der Türke gewesen war. Er ließ die Koffer fallen, ohne sich darum zu kümmern, was aus ihnen wurde, lief ins Zimmer zurück, wo der Türke noch immer auf die Tür starrte, und rief:

»Hör mal, Alter, ich war – – Du Kamel, willst du mich die beiden Dinger allein zum Bahnhof schleppen lassen?«

Lachend, einander versprechend, daß sie schreiben würden, eilten sie zusammen fort.

Der Zug nach Minneapolis fuhr aus, und Carl gab sich Mühe, ein alltägliches Gesicht zu zeigen. Keiner der verschlafenen Passagiere sah, daß er in das Goldene Vlies gehüllt war und unter dem Arm die Leier des Odysseus trug. Er war lediglich ein junger Mann, der unterwegs in den Zug stieg.

Zweiter Teil.
Das Abenteuer des Abenteuerns

*

Zwölftes Kapitel

Heute leben in Carl Ericsons Gedächtnis viele verworrene Erinnerungen an die ziellosen Wanderungen, die seinem Abschied vom Plato College folgten. Mehr als ein Jahr lang stieg er immer tiefer auf der sozialen Stufenleiter hinunter, hinunter zu Schmutz und Armut, zu den niedrigsten Schichten. Aber jeder Tag seiner Freude am Herumtreiben lehrte ihn auch etwas: sich von niemand und nichts ins Bockshorn jagen zu lassen. In Plato war ihm Gelegenheit gegeben worden, sich zu einem respektablen Bürger zu machen, aber davon hatte er nichts wissen wollen. Nun machte er all das Häßliche durch, vor dem Plato seine Söhne bewahrte, um ihnen den Aufstieg zu gesellschaftlichen Stellungen, zu Jahreseinkommen von achtzehnhundert Dollar, zu Frackanzügen und Griechisch-Kenntnissen zu ermöglichen. Doch je länger sein Umherstreifen dauerte, desto hartnäckiger wurde das Leuchten in seinen Augen.

In Chicago bewarb sich Carl, eingeschüchtert von dem lärmenden Tosen und den schleichenden Schatten der Stadt, zunächst um folgende Stellungen:

Er wollte Kindererzieher bei einem millionenschweren Brauereibesitzer werden; Aufseher bei den italienischen und polnischen Wäschern einer Fensterreinigungsgesellschaft; Berichterstatter bei einer Evanstoner Zeitung; Taxen- und Lastwagenchauffeur; Buchhalter bei einer Grundstückmaklerfirma in der Vorstadt. Er wurde mit der Nase darauf gestoßen – so wie man beim Sturz von einem Fahrrad mit der Nase in den Sand gestoßen wird – daß in einer Millionenstadt alle Menschen viel zu beschäftigt sind, um mit einem Fremden zu sprechen, wenn sie nicht einen praktischen Grund dafür haben.

Er vergaß die aus dem *Joralemon Dynamite* stammende Wendung »eine Position annehmen«; das hieß nun für ihn »Arbeit bekommen« – und er bekam Arbeit, als Packer in einem

Warenhaus, das so groß war wie ganz Joralemon. Nahezu zwei Monate hindurch stand er von acht bis halb eins und von eins bis sechs oder sieben Uhr in einem langgestreckten, von Ziegelwänden eingeschlossenen stickigen Raum, den wahre Fluten von Dingen, die verpackt werden mußten, überschwemmten, und zerbrach sich den Kopf darüber, ob er denn von Plato fortgelaufen wäre, um die Sklave eines schwedischen Vorarbeiters zu werden. Was er von der großen Welt sah – durch ein winziges Loch in einem undurchsichtigen Fenster aus Drahtgitterglas – bestand aus den drei Eisenstangen eines verrosteten Feuerleiterpodestes vor einer gelben Ziegelmauer und einem schwarzen Fleck auf dem Verputz unterhalb des selben Podestes.

Nach zwei Tagen nannte er den Packraum ein Gefängnis. Das unaufhörliche Rascheln des getupften grauen Packpapiers, das Stampfen der Füße auf dem grauen Zementboden, das fettige graue Haar des Packers neben ihm, das gelbgefleckte, gesprungene graue Waschbecken, an dem die Leute ihren Durst stillten – das war der Stoff, aus dem seine Träume ihre Nahrung ziehen sollten.

Seine Muskeln hatten ihre Kraft aus Landluft und Ackerboden gesogen, und deshalb konnte er die Packer aus dem Elendsviertel weit hinter sich lassen. Er besaß bald eine unglaubliche Fertigkeit darin, Kisten und Lattenverschläge rasch zusammenzunageln und sonderbar gestaltete Bündel geschickt in das schwere Packpapier einzuschlagen. Der Vorarbeiter versprach ihm, er werde ihn zu seinem Assistenten machen. Aber an dem kalten Dezembersonnabend, an dem diese Beförderung fällig war, sah Carl zu einem Fenster hinaus, und vorbei war es mit allem Packerehrgeiz.

Das Fenster gehörte zu der Florida-Bäckerei und Imbißstube, in der Carl sein bescheidenes Mittagmahl einzunehmen pflegte. Der Fußboden hatte eine Streu aus schmutzigem Sägemehl; die sechs rotgestrichenen Fichtenholztische waren mit Ketchupflaschen geschmückt, an deren Hälsen vertrocknete Sauce klebte; auf einer langen Theke lagen stets weiße Kuchen, weißes Brot und versteinerte Brötchen. Hinter dieser Theke thronte eine schnüffelnde, übellaunige dicke Frau, deren Füße immer in Pantoffeln staken, und händigte den Kindern, die mit ihren Pfennigen hereinkamen, kleine Tüten mit Süßigkeiten aus. An den Tischen saßen dicht aneinandergedrängt überarbeitete und unterbezahlte Männer, denen die Mittagsmahlzeit nichts anderes war als ein Mittel, sich vor dem unbehaglichen Gefühl des Leerseins zu bewahren – und dafür konnten die bleischweren Lebensmittel der Florida-Imbißstube eine gewisse Gewähr bieten.

Carl schlang ein versalzenes Rindfleischgericht herunter und trank dann den bitteren Kaffee, der in mehr als zentimeterdicken, henkellosen Tassen serviert wurde. Neben ihm, Ellbogen an Ellbogen, saß ein verdrossener Mann im Arbeitsanzug. Die alten deutschen Kellner schlurften umher und riefen: »Zwei Rindfleisch, ein Käsekuchen.« Unaufhörlich klapperte Geschirr. Der widerlich süßliche Geruch alten Backwerks schien alles, selbst den bitteren Kaffee, zu durchdringen.

Carl brachte den größten Teil seines Rindfleisches herunter, versuchte es mit einer riesigen harten Kartoffel, gab es aber bald auf und zündete sich eine billige Virginiazigarette an. Er warf einen Blick durch das schmutzige Fenster hinaus und sah draußen ein schlankes schönes Mädchen von zwanzig Jahren stehen, das einen großen, gemütlich aussehenden Schutzmann um eine Auskunft bat. Auf ihren Wangen lag ein rosiger Schimmer; sie trug einen eleganten Hut und tadellose Handschuhe; ihr Kinn schmiegte sich behaglich in einen zarten weißen Pelz, der teuer und vornehm wirkte. Sie lachte ein oder zweimal, während sie mit dem Schutzmann sprach, und entfernte sich bald mit einem vergnügten und frohen Achselzucken.

»Die zu kennen, wär ne blendende Sache … Ja; das ist ganz einfach für mich, sie kennen zu lernen, wenn ich den ganzen Tag Kinderwagen für die Leute von der Nordküste einpack. Den ganzen Tag! … Na, mir scheint, ich werd mich in Ehren entlassen!«

An diesem Nachmittag gab er seine Arbeit auf.

Während er nach seinem Abendessen in der Florida-Imbißstube – zur Feier des Tages hatte er sich einen Zehncent-Nachtisch geleistet – durch einen aufkommenden Schneesturm nach Hause eilte, leuchteten und glänzten seine seidig-blanken

Norwegerwangen. Als er jedoch wieder in seinem kleinen Zimmer saß und wie gewöhnlich zu den drei Rissen in der blaugestrichenen Decke aufblickte, die ungefähr die Landkartenumrisse Afrikas bildeten, als er von Ländern träumte, wo es statt Warenhauspaketen Löwen und Wüsten gab, schmolz seine Glückseligkeit rasch dahin: er machte sich klar, daß er nicht mehr als $ 10,42 besaß, wozu noch die $ 8,00 kamen, die er am nächsten Dienstag vom Warenhaus zu erhalten hatte. Er zog die $ 3,00, die er der Wirtin schuldete, etliche Male von $ 18,42 ab, aber das Resultat war und blieb nur $ 15,42. Es wollte ihm nicht gelingen, sich einzureden, daß man mit $ 15,42 sehr gut ein neues Leben anfangen könnte.

Noch an diesem Abend mußte er auf die Suche nach neuer Arbeit gehen. Nur – er war so müde; es war so angenehm, dazuliegen, die schmerzenden Füße an der Wand zu kühlen und sich eine Jagd in Afrika auszumalen, bei der ihm die eingeborenen Diener alles Mögliche zu essen brachten: saftige Steaks und herrliche Bratkartoffeln und viele Liter Bier. Er verlegte diese Mahlzeit vielleicht nur aus Unwissenheit ins afrikanische Dschungel; aber nach einem Abendessen aus wässerigem gehackten Cornedbeef, verbrannten Bratkartoffeln und einer unverdaulichen heißen Fleischpastete schien sie jedenfalls ausgezeichnet gewählt zu sein. Seine Gedanken wanderten nach Plato. Doch selbst in diesen Tagen der Ziellosigkeit besaß Carl eine gewisse Energie. Er überlegte, was er unternehmen mußte, um wieder zu Arbeit zu kommen. Was er sich wünschte, war eine Stellung, die es ihm ermöglichen könnte, mit dem Mädchen im weißen Pelz, das er mittags gesehen hatte, ins Theater zu gehen – mit der unbekannten Fee, deren Lächeln in sein Mißvergnügen hineingestrahlt hatte.

Es muß gesagt werden, daß er dieses Leben ganz ernst nahm. Wenn er auch nicht glaubte, daß er für alle Zukunft in einem derartig armseligen Zimmer wohnen würde, sah er niemals einen Harun al Raschid in sich, der die Herrlichkeit seines College verlassen hat, um sich in amüsanter Verkleidung unter das Volk zu mischen; redete er sich nicht ein, etwas Besseres zu sein als die Männer, mit denen er arbeitete. Carl war kein romantischer Held inkognito. Er war ein Arbeiter, und das wußte er auch. War sein Vater nicht Zimmermann? Seines Vaters bester Freund nicht Schneider? Hatte er nicht in Plato als Kellner gearbeitet?

Jedoch nicht immer und jederzeit Arbeiter. Für Carl existierte der Begriff des Klassenbewußtseins nicht; er war nicht stolz darauf, daß er zum Proletariat gehörte. Die verschwommenen optimistischen Träume von einem Weltsyndikat der Nationen, die Bones Betrachtungen und Frazers Vorlesungen in ihm geweckt hatten, hinderten ihn nicht daran, es für ausgemacht zu halten, daß er so rasch wie möglich reich werden würde.

Arbeit. Er mußte Arbeit haben. Steif stand er von seinem Eisenbett auf und zog sich stöhnend die Schuhe an – nicht ohne vorher das Loch in der Sohle des linken und die geplatzte Naht an der Ferse des rechten einer genauen Musterung zu unterziehen. Dann wickelte er sich in seinen altgekauften, papierdünnen Mantel ein und stürzte in den Chicagoer Schneesturm hinaus, der brüllend und tobend nadelscharfe Schneekristalle mit einer Stundengeschwindigkeit von neunzig Kilometern vor sich hertrieb. Durch eine Straße mit unbeschreiblich trübseligen Läden und Kneipen wanderte er mühsam zu den Garagen der Unallied Taxicab Company.

An den Abenden, an denen er nicht genug Geld hatte, um in ein billiges Theater zu gehen, hatte er sich in der Nähe der Unallied-Garagen herumgetrieben. Dabei war er mit dem Nacht-Wagenwäscher, einem jungen Mann aus Minneapolis, recht gut Freund geworden, und an diesen, der gerade damit beschäftigt war, festgebackenen Schnee von den Reifen eines Wagens abzuklopfen, wandte er sich mit der Frage:

»Hören Sie mal, Coogan, ich bin vom – – – weggegangen. Was für Aussichten hätt ich denn, ne Taxe zum Fahren zu kriegen? Sie wissen doch, ich versteh mich drauf.«

»Sie? Ne Taxe fahren?« stammelte der Wagenwäscher. »Ja, Menschenskind, da war einer da, der ist Straßenprüfer bei der Blix Company gewesen, und außerdem hat er nen Vetter, der ne ganz große Unterweltskanone kennt – also, der probierts jetzt schon seit sechs Monaten mit aller Gewalt, daß er ne Taxe kriegt, und ist noch immer nicht rangekommen. Da können Sie sehen, was für Aussichten Sie haben!«

»Donnerwetter ja, sieht wirklich nicht so aus, als ob ich viel Aussichten hätt.«

»Aber ich werd Ihnen sagen, was ich tun kann. Sie müssen sehn, daß Sie bei ner Automobilfabrik ankommen, und dann können Sie sich als Chauffeur melden, wenn Sie mal n paar Empfehlungen beisammen haben, mit denen Sie zum Stellenvermittlungsbureau von der Y. M. C. A. gehn können.« Der Wagenwäscher schlug einen Eisklumpen mit dem Absatz ab, fluchte ausgiebig und redete weiter: »Passen Sie auf. Sie gehn am Montag rüber zum Bureau von der Lodestar Motor Company, gleich neben La Salle, und fragen nach Bill Coogan in der Verkaufsabteilung. Das ist mein Vetter. Dem sagen Sie, er soll Ihnen ne Karte für den Vorarbeiter draußen im Werk geben, und dann wird man Sie vielleicht wirklich einstellen.«

Am nächsten Dienstagmorgen fragte der Vorarbeiter in der Lodestar-Fabrik Carl sehr genau aus und stellte ihn schließlich auf eine Woche ein – Probezeit ohne Bezahlung. Carl erwies sich als eines jener in der Welt der Schlosser so sehr gesuchten Wunder, als geborener Feiler. Der inspirationslose Feiler, der von den Feinheiten der Kunst nichts ahnt, sägt darauf los, während der instinktive Feiler, und ein solcher war Carl, seine Feile ruhig und sicher über das Metall führt – und das Resultat paßt genau in die Buchse. Er wurde also willkommen geheißen, bekam einen Stundenlohn von fünfundzwanzig Cent und wurde, sobald er einmal den Untermeister ausgelacht hatte, der ihn um einen linkshändigen Universalschraubenschlüssel schicken wollte, ordentliches Mitglied einer geschlossenen Clique, die sich in nichts von seiner Bande in Plato unterschied. Er mietete sich in einem Mechaniker-Logierhaus ein, und die wütenden Debatten über Religion und über die Frage: Luftkühlung oder Wasserkühlung, die dort geführt wurden, machten ihm weit mehr Freude, als seinerzeit alle manierlichen Unterhaltungen und Scherze bei Mrs. Henkel.

Er befreundete sich mit dem Vorarbeiter der Reparaturwerkstatt, der ihm schließlich eine »Chance« versprach. Eines Tages erkrankte der Fahrer, der die Straßenprüfungen der

Wagen vorzunehmen hatte, und Carl wurde mit seiner Vertretung betraut. Die älteren Arbeiter warnten ihn; sie sagten ihm, so früh könne niemand Straßenprüfer werden, ohne den Posten wieder zu verlieren. Der Zufall wollte es aber, daß Carl einmal den Vizpräsidenten der Firma fuhr. Er unterhielt sich mit ihm über das Barsch-Angeln in Minnesota, und das Ergebnis war, daß er Straßenprüfer blieb und seinen Führerschein bekam. Zwei Monate später, als er beim Überholen eines Wagens in der Reparaturwerkstatt mithalf, hörte er, wie ein dicker Mann in elegantem englischen Mantel, der ein hochmütiges rotes Gesicht hatte, dem Werkmeister in kurz angebundenem Ton sagte, er brauche einen »brillanten Chauffeur, einen Burschen, der den Verkehrsschutzleuten für ihr Geld was zu tun gibt.«

Carl blickte von seiner Arbeit auf und erklärte: »Das bin ich. Wolln Sies mit mir probieren?«

Eine halbe Stunde später war Carl mit einem Wochengehalt von fünfundzwanzig Dollar bei dem Roten als Chauffeur angestellt. Noch vor Montag mittag hatte er den Roten davon überzeugt, daß er kein Dienstbote, sondern ein Maschinenfachmann war. Er brachte seinen Brotgeber morgens in sein Finanzierungs- und Kreditbeschaffungsbureau und um fünf Uhr wieder nach Hause; an den Abenden hatte er ihn in verschiedene Restaurants zu fahren. Nicht selten schlief er vor einem Café, während der Wind um die Ecken pfiff, friedlich bis zwei Uhr früh im Wagen. Und er war völlig glücklich. Endlich bekam er die Große Welt zu sehen. Während er die State Street entlangmanövrierte, freute er sich über die Schwierigkeiten des Verkehrs und tutete unnötig oft. So oft er des Mittags vor hohen Gebäuden wartete, musterte er sie mit überlegener gelangweilter Miene – sein Stolz darauf, ein Teilchen dieses gigantischen Lebens zu sein, war so kindisch, daß er um keinen Preis etwas davon verraten wollte. Und wenn er das Seeufer entlang fuhr, wo der Horizont in der Ferne nicht von nüchternem Land begrenzt war, sondern mit dem rastlos bewegten Wasser eins wurde, jubelte er über jede neue Straße, die er kennen lernte.

Als er aber zum fünften Male vor einem ganz bestimmten teuren, aber keineswegs exklusiven Lokal wartete, aus dem das

stoßweise Gekicher der Mädchen störend in die Frühlings-
nacht herausdrang, erforschte er seine Umgebung ganz genau,
so wie er einst den Holzschuppen seines Vaters erforscht hatte.
Der Wein und die Weiber empörten ihn bedauerlicherweise
nicht. Aber die Buxbäume widerten ihn an. An jeder Seite der
Wageneinfahrt stand ein sauber gestutzter Buxbaum, dessen
Blätter im grellen Licht der Bogenlampen wie billige grüne
Lackarbeit wirkten, und das unterstrich wieder das künstliche,
unnatürliche Aussehen der mit grauschwarzer Asche bestreu-
ten Anfahrt. Er hatte das Gefühl, fünf Pilgerfahrten zu solchen
Buxbäumen genügten vollauf, und es wäre der Gipfel der
Dummheit, wenn ein freier Mann ein sechstes Mal hierher-
käme, um sie anzustarren. »Gut«, knurrte er. »Da wird mein
Wanderbursch heut abend wohl wieder mal abhauen.«

Während er zur Garage zurückfuhr, überlegte er: »Ist es mir
fünfundzwanzig Dingerchen wert, wenn ich heut nacht durch-
brenn und die vier Tage bis zum Zahltag nicht abwarte?
Quatsch. Ich bin ein armer Mann.«

Doch um fünf Uhr früh lungerte er auf dem Rangierbahn-
hof in Hammond herum und rief sich alles ins Gedächtnis zurück, was er in seiner Kindheit über »Schwarzfahren« gehört
hatte; um sieben Uhr stand er auf den Puffern zwischen zwei
Loren, hielt sich an der Bremsstange fest, sah auf die weiten
Wiesen Indianas hinaus und lachte vor Freude, als er die von
Apfelblüten gerahmten, lieblich in das Licht des Aprilmorgens
gebetteten Farmhäuser sah. Ruß und Asche fegten an ihm vorbei. In den Kurven, wenn er die Schwingungen der Wagen mit-
machte, sah er, wie die heimtückischen Räder sich unter ihm
drehten; aber er summte im Rhythmus des Rack-a-tack, Rack-
a-tack, Rack-a-tack: »Nie mehr zurück, nie mehr zurück, nie
mehr zurück.«

Dreizehntes Kapitel

An einem Maitag, als der Frühling in vollem Glanze stand und die Judasbäume die Hänge des Blue Ridge in ein jubelndes Rot tauchten, kroch ein junger Tramp namens Carl Ericson in Roanoke in Virginia aus dem Gestänge eines Güterwagens.

»Hm!« brummte der junge Tramp. »Die Berge da gefallen mir. Hier werd ich wohl eine Zeitlang bleiben. Virginia! Plantagen und Bürgerkriegsgeschichte und Richmond und so weiter. Und ich bin hier!«

Ein zerlumpter alter Tramp steckte verschlafen den Kopf aus einem Holzhaufen in der Nähe der Bahnstrecke heraus und begrüßte den Rekruten mit einem Gähnen: »Hallo, Slim. Wie schauts?«

»Ganz gut. Wie gehts denn da weiter, Billy?«

»Rechts der Weg dort, und dann gradeaus.«

»Schönen Dank«, sagte Slim – vormals Ericson. »Wie ist denn das übrigens mit Arbeit in dem – –«

»Mit *was*?«

»Arbeit.«

»Arbeit? Du suchst – – Jetzt haust du aber ab. Los. Mach dich dünne. Los jetzt; steh da nicht rum. Du bist kein anständiger Tramp. Du bist einer von denen, von den gottsverdammten Arbeitern, die uns das Gewerbe versauen.« Der Veteran sah Carl vorwurfsvoll an, aber bei dem Gedanken daran, wie bitter er sich in dem jungen Kameraden getäuscht hatte, kam auch ein wenig Traurigkeit in seinen Blick, und sein zerraufter Kopf verschwand langsam im Holz.

Carl grinste und machte sich auf den Weg. Er ging in vier Restaurants. Mittags eilte er bereits, mit einer weißen Jacke bekleidet, im Speisesaal des Waskahominie Hotels, das sich durch »weiße Bedienung« auszeichnete, geschäftig als Kellner herum.

Nach zwei Tagen war er der Zechgefährte eines Gastes im Waskahominie – Parker Heyes, eines von Cape Charles bis nach Shockeysville berühmten Schauspielers, der jetzt in Roanoke ernste Rollen spielte, und zwar bei der Großen Ryley Zeltschau, »Spielt Unter Dem Zelttuch Bei Regen Und

Sonnenschein. Fünfundzwanzig Cent. Separierte Plätze Für Farbige. Beste Zeltschau Der Welt. Nur Diese Woche.«

Als Parker Heye von der Vorstellung zurückkam, begleitete ihn Carl in sein Zimmer und lauschte dort voll Gläubigkeit den Erzählungen des Komödianten: wie eifersüchtig der Direktor Ryley, der ja selbst auch auftrete, auf sein Können sei, wie Heye in einem Ensemble in Newport News »alle an die Wand gespielt« habe, und so weiter.

»Hörn Sie mal«, schwatzte Heye drauflos, »Sie sind ein patenter Junge, Sie sehn gut aus, Sie haben Bildung. Warum versuchen Sie eigentlich nicht, ein Engagement zu kriegen? Ich werd Ryley von Ihnen erzählen. Der zweite Jugendliche geht am Sonnabend, und bis dahin ist eigentlich keine Zeit, jemand aus Norfolk herzuholen.«

»Herrgott! Das wär großartig!« rief Carl, der wie alle Menschen seit der Vertreibung aus dem Paradies (außer Calvin und Richard Mansfield) insgeheim dem Glauben huldigte, er habe das Zeug zu einem gewaltigen Schauspieler in sich.

»Na, ich will mal sehn, was ich für Sie tun kann«, sagte Heye beim Abschied, abwechselnd mit den Hosenträgern schnalzend und sich am Kinn kratzend. Parker Heye hatte zwar Rock und Schuhe ausgezogen, und in seinem Nacken stand ein Gestrüpp von Haaren – aber seine Gesellschaft war trotzdem angenehmer als die der drei schweizer Kellner, die in dem heißen Zimmer unter dem Dach schnarchten; die Tür stand halb auf, und gegenüber lag, gleichfalls mit halboffener Tür, der Raum, wo die schwarzen Zimmermädchen sich schnaufend in ihrem unruhigen Schlaf wälzten. Während Carl die Kleider, die ihm in der Hitze am Leib klebten, ablegte, betrachtete er finster, angeekelt die Nase rümpfend, die nicht gerade lieblichen Gestalten der schlafenden Kellner. Er war der Aristokrat unter den Proletariern, der jetzt zu seinen Eigenen Leuten – von der Großen Ryley Zeltschau – zurückkehrte.

Als zweiter Jugendlicher der Zeltschau bekam Carl nur zwölf Dollar in der Woche, doch Mr. Ryley machte ihm Versprechungen, die an Glanz und Pracht nicht hinter dem Beryll des Orients zurückstanden, und erlaubte ihm, das Beispiel zweier Kapellenmitglieder zu befolgen und sich in dem

Garderobenzelt hinter der Bühne, dessen Boden zertretenes Heu bedeckte, ein Feldbett aufzuschlagen. Dort bereitete Carl sich auch sein Frühstück auf einem Spirituskocher. Die Leinwand knarrte die ganze Nacht; Neger und kleine Jungen steckten neugierig die Köpfe zwischen Zeltwand und Boden herein. Aber es lohnte – er reiste wieder herum; die Vormittage waren, abgesehen von den einstündigen Proben, frei; er stieg zu den Hochlandwiesen Virginias und Kentuckys empor, die inmitten von Fichten und Lorbeer und Rhododendron lagen; seine Wanderungen führten ihn zu lehmverschmierten Blockhütten, aus denen Negerkinder schüchtern heraussahen, zu Bergschluchten, in denen der blutrote Hartriegel leuchtete, und zu freundlich dahinplätschernden Flüssen. Einmal saß er eine Stunde lang auf dem Easter Knob und blickte zu einem fernen Paß hin, dessen verschwommene Bläue sich in seinen Träumen in den Ozean verwandelte. Ein ander Mal hörte er davon erzählen, daß hinten in den Bergen heimliche Schnapsbrennereien wären. Er unterhielt sich mit bärtigen deutsch-amerikanischen Wiedertäuferbrüdern und deren Frauen, die große, breitkrempige Hüte trugen; und als der Zufall ihn mit einem Veteranen der Konföderierten zusammenführte, lauschte er dessen Erzählung von der Verteidigung Richmonds, konstatierte mit Wonne, daß die Grauen Jungens wirklich existierten und nicht bloß in Geschichtsbüchern vorkamen.

Von allen diesen Entdeckungen schrieb er seiner Mutter; er dachte daran, wie wohl der abgearbeiteten, verbrauchten Frau die Sonne des Südens tun würde! Und er schickte ihr die ersten fünf Dollar, die er sich ersparte.

Sowie Carl jedoch Schauspieler geworden war, begegnete ihm Parker Heye mit eifersüchtiger Mißgunst; der Komödiant konnte sich nicht genug tun an Verachtung, wenn er ihn, inmitten der in der Männergarderobe zusammengedrängten kleinen Schauspieler, vor einem Fichtenbrett, das über zwei Sägeböcke gelegt war, im Schein eines flackernden Petroleumlichts in die Geheimnisse des Schminkens einweihte. Carl haßte schließlich Heye und sein schmutziges Gesicht, seine hellen großen Augen und gelben Zähne und die Haarfranse, die ihm in die Stirn hing, sein schwarzes, unweigerlich schief sitzendes

Schleifchen, seinen schäbigen blauen Anzug, seine geckenhaft geschnittenen Knöpfstiefel mit den »Nashornkappen«. Heye höhnte immer wieder: »Schminken Sie sich nicht so stark … Mensch, Sie sollen nur ein *bißchen* Rouge auf die Lippen legen. Was meinen Sie denn, was Sie sind? Eine blödsinnige Venus mit knallrotem Mund? … Versuchen Sie doch mal so über die Bühne zu gehen, als ob Sie nur *ein* Holzbein hätten … Es ist ja üblich zu schlafen, wenn man eine stumme Rolle hat, aber schnarchen dürfen Sie nicht! … Ah, Sie sind schon ein blendender Schauspieler! Wenn ich denke, daß ich Ihre Geschichte vom College gefressen habe! … Schminken Sie sich die Augenbrauen nicht so stark, Sie Dummkopf … Ich möchte bloß wissen, warum Sie eigentlich Schauspieler werden wollten – –!«

Der Große Ryley war in allem derselben Meinung wie Heye und wunderte sich mit ihm darüber, daß er überhaupt einen Versuch mit einem Dilettanten gemacht hatte. Die Garderobe war für Carl eine von Heustaub erfüllte Hölle. Aber in »Der Witwe Scherflein«, in »Alabama Nell«, »Des Schmugglers Tochter« und »Des Verbrechers Rache« zu spielen, machte ihm viel mehr Freude als seinerzeit, in dem nun fast ganz vergessenen Plato, sich einzelne Stellen von Shakespeare herauszusuchen. Die Berghütte, in der er in »Des Schmugglers Tochter« sehr laut sein Gewehr abfeuerte, war ganz echt; und wenn der alte Gebirgler rief: »Süh sollän mir nücht mein Mödel stählän!« stand Carl das Wasser in den Augen, schwor er – felsenfest davon überzeugt, daß in dem Hohlweg hinter dem rückwärtigen Vorhang seine bärtigen Feinde lauerten – mit echter Glut, er werde das Mädchen beschützen.

»Des Verbrechers Rache« war sein Lieblingsstück, weil er darin einen jungen Millionär zu spielen und einen (altgekauften) Frack zu tragen hatte. Er hielt einen Haufen brüllender Banditen in Schach, die in einer Spielhölle hinter einem umgestürzten Tisch kauerten. Mit einer Hand strich er der Naiven, Miss Evelyn L'Ewysse, beherzt über das liebliche Haar, in der anderen hielt er eine Pistole, und unterdessen scherzte er furchtlos und unerschrocken, zur nicht endenwollenden Begeisterung des Publikums, vor allem der wiehernden Neger, deren Gesichter im unruhigen Licht der heruntergeschraubten

Azetylenlampen zu einem einzigen gelbschwarzen, mit dem Weiß der Augäpfel getupften Streifen wurden.

Solange die Leute, voll Achtung vor der Zeltkunst, vor ihm saßen, konnte Carl sie lieben; aber selbst den winzigsten Negerjungen in zerlumpten Hosen machte die Neugier dreist, sobald die Schauspieler sich außerhalb des Theaterzeltes zeigten, und vollends wurde Carl aus der Fassung gebracht durch das Geglotze und Gekicher, das anhob, sowie er auf der Straße stehen blieb oder in eine Drogerie ging, um sich einen Banana Split zu Gemüte zu führen. Er kam in Wut, so oft ein gut angezogenes Mädchen ihn neugierig musterte. Das allgemeine Geglotze verwirrte ihn so sehr, daß ihn selbst das stolze Gefühl, von Chicago zu kommen und etwas von Automobilmotoren zu verstehen, nicht vor einer gewissen Schwäche in den Knien bewahren konnte, wenn er an der grinsenden, automobilfahrenden Aristokratie vorüberstolzieren wollte. Dann pflegte er in das Theaterzelt zurückzukehren, die wenigen geschmacklos aufgeputzten Vorhänge und Dekorationen zu hassen – das mit schmutzigem Weiß gefleckte Stückchen Grün, das abwechselnd eine Wiese mit Gänseblümchen darstellte, einen Berghang und den Teil des Central Parks gegenüber der Wohnung des Falschmünzermillionärs in der Fünften Avenue, der, wie wir alle wissen, zu Beratungen mit seinen Spießgesellen stets auf die Straße herauskommt. Mit besonderer Herzlichkeit haßte Carl den bleichsüchtigen, hellgefirnisten, zusammenklappbaren Gartenstuhl, der einmal als Sitzgelegenheit in der Schmugglerkneipe diente und dann, mit einem baumwollenen Leopardenfell zugedeckt, als Fauteuil in dem luxuriösen Salon der Mrs. Van Antwerp. Der Gartenstuhl spielte jedoch eine Rolle bei den Liebesszenen, die er mit Miss Evelyne L'Ewysse studierte.

Es fiel ihm nicht leicht, so zu tun, als merkte er nichts davon, daß fünfzig kleine Jungen gleichzeitig mit den Lippen schnalzten, wenn er einen Zentimeter vor Miss L'Ewysses Mund die Luft küßte. Doch er lernte die Kunst. Ja, er begann sogar diesen Sicherheitszentimeter kleiner zu machen.

Miss Evelyn L'Ewysse (die von Haus aus Lena Ludwig hieß und künftige Erbin eines der besten Delikatessenläden in

Newport News war) schwelgte in Liebesszenen auf der Bühne und im Leben. Carl sah sich, mit einem gewissen Gefühl des Unbehagens, immer wieder von ihr angezogen. Sie lächelte ihm in den Kulissen zu, glättete ihr zartes blondes Haar mit einem Blick auf ihn und teilte ihm im Vertrauen mit, sie hätte die Höhere Schule absolviert, wäre viel, ach *viel* bessere Ensembles gewohnt und spielte nur aus purem Mutwillen im Zelt.

Eines Abends, als er bemerkt hatte, daß Miss Evelyn ihm ihre Hand schweigend und widerspruchslos überließ, lockte er sie während einer langen Pause aus dem Zelt heraus und küßte sie zitternd. Ihre Finger packten aufgeregt seine Schultern und zerrten an seinem Ärmel, während sie den Kuß erwiderte. Sie murmelte: »Ach, das hätten Sie nicht tun sollen.« Aber später küßte sie ihn, so oft sie allein waren, und erzählte ihm unter zutraulichem Kichern von Parker Heyes plumpen Versuchen, sie zu gewinnen.

Den ganzen Tag wartete er auf diese Zusammenkünfte. Doch beständig mahnte ihn die Abenteurermoral – und das ist nichts anderes als das innere Gebot praktischer Anständigkeit – daß das nichts für ihn sei; daß er nicht liebeln dürfe, wo er nicht liebe; daß dieses gutmütige gewöhnliche Geschöpf zu nett zum Herumspielen und zu abgeschmackt zum Lieben sei. Nur – – Und dann atmete er wieder rascher, wenn er daran dachte, wie weich ihre Schultern beim Streicheln waren. Es war jetzt Sommer, sie wanderten wieder in Virginia umher und bereisten die Ostküste. Der in der Prärie geborene Carl war in die nächste Nähe des offenen Atlantic gekommen, wenn er ihn auch noch nicht gesehn hatte. Über den endlosen ebenen Kartoffelfeldern – ihre eintönige Fläche war von Fichtenhainen unterbrochen, in deren drückend schwülen Schatten Negerhütten standen – hing unbarmherzig die Hitze. Stets erfüllte ein schaler Menschengeruch das Theaterzelt.

In dem Städtchen Nankiwoc ließ das Hotel viel zu wünschen übrig, Evelyn L'Ewysse erklärte, es sei ihr »schon reichlich über, eine Operettenmahlzeit zu essen, wo der Fraß in Vogelbadenäpfen um den Teller herumsteht – ein bißchen Rüben und ein Klecks Spinat und eine gebratene Schabe. Und noch eine Nacht auf einem Bett schlafen, das wie ein Bratrost ist, nein – danke – *vielmals*!«

Eve und Mrs. Lubley, eine alte Frau, die bei der Truppe in aller Freundlichkeit das Amt einer inoffiziellen Anstandsdame versah, ahmten das Beispiel Carls und der beiden Musikanten nach, sie schliefen in dem Garderobenzelt, dessen größere Hälfte den weiblichen Mitgliedern der Truppe zur Verfügung stand.

Tag um Tag sagte sich Carl, er dürfe nicht weiter gehen, aber es gab keinen Abend, an dem er nicht, wenn er sich von Eve getrennt hatte, die Gegenwart der Anstandsdame und der beiden Musikanten verfluchte, die immer schauerlich lange wach blieben und bis Mitternacht redeten.

Eine heiße Juninacht. Die ganze Truppe war zu einem Ball eingeladen; die beiden Musikanten gingen mit; die Anstandsdame, eine muntere alte Person, die schon viele Tourneen mit Burlesken hinter sich hatte, folgte gleichfalls vergnügt der Einladung. Carl und Eve blieben »zu Hause«. Zu diesem Entschluß war nicht mehr als ein Blick zwischen ihnen notwendig gewesen.

Sie saßen vor dem stillen Zelt auf einem Garderobenkoffer. Was für eine Nacht es war, ob die Sterne strahlten oder Wolken den Himmel verfinsterten, wußte Carl nicht; er wußte nur, daß es drückend schwül war, und daß Eve im Dunkel in seinen Armen lag. Er küßte sie auf den feuchten, heißen Hals. Er plapperte in unzusammenhängenden Sätzen von den Mitgliedern der Truppe, aber jedes Wort, das er sprach, bedeutete, daß er vor Erregung außer sich war, weil ihr weicher Leib sich an den seinen schmiegte.

Mit unsicherer Stimme sagte er schließlich: »Herrjesus! ist das heiß, Eve! Ich werd dieses verfluchte Hemd mit dem steifen Kragen ausziehen und ein weiches nehmen. S–sag mal, w–warum ziehst du nicht einen Kimono an oder so was? Das wär doch viel kühler.«

»Ach, ich weiß nicht, ob ich soll – –« Sie erschrak, die bacchantische Tollheit flößte ihr Scheu ein. »M–meinst du, daß das ginge?«

»Warum denn nicht? Man kann doch von niemand verlangen, daß er vor Hitze erstickt – in so einer Nacht. Außerdem kommen die nicht vor vier Uhr früh zurück. Und du mußt sehen, daß dir kühler wird. Also.«

Und er wußte – und war sicher, sie wisse es gleichfalls – daß alles, was er sagte, geheuchelt war. Aber sie stand auf, strich ihm durchs Haar und meinte: »Ich würd mirs ja wirklich gern bequem machen. Wenn dus für richtig hältst – – Ich werd mir auf jeden Fall was Leichteres anziehen.«

Sie ging. Carl konnte hören, wie es in der Frauenabteilung des Garderobenzelts raschelte. Fieberheiß lauschte er darauf, und fieberheiß zog er sich ein anderes, am Halse offenes Hemd an. Er lief hinaus, um keinen Augenblick zu versäumen … Sie war noch nicht da.

Die Aufregung hatte ihn so in ihrem Bann, daß er die leise Mahnung einer Stimme in seinem Innern nicht hörte, einer Stimme, geboren in Sonnenuntergängen über glühenden Schneefeldern und genährt in der Stille von Henry Frazers Haus, die ihn beschwor: »Sachte! Halt!« Eine lautere Stimme hämmerte wie das Klopfen seiner Halsschlagader: »Sie kommt!«

In der Dunkelheit war zu hören, wie ihre leichte Gewandung über das lange Gras strich. Er sprang auf. Dann hielt er sie in den Armen, beugte ihren Kopf zurück. Ein warmer Schauer durchlief ihn, als er merkte, daß nur die dünne Seide, die sich so weich und warm angriff, seine tastende Hand von ihrer glatten Haut trennte. Sie setzte sich auf seine Knie und legte ihren Kopf mit dem offenen Haar an seine nackte Brust. Er fühlte, daß sie auf ihn wartete.

Plötzlich konnte, wollte er nicht weiter.

»Liebling, wir dürfen nicht!« murmelte er.

»Ach Carl!« schluchzte sie, mit den Lippen seinen Mund verschließend.

Er wollte nur den Kuß abwarten, um dem Ganzen ein Ende zu machen.

Vielleicht hemmten ihn provinzielle Vorurteile über Ritterlichkeit. Vielleicht aber war er auch schon so weit, daß er ein wenig Selbstbeherrschung besaß. Auf jeden Fall hatte er sich auf eine Sekunde unterbrochen, um zu denken, und der Wein der Liebe war schal geworden. Wenn sie ihn nur schon los gelassen hätte. Außerdem kitzelte ihn ihr Haar im Ohr. Er wartete geduldig, bis sie mit dem Kuß fertig wäre.

Ihr Mund löste sich mit einem Ruck von dem seinen; sie sagte in anklagendem Ton: »Du willst mich ja gar nicht küssen!«

»Paß einmal auf: ich will dich schon küssen – Herrgott – – « Für einen Augenblick zog er sie enger an sich; dann redete er kühl weiter: »Aber wenn wir zu weit gehen, wird es uns beiden gehörig leid tun. Das ist nicht bloß feige Vorsichtigkeit. Das ist – – Ach, du weißt doch.«

»Ach ja, ja, ja, wir dürfen nicht zu weit gehen, Carl. Aber können wir nicht ganz einfach so sitzen bleiben? Ich bin so müde, mein Herz! Ich muß jemand haben, dem das bißchen was an mir liegt. Das ist doch nicht schlecht? Du sollst mich in deine Arme nehmen und ganz, ganz eng an dich halten und trösten. Ich möchte getröstet werden. Wir brauchen doch gar nicht weiter zu gehen, nicht wahr?«

»Ach du lieber Gott! Eve, hör doch zu: begreifst du denn nicht, daß wir Schluß machen müssen, wenn wir nicht weiter gehen wollen? Ich habs sowieso schwer genug – –« Er sprang auf und zündete sich mit zitternder Hand eine Zigarette an. Dann streichelte er ihr Haar und bat: »Bitte geh, Eve. Ich hab mich nicht sehr gut in der Hand, fürcht ich. Bitte. Du machst mich – –«

»O ja, ja, freilich! Gib nur mir die Schuld! Natürlich! Ich bin schuld daran, daß du mir gesagt hast, ich soll den Kimono anziehen. Ich führ dein weißes Unschuldseelchen in Versuchung … Daß dus nie wieder wagst, mit mir zu sprechen! Du – du –«

Sie lief wütend davon.

Mit zwei Schritten holte Carl sie ein. »Hör mal, Kind«, sagte er ernst, »wenn du so davongehst, wird uns beiden nachher hundeelend sein … Weißt du noch, wie glücklich wir waren, wie wir zu der alten Pflanzung in Powhasset hinausgefahren sind?«

»Du lieber Himmel! Könnt ihr Männer denn nie was Originelles sagen? ›Weißt du noch?‹ Natürlich weiß ich noch! Was meinst du denn, warum ich immer den kleinen Lorbeerzweig trage, den du für mich gepflückt hast, warum ich ihn hier, hier an meiner Brust trage? Und dabei hab ich gemeint, es wird dich *freuen*, wenn ich ihn da hintu, wo keine Schminke hinkommt, und du – dir ist das ganz egal – und wir haben unser Picknick gegessen, und ich hab die ganze Zeit gesungen, beim Herrichten von den belegten Broten, und dann hab ich die Grapefruit im Körbchen versteckt, als Überraschung für dich –«

»Ach, Eve, Liebling, ich kann dir gar nicht sagen, wie leid es mir tut, wie schrecklich leid es mir tut, daß ich angefangen hab! Es ist meine Schuld. Aber kannst du denn nicht einsehen, daß ich Schluß machen muß, bevors zu spät ist, grade deshalb? Seien wir doch wieder Kameraden.«

Sie schüttelte den Kopf. Ihre Hand tastete nach seiner, streichelte sie, zog sie an ihre Brust. Sie schwankte, wollte sich an ihn pressen. Er machte seine Hand frei und floh in sein Zelt.

Der bitterste Hohn für ihn war wohl, daß er tun mußte, was in Büchern gepriesen und in Klubs verlacht wird: die Rolle des jungfräulichen Galahad spielen, der vor der Liebe davonläuft. Er machte sich selbst darüber lustig, daß er den ehrlichen Wunsch hatte, sich anständig gegen Eve zu benehmen. Und zwischendurch lauschte er immerzu gespannt auf ihre Bewegungen jenseits der trennenden Leinwand. Als die Musikanten lärmend vom Tanz nach Hause kamen, wurde ihm leichter ums Herz.

Am nächsten Tag gab sie sich besondere Mühe, kühl gegen ihn zu sein. Er warb nicht um ihre Freundschaft. Er verließ die Große Riley Schau und wanderte weiter – wohin, war ihm gleichgültig, wenn er nur unterwegs war.

Vierzehntes Kapitel

Er war wieder ein vergnügter Mechaniker in blauem Monteuranzug, mit forscher Schirmmütze gewesen – er hatte als Maschinist die Motorbootflotille eines Sommerhotels am Ontariosee betreut. Eines Tages war an ihm, dem Verschwitzten und Verschmierten, Howard Griffin in weißen Flanellhosen vorüberspaziert. Da hatte er gebrummt: »Die brauchen nicht zu wissen, daß ich mich die ganze Zeit bloß so rumgetrieben hab. Ich geh wo anders hin. Und ich werd auch was Ordentliches tun.« Jetzt saß er in einem Zug nach New York, stellte ganz unpersönliche Betrachtungen darüber an, daß er zu nichts taugte, und dachte daran, wie wenig an irdischen Gütern ihm sein Herumtreiben eingebracht hatte. Eine besonders meisterhafte Methode, sich in den Besitz solcher Güter zu setzen, wollte ihm jedoch nicht einfallen. Wenn er sich nicht eine Karte bis nach New York gekauft hätte, wäre er wieder umgekehrt, um in einer der großen Automobilfabriken Detroits, die damals – es war der Frühherbst des Jahres 1906 – dort gerade aufzublühen begonnen, eine Anstellung zu finden. Nun, jedenfalls hatte er Geld genug, um es eine Woche lang in New York auszuhalten. Dort wird er in einer Automobilfirma arbeiten; später wird er nach Detroit gehen und in wenigen Jahren Präsident einer Automobilgesellschaft werden, so reich sein, daß er mit Motorbooten experimentieren und Howard Griffin mitsamt allen anderen Platoniern auslachen kann.

So malte er sich seinen siegreichen Einzug in New York aus. Unglückseligerweise kam sein Zug am Abend an; er war bei Poughkeepsie eingeschlafen und wachte erst auf, als ihn ein Bremser in der Grand Central Station an der Schulter rüttelte. Man hatte ihm das Grand Union Hotel genannt; verschlafen, mit verquollener Nase, mit brennenden Augen und dem unsauberen Geschmack um die Zähne, den man nach einem Schlummer im Raucherwagen hat, taumelte er dorthin und verbrachte seine erste Siegesnacht damit, daß er ein Eindollar-Zimmer mit den nicht gerade vornehmen Geräuschen übermüdeten Schlafes erfüllte.

Am Morgen jedoch, als er die Zweiundvierzigste Straße entlang blickte, als er in einem Childs-Restaurant, das wie ein riesiges gekacheltes Badezimmer aussah, frühstückte und sich klar machte, daß die Buchweizenkuchen New Yorker Buchweizengebäck waren; als er das schöne *Times*-Gebäude erblickte und zum Broadway marschierte; als er zu einer Vergaserfirma eilte und nach Arbeit fragte – da tat sich vor ihm das Tor der Wunder auf.

Aber das Tor der Arbeit tat sich nicht vor ihm auf.

Eine Woche nach seiner Ankunft bezahlte er in aller Ruhe seine Rechnung im Hotel, gab einem wuschelköpfigen Pagen ein Trinkgeld, visitierte sein Gepäck, das aus einem Hemd, einem Rasiermesser und einem illustrierten Automobilzubehörkatalog bestand, steckte seine Zahnbürste in die Tasche, kaufte sich, um ein Gefühl des Luxus zu haben, eine Abendzeitung und suchte, zehn Cent in der Tasche, die Gesellschaft zur Organisation der Armenpflege auf.

In der Meldezentrale mit den zahllosen Schreibpulten und Registrierschränken, wo arme Menschen aufhören, Menschen zu sein, und Fälle werden, wartete Carl auf einer langen Sitzbank, bis die Reihe an ihn kam, und erzählte dann einem pedantischen, aber freundlichen graubärtigen Herrn, der hinter einem Zylinderbureau saß, von seinen Sorgen. Er bat um Arbeit. Arbeit jedoch schien das einzige zu sein, was die Gesellschaft nicht geben konnte. Er erhielt einen Schein für das städtische Obdachlosenasyl.

Das war damals nicht die hygienische Herberge, die es heute ist, sondern ein Elendsquartier in der Ersten Avenue. Ein arrogantes Individuum in weißer Jacke, das zwar schmutzige Manchetten hatte, sich aber trotzdem ganz deutlich anmerken ließ, daß es sich zu gut dünkte, um Vagabunden zu bedienen, händigte ihm ein Stück sauren Brots und einen Becher schlechten Kaffees aus. Carl stützte sich mit den Ellbogen auf den langen gescheuerten Tisch, kaute verdrossen am Brot der Barmherzigkeit herum und beschloß, am nächsten Tag in einen Zug zu steigen und die Stadt zu verlassen.

Er schlief in einer engen Koje neben einem Schwindsüchtigen. Der Raum stank nach Desinfektionsmitteln und Barmherzigkeit.

New Yorks East Side. Ein toller Wirbel von Lärm, Gerüchen und unsteten Schatten. Jüdische Matronen mit braunen Umhängetüchern und orthodoxen Perücken feilschen im Jargon mit aufgeregten fliegenden Händlern, deren ehrfurchtgebietende Prophetenbärte die leichtfertige Zigarette im Mundwinkel grotesk erscheinen lassen, um Kohlköpfe, schwarze Baumwollstrümpfe und grauwollene Unterhemden. Es riecht nach gebratenem Fisch und faulenden Resten kosheren Fleisches. Den Häusern sieht man an, wieviel sie den vornehmsten Kreisen New Yorks einbringen – je schändlicher die Verwahrlosung, desto größer der Profit. Die sechsstöckigen Mietskasernen bilden eine einzige schmutziggelbe Gefängnismauer voll neugieriger zerzauster Frauenköpfe und mit Bettzeug behängter Feuerleitern. Ein buntes Potpourri: russische Firmenschilder, jiddische Zeitungen und Synagogen mit sechszackigen Goldsternen, Bäckereien mit Stapeln von Kornbrot, die mit Kümmel übersät sind, Verleihgeschäfte für Hochzeitsstaat, der so aussieht, als könnte er keinem Menschen passen, Altmöbelläden mit zusammenklappbaren Eisenbetten, ein schmutziges Kind, das ein noch kleineres und schmutzigeres Kind betreut, ruppige Katzen, die von Kehrichthaufen zu Kehrichthaufen schleichen, eine verwelkte Geranie in einer Konservenbüchse, deren Etikett sich losgelöst hat und die Rostflecken inmitten des vertrockneten Klebstoffs auf seiner Rückseite zeigt. Überall Scharen zungengewandter Juden in dunklen Gewändern und lärmend spielende Kinder, die mit ihren Schleudern nach den Beinen der Passanten schießen. Die Stätten, wo wir die Opfer russischer Tyrannei zur gebührenden Schätzung unserer Freiheit erziehen. Ein wüstes Durcheinander aus fremdartiger Häßlichkeit, üblen Gerüchen und unaufhörlichem Toben. Während Carl hungrig durch die Rivington Street, durch Essex und Hester streifte und bei Krämern, die zu arm waren, um sich den Luxus des Badens leisten zu können, vergeblich

Arbeit suchte, erstickte in diesem wilden Tohuwabohu sein Mut.

Er fühlte, daß *er* hier fremd war, und nicht diese nüchternen Massen. Er litt unter Hunger und Müdigkeit. Da war nichts Heroisches zu tun – man konnte nur hungern. Nirgends konnte er sich setzen. Die Bänke in den winzigen, abgetretenen Anlagen waren überfüllt. Wenn er sich nur setzen, wenn er nur eine kleine Stunde hätte rasten können, dann wäre er imstande gewesen, sich auf die Beine zu machen und einen Güterbahnhof aufzusuchen, wo er statt des jiddischen Geschnatters Glockentöne und das Rattern der Loren hören würde. Und dann wollte er ins Land hinausfahren, fort von den düsteren Schatten dieser Stadt, wo es keine einzelnen Gesichter gab, sondern nur Schwaden unablässig sich fortbewegender Menschenmassen …

Spät nachts stand er an einer schmutzigen Ecke der Bowery, wo der Septemberregen durch die Eisenkonstruktion der Hochbahn herabtröpfelte, und unterhielt sich mit einem Tramp. Jetzt plagte ihn der Hunger nicht mehr so, aber trotzdem war er froh, als er von seinem neuen Freunde hörte, in einer Stunde könne er in der »Bread-line« etwas zu essen bekommen. Es war ihm zu Mute wie einem kleinen Jungen – daß er am Verhungern war, hätte er jeder Frau, jedem beliebigen Menschen anvertrauen können, nur nicht diesem transkontinentalen Burschen, diesem König aller Tramps, der ein Meister darin war, den Hunger zu verachten. Weil er mit dazu gehörte, musterte er ohne jede Neugier die lange Reihe von Strolchen, die ihre Jackenkragen wegen des Regens hochgeklappt und mit Sicherheitsnadeln zusammengesteckt hatten. Mit gekrümmten Schultern, die Hände fest in den Hosentaschen, schoben sich die armen Teufel auf ihren schmutzigen und niedergetretenen Absätzen rasch vorwärts.

Ebenso neugierlos beobachtete er, wie ein Kneipwirt, dessen Gesicht hinter einem riesigen Schnurrbart versteckt war, auf die Straße trat und ein Schild »Portier gesucht, Vorstellung vormittags« an die Tür seines Lokals hing.

Als Carl weiterschlich, um sich, ein Ausgestoßener unter Ausgestoßenen, der Bread-line anzuschließen, überlegte er, wie er es anstellen könnte, die wunderbare Stellung eines Portiers in einer Bowerykneipe zu ergattern. Während er in der Kette der Hungernden wartete, vergaß er diese Sorgen nahezu, weil er ganz davon in Anspruch genommen war, zwei Collegestudenten zu hassen, welche die Vagabunden mit jener unverhohlenen Neugier beobachteten, von der die netten, sauberen, wohlanständigen jungen Leute annehmen, daß sie von den Armen nie bemerkt wird. Am liebsten wäre er hinübergegangen und hätte ihnen ein griechisches Zitat an den Kopf geworfen, aber er beherrschte sich, weil sie unwissend waren und nicht dafür verantwortlich gemacht werden konnten, daß sie so fest davon überzeugt waren, aus besserem Lehm gemacht zu sein als alle armen Teufel in der Bread-line. Und zum Teil auch, weil er sein Griechisch vergessen hatte.

Allein, vergnügt, voll der Mannhaftigkeit, die ihm das Verspeisen eines Laibes Brot gegeben hatte, kehrte er dann zur Bowery zurück. Er mußte diese Portierstelle bekommen. Wie ein Politiker, der auf einen Regierungsposten aspiriert, legte er sich einen Feldzugsplan zurecht. Er nahm das Schild ab und versteckte es unter seinem Rock. Die ganze Nacht wanderte er in den Straßen umher, und als er sich von einem Schutzmann beobachtet fühlte, tat er, was alle verdächtigen Subjekte tun, um nicht verdächtig zu wirken: er bat den Polizisten um Feuer. Der unterhielt sich mit ihm über Baseball und warnte ihn vor dem Alkohol und den Missionen.

Um fünf Uhr früh stand Carl vor der Tür der Kneipe. Als der Schankkellner aufschloß, stolzierte Carl, ein wenig benommen und verlegen, weil er wußte, daß seine ausgefransten Hosen unten beschmutzt waren, durch die Tür hinein.

Das Lokal sah nach schäbigen kleinen Verbrechen aus. Auf dem Boden lag zu Klümpchen geballtes Sägemehl. Der Schanktisch war ein Klappbrett aus dunkelbraunem Holz. Um den Gully standen Bierpfützen, in denen Zigarettenstummel und Reste von den Gratis-Käsebroten schwammen.

»Ich möcht die Stelle als Portier«, sagte Carl.

»So, möchten Sie? Na, Sie werden erst mal abwarten müssen, wer sonst noch kommt.«

»Sonst wird keiner mehr kommen.«

»Woher wollen Sie das denn wissen?«

Carl zog das Schild unter seinem Rock hervor und legte es langsam auf den Tisch. »Deshalb.«

»Na, das ist ja allerhand. Gar nicht so schlecht. Also schön, wenns dem Boss recht ist, können Sie die Stelle haben.«

Carl fand Gnade vor den Augen des »Boss«, der ihm einen Vierteldollar gab und dazu sagte, er solle »was Ordentliches essen« gehen. Beim Frühstück trällerte er. Der Besitzer einer Bowery-Kneipe hatte ihn akzeptiert, und damit war er wieder in die Gemeinschaft der Menschen aufgenommen. Auf diesem Posten wollte er ausharren, was auch geschehen mochte. Mit dem Herumtreiben hatte er Schluß gemacht.

Drei Monate lang nahm Carl die niedrigsten Verrichtungen ernst. Er arbeitete für acht Dollar wöchentlich sechzehn Stunden am Tag, säuberte Spucknäpfe, fegte den Boden, streute frisches Sägemehl, schnitt allzu verfaulte Stücke vom Gratisfleisch ab. Wenn er mit seinen halbzerfallenen Fetzen aufwischte, stießen ihn Strolche beiseite und spuckten auf den Boden, den er eben gereinigt hatte.

Von den acht Dollar, die er in der Woche bekam, sparte er vier. Er mietete für einen Dollar und fünfundsiebzig Cent wöchentlich bei einem armen Teufel von jüdischem Arbeiter eine Schlafkammer, die auf den Lichthof ging. Bei Tag wohnte der Koch eines Nachtspeisehauses darin, der im Jahre 1900, gelegentlich eines Vereinsausfluges nach Conney Island, gebadet hatte. Der Raum war ungeheizt, und im Laufe des Januar stand Carl jeden Abend vor der Frage, ob er zum Schlafengehen die Schuhe ausziehen solle oder nicht.

Die Tochter seines Wirtes war ein klein gebliebenes, aber frühreifes fünfzehnjähriges Kind mit unreinem Teint und feuchten Augen, das sehr tief ausgeschnittene Blusen aus schlechtem Voile trug. Sie pflegte Carl in dem dunklen Flur anzuhalten und, mit unheimlicher Geschwindigkeit Gummi kauend, darauf los zu schwatzen: von den Aufsehern bei Wanamacy und von den großartigen Freuden, die bei dem Ball des Thomas J. Monahan Literatur- und Geselligkeitsklubs bevorstanden – fünfundzwanzig Cent Eintritt für Damen und Herren. Sie gab Carl zu verstehen, daß sie ihn für einen

Geizhals hielt, weil er sie niemals am Sonntagnachmittag in ein Kino führte, aber er streichelte ihr den Kopf, sprach mit ihr wie ein großer Bruder, übersah geflissentlich, daß sie feuchte Hände hatte und einmal recht hübsch sein würde, und brachte ihr eine vernünftige Frauenzeitschrift zum Lesen mit – das löste zwar keineswegs das Problem der Mädchen, für deren Erziehung die organisierte Gesellschaft keine Zeit hat, aber es war immerhin das Beste, was er damals zustande bringen konnte.

An den Sonntagen hatte er einige freie Stunden, und in diesen ging er mit seinem Mixbuch in den Leseraum der Bibliothek am Tompkins Square und studierte höchst ernsthaft die Rezepte, denn er wollte Barmann werden.

Allabendlich, wenn er aus der verhältnismäßig reinen Straßenluft in die stinkende Kälte seines Zimmers taumelte, fragte er sich, wozu er – der unter nordischen Lärchen und bei stillen Büchern groß geworden war – dieses schauerliche Ersatzleben fortführte; und jedesmal gab er sich zur Antwort, ob es nun einen greifbaren Grund dafür gebe oder nicht, auf jeden Fall werde er endlich in einer Stellung ausharren, und zwar in der, die er eben hatte. Und immer wieder hielt er sich vor Augen, daß er für einen Kneipenportier sehr gut bezahlt werde.

Hätte Carl niemals mit Strolchen und Vagabunden in der Bread-line gestanden, hätte er niemals einen Kneipengully mit großer Kunst säubern müssen, um sich vor einer Rückkehr zur Bread-line zu bewahren, so wäre er zweifellos in das alltägliche Dasein geflüchtet, für das ihn alle Welt außer Bone Stillman und Henry Frazer Zeit seines Lebens voll Eifer hatte dressieren wollen. Wer weiß, wie natürlich das Leben sich in allen Sphären abspielt, wird begreifen, daß Carl damals nicht das Gefühl hatte, entwürdigt zu sein. Er lebte jeden Tag vierundzwanzig Stunden, hatte reichlich zu tun und staunte über sich selbst ebenso wenig wie der berufsmäßige Einbrecher und der brave Mann, der seine ganze Jugend griechischen Studien oder dem Soldatenhandwerk widmet. Trotz alledem, die Arbeit selbst war um so viel weniger erfreulich als das Chauffieren eines Wagens oder Mondscheinspaziergänge mit Eve L'Ewysse in längst vergangenen wunderbaren Tagen, daß er, um dabei zu bleiben, eine eiserne Selbstdisziplin entwickeln mußte, die ihm dann für alle Lebenslagen blieb.

Nach drei Monaten wurde Carl zweiter Barmann und konnte nun acht Dollar wöchentlich ersparen. Er kaufte sich einige Automobilzeitschriften, ging einmal in ein Vaudeville-Theater, bewahrte die Tochter seines Wirtes davor, mit einem Bordellanreißer durchzubrennen (wobei er sich keinen Illusionen darüber hingab, daß sie es eines Tages doch tun würde) und gewann einen deprimierenden Einblick in die Fähigkeiten der Gesellschaft, die meisten der im Sumpf Geborenen im Sumpf zu halten.

Ein Vierteljahr später, der Winter ging seinem Ende zu, war er so weit, daß er nach Panama aufbrechen konnte.

Von Panama träumte er, seitdem er in einer Sonntagszeitung von den technischen und landschaftlichen Wundern des Kanals gelesen hatte.

Er war allen Freundschaften aus dem Wege gegangen, und so gab es keinen Menschen, der ihm bei seinem Abschied von Mist und Elend Lebewohl sagen konnte. Eine Aufgabe jedoch hatte er zu erledigen – er mußte mit dem Tyrannen der Kneipe abrechnen.

Dieser Bursche – ein lasterhafter, keineswegs mehr junger Mann, der in der Bowery geboren war – hieß Petey McGuff; er sah aus wie ein Hund, dem man eine saubere schwarze Schleife umgebunden hat, und besabberte sein großes, brutal wirkendes, stoppelübersätes, allzu energisches Kinn immer mit Tabaksaft. Petey McGuff saß Abend für Abend von elf bis zwölf Uhr an dem runden Tisch in der Ecke neben dem Schanktisch, trank altmodische, mit Bourbon-Whisky bereitete Cocktails, starrte die an den trüben Spiegel geklebten Aktphotos an und hänselte Carl.

»Hallo, Junge, komm mal her und wisch den Whisky auf, den du verschüttet hast ... Vorwärts, du Stubenkätzchen. Mach dich ran ... Du siehst aus wie der Sonntagsschul-Harry. Mamas Bubi mit den Rosenbäckchen ... Ich hau dir ja doch noch mal die Birne ein. Herrgott! das ist ja zum Kotzen, wenn man da sitzt und sich die süßen Mädiwangen da ansehen muß … Komm mal her, Lizzie, und wisch den Tisch nochmal auf. Hopp, hopp, Mädelchen.«

Carl hielt sich zurück. Hundertmal zischte er sich zu: »Ich werd ihn nicht verprügeln! Auf der Stelle werd ichs aushalten.« Er machte sich ein Grinsen zurecht, das er ohne weiteres aufsetzen konnte.

Jetzt ging er. Er hatte bewiesen, daß er es auf einem Posten aushalten konnte; hatte die stille Kritik Platos, der Garagen in Chicago, der Großen Riley Schau Lügen gestraft. Zum erstenmal seit seinem Abgang vom College hatte er seinem Vater schreiben, auf die stummen Vorwürfe des finstern Zimmermanns – Carl war der Sohn, der die Möglichkeit »sich zu bilden« leichtfertig fahren ließ – etwas erwidern können. Und voll Stolz hatte er seinem Vater einen kleinen Scheck geschickt. Er besaß einen schönen neuen Fünfzehndollar-Anzug aus Kammgarn, der in seinem Zimmerchen auf ihn wartete. In seiner Tasche ruhte die Fahrkarte – Zwischendeck auf der P. R. R. Linie nach Colon – und am nächsten Mittag schon würde er unterwegs sein. Während er Krüge mit Bier füllte und den Schaum mit einem Zelluloidlineal abstrich, tanzten seine Füße hinter dem Schanktisch. Er sah sich bereits in Panama, wo er anständige Männerarbeit hatte und sich vor dem Hintergrund der grünen und scharlachroten Dschungel mit welterfahrenen Ingenieuren unterhielt. Und, ach ja, heute abend wollte er noch Petey McGuff verprügeln und sich eine ordentliche Portion der kriegerischen Selbstachtung zurückholen, die er mit dem Bier in die Krüge hatte laufen lassen.

Zwei Minuten nach elf rollte der alte Petey ein, wärmte sich die Hände über dem Gasöfchen, kramte mißbilligend unter den Brezeln auf der Theke mit den Gratisspeisen und brüllte Carl zu: »Finger weg von der Registrierkasse! Wisch dir gefälligst die Mäditränen ab, Agnes, und bring uns nen kleinen Gesundheitsschädiger und n paar Streichhölzer.«

Carl brachte einen Whisky-Cocktail.

»Wo sind die Streichhölzer, Stubenkätzchen?«

Carl trocknete sich die Hände an der Schürze ab und antwortete strahlend: »Schau, schau, unser alter Süffel wird langsam fett. Bist wohl zu faul, um über die Theke zu langen und dir selber was zu nehmen! Jetzt wirst du nicht mehr lange machen!«

»Sieh mal einer an! … Ja, was ist denn das, soll das heißen, daß Lizzie Antworten gibt? Das mußt du erst lernen! Mußt du erst lernen! Kriegst ne Wut auf uns? Das ist ja ganz neu! Wo haben sie dir denn weh getan?«

Petey McGuffs Lächeln war durchaus freundlich. Das ließ Carl zaudern, aber es war für ihn zu einem Grundsatz der kosmischen Ethik geworden, daß er Petey verprügeln mußte, und so brummte er: »Ich werd dir so viel antworten, wie ich lustig bin, du Riesenaas. Ich mach heut nacht Schluß hier. Ich geh nach Panama.«

»Ernsthaft, Mensch, ist das dein Ernst?«

»Du bist wohl taub.«

»Na, das ist aber fein. Ich hab dich die ganze Zeit beaugapfelt, und ich hab gesehen, daß du nicht zum Kneipenportier geboren bist. Ich hab mit mir selber ne kleine Wette gemacht, daß du was gelernt hast. Mensch, deine Manschetten sind nicht mal dreckig – nicht sehr dreckig. Ne Rasur brauchst du natürlich, aber bei den kleinen blonden Haaren, die du hast, ist das nicht so schlimm. *Ich* hab gesehen, daß du n Gentleman bist, wenn die anderen auch nichts gemerkt haben. Du bist zu gut zum Schnapshausieren. Freut mich, daß du gehst, Junge. Freut mich mächtig. Setz dich her. Erzähl uns was davon. Du wirst uns hier fehlen. Gestern abend hab ich erst zu Mike gesagt, von hundert Burschen hätt nicht einer so viel los gehabt und sich von nem alten Kerl wie mir piesacken lassen, ohne daß er die Schnauze aufmacht; aber du bist richtig, du hast gegrinst und zu keinem Menschen was gesagt. So kommt man durch. Aber hör mal, Junge, du wirst mir fehlen. Und wie du mir fehlen wirst. Ich werd langsam son bißchen einsam, die Jungs verdrücken sich sachte ins stille Grab – muß ja so sein bei Saufbrüdern. Ach verflucht, ich werd nicht anfangen und winseln wien Stubenkätzchen … Nach Panama gehst du also? Setz dich doch schon her und erzähl mir das Ganze. Was nimmst du, Junge?«

»Bloß ne Zigarre … Du wirst mir auch fehlen, Petey. Paß mal auf, was ich machen werd. Ich werd dir von Panama paar Ansichtskarten schreiben.«

Als am nächsten Mittag das D. S. *Panama* von seinem vereisten Anlegeplatz ausfuhr, sah Carl auf dem Kai einen alten Mann stehen, der vor Kälte zitterte und wie verrückt Abschiedsgrüße winkte – Petey McGuff.

Fünfzehntes Kapitel

Das D. S. *Panama* hatte Watling's Island passiert und dampfte ins Fabelland. Auf dem weißgescheuerten Deck hinter dem Ruderhäuschen saß Carl mit seinen Zwischendeckfreunden – lauter derben, wind- und wettergewohnten Männern.

Er lächelte zufrieden; er genoß die Gespräche der weitgereisten Männer, genoß seinen neuen blauen Kammgarnanzug, seine neue silbergraue Krawatte, die nicht nach Kneipe roch, seine Fingernägel, die allmählich wieder rosa wurden – und den Sonnenuntergang, der seine kleinen Freuden verklärte. Über die ungeheure Fläche des ruhigen, pflaumenfarbenen Meeres trieben inmitten von kleinen spiegelglatten Fleckchen Zweige hin, die in solchen Glanz gehüllt waren, daß sein frohes Herz sich an ihrer Pracht nicht genug tun konnte. Ein fliegender Fisch – der erste, den er sah – sprang silbern schimmernd aus dem Silber des Meeres empor, und Carl rief fast laut: »Das hab ich mir mein ganzes Leben lang gewünscht!«

Laut sagte er jedoch zu einem seiner Gefährten: »Wie siehts denn in Kansas aus? Dorthin will ich auch mal.« Er sprach mit rauher Stimme, aber der wahre Carl ging ganz auf in den Herrlichkeiten des Lichts und des glitzernden Kielwassers – und jenseits des abendlichen Horizonts warteten die Tropen.

Carl lag bis zum Gürtel nackt in seiner heißen Zwischendeckkoje; er sah durch das Fenster auf das plätschernde nächtliche Meer hinaus und hatte seine Freude an dem Rollen des Schiffs, an den Maschinen, die das Fahrzeug erzittern ließen, an den Nietenköpfen, welche die weiße Eisenwand verzierten, an den Rettungsgürteln über seinem Kopf und den Heizern, die im Gang beim Überbordwerfen der Schlacken sangen. Die *Panama* stampfte weiter, weiter, weiter, und er jubelte: »Das hab ich mir immer gewünscht.«

Es geht auf den Kai von Colon zu. Er sieht Panama! Erst eine Landspitze mit Palmen, dann das Hospital, die roten Dächer der J. C. C.-Gebäude in Cristobal und die Neger auf dem im Sonnenglanz daliegenden Kai.

Endlich kann er im Wunderreich an Land gehen – es ist das Pêle-mêle Colons und Cristobals, Panamas und der Kanalzone von 1907; Spiggoty-Polizisten, die in schlechtem Spanisch wie Affen schnattern, und große, lächelnde Polizisten der Kanalzone in Khakiuniform, die ein soldatisches Benehmen zur Schau tragen; Jamaikaneger mit konischen Schädeln und braune Barbadosneger, die mit einem Cockneyakzent sprechen; englische Ingenieure mit großmächtigen Sonnenschleiern und Touristen aus Neu-England, die so aussehen, als wären sie die Diener ihrer eigenen Schildpattbrillen; behäbige, ebenholzschwarze Mütterchen mit silbernen Armspangen und grellroten Kopftüchern, in gestärkten rosa und blauen Kattun gekleidet, die Guajaven und grüne Tabago-Ananas verkaufen. Carl sieht verwundert panamesische Nonnen und chilenische Konsule, französische Landarbeiter, jähzornige irische Werkführer und deutsche Konzessionsinhaber mit Schmissen und hohen Kragen. Goldene spanische Firmenschilder, Spigotty-Geld und Hotels mit Spucknäpfen und Stellenjägern aus Amerika; Zinndächer und Arkaden; Kaufläden, zur Straße offen, im Inneren aber voller Rätsel, die verschlagenen chinesischen Besitzer sitzen still da und rauchen winzige Pfeifen; Züge aus den Ortschaften am Kanal, und hin und wieder ein schwarzer Leichenwagen, der zum Friedhof auf dem Monkey Hill fährt. Spielhäuser, in denen es als witzig gilt, auf dem Grammophon »Wo ist mein Wanderbursch heut abend?« zu spielen, während die Wanderburschen beim Poker sitzen; und weniger saubere Lokale, die sich nach verschiedenen Staaten nennen; Negermädchen in gelbem Kaliko tanzen zu Geigenmelodien, die älter sind als die Voodoo-Bräuche; indianische Pflanzer kommen verdrossen mit hellgrünen Bananen herein; Erinnerungen an Spanish Main und an Morgans Überfall, an spanische Achter-Pesos und Entermesser; Landspitzen mit Kokospalmen, die von der Brandung bespült werden; Hütten auf moosbewachsenen Pfählen, zwischen denen Landkrabben herumkriechen – ihr Gerassel ist in der heißen, feuchten, unbewegten Luft weit zu hören; man muß an die Leichen plötzlich verschwundener Männer denken, die schon zur Hälfte aufgefressen sind, wenn man sie findet.

Dann, zum Kontrast, der verpflanzte Norden mit seiner strengen Auffassung von Pflicht und Arbeit; die amerikanischen Avenuen und kühlen Lüfte Cristobals; dort fahren dicke, kahlköpfige Chefs von der J. C. C. in großem Pomp mit politischen Gästen spazieren, die – es ist das Jahr 1907 – noch nicht recht an den Erfolg des militärischen Sozialismus in der Kanalzone glauben wollen; Frauen aus Oklahoma oder Boston sitzen auf den Veranden ihrer Bungalows in eichenen Schaukelstühlen aus Grand Rapids und sprechen von Hüten und Kindern, von ihren schriftlichen Bestellungen und Kartenpartien, vom Oberst und vom Malariafieber, von der Chautauqua und vom Culebra-Rutsch.

Colon! Ein Kaleidoskop aus Purpur und Grün und blendendem Weiß, aus farbigen Menschen, glühenden Dächern; dazu das Echo der schweren Arbeiten am Kanal und das Geraune aus dem unerforschten Busch; plötzliche Regengüsse, die mit der Gewalt entweichenden Dampfes herunterkommen, oder schlaffe Ruhe unter einem glutenden Himmel, an dem Bussarde, stiller als der Tod, gelassener als die Weisheit, langsam ihre Kreise ziehen.

»Herrgott!« seufzt Carl Ericson aus Joralemon, »danach hab ich mich ja immer schon gesehnt.«

Bei Pedro Miguel – für die beim Kanalbau Beschäftigten hieß es stets »Peter McGill« – fand er zunächst Arbeit als nicht offiziell geführter Aufseher, bald darauf, nach einigen Prüfungen, wurde er im technischen Stab der J. C. C. fest angestellt. Als ein Monat verstrichen war, erzählten höchstens noch die ein wenig hohlen Wangen von seinen Bowery-Erlebnissen. Das Quartier, in dem er wohnte, erinnerte an ein College-Internat; es herrschte ein fröhlicher Kommunismus, überall stolperte man über Schuhe, in Würfel geschnittenen Tabak und College-Banner; saubere junge Leute kamen und plauderten von dem und jenem – und hinter allem stand das Mysterium des Buschs. Sein Zimmergefährte, ein Schaffner der P. R. R., war ein Globetrotter, und durch ihn lernte Carl die Abenteurer kennen, deren Spuren er, seit er von Oscar Ericsons Holzschuppen davongelaufen war, unablässig verfolgte. Da war ein junger Ingenieur vom Bostoner Technikum, der jeden Morgen um sieben Uhr sieben (wenn es mit einer so inbrünstigen Begeisterung, als geschehe es zum ersten Male, kochendes Wasser regnete) schwor, er werde in die Chihuahua-Gruben gehen; da war Schiel-Corbett, ein früherer Seemann, der keine Moral hatte, aus Lancashire stammte und vom Negerraub, vom Copra-Handel, von den Kanaken und von den Schnapskneipen zwischen Nagasaki und Mombassa mehr wußte, als für einen Beamten heilsam ist.

Jeden Sonntag kam ein Mann mit traurigem Gesicht, der aschfarbenes Haar und knochige Finger hatte – früher Leutnant in der peruanischen Marine, Lehrer am St. John's College in China und Unterlieferant bei einem Eisenbahnbau in Montana, jetzt subalterner Angestellter in den kühlen, luftigen Bureaus der Materialbeschaffungsabteilung – aus Colon herüber, ließ sich in einen bequemen Sessel sinken und unterhielt sich, mit dem Freimaureramulett an seiner Roßhaaruhrkette spielend, mit dem Schaffner von der P. R. R. und den anderen über Paradiesvogeljagden und den Entsatz Pekings, über Creusot-Geschütze, Wildschweinjagden und Stammesüberlieferungen der Swahili.

Carl wurde in diesen Kreis als vollberechtigtes Mitglied aufgenommen, weil er von seinen Abenteuern in der Bowery und bei der Großen Riley Schau erzählte, und weil er sich als Autorität für Luftschiffmotoren ausgab, über die er sich im Lesesaal der Y. M. C. A. aus der Zeitschrift *Aeronautics* unterrichtete.

Damals, im Anfang des Jahres 1907, arbeiteten die Gebrüder Wright allerdings noch im Dunkel der Unbekanntheit; selbst in Dayton, wo sie lebten, wußte man nichts von ihnen, obwohl sie bereits einen Apparat, der ausgezeichnet funktionierte, konstruiert hatten; und auch Glenn Curtiss hatte vorläufig nicht mehr gebaut als einen Motor für Hauptmann Baldwins lenkbares Militärluftschiff. Langley und Maxim hatten jedoch schon Versuche mit motorgetriebenen »Schwerer-als-die-Luft«-Maschinen gemacht; dem feurigen Santos Dumont war es gelungen, in seinem Luftschiff den Eiffelturm zu umkreisen und in einem Aeroplan tatsächlich vom Erdboden aufzusteigen; und im Mai 1907 hatte ein Bildhauer namens de La Grange in Frankreich eine mehr als hundertachtzig Meter lange Strecke überflogen. Tag für Tag »lösten« die verschiedensten närrischen Erfinder das »Problem des Fliegens«. Der Mensch stand, bereit, sich in die Luft zu stürzen, flügelschlagend am Rand seines Erdennestes. Carl verstand es, technisch klingende Prophezeiungen auszusprechen, welche die Phantasie der unruhigen Kinder fesselten.

Die Abenteurer zogen weiter. Der ans Land verschlagene Seemann erklärte, er gehe nach Valparaiso, gehe nach San Domingo, und geriet nach Tahiti; von da schickte er Carl eine Ansichtskarte mit der Inschrift »Was kosten Affen?« Der Ingenieur vom Bostoner Technikum hielt seinen Schwur und ging in die Chihuahua-Bergwerke. Er bekam eine Anstellung als zweiter Betriebsleiter der Tres Reyes-Gruben und nahm Carl mit.

Carl kam nach Mexiko und atmete die Luft der hochgelegenen Wüsten und Berge. Er erlebte köstliche Tage, die zwecklos und wunderbar waren wie die Reisen der alten nordischen Ericson; er lernte spanisch; er saß, eine Achtmillimeter-Marlin auf den Knien, still da und wartete auf Banditenangriffe; er reparierte Maschinen, half bei der Aufstellung einer neuen Brechmaschine mit, schiente armen Teufeln von Taglöhnern die gebrochenen Glieder und ritt unter dem erhebenden Sternenglanz der Nächte auf Kuhponnys über schwärzliche Bergpfade. Niemals hatte er den Eindruck, daß das Maschinenwesen die strenge Größe des Gebirges entweihe.

Die der Arbeit abgestohlenen Stunden verwendete er zum Bau von Kastendrachen mit gewölbten Flügeln, denn er hatte im Herbst 1908 voll Begeisterung erfahren, daß im August ein hagerer amerikanischer Mechaniker namens Wilbour Wright die ganze Welt durch einen in Frankreich vor aller Öffentlichkeit unternommenen Aeroplanflug über viele Meilen in Aufregung versetzt hatte; daß schon vorher, am 4. Juli 1908, ein anderer Yankee-Mechaniker, Glenn Curtiss, nach einer Reihe in Gemeinschaft mit Alexander Graham Bell, J. A. D. McCurdy, »Casey« Baldwin und Augustus Post unternommener Versuche um den Preis des *Scientific American* nahezu eine Meile weit geflogen war.

Er hätte sich vielleicht bis zu seinem Lebensende weiter mit aufgeregten Schmierfinken von Mexikanern und hysterischen Maschinen befaßt, wenn nicht ein neuer Betriebsleiter gekommen wäre – einer jener unerschütterlichen, pfeifenrauchenden Engländer mit rotem Schnurrbart und hochgezogenen Augenbrauen, die im ersten Augenblick langweilig und dumm wirken, aber bald merken lassen, daß sie alle Welt von George Moore bis Marconi kennen. Er besah sich Carl wohl etliche hundert Male, dann erklärte er ihm, jetzt sei für ihn die Zeit gekommen, sich an eine Stadt heranzumachen und sie zu erobern, sich allmählich einen Beruf zu schaffen; er brauche Menschen, die ganz anders seien als Platonier, Bowery-Strolche und Tropentramps, ja, ganz anders sogar als seine geliebten Ingenieure.

»Sie können alles, nur nicht ein *petit diner à deux* bestellen, aber Sie müssen auch das lernen. Verdienen Sie zehntausend Pfund, studieren Sie Pall Mall und die Boulevards, und kommen Sie dann wieder zu uns nach Mexiko. Es wird mir leid tun, wenn Sie gehen – mit Ihrem gottverfluchten, seidenweichen Weiberhaar und Ihrem lächerlichen Augenblinzeln, wenn Guittrez heraufkommt und uns Angst einjagt – aber lassen Sie sich nicht zu früh von denen im flachen Land einfangen.«

Einen Monat später, im Januar des Jahres 1909, fuhr Carl, der jetzt dreiundzwanzigeinhalb Jahre alt war, von El Paso nach Kalifornien; er hatte Ersparnisse in Höhe von tausend Dollar, besaß einen schönen neuen Schlapphut und war erfüllt vom Ehrgeiz, eine Automobilfirma in San Francisco zu gründen. Der Wüstenhimmel schwamm in orangefarbenem Licht, hinter ihm summte eine Frau das Lied der Musette aus der Boheme – und da packte ihn das Heimweh nach den Fremden, die er verließ, um sich für zwanzig Jahre in einer Stadt zu vergraben und hunderttausend Dollar zusammenzuscharren.

Sechzehntes Kapitel

An einer grasbewachsenen Seitenstraße Oaklands in Kalifornien lag die »Garage Jones & Ericson, Benzin und Reparaturen, Motor- und Fahrräder-Verleih, Bristow-Magneten, Vertretung für Oakland.«

Es war wohl die beste Garage in Oakland und Berkeley, in der Motorräder am raschesten repariert wurden; und jung verheiratete Besitzer von offenen kleinen Familienwagen schworen, Carl Ericson könne aus einer Konservenbüchse einen Vergaser machen und sei, selbst wenn man ihn um zwei Uhr früh wegen einer Reparatur heraushole, die Freundlichkeit selbst. In den neun Monaten seit seinem Eintritt in die Firma – Februar bis November 1909 – hatte er die Einnahmen im Geschäft des alten Jones verdoppelt.

Carl war überzeugt davon, daß er an nichts anderes dachte als an die Arbeit, an die Restaurants und Theater der Zivilisation. Kein Herumwandern mehr, ehe er zu Geld gekommen war! Er spielte vor sich den überzeugten Geschäftsmann. Fast schon ein Jahr hielt ihn dieses Spiel im Bann. Wenn er Kerzen reinigte, pfiff er vergnügt vor sich hin und sah zu den Eukalyptusbäumen und der sonnenbeschienenen Straße hinaus, ohne davonlaufen zu wollen. Aber gerade heute, gerade an diesem strahlenden Novembertag mit der herbstklaren Luft, dem hohen blauen Himmel und dem Glanz des Sonnenlichts auf dem zarten Laub der Pistaziensträucher, wollte er sich von der Arbeit fortstehlen und ganz allein für sich ein Fest feiern.

Er ging nach San Mateo, um zum erstenmal in seinem Leben eine Flugmaschine zu sehen!

November 1909. Blériot hatte den Ärmelkanal überflogen; McCurdy hatte im März 1909 in aller Ruhe sechzehn Meilen in seinem Biplan »Silberpfeil« geschafft; Paulhan war einundachtzig Meilen weit geflogen und zu der unglaublichen Höhe von hundertfünfzig Metern aufgestiegen, die jedoch von Orville Wrights hundertneunzig Metern bald in den Schatten gestellt wurden; Glenn Curtiss hatte in Reims den Gordon Bennett-Pokal gewonnen.

Kalifornien vergaß nicht, daß sein eigener Sohn Montgomery zu den ersten Pionieren gehörte; es versprach in der Aviatik führend zu werden. Los Angeles plante ein gewaltiges Meeting für den Januar. Nicht wenige Kuhweidenflieger nahmen leichtgläubige junge Reporter auf die Seite und vertrauten ihnen an, daß sie am nächsten Tag, in der nächsten Woche oder spätestens im nächsten Monat die Welt mit Aufstiegen in Apparaten, »gebaut nach völlig neuen und umwälzenden Prinzipien, an denen sie seit zehn Jahren arbeiteten«, überraschen würden. Manchmal arbeiteten sie auch erst seit acht Jahren daran. Aber immer erklärten sie, daß »das Modell, nach dem der Apparat gebaut werden wird, in Gegenwart einer Anzahl der hervorragendsten Männer des Distriktes tadellos funktioniert« hätte. Alle diese Maschinen hatten sehr viel mit den rätselhaften Eigenschaften von Kreiseln und Helikoptern zu tun.

Nun hatte Dr. Josiah Bagby, der bekannte Arzt und Schiffspetroleummotoren-Magnat San Franciscos, tatsächlich drei Original Blériot-Monoplane aus Frankreich mitgebracht, und dazu als Piloten den Blériotschüler und approbierten Flieger Carmeau; er experimentierte in San Mateo, nahe bei San Francisco, wo die Enkel der 49er Goldsucher Polo spielten. Man erzählte sich, daß er eine Pilotenschule eröffnen und Monoplane vom Typ Blériot für den amerikanischen Markt bauen werde.

In der Nacht war Carl eine Stunde wachgelegen und hatte sich die Wunder des Fliegens ausgemalt, die er zu sehen hoffte. Er stand früh auf, zog sich seine besten Kleider an und erklärte dem verdrossenen alten Jones, er gehe sich amüsieren – ob er sich betrinken oder heiraten werde, wisse er noch nicht.

Auf dem Weg durch San Mateo schob sich Carl seinen frechen grünen Hut aus der Stirn und suchte den Himmel nach Flugzeugen ab. Er sah nichts. Als er jedoch zum Flugfeld kam, begann er zu laufen; er erblickte zwei breite gewölbte Tragflächen, die an den Enden abgerundet waren wie Daumen und an einem zerbrechlichen Rahmengestell saßen. Eine Anzahl von Leuten umringte die Maschine. Ein Mann mit kurzem, krausem Bart und enganliegender, wollener Tobbogankappe saß im Rumpf, rechts und links von ihm spannten sich die

Tragflächen. Er kratzte sich am Bart und gestikulierte. Ein Mechaniker warf den Propeller an, und der Motor mit dem offenen Auspuff begann mit einem Trrrrrrrr zu laufen, dessen Musik Carls Herz tanzen ließ. Schwarze Dämpfe wirbelten am Apparat entlang nach hinten. Die Zugluft zerrte am Haar zweier Männer, die auf der Erde hockten und den Schwanz festhielten. Sie ließen los. Der Monoplan lief über den Boden vorwärts, plötzlich war er in der Luft, einen halben Meter hoch, dann drei Meter hoch – er flog wirklich. Carl konnte sehen, wie der Flieger ruhig vor sich hinblickte und mit seinen Armen arbeitete, während die Maschine eine Wendung machte und in einiger Entfernung über einer Baumgruppe dahinflog.

Der erste Eindruck, den ein Aeroplan in der Luft auf ihn machte, hatte nichts mit Vögeln oder Libellen oder dem Wunder des Fliegens zu tun, denn ihn füllte ein ganz anderer Eindruck aus, dem er folgendermaßen Ausdruck verlieh:

»Ich – werd – Flieger – werden!«

Und etwas später: »Ja, grad das hab ich ja immer wollen.«

Er trat zu der Gruppe, die vor dem Hangar versammelt war. Dahinter hämmerten Arbeiter an Bretterhütten. Er erkannte den Besitzer, Dr. Bagby, nach den Bildern: ein hagerer, sechzig jähriger Mann mit fahlem Teint und einem grauen Schnurrbart, der einem Rattenschwanz glich; ein breitkrempiger, schwarzer bäurischer Schlapphut, der ganz hinten auf dem Kopf saß; ein grauer Sakkoanzug, der zu allen Zeiten solide, aber unmodern gewirkt hätte. Er sah aus wie ein Rechtsanwalt vom Lande, der zweimal der Staatslegislative angehört hat. Seine Schuhe waren schwarz, aber nicht geputzt und hatten keine Kappen – die bequemen Schuhe eines älteren Mannes. Er klopfte sich mit einem dünnen, verbundenen Zeigefinger auf die Zähne und sagte mit monoton klingender Stimme zu einem rundlichen, manierlichen und gut angezogenen jungen Mexikaner: »Na-a-a Tony, die Kerzen werden wohl besser sein; die Kerzen werden wohl besser sein. Was?« Bagby wandte sich zu den anderen um, staunte über sie, als versuchte er sich darauf zu besinnen, wer sie wären, und sagte langsam: »Die Kerzen werden wohl tadellos sein. Was?«

Der Monoplan kam zurück; eine Zeit lang schien er sich nicht zu bewegen, sah wie ein schwarzes, auf den weiten blauen Himmel gemaltes Zeichen aus, dann schwebte er mit den scharfen Umrissen einer Federzeichnung über ihnen, schließlich landete er und holperte über den ein wenig unebenen Boden.

Als der französische Flieger herauskroch, meinte Dr. Bagby, während seine traurige Miene sich aufhellte: »Die Kerzen haben besser funktioniert, Monsieur. Was? Ich hab nachgedacht. Vielleicht haben Sie auch zu wenig Luft gegeben.«

Während der Gnome-Motor abgewischt wurde, näherte sich Carl schüchtern Dr. Bagby. Er litt sehr unter dem Gefühl, nicht dazu zu gehören, ganz fremd zu sein, und zerbrach sich den Kopf darüber, ob er es jemals dahin bringen könnte, so vertraut mit dem Zauberer zu sein wie der rundliche junge Mexikaner, der »Tony« genannt wurde. Er sagte ein oder zweimal: »Äh«, und platzte dann heraus: »Ich möcht Flieger werden.«

»Jaja«, sagte Dr. Bagby freundlich, ohne Carl recht anzusehen, und beschäftigte sich mit dem Apparat. Er ging auf die andere Seite, zupfte an einer Drahtstrebe und schien sich erst dann darauf zu besinnen, daß jemand zu ihm gesprochen hatte. Er kehrte zu dem fieberhaft aufgeregten Carl zurück, wobei er sich seitlich vorwärtsbewegte und ununterbrochen den Monoplan anstarrte, der so tüchtig war, aber jetzt ganz ruhig und zahm, fast weiblich, wirkte. »Jaja. Flieger möchten Sie also werden. Sie möchten also – Sie möchten – (He, nichts anfassen da!) – Flieger werden. Jaja. Das wollen alle, mein Lieber. Alle wollen das. Na, vielleicht können sies werden … Eines Tages.«

»Ich meine jetzt. Gleich, sofort. Ich hab gehört, daß Sie eine Schule aufmachen. Ich möcht eintreten.«

»Mhm«, seufzte Dr. Bagby, klopfte sich auf die Zähne, klimperte mit einer schweren goldenen Uhrkette, stäubte etwas Zigarrenasche vom Rockaufschlag ab und sah mit einem Male Carl zerstreut an, der seinen Hut in den Händen herumdrehte, der so rote Backen hatte und so aufgeregt um sich blickte, daß er zwanzig und nicht vierundzwanzig Jahre alt zu sein schien. »Ja, ja, Sie möchten also eintreten. Tst. Aber das würde Sie fünfhundert Dollar kosten, wissen Sie.«

»Gut.«

»Schön, reden Sie mit Monsieur darüber, mit Monsieur Carmeau. Er ist ein sehr guter Flieger. Diplomierter Flieger. Ein Bekannter von Henry Farman. Er hat unter Blériot gelernt. Er ist hier der Boss. Ich bin bloß ein alter armseliger Kerl, der so herumsteht. Manchmal nimmt Monsieur mich zu einer kleinen Spazierfahrt in unserm Apparat mit; manchmal steigt er mit mir auf; aber er ist der Boss. Er ist der Boss, mein junger Freund; Sie werden mit ihm sprechen müssen.« Und Dr. Bagby ging, anscheinend am Leben verzweifelnd, davon.

Carl verzweifelte nicht am Leben. Er schwor, jetzt werde er Flieger werden, und wenn er nach Dayton oder Hammondsport oder nach Frankreich gehen müßte.

Er fuhr nach Oakland zurück und verkaufte seinen Anteil an der Garage um 1150 Dollar.

Vor Ende Januar war er als Schüler in Bagbys Flieger- und Monoplanbauschule aufgenommen.

Einem plötzlichen Impuls nachgebend, schrieb er Gertie Cowles von seinem großen Glück, zerriß aber den Brief gleich wieder. Dann teilte er seinem Vater voll Stolz mit, daß der verlorene Junge zu sich selbst heimgefunden hätte. Das war von all den flüchtigen Briefen, die er nach Hause schickte, der erste, bei dem er nicht das Gefühl hatte, er müsse sich rechtfertigen.

Siebzehntes Kapitel

Das Milieu, in dem Carmeau einige der besten Eindecker-
piloten Amerikas ausbildete, war recht primitiv. In zwei kunst-
losen Hangarschuppen standen die drei importierten Blériots –
ein einsitziges Sportflugzeug letzten Typs, ein Blériot XII für
Passagierflüge, mit dem Sitz unter der Tragfläche, und »P'tite
Marie«, der Schulapparat; für gewöhnlich wurde »P'tite Marie«
auf vier- bis fünfhundert Touren abgedrosselt, aber Carmeau
machte in ihr die großartigsten Flüge – einen davon hatte Carl
bei seinem ersten Besuch auf dem Flugplatz gesehen. Hinter
den Hangars stand die Werkstatt, in welcher die Schüler an
zwei Apparaten Modell Blériot arbeiteten und einen Achtzylin-
der-V-Motor zu bauen versuchten. All dies stellte Bagby für die
gute Sache zur Verfügung, ohne dabei einen Profit für sich zu
erhoffen. Er war einer von den wirklichen Märtyrern der Aviatik – dieser verbrauchte, alt gewordene Mann, der niemals die
Freuden der Luftfahrt kennen lernte und dennoch alles, was er
an Kräften und Fähigkeiten besaß, darauf verwandte, um mit-
zuarbeiten und mitzuhelfen, daß der Mensch die Schwingen
entfalte und zum Übermenschen werde.

Auf die Wohnquartiere erstreckte sich seine Freigebigkeit
jedoch nicht. Die meisten Schüler wohnten in den Flugzeugschuppen und nährten sich von belegten Broten und Spiegel-
eiern, die ihnen ein in der Nähe des Flugfeldes stationierter Imbißwagen lieferte. Dieser Imbißwagen war ihr Klub. Hier trak-
tierten sie einander, auf hohen Stühlen hockend, mit Ingwerbier und debattierten über Verwindungsmomente, Einfallswin-
kel und die Frage: Eindecker oder Zweidecker. Abgesehen von
zwei nicht sehr beliebten Aristokraten, die im Flecken San Mateo abgestiegen waren, schliefen sie, mit ihren Arbeitsanzügen
bekleidet, in den Hangars auf Matratzen, über welche Pferdedecken gebreitet waren. Zu Bett ging man um halb neun. Um
vier oder fünf Uhr morgens pflegte Carmeau herauszukrie-
chen, sich den Bart zu kratzen und einen Motor laufen zu lassen, bis alle Hunde in der Nachbarschaft heulten. Die ersten
Flüge begannen, bei klarem Wetter, in der Morgendämmerung.
Um acht Uhr, wenn der Wind aufkam, hörte man die Schüler

singend und lachend voll Eifer in der Werkstatt arbeiten: sie adjustierten und regulierten, montierten Lager ab, stellten Festigkeitsproben mit Tragflächen an; es war ein Leben, das sich aus Benzingerüchen, lärmenden Hammerschlägen und angestrengten Bemühungen, exakte Gleichgewichtsbedingungen zu erzielen, zusammensetzte; ein glückliches Leben guter Kameradschaft, technischer Leistungen und mühsamer Vorbereitungen zur Eroberung der Luft; ein Leben höchst gewöhnlicher Maschinenarbeit und reinster Romantik.

Es ist ein betrüblicher Irrglaube, daß die Fliegerei am romantischsten wirke, wenn der Pilot als junger Gott vornehmer Abkunft mit tadelloser Wäsche geschildert wird, der seine elegante Maschine sozusagen mit der linken Hand durch die Lüfte führt. Die wahre Romantik liegt darin, daß ein ganz normaler junger Mann, ein ebensolcher junger Mann wie der, welcher unser Automobil in der Garage wäscht, ein prosaischer, höchst wirklicher junger Mann in verschossenem blauen Monteuranzug, der beim Reden der Sprache Gewalt antut und häufig eine dralle Unschuld anbetet, in einem gebrechlichen Apparat meilenweit durch die Luft zu schweben imstande ist und so den Traum vieler Jahrhunderte verwirklicht.

In der englischen und der amerikanischen Belletristik gibt es jetzt nahezu ebenso viele Aeroplane wie Degen und Rosen. Die Romanflieger sind bessere Herren der Gesellschaft, die nie anders als im Frack ausgehen und stets irgendeinem feudalen Klub angehören, Journalisten, Ingenieure, junge Lords und Gentleman-Detektive, die gelangweilt murmeln: »Ach ja, ich fliege ein bißchen – neue Sensation, wissen Sie – Polo macht mir keinen Spaß mehr«; und unmittelbar nach diesen Worten pflegen sie das Flugzeug zu besteigen, um Waffendepots zu plündern, um eine Jungfrau aus den Händen böser Räuber oder einen großen Rubin aus den Händen seiner rechtmäßigen, aber barbarischen Besitzer zu retten, oder um einen Zeppelinangriff abzuwehren. Niemals besteigen sie jedoch ihre Maschinen, ohne vorher den Mund sehr voll genommen zu haben. In England ist es unerläßlich, daß sie in einem »mächtigen Rolls-Royce« vom Klub zum Flugplatz hinausfahren. Die britischen Romanflieger pflegen in Oxford und Eton gewesen zu sein. In der Gesellschaft sind sie herrlich schlapp und langweilig; sehr bescheiden; sehr elegant; doch sowie sie sich dazu herablassen, ein Abenteuer zu bestehen, werden sie zu wahren Teufeln, sechs Fuß Eisen und Muskeln, zu Männern vom Bulldoggenschlag, die aber zugleich viel vom Kolibri haben. Auch die Amerikaner betreiben, wie ihre englischen Vettern, das Fliegen nur als Kavalierssport. Und auch sie gehen darauf aus, alles Mögliche zu retten. Nichts ist vor ihrem Retten sicher. Aber sie besitzen keine Rolls-Royce-Wagen.

Carl und seine Kameraden in Bagbys Schule gehörten nicht zu dieser jeunesse dorée. Carls Fliegen war etwas ebenso Nüchternes und Wirkliches wie das Ziegeltragen beim Bau einer Wäscherei in einer Fabrikstadt. Und gerade deshalb, weil es etwas Wirkliches war, war es auch etwas Romantisches und Schönes.

Zu Carls Gefährten gehörte Hank Odell, der älteste unter den Schülern, ein großer hagerer Mann mit hoffnungslos gewöhnlichem Gesicht, ein näselnder, ewig zerraufter, hakennäsiger Yankee, der verlegen grinste und seinen Adamsapfel langsam auf- und niedersteigen ließ, wenn man mit ihm sprach; ein phantasieloser Hunde- und Maschinenfreund; ein Sproß Lexingtons, Gettysburgs und einer steinigen Farm in Vermont; in seinem früheren Leben Heizer, Sergeant und Fuhrmann. Er trug immer ein Khakihemd (dessen Falten stets voll Schmieröl waren), dazu schwarze Hosen, derbe Stiefel und eine Pfeife – sie war der wichtigste Teil seines Kostüms.

Der rundliche, eifrige, höfliche Mexikaner Tony Beanno, genannt »Tony Bean« – wohlhabend, einfach, ein Freund des Violinspielens und des schnellen Automobilfahrens. Der »Schulbrummbär«, der närrische Jack Ryan, ein kräftiger, untersetzter Bursche, vormals Chauffeur. Dann sieben bedeutungslosere Figuren – ein flinker Jude aus Seattle; zwei Collegestudenten; der Sohn eines Aprikosenzüchters; ein Zirkusakrobat, der ganz neue Tricks lernen wollte; ein langweiliger, von der Marine abkommandierter Kadett; und ein ernsthafter Aerodynamiker, ein Mann von vierzig Jahren, der staunenswert langweilige Bücher über Luftströmungen geschrieben und unter Ängsten einen ganz anständigen Ballonpiloten aus sich gemacht hatte. Der Seekadett und der Gelehrte waren die beiden

Snobs, die, fern von den Flugzeugschuppen, in Pensionen wohnten.

Ferner war Leutnant Forrest Haviland, von der Armee abkommandiert, da – Haviland, der vollendete, freundliche Edelmann, der allseitig Beliebte, der als einziger ein wenig an das schöne Romanideal der Flieger erinnerte, sich aber trotzdem niemals in falscher Bescheidenheit zierte, niemals Angst davor hatte, sich mit Schmieröl zu beschmutzen; lächelnd und arbeitseifrig und schweigsam; mit glattem Haar und feingeschnittenem Gesicht; in Khaki-Reithosen und braungelben Wickelgamaschen statt im Monteuranzug; immer der Gentleman, auch wenn er bemüht war, sich als Arbeiter zu geben. Er mimte Begeisterung über den Imbißwagen und sprach nie davon, daß seine Vorfahren seit drei Generationen als Offiziere gedient hatten. Trotzdem fühlten die meisten im Lager sich nicht wohl in seiner Gesellschaft und Jack Ryan, der »Schulbrummbär«, versuchte ihn stets in eine Rauferei zu verwickeln.

Und schließlich war Carl Ericson da, der sich allmählich zum Ersten unter ihnen entwickelte. Er verstand weniger von Aerodynamik als der schreckhafte Spezialist, weniger von angewandter Mechanik als Hank Odell, aber er war wagemutiger und tatenfroher. Sein Furor bei Wettbewerben war nicht so groß wie der Jack Ryans, dafür verbrauchte er weniger Energie. Er stand dem Zirkusakrobaten an Gelenkigkeit nach, wußte aber mehr von Motoren als dieser. Er hatte nicht ein so sicheres Auftreten wie Leutnant Haviland, doch es fiel ihm leichter, in einem Hangar zu schlafen und schmutzige Arbeiten zu verrichten.

Seine ersten Flüge machte er im Schulapparat »P'tite Marie« hinter dem Lehrer Carmeau. Immer standen Reporter herum, die unendlich viel von »Eindrücken« redeten, so daß Carl das Gefühl hatte, er müßte beim ersten Aufstieg Buch über seine Eindrücke führen; was er aber in Wirklichkeit empfand und dachte, war nicht mehr als folgendes: er wußte kaum, in welchem Augenblick sich die Maschine von der Erde loslöste; als sie glücklich oben waren, drohte der Wind ihm die Rippen einzudrücken und die Lungen zu sprengen; die Maschine stieg so rasch, daß unbedingt etwas nicht in Ordnung war; und als sie glücklich wieder gelandet waren, wußte er, daß dieser Flug ein ganzes Leben wert gewesen war.

Einige Tage lang mußte er mit dem Lehrer zusammen aufsteigen, bis er selbst die Steuer bedienen konnte. Endlich kam der erste Flug, den er allein unternehmen durfte.

Er bekam den Auftrag, in einer Höhe von ungefähr zwanzig Metern dreimal den Flugplatz zu umfliegen und sorgfältig, ohne Aufsetzen, zu landen – »und geben Sie gut acht, Monsieur, geben Sie sehr gut acht, daß Sie nicht in zu großer Höhe den Motor abstellen«, sagte Carmeau.

Nicht weniger als fünf Reporter hatten sich an diesem Tag eingefunden, und Carl kam sich, während er in seinem Pilotensitz die Startzeit abwartete, sehr exponiert vor. Der Propeller wurde angedreht. Carl holte tief Atem und hob die Hand – der Motor setzte aus. Er atmete erleichtert auf. Es war doch eine kolossale Verantwortung, allein aufzusteigen. Jetzt hatte er wenigstens noch ein oder zwei Minuten vor sich. Er wußte, daß er Angst gehabt hatte. Der Motor wurde zum zweiten Male in Gang gesetzt – und versagte zum zweiten Male. Carl tobte vor Wut, und nie wieder, bei allen seinen Flügen, überkam ihn Furcht. »Zum Teufel, was ist denn los?« knurrte er. Noch einmal wurde der Propeller angeworfen, und diesmal sang der Motor gleichmäßig weiter. Der Eindecker lief über den Boden, sein Schwanz richtete sich im Wind etwas auf, bis der ganze Apparat sich vorsichtig auf die Zehenspitzen gestellt zu haben schien. Carl war aufgestiegen, der Zorn ging von ihm, wie schon vorher die Furcht.

Er jubelte innerlich über die Schnelligkeit, mit der eine kleine Baumgruppe auf ihn zu, unter ihm vorüberschoß. Er drehte sich um, und bei dieser Bewegung stellte der Apparat sich ein wenig auf, was gegen die Regel verstieß. Aber er balancierte ihn so leicht wieder aus, daß er jenes Gefühl unbedingter Sicherheit hatte, das man beim Radfahren bekommt, sobald man es einmal richtig gelernt hat. Er stellte das Höhensteuer ein wenig höher und flog, emporsteigend, über einige Felder und Wiesen. Das war ganz leicht. Er wollte noch höher steigen, immer höher. Jetzt ging ja alles schon nahezu mechanisch – eine Bewegung, steigen; eine andere, sich senken; eine dritte, um die Maschine wieder horizontal zu stellen. Und das Pedal für das Seitensteuer gehorchte jedem noch so leisen Druck des Fußes. Seine Freude kannte keine Grenzen. Am liebsten hätte er laut geschrien.

Er warf einen Blick auf das Barometer und berechnete, daß er in einer Höhe von sechzig Metern flog. Warum nicht noch höher steigen?

Er flog über San Mateo hinaus, und das Bewußtsein, daß unten Menschen umherliefen und mit den Händen winkten, vermehrte seine Freude noch. Schließlich machte er, an seiner Sicherheit im Wenden ein wenig zweifelnd, in einer weiten Kurve kehrt und nahm wieder Kurs auf den Flugplatz. Schon zehn Kilometer war er geflogen.

Als er noch ungefähr einen Kilometer vom Flugplatz entfernt war, merkte er, daß sein Motor schluckte, Fehlzündungen hatte; daß er, sechzig Meter hoch in der Luft, keine Ahnung hatte, was passiert war; daß er sofort niedergehen mußte, ohne sich eine Landungsstelle aussuchen zu können. Der Motor setzte ganz aus.

Rasch kam die Erde näher.

Er richtete das Höhensteuer auf und stieg ein wenig. Da er aber im Gleitflug war, verringerte er damit die Geschwindigkeit, und aus einer Höhe von drei Metern setzte sich der Apparat mit einem dumpfen Geräusch auf ein Feld. Etwas gab nach – aber Carl saß unverletzt da. Die Maschine stand schief.

Mit einem kalten Gefühl im Rücken kroch er heraus und stellte fest, daß eines der beiden Landungsräder gebrochen war.

Alles rannte schreiend und gestikulierend vom Flugplatz auf ihn zu. Als er sah, wie komisch die Beine und Arme der Menschen, die über den unebenen Boden liefen, in der Luft umherfuchtelten, mußte er grinsen. Leutnant Haviland kam keuchend heran, fragte: »Nichts passiert, mein Junge? Schön!« und drückte ihm die Hand. Carl wußte, daß er einen neuen Freund hatte.

Drei Reporter überschütteten ihn mit Fragen. Wie weit er geflogen sei. Ob das wirklich das erste Mal sei, daß er allein aufgestiegen wäre? Was für Eindrücke er gehabt habe? Wieso sein Motor ausgesetzt hätte? Ob es stimme, daß er Bergwerkingenieur sei, daß er ein wohlhabender Automobilist sei?

Hank Odell, der verlegene Yankee, lief mit den Bewegungen einer Kuh, die über einen gepflügten Acker galoppiert, herzu, klopfte Carl stumm auf die Schulter und machte sich daran, das gebrochene Landungsrad zu untersuchen. Als letzter kam der Lehrer, Monsieur Carmeau.

Carl hatte Monsieur Carmeaus Lob als Krönung seines langen Fluges erwartet. Aber Carmeau zupfte sich den Bart, machte den Mund ein- oder zweimal weit auf und schimpfte dann: »Verflucht noch einmal, was glauben Sie denn, wer Sie sind? Ein Millionär, für den wir Maschinen zum Kaputtfahren bauen? Ich habe Ihnen gesagt, Sie sollen dreimal um den Platz fliegen – Sie fliegen nach Algier und wieder zurück – Sie glauben wohl, Sie sind einer von den Brüdern Farman – ein verdammter Narr sind Sie! Wenn Ihr Motor ausgesetzt hätte, während Sie über San Mateo waren? Wo wären Sie gelandet? In einem Brunnen? Auf einem Schornstein? *Hein?* Sie haben ja noch keine Ahnung. Das nächste Mal machen Sie gefälligst, was ich Ihnen sage. Halten Sie den Mund! Das war ein Flug, ein Flug, Sie haben einen Flug gemacht, der wunderbar war, wunderbar, das Herz hat mir im Leibe gelacht. Aber das nächste Mal, wenn Sie das Chassis ruinieren und sich umbringen, *nom d'un tonnerre,* können Sie von mir was zu hören bekommen!«

Carl war ganz demütig und bescheiden. Aber der Berichterstatter des *Courier* brachte auf der ersten Seite seiner Zeitung die Geschichte von dem »wunderbaren ersten Flug eines Bagby-Schülers« und prophezeite, ein zweiter Curtiss werde aus Kalifornien kommen. Ein Bild trug die Unterschrift: »Ericson, der neue Falke unter den Vogelmenschen.«

Im Fliegerlager bekam er prompt den Spitznamen »Falke«. Zuerst wurde er damit aufgezogen, aber schließlich wurde ein Ehrentitel daraus – Falke Ericson, der beliebteste Mann in der Schule, der kaltblütigste Pilot.

168

Achtzehntes Kapitel

Nicht alle Tage wurden in Arbeit verbracht. Es gab Morgen, an denen der Wind ein Aufsteigen nicht gestattete und auch in der Werkstatt nichts zu tun war. Dann saßen sie, in endlose Debatten vertieft, um den Imbißwagen herum oder wanderten, wie Carl und Forrest Haviland, über die Felder, auf denen der Mohn flammte.

Leutnant Haviland machte keine Anstrengungen mehr, sich in der Gesellschaft des Seekadetten – eines jener feierlichen Prachtexemplare, die sich vor dem Sprechen umständlich räuspern und dann in wohlabgemessenen Ausdrücken über Zigarrensorten und das Wetter reden – wohl zu fühlen. In Carl jedoch glaubte er, während sie Seite an Seite arbeiteten, allmählich einen Freund zu entdecken, dem er sich vertrauensvoll anschließen konnte. Ein- oder zweimal fuhren sie mit der Straßenbahn nach San Francisco, um Entdeckungsreisen im Chinesenviertel zu machen oder Kameraden Havilands im Presidio zu besuchen.

Sie erwarteten auf der Veranda eines Ateliers, das auf dem Telegraphenhügel in San Francisco lag, einen mit Haviland befreundeten Maler und blickten zu den Inseln in der Bai hinunter. Da sie beide stille Träumer waren, fielen ihre Gespräche über die Herrlichkeiten der blauen Wasserfläche vor ihnen, über die Erinnerungen an die 49er Goldsucher und die Zukunft der Aviatik sehr einsilbig aus. Ging es aber um ihre eigenen Angelegenheiten, so wurden sie gesprächig.

»Ich möchte nur wissen«, sagte Haviland zaudernd, »warum ich mit den meisten Burschen im Lager nicht so recht warm werden kann wie du? Mit meinen Kameraden habe ich mich doch immer gut verstanden.«

»Du bist eben so erzogen worden, daß du dich nie traust, was anderes zu sein als ein Gentleman.«

»Ach, ich glaube nicht, daß es daran liegt. Ich kann doch manchmal mit den allergemeinsten gemeinen Soldaten verteufelt gut Freund werden – und du lieber Gott! die kommen zum Teil aus der Bowery und weiß der Himmel sonst woher.«

»Ja, wenn du an sie denkst, sind sie für dich eben immer ›Gemeine‹. Selber bezeichnen sie sich aber nicht so. Denk dir, ich hätte – Ja, denk dir bloß, ich hätt in der Bowery als Barmann gearbeitet. Könntest du dann hier mit mir herumspazieren? Könntest du mit Jack Ryan saufen gehen?«

»Na, das vielleicht nicht. Aber die Arbeit mit Jack Ryan ist vielleicht ganz gut für mich. Ich bin schon so weit, daß ich seine Geschichten fast aushalten kann! Ich beneide dich darum, wie gut du mit allen möglichen Sorten von Menschen auskommen kannst. Vielleicht steckt irgendwo in mir doch der Subaltern-Snob.«

»In dir? Du bist ein Fürst.«

»Wenn du mich zum Fürsten erhebst, ist das Geringste, was ich tun kann, daß ich dich zu einem Weekend nach Hause einlade – nach Hause ins Presidio von San Spirito. Mein Vater ist dort Kommandeur.«

»Oh, ich würde ja gern kommen, aber – Ich hab keinen Frack.«

»Kauf dir einen.«

»Ja, das könnt ich, aber – Ach Quatsch! Forrest, ich hab mich so lang herumgetrieben, daß ich wegen meinen Tischmanieren und so weiter ganz unsicher bin. Ich würde wahrscheinlich Pastete mit den Händen essen.«

»Du kannst mich manchmal ganz verflucht ärgern, Falke. Mir hältst du große Reden darüber, daß ich lernen muß, mich bei Leuten, die einen Monteuranzug anhaben, wohl zu fühlen. Du mußt eben lernen, dir von Leuten, die einen Frack anhaben, nicht imponieren zu lassen. Das Ganze kommt daher, daß du die letzten zwei, drei Jahre in Gegenden gelebt hast, wo sich Fuchs und Hase Gute Nacht sagen. Du hast ein angeborenes Gefühl für Manieren. Aber ich habe recht gut gesehen, daß du dich, nachdem du einmal gemerkt hast, daß ich Offizier bin, angestrengt hast, mich als Militaristen zu hassen und außerdem zu erwarten, daß ich eingebildet bin – weiß der Himmel worauf. Zwei volle Wochen hat es gedauert, bis ich für dich ganz einfach Forrest Haviland war. Ich schäme mich für dich. Wenn du Sozialist bist, mußt du der Ansicht sein, daß alles, was dir gefällt, dein Eigentum ist.«

»Das ist ja ein ganz neuer Sozialismus.«

»Um so besser. Ich und Karl Marx, die Volkswirtschaftser-
neuerer … Aber was ich sagen wollte: wenn du dich so be-
nimmst, als ob alles dir gehörte, werden die Leute sich dafür
entschuldigen, daß sie sich etwas von dir geborgt haben. Und
das *mußt* du tun, Falke. Du wirst bald einer der bekanntesten
Flieger im ganzen Land sein und alle großen Tiere kennen lernen müssen – Generäle und Senatoren und ehrgeizige Weiber,
die Friedensgesellschaften aufziehen, um sich gesellschaftlich
eine Position zu machen, und so weiter, und du mußt wissen,
wie du sie zu behandeln hast … Auf jeden Fall wirst du mit mir
nach San Spirito kommen.«

Und sie gingen nach San Spirito. In den drei Tagen vorher
schwitzte Carl Blut bei dem Gedanken, daß er sich in Damen-
gesellschaft werde gut benehmen müssen. Er konnte sich noch
so entschieden sagen: »Ich bin genau so gut wie sonst wer« –
er machte sich doch Sorgen über Gabeln, Slang und Fingernägel und sah dieser Prüfung mit ebenso viel Vergnügen entgegen
wie ein Mann, der gehenkt werden soll, für eine gute Sache,
aber gründlich gehenkt werden soll.

Doch als Oberst Haviland sie in San Spirito an der Bahn
abholte und Carl die freundlichen Begrüßungsworte des lie-
benswürdigen, dicken alten Indianerkämpfers hörte, da wußte
er, daß er endlich zu seinen eigenen Menschen heimgefunden
hatte – und dieser Eindruck war nur um so stärker, weil das
Haus Oscar Ericsons so sehr Haus und so wenig Heim gewesen war. Der Oberst war Witwer und empfand für seinen einzigen Sohn eine mit Stolz gemischte zärtliche Zuneigung, die
sich auch auf Carl erstreckte. Sie saßen nach dem Essen zu dritt
in voller Gala auf der Veranda der Station Nr. 1, rauchten Zigarren und sahen zu den Ausläufern der Santa Lucia Berge hinunter, die ganz unten vom Gischt des Stillen Ozeans umspült
waren. Sie sprachen von der Aviatik, der Eugenik und dem
Benét-Mercier-Geschütz, von der Schwester des Stationsarztes, die aus dem Osten zu Besuch gekommen war, und von
einer Reitprüfung, aber ihre Herzen sprachen von Zuneigung … Für gewöhnlich sind es ein Mann und eine Frau, die
ein Heim schaffen; aber hier war es so, daß drei Männer,

darunter ein Fremder, die in der Abenddämmerung auf einer Veranda saßen und von Motoren sprachen, für einander ein Heim schufen, das ihnen stets in Erinnerung blieb.

Sie warteten noch den Montagabend ab, an dem es eine kleine Tanzerei gab, und Carl machte die Entdeckung, daß die Offiziere und ihre Frauen um nichts unzugänglicher waren als Hank Odell. Sie schienen gar nicht darauf zu warten, daß der junge Ericson sich gesellschaftlicher Fehltritte schuldig mache. Als er gestand, daß er von dem bißchen Tanzen, das er einmal gekonnt hatte, nichts mehr wisse, nahm ihn die Schwester des Stationsarztes bei der Hand, zeigte ihm wieder den Walzer und fragte in einem Ton schöner Bewunderung: »Wie ist es denn, wenn man fliegt? Bekommen Sie nicht Angst? Ich habe schrecklichen Respekt vor Ihnen und Mr. Haviland. Ich würde sicher eine Heidenangst bekommen. Ich werde ja immer schon schwindlig, wenn ich von einem hohen Gebäude hinuntersehe.«

Carl stahl sich fort, um ganz allein glücklich zu sein, und verbarg sich im Schatten der Palmen auf der Veranda. Ringsum raschelten und raunten Pistaziensträucher. Das Orchester begann einen Walzer zu spielen, den sein Herz mitsang. Er hörte ein Mädchen rufen: »Ach herrlich! Die ›Blaue Donau‹! Gehen wir hinein, das müssen wir tanzen.«

»Die Blaue Donau.« Die Romane von General Charles King fielen ihm ein, die er in seiner Schulzeit gelesen hatte; er sah das gelberleuchtete Blockhaus eines vorgeschobenen Postens vor sich, das inmitten der nachtdunklen Wüste wie ein Topas leuchtete; ein grobgezimmerter Tanzsaal, und darin tanzte ein junger Offizier zur berauschenden Melodie der »Blauen Donau«; ein staubbedeckter Kurier eilte nach wildem Ritt mit Nachrichten von einem Apachenaufstand herein; wenige Minuten später stürmte eine Kavallerieabteilung hoch zu Roß durch das Tor hinaus, auf den Lippen des jungen Offiziers brannte ein Abschiedskuß ... Mitten in einer solchen Militärgeschichte war jetzt er selbst!

Der süße Duft der Kletterrosen war um Carl, als dieses Bild in andere überging. Das Presidio von San Spirito wurde zu einem riesigen Truppenlager, über welches Falke Ericson flog ...

Von seinem Eindecker aus sah er eine Märchenstadt mit roten Dächern, die sich um ein hochgelegenes Kastell mit phantastischen Türmen gruppierten. (Das war zweifellos die Erinnerung an einen von Maxfield Parrish gemalten Magazindeckel.) ... Er wanderte über ein Mohnfeld, in Begleitung eines Mädchens mit weichem schwarzen Haar und Augen gleich der Abenddämmerung, das bereit war, mit ihm davon zu fahren ... Bilder, so leuchtend und vielfältig wie tropische Muscheln, geboren aus der Musik und dem Frieden und seinen Gefühlen für die Havilands; Bilder, die ihm die ganze Welt versprachen. Zum erstenmal begriff Falke Ericson, daß er, der Klippschüler, zu einem großen Mann werden könnte ... Das Mädchen mit den Dämmeraugen lächelte.

Am ersten Mai löste sich das Bagby-Lager auf; alle außer einem der beiden Collegestudenten und dem Luftströmungsforscher waren zu mehr oder weniger tüchtigen Piloten geworden. Carl sollte für die George Flying Corporation kleine Städte bereisen. Leutnant Haviland wurde dem Heeresfliegerlager zugeteilt.

Der Abschied von Haviland und dem freundlichen Hank Odell, von Carmeau und dem beflissen höflichen Tony Bean war so melancholisch wie der Abschiedsabend eines Seniorenjahres. Bis der alte Mond traurig hinter den Tulpenbäumen aufging, saßen sie neben dem größern Hangar auf Kisten und sangen schmachtende Lieder. In Carls Augen standen Tränen; die jüngeren schluchzten, und die anderen Kameraden zogen einander auf, sie waren prosaisch, schlugen mit den Absätzen auf die Kisten ein – und wußten, daß sie auseinander gingen, um dem Tod ins Auge zu sehen. Forrest Haviland legte ihm die Hand auf die Schulter; dann fühlte er die Tatze des derben Jack Ryan; Tony Beans Geige verwandelte das traurige Halblicht in Musik und löste alle Wehmut in den Zaubertönen der Mondscheinsonate.

Neunzehntes Kapitel

»Na, Kolbenring festgeschmort, Auspuffventil futsch. Das heißt, ein Zylinder erledigt«, brummte Falke Ericson. »Ich könnt vielleicht aufsteigen, aber bei dem Wind möcht ichs lieber nicht riskieren. Es war schon heute morgen schlimm genug, wie ichs probiert hab.«

»Ach, das Bauernnest da wird uns nicht so leicht loslassen – und Riverport morgen, bei unserm saubern Kontrakt, genau so wenig, wenn wir überhaupt noch hinkommen«, stöhnte der Manager Dick George, ein korpulenter Mann, der viele Muskeln und noch mehr Diamanten hatte. »Hören Sie sich die Leute an. Die geben nicht nach. Klingt genau so wie das Gebrüll, das Holzknechte machen, wenn der Zirkus nicht anfangen will.«

Die Hauptattraktion des Frühlingsjahrmarktes der Provinz Onamwaska war Falke Ericson, »zeigt die wunderbarsten Kunststücke unserer Zeit und die wissenschaftlichen Wunder des Fliegens in seiner berühmten Blériot-Flugmaschine, erste Flugmaschine, die in unserem Staat gezeigt wird, kein Ballon, kein Schwindel, nach Onamwaska transportiert auf der St. L. & N.« Zum Frühlingsjahrmarkt versammelte sich gewöhnlich eine kleine Anzahl von Farmern, welche die Rennen sehen und neue landwirtschaftliche Maschinen besichtigen wollten, aber diesmal waren alle Straßen in einem Umkreis von fünfundzwanzig Kilometern in Staub gehüllt, den Einspänner, Lastwagen und kleine Automobile aufwirbelten. Zehntausend Menschen drängten sich um die Rennbahn.

Es war Carls dritter Schauflug. Eine sympathische, wenn auch nicht imposante Erscheinung in blauem Flanellanzug, die Mütze verkehrt herum auf dem Kopf, so schritt er zum Eingang des rasch zusammengeschlagenen Zeltes, das als Hangar diente. Ein wütendes Gebrüll: »Fliegen! Fliegen! Warum fliegt er nicht?« kam von den langen schwarzen Reihen, welche die Rennbahn umstanden, und von der kleineren Schar auf der nicht gerade großen Tribüne; alle wandten ihm ihre Gesichter zu – ihm, Carl Ericson; alle verlangten nach ihm! Die bescheidene, fünf Mann zählende Polizeitruppe Onamwaskas trabte auf und ab, um die Neugierigen hinter den Barrieren zu halten. Carl fürchtete, dieses zehntausendfältige Verlangen werde ihn hervorzerren, ihn zum Fliegen zwingen, trotz des Windes, der die Fahnen gerade und glatt gespannt an den Masten stehen ließ und Zeitungen, Bonbonkartons und rosa Programme vor sich einherwirbelte. Während er vor sich hinstarrte, überquerte ein Funktionär, sich gegen den Wind stemmend, die Rennbahn; der Hut wurde ihm vom Kopf gerissen und trieb davon.

»Allerhand Wind!« knurrte Carl nicht sehr geistreich und zog sich in den Hintergrund des ruhigen Zeltes zurück, um noch einmal zu lesen, was die Lokalblätter über seinen Einzug in Onamwaska geschrieben hatten. Er las, daß begeisterte Mengen ihn durch die Straßen begleitet (»Herrjeh! mich haben sie begleitet!«), sich mit ihm in das Astor House gedrängt und ihn dazu gezwungen hatten, sein Autogramm auf Hunderte von Karten zu schreiben; daß die Mädchen Rosen (»Na! 's hat mehr nach Geranien ausgesehen!«) aus den Fenstern geworfen hatten.

»Ein junger Mann«, schrieb eine hingerissene Berichterstatterin, »schön wie ein griechischer Gott, kaum über zwanzig Jahre. Schlank und schön wie ein Soldat, mit flachsblondem Haar und Rosenwangen, der Vogelmensch, der Gott der Lüfte.«

»Schön wie ein griechischer Sonstwas«, hatte Carl dazu zu bemerken. »Ich seh aus wie n Minnesota-Norweger, und das ist gar nicht so schlecht. Aber schön – – Brrrrr! … Natürlich lieben die mich. Man braucht nur zu hören, wie sie brüllen. O ja, die lieben mich genau so wie n Hund seinen Knochen. Heiliger Bimbam! und da reden die Leute von Fußballrohheiten … Vorwärts, griechischer Gott! Reiß dich zusammen.«

Er sah sich müde im Zelt um; das bräunliche Licht, das durch die Zeltleinwand hereinkam, beleuchtete die häßlichen dunkelblauen Schmierölflecken auf dem langen, vertrocknetem Gras. Der Manager saß auf einem Koffer und las angeblich Zeitung; in Wirklichkeit beschäftigte er sich ausschließlich damit, sich auf die Unterlippe zu beißen, auf die Uhr zu sehen und unaufhörlich mit dem Fuß zu wippen. Der Aushilfsmechaniker, der alle Versuche, das Ventil zu reparieren, aufgegeben hatte, hockte da, ließ den Kopf hängen, nagte an seinen Lippen und lauschte auf das Gebrüll des blutdürstigen Mob. Je länger Carl die Nervosität des Managers und die Unruhe des Mechanikers beobachtete, desto ruhiger wurden seine eigenen Nerven. Er ging, den Rücken der Zeltöffnung zugekehrt, zu dem Eindecker.

Plötzlich fuhr er herum, der Manager rief: »Da kommen sie! Sie gehn los auf uns!«

Draußen waren die Schritte laufender Menschen zu hören. Der Jahrmarktsekretär, ein deutscher Eisenwarenhändler mit einer Automobilkappe, die wie eine Yachtmütze aussah, keuchte herein und rief atemlos: »Kommen Sie rasch! Die Leute wollen nicht länger warten! Ich hab alles versucht, um sie zu beruhigen, aber sie sagen, Sie müssen fliegen. Sie brechen die Barrieren ein und kommen über die Rennbahn. Die Polizei kann sie nicht zurückhalten.«

Hinter dem Sekretär erschien der Vorsitzende des Vergnügungsausschusses, ein populärer Molkereibesitzer, der bleich vor Entsetzen erklärte:»Sie müssen anfangen, Mr. Ericson. Ich kann für nichts garantieren. Sie müssen ihn zum Fliegen bringen, Mr. George. Die Leute brechen die — —«

Hinter ihm drängten sich schwarze Menschenmengen. Sie pflanzten sich vor dem Zelt auf und versuchten, durch die halbverschlossene Öffnung hereinzublicken, wie Straßenpöbel, der zusieht, während ein Polizist in einem Haus eine Verhaftung vornimmt. Sie brüllten wütend:

»Wo ist der Feigling? Schwindler! Raus mit ihm! Warum fliegt er nicht? Er ist ein Schwindler! Seine Flugmaschine ist noch nie in der Luft gewesen! Er ist ein Gauner! Haut ihn raus aus der Stadt! Schwindler! Schwindler! Schwindler!«

Der Sekretär und der Vorsitzende steckten die Köpfe hinaus und versuchten, den Pöbel mit beschwörenden Gesten zu beruhigen. Carls Manager war ein alter Zirkusmann. Er hatte den Kragen und die Kravatte mit der funkelnden Diamantnadel abgelegt und war eifrig dabei, die Schnur eines Totschlägers um sein Handgelenk zu wickeln. Der Mechaniker wollte unter der Seitenwand des Zeltes durchkriechen. Carl packte ihn am Hosenboden und schleuderte ihn zurück.

Als Carl wieder zum Zelteingang trat, stellte der Manager sich neben ihn, versuchte den Totschläger in der Hand zu verstecken und brummte vor sich hin: »Angst, Falke?«

»Woher denn. Viel zu wütend dazu.«

Die Zeltklappe wurde zurückgerissen. Zerrende Hände kamen durch. Der Sekretär und der Vorsitzende wurden zur Seite gestoßen, der Anführer des Mob, ein betrunkener Allerweltskerl aus der Stadt, mit rotem Gesicht und lautem Organ, schrie: »Komm raus und flieg oder wir teeren und federn dich!«

»Ja, los, du Schwindler, du Gauner!« schrien zahllose Stimmen.

Der Sekretär und der Vorsitzende zogen sich in das Innere des Zeltes, neben Carls zusammengeduckten Mechaniker, zurück.

Carl verlor seine Selbstbeherrschung. Mit erhobenem Arm auf die Kinnspitze des Anführers zielend, schrie er: »Du kannst mich nicht zum Fliegen zwingen. Wenn du deine dreckige Fresse noch weiter reinsteckst, hau ich sie dir ein. Ich werd fliegen, wenn der Wind sich legt – Na, wirds?«

Der Anführer machte einen Schritt vorwärts, und Carl schlug zu. Es war kein sehr guter Schlag, aber er hielt den Mann auf. Der Manager, den Totschläger in der Hand, packte Carl am Arm und kommandierte: »Nichts anfangen! Die können uns zu Mus schlagen. Nur eine entschlossene Miene zeigen, kein Wort sagen. Wir müssen sie aufhalten, bis die Polizei kommt. Aber keine Schlägerei.«

»Gut, Käpt'n«, antwortete Carl.

Es war nicht leicht, reglos dazustehen, der Menschenmenge ins Gesicht zu sehen und ihre Schmährufe einzustecken, aber er beherrschte sich, und als zwei Minuten um waren, hörte man schreien: »Abhauen! Die Polizei!« Der Pöbel wich unwillig zurück, während Onamwaskas heroische kleine Truppe von fünf Polizisten sich durchwand und die Nachbarn bat, sich zu zerstreuen … Sie traten ins Zelt und erklärten Carls Manager, nachdem sie Zigarren von ihm angenommen hatten, in aller Ruhe, daß Carl ein Schwindler sei, der von Glück reden könne, daß er so davon komme, daß Carl besser täte, »sofort rauszukommen und zu fliegen, wenn er weiß, was gut für ihn ist.« Sie verhafteten auch nahezu den Manager wegen seines Totschlägers und machten ihn darauf aufmerksam, er solle die friedlichen Bürger des schönen Onamwaska lieber nicht überfallen …

Als sie den Pöbel mit gutem Zureden und der Erklärung, daß Ericson jetzt aufsteigen werde, wieder hinter die Barrieren gebracht hatten, schwor Carl: »Ich werd mich nicht rühren! Die können mich noch lange nicht zwingen!«

Der Jahrmarktsekretär, der seinen Mut zum Teil wieder gewonnen hatte, erklärte in unverschämtem Ton: »Dann geben Sie aber lieber die fünfhundert Vorschuß zurück, und zwar recht fix, sonst laß ich einen Arrest auf Ihren Dreckschwindel von Flugmaschine ausbringen!«

»Sie können – Halt, halt, Falke. Nicht schlagen; der ist das gar nicht wert. Sie können zum Teufel gehen, mein Lieber«, sagte der Manager mechanisch. Aber er nahm Carl auf die Seite und stöhnte: »Herrgott! Wir müssen was tun! Die Sache bringt uns doch zweitausend Dollar ein. Außerdem haben wir nicht einmal genug Pinke, um aus der Stadt rauszukommen, und dann geht die Riverport-Kasse auch flöten … Sachte, keine Aufregung, alter Junge. Vielleicht kann ich was ranschaffen, wenn ich nach Chicago kabel.«

»Na, also los, in Gottes Namen«, seufzte Carl, »'s war mir ja eine Wonne, denen hier eins auszuwischen. In den beiden nächsten Monaten machen wir sowieso fünfzehntausend Dollar; da könnten wirs uns eigentlich recht gut leisten, den Brüdern hier ins Gesicht zu spucken. Aber ich will Sie nicht aufsitzenlassen … He, Mechaniker, machen Sie die Zeltklappe auf, über die ganze Breite … Nein, nicht so, Sie Idiot! … Na, Sie, Herr Sekretär, holen Sie mir ein paar Leute zum Schwanzhalten ran.«

Die Menge, die wankelmütige Menge, die das versprochene Blut roch, sprang auf und applaudierte, als der Eindecker auf die Rennbahn geschoben und mit der Nase gegen den Wind gestellt wurde. Der Mechaniker und noch zwei Männer mußten sie festhalten, als eine Bö ihr unter die Tragflächen fuhr. Während Carl in seinen Sitz kletterte und der Mechaniker nach vorn ging, um den Motor anzuwerfen, packte ein zweiter Windstoß den Apparat und brachte ihn beinahe zum Kentern.

Als die Maschine wieder richtig gestellt war, lief der Manager heran und bat: »Bei dem Wind können Sies unmöglich schaffen, Falke. Probieren Sies lieber nicht. Ich werd um Geld kabeln, damit wir hier raus können, und ganz Onamwaska kann uns den Buckel runterrutschen.«

»Nichts da. Jetzt hab ich eine Wut im Bauch, Dick … Hallo, Mechaniker, an der Tragfläche was passiert beim Kippen? … Na schön. Anwerfen. Rasch. Solang es ruhig ist.«

Der Motor surrte. Die Leute ließen den Schwanz los. Die Maschine kämpfte sich vorwärts, sowie sie sich aber vom Boden losgelöst hatte, stieg sie schnell auf. Mit einem fürchterlichen Stoß kam der Gegenwind. Einen Augenblick hing die Maschine, von dem Sturm fast ebenso stark zurückgetrieben wie von dem sich rasend drehenden Propeller vorwärtsgezogen, bewegungslos in der Luft.

Carl fühlte sich seiner Kunst noch nicht sicher genug, um in stillere Luftschichten aufsteigen zu wollen. Wenn er nur einigermaßen horizontalen Kurs halten könnte –

Er arbeitete sich über der einen Seite der Rennbahn vorwärts. Zusammengekauert, den gebeugten Kopf dem aufgewirbelten Sand entgegenhaltend, hockte er in seinem Sitz. Die Lippen, die er geöffnet hatte, um atmen zu können, umspannten trotzig und verbissen die Zähne. Seine Hände spielten rasch, unaufhörlich, mit dem Steuer, während er die Maschine ausbalancierte. Er arbeitete mit einer solchen Fixigkeit, daß seine Bewegungen denen eines Akrobaten glichen, der schaukelnd auf einem gespannten Drahtseil sitzt. Er hatte so viel zu tun, daß er sich keine Sorgen darüber machte, nicht einmal mehr recht wußte, daß unter ihm Menschen waren. Aber daß die Tribüne, neben der Rennbahn, schräg unten, auf ihn zukam, merkte er recht wohl.

Mit jedem Augenblick vergrößerte sich sein Widerwille gegen das Heulen des Sturms und das unaufhörliche Ölgetröpfel, das, vom Motor nach hinten getrieben, in sein Gesicht schlug. Seine Ohren lauschten gespannt auf Fehlzündungen; wenn der Motor aussetzte, mußte er zur Erde geschleudert werden. Und ein Zylinder arbeitete nicht. Das vergaß er ganz; er hantierte mit den Steuern, kämpfte mit seinem Willen wie mit seinem Körper gegen den Wind.

Jetzt erblickte er die Tribüne unter sich. Jetzt die Leute am Ende der Rennbahn. Er flog über die Bahn hinaus und wendete. Die ganze Wucht des Sturms war hinter ihm. Mit einer Geschwindigkeit von hundertdreißig bis hundertsechzig Stundenkilometern schoß er die andere Seite der Bahn entlang. Im Nu war er am Ende angelangt, dann, vier-, fünfhundert Meter über die Bahn hinaus, über gepflügtem Ackerboden, wo die aufsteigenden warmen Luftströmungen die Maschine noch mehr stampfen ließen, während er angestrengt arbeitete, um wieder zu wenden und gegen den Wind zu kommen.

Der nächste Windstoß verlangsamte sich plötzlich und er sackte, Schwanz nach unten, zwölf Meter ab.

Als er den Apparat wieder horizontal gestellt und nach vorn gerichtet hatte, war er nur noch zwölf Meter über der Erde. Wie sicher er sich nun in dem Nest der kleinen Gondel fühlte, in der er saß! Fast fröhlich wendete er jetzt in einem großen unregelmäßigen Kreis – und wieder schlug ihm der Wind ins Gesicht, haßte ihn, hämmerte auf ihn ein, suchte unter die Tragflächen zu kommen und die Maschine umzukippen.

Noch zweimal arbeitete er sich um die Rennbahn herum. Die Gewissenhaftigkeit des Anfängers ließ ihn vor der Tribüne schüchtern eine Schleife fliegen, aber dabei brummte er: »Das ist aber auch alles, was die zu sehen kriegen, verstanden!«

Als er zur Erde niederschwebte, erblickte er zum ersten Male die Menschen. Seine Augen waren so mit Öl verschmiert und so windkrank, daß er nur eine einzige verschwommene Masse sah und ihm die Reihe der Hüte wie ein ansteigendes, hin- und herschwankendes Champignonfeld vorkam. Seltsamerweise hatte er gar nicht das Bewußtsein, daß auch Frauen da waren; er hatte den Eindruck, alle Zuschauer wären Männer, die brüllend seinen Tod verlangt hätten, die er besiegen wollte, wie er den Wind besiegt hatte.

Er war fast unten. Er stellte den Motor ab, glitt, einen Meter über dem Boden, horizontal weiter und landete unter einem

Beifallsgebrüll, das selbst das Gehupe der aufgefahrenen Automobile überdröhnte.

Carls Manager kam mit seinem ganzen Gewicht herangaloppiert und fragte schreiend: »Wie wars, alter Junge?«

»Ach, s war ganz schön windig«, sagte Carl, während er heraussteig und sich die Arme rieb. »Sagen Sie dem Ausrufer, er soll unseren lieben Nachbarn mitteilen, daß ich um fünf wieder fliegen werd.«

»Aber haben Sie denn keine Angst gehabt, wie die Kiste abgesackt ist? Sie sind so tief runtergekommen, daß Sie hinter dem Zaun glatt nicht zu sehen waren. Sie waren einfach verschwunden. Uff! Ich hab tatsächlich gemeint, jetzt hat Sie der Wind. Haben Sie keine Angst gehabt? Sie sehen gar nicht danach aus.«

»Damals? Ach! Damals. Doch freilich, ja, da werd ich schon ordentlich Angst gehabt haben! … Hören Sie, jetzt, mit der Polsterung, ist der Sitz sehr schön bequem.«

Die Menge lief zusammen. Carls Manager sagte lachend zum Präsidenten der Jahrmarktsgesellschaft: »Na, das war schon allerhand, was?«

»Ach, auf der anderen Seite von der Rennbahn ist er ja ziemlich rasch vorwärtsgekommen, aber verflucht noch mal, warum war er auf meiner Seite so langsam? Meine Augen sind jetzt nicht mehr so gut, daß ich was davon hab, wenn einer tausend Meilen weg von mir aufdreht. Und dann, wo sind denn alle die Kunststücke in der Luft …«

»Das«, brummte Carl seinem Manager zu, »ist genau derselbe Mann, der dem blinden Krüppel die Krücke gestohlen hat, weil er sich einen Zahnstocher machen wollte.«

Zwanzigstes Kapitel

Das große Belmont Park Aeromeeting, das im Oktober 1910 New Yorks Interesse für die Aviatik wachrief, näherte sich seinem Ende. Der tüchtige neue amerikanische Flieger, Falke Ericson, war im Geschwindigkeitswettbewerb zwar nur Sechster geworden, aber im Dauerflug hatte er den ersten Preis errungen; Stunde um Stunde hatte er, ruhig und sicher wie ein Eisenbahnzug, seine Kreise um die Pylonen gezogen, ohne sensationelle Kunststücke zu machen; er hatte sich die Zeit vertrieben, indem er bei jeder Tour eine dicke Frau ins Auge faßte, die sich mit ihrem hellen, fliederfarbenen Mantel aus der dunklen Masse der Menschen unten abhob. Als er – als Sieger bejubelt – landete, wandten sich ihm tausend Köpfe gleichzeitig, wie von einem Hebel bewegt, zu; die geröteten Gesichter blinkten in dem gleichen Oktobersonnenschein, der zu den Zeiten, da ein einsamer Carl vor einem Spatzen Ausdauerproben ablegte, Oscar Ericsons Hinterhof in Joralemon erfüllt hatte. Der gleiche schüchterne Carl wollte jetzt den Zeitungsleuten entrinnen, die auf ihn zugelaufen kamen. Er hasste ihre unaufhörlichen Fragen – es waren immer dieselben: »Haben Sie gefroren? Hätten Sie noch länger fliegen können?«

Doch es war ihm nicht entgangen, daß ganz New York sich an der Fliegerei berauschte – oder besser an Nachrichten über die Fliegerei. Die Zeitungen hatten auf den ersten Seiten seinen Namen und die der andern Flieger gebracht. Als Carl sah, daß in Leitartikeln, Interviews und Bilderunterschriften von ihm als einem Übermenschen, einem Gott gesprochen wurde, sagte er sich, halb verschämt, halb ehrfürchtig lächelnd: »Herrjeh! Das ist ja kaum zu glauben – *ich* bin das!« Wenn er die Barrieren entlang schritt, hörte er die Leute einander zuraunen: »Sieh mal, das ist Falke Ericson!« Er hörte seine Fliegerkameraden vorsichtig prophezeien und Laien laut erklären, er sei der kommende Langstreckenflieger. Er wurde dem Bürgermeister von New York, zwei Kabinettsmitgliedern und einer größeren Anzahl von Senatoren, Schriftstellern, Bankpräsidenten, Generälen und Gesellschaftsputen vorgestellt. Vor diesen Leuten – und ihren Fragen – flüchtete er sich regelmäßig, um seinem

Freund Hank Odell von der Bagby Schule zu helfen, der sich am Meeting beteiligt, aber schon am ersten Tage Unglück gehabt hatte und seitdem, ununterbrochen pfeifend, an seiner Maschine arbeitete, wobei er Carl immer wieder ermutigend sagte: »Gute Arbeit, Jungchen; Sie haben sie alle an der Leine.«

Höchst geheimnisvoll und mit der Empfindung, daß dies viel interessanter sei, als im Blériot gleichmäßig seine Runden zu machen, wanderte er in die Bowery und kaufte sich vor der Kneipe, in der er vor vier Jahren als Portier gearbeitet hatte, ein Exemplar der *Evening World*, weil er wußte, daß sie auf der dritten Seite ein großes Bild von ihm und ein gezeichnetes Interview von einem Sonderberichterstatter brachte. Er warf einen Blick durch die Fenster hinein, um sich davon zu überzeugen, ob Petey McGuff da wäre; aber von dem war nichts zu sehen. In der Hoffnung, er könnte etwas für das Mädchen tun, das auf Abwege geraten war, suchte er die Straße auf, in der er seinerzeit gewohnt hatte. Das Gebäude war mit einer Anzahl anderer abgerissen worden, damit Platz für die Abschlußbauten einer Brücke geschaffen würde, und bei dieser Gelegenheit sah er in seiner Phantasie den ganzen erbarmungslosen Fortschritt der Stadt vor sich. Diese Suche nach alten Bekannten ließ ihn an Joralemon denken. Er teilte Gertie Cowles mit, er beschäftige sich jetzt »mit Aviatik, und alles geht ausgezeichnet.« Seiner Mutter schickte er mit verehrungsvoll zärtlichen Worten einen Scheck über fünfhundert Dollar.

Das schönste Erlebnis aber war das stundenlange Gespräch – an einem kleinen Tisch im Erdgeschoß des Brevoort – mit Leutnant Forrest Haviland, der dem Belmont Park Meeting als Zuschauer beiwohnte. Sie redeten miteinander wie alte, erprobte Freunde, sie unterhielten sich eine Zeitlang ruhig und vergnügt über alles Mögliche, dann gerieten sie plötzlich in eine derartige Begeisterung über Flieger und Forschungsreisende, daß sie auf den Tisch schlugen und ausriefen: »Hast du das auch gefunden? Daß du das sagst, freut mich ganz besonders, weil ich ganz genau denselben Eindruck hatte.«

Sie lehnten sich in ihren Stühlen zurück, spielten mit Löffeln, zerbrachen nachdenklich Streichhölzer und redeten mit vielen Worten über Steuerkonstruktionen, wobei sie auf dem Tischtuch zeichneten.

Carl ließ sich von der raffinierten Atmosphäre des Brevoort durchaus nicht imponieren. Warum sollte er denn nicht hier sein? Und da er schon beim Meeting so großes Interesse erweckt hatte, brachte es ihn nicht mehr in allzu große Verlegenheit, als er am Tisch hinter sich jemand rufen hörte: »Ist das nicht – doch, das ist der Flieger Falke Ericson! Jawohl, tatsächlich, das – ist – er!«

Schließlich schenkten die Götter Carl einen neuen Mechaniker, einen Fürsten unter den Mechanikern, Martin Dockerill. Martin war ein großer, magerer irischer Yankee aus Fall River mit scharfgeschnittenem Gesicht und stets zerzaustem Haar, der langsam sprach und vor nichts Respekt hatte; der amerikanische Flieger vom vollendeten Typus; während nämlich England stattliche Luftsoldaten und Frankreich kleine nervöse Genies hervorbringt, sind nahezu alle amerikanischen Flieger und Flugzeugmechaniker entweder knochig und langschädlig wie Martin Dockerill und Hank Odell, oder hübsche schlanke Jungen gleich sporttreibenden Kolleghörern, wie Carl und Forrest Haviland.

Martin Dockerill aß Pastete mit den Händen, spielte flotte Lieder auf seiner Mundharmonika, bewunderte Damen vom Varieté in wurstartigen rosa Trikots und trug Makkosocken, die immer in Falten über seine schwarzen Schuhe mit den ausgefransten Schnürsenkeln herunterhingen. Aber wahrscheinlich hätte er im Finstern aus vier Konservenbüchsen und einer Brechstange einen Motor bauen können. Im Jahre des Heils 1910 glaubte er noch immer an die Hölle und an Plüschalben. Doch er träumte von drahtloser Kraftübertragung. Er war ein freier und unabhängiger Bürger Amerikas, der den Grafen Lesseps nie anders anredete als mit den Worten: »He, Lessup.« Mit Carl wäre er jedoch nach nicht mehr als fünfminütiger Vorbereitungszeit zu einem Südpolflug aufgebrochen – vier Minuten für den Motor und eine Minute für eine mit rotem Kopierstift geschriebene Postkarte an seine Tante in Fall River. Pedantisch war er nur in zweierlei Hinsicht – der Motor mußte exakt funktionieren, und er mußte sich »Monteur«, nicht »Mechaniker« nennen.

Das Meeting war vorüber, die Flieger reisten ab. Carl sagte seinen neuen, sehr lieben Freunden, den Pionieren der Luftfahrt Lebewohl – Latham, Moisant, Leblanc, McCurdy, Ely, de Lesseps, Mars, Willard, Drexel, Grahame-White, Hoxsey und allen anderen. Das Meeting war beendet, aber ihm stand etwas Neues bevor; er beteiligte sich mit dem Engländer Titherington und dem Whright-Flieger Tad Warren an einem Wettflug vom Belmont Park nach New Haven, für den ein New Havener Millionär und eine New Yorker Zeitung gemeinschaftlich einen Preis von zehntausend Dollar ausgeschrieben hatten. In New Haven sollten die drei Konkurrenten sich mit Tony Bean (von der Bagby Schule) und Walter MacMonnies (der einen Curtiss flog) vereinigen und Schauflüge veranstalten.

In bauschigen Overalls über dem blauen Flanellanzug, den er noch immer beim Fliegen trug, dirigierte Carl Martin Dockerill beim Auswechseln seiner Zündkerzen, die verölt waren. Um ihn herum ließen die Flieger unter Gelächter und Späßen ihre Maschinen verpacken; Mechaniker, die auf die Fragen der Reporter nur stammelnd antworten konnten: »Ach, naja, ich weiß nicht – –«, die aber trotzdem damals mehr gefeiert waren als Roosevelt, Harry Thaw, Bernhard Shaw und der Boxmeister Jack Johnson.

Kurz vor dreiviertel zehn – für diesen Zeitpunkt war der Start nach New Haven angesetzt – versammelten sich die Zeitungsreporter, aber von Zuschauern waren nur wenige da; Carl entbehrte die Anregung, die zahlreiche begeisterte Anhänger geben. Er arbeitete schweigend und verdrossen. Es war »der Morgen nachher«. Forrest Haviland fehlte ihm.

Er begann unruhig zu werden. Würde er rechtzeitig abkommen?

Um punkt dreiviertel zehn hatte Titherington einen großartigen Start mit seinem Henry Farman-Doppeldecker. Carl starrte dem Apparat nach, bis er zu einem kleinen Pünktchen in den Wolken geworden war, und machte sich dann wieder mit Fiebereifer an die Arbeit. Tad Warren, der zweite

Mitbewerber, war abflugbereit und probierte nur noch seinen Motor aus. In diesem Augenblick erklärte Martin Dockerill, daß der Vergaser verschmutzt sei.

»Das ist mir egal, ich flieg los«, schrie Carl, über den das Rennfieber gekommen war.

Ein blutjunger Reporter von der *City News Association* piepste wie ein kleiner Foxterrier: »Wann fliegen Sie ab, Falke?«

»Punkt zehn.«

»Nein, ich möcht wissen, wann Sie wirklich abfliegen!«

Carl gab keine Antwort. Er begriff recht gut, daß die Berichterstatter an ihm zweifelten, an ihm, dem jungen Burschen aus dem Westen, der erst seit sechs Monaten flog. Schließlich kam auch noch das unvermeidliche Malheur, der beliebte Laie mit den guten Ratschlägen. Es war ein gut angezogenes altes Ekel, das die besten Absichten hatte; ein völlig Fremder. Er legte Carl die fette Pfote auf den Arm und schnaufte: »Na, Falke, zeigen Sie uns heute mal, was Fliegen heißt, mein Junge; daß Sie mir ja kein Pech haben. Aber einen Rat möchte ich Ihnen geben. Wenn Sie ein Gyroskop benützen würden –«

»Schauen Sie, daß Sie weiter kommen!« tobte Carl. Er schämte sich – aber noch größer als seine Scham war seine Wut. Leise fragte er Martin: »Alles in Ordnung, ja? Kann ich mit dem Vergaser fliegen, so wie er ist? Ja?«

»Alles in Ordnung, Boss. Ruhig, Boss, ruhig.«

»Was soll denn das heißen?«

»Hören Sie mal Falke, ich will mich nicht mausig machen. Wenn Sie Holz hacken wollen, können Sie immer den Buckel vom alten Martin dazu nehmen. Aber entweder beruhigen Sie sich jetzt, oder Sie kriegen sone Nerven, daß es überhaupt aus ist. Also Mensch, Boss, immer sachte! Regen Sie sich nicht auf, geben Sie nicht so an, und dann arbeit ich wie ne kleine Dampfmaschine.«

»Na ja, vielleicht haben Sie recht. Aber die Idioten mit ihren guten Ratschlägen machen mich einfach wild ... Alles in Ordnung? Hurra! Los gehts ... Hören Sie, halten Sie sich mit nichts auf, wenn ich weg bin. Lassen Sie die Jungs einpacken und sehen Sie zu, daß Sie nach Sea Cliff rüberkommen und das

Schnellboot kriegen. Sie müssen eigentlich genau so rasch in New Haven sein wie ich.«

Ruhiger geworden, legte er die Overalls ab, zog sich eine mit Wolle gefütterte Lederjacke an, stieg in seinen Sitz und überprüfte den Zeigerstand der Instrumente. Während er die Zündung ausprobierte, startete Tad Warren.

Carl war Dritter und Letzter. Das Rennfieber schüttelte ihn.

Er wollte versuchen, Zeit aufzuholen. Er hatte wie die anderen vorgehabt, vom Belmont Park über Long Island zum Great Neck zu fliegen und den Long Island Sund an seiner schmalsten Stelle zu überqueren. Er studierte seine Karte. Wenn er ungefähr auf Hempstead Harbour zu hielt und dann, schräg über das Wasser, Kurs direkt auf Stamford nahm, setzte er sich zwar größerer Gefahr aus, sparte aber viele Meilen; und die Rennbestimmungen ließen ihm die Wahl des Kurses nach New Haven völlig frei. Nur an die neue Route denkend, sich gerade noch Zeit zu einem Abschiedsnicken für Martin Dockerill und Hank Odell nehmend, startete er und war auch schon in der Luft.

Während der Boden sich unter ihm senkte und die sauberen Grünflächen und zahllosen Ortschaften Long Islands sich entfalteten, lauschte er auf den Motor. Der arbeitete klar und stark. Hier mindestens war auch der Wind leicht.

Er wollte den Überwasserflug riskieren – im Jahre 1910 war das auch wirklich eine sehr lange Strecke.

Nach wenigen Minuten sichtete er die Anhöhen von Roslyn und begann aufzusteigen, bis er eine Höhe von neunhundert Metern erreicht hatte. Es war sehr kalt. Seine Hände am Steuer waren fast gefühllos. Er ging auf dreihundert Meter hinunter, aber in dem Windstoß, der von den Bergen heraufkam, wurde die Maschine gerüttelt wie ein Kanu, das eine Stromschnelle nimmt. Bei dem Schlingern sah er die Landschaft einmal über die rechte, einmal über die linke Tragfläche emporkommen.

Seine Arme waren müde von dem raschen, unaufhörlichen Ausbalancieren. Er stieg wieder höher. Dann hielt er Ausschau nach dem Sund und ging auf neunzig Meter hinunter, um nicht die Richtung zu verlieren. Denn der Sund war von weißem

Nebel überlagert … Da draußen war es windstill! … Wasser und Wolken verschwammen miteinander, und der Horizont ging unter in schwermütigen Dunstmassen, deren Färbung die verschiedensten Nuancen von einem trüben Weiß bis zu dem kalten, stumpfen Grau alter Zigarrenasche aufwies. Er wollte nicht weiter, wollte nicht hinaus in dieses gefahrenschwangere Zwielicht. Aber schon brauste er über grau-grüne Marschen dahin, dann war er über Fischerbooten, die auf dem trüb schillernden, einem angelaufenen alten Spiegel gleichenden Wasser langsam schaukelten. Er bemerkte zwei Männer in einer Schaluppe, die mit dumm verblüfften, feuchten Gesichtern zu ihm heraufstarrten. Im Nu waren sie hinter ihm. Er stieg höher, um über den Nebel zu kommen. Nun verlor er auch die milchige, unfreundliche Wasserfläche aus den Augen.

Er war entsetzlich allein.

Als er hundertfünfzig Meter hoch war, hatte er den Nebel noch nicht ganz unter sich. Das Land war wie weggewischt.

Über ihm blauer Himmel und dünne, unaufhörlich die Gestalt wechselnde Dunstfetzen. Unter ihm nur die Nebelbank, die hier und da, wenn warme Luftströme durch die Nebeldecke nach oben stießen, mit wallenden Bewegungen aufbrach; es sah aus, als ob sich große weiße Blumen entfalteten.

Völlig einsam. Alle seine Freunde waren irgendwo weit weg, auf fester Erde, in sonnenbeschienenen Hangars. Die ganze bekannte Erde hatte aufgehört zu existieren. Nur schiefergraue Leere war da, durch die er immer und ewig dahinfuhr. Oder vielleicht bewegte er sich gar nicht. Stets das gleiche Dunstgewebe um ihn. Er war entsetzlich allein. Seine Unruhe wuchs, der Nebel schien dicker zu werden. Er studierte mit angespannten Blicken seinen Kompaß. Er erschrak; eine Möwe stieß durch den Dunst vor ihm hoch und verschwand. Als sie fort war, fühlte er sich noch einsamer. Seine Augenbrauen und seine Wangen waren naß von dem Dampf. Auf den Tragflächen glitzerten trübselige Tröpfchen. Es war ein trostloses Glitzern. Er war entsetzlich allein.

Er malte sich aus, was geschehen würde, wenn der Motor aussetzte und er durch diese lockeren Dunstschwaden abwärts stürzte. Sein zerbrechlicher Eindecker, der keine

Schwimmkörper hatte, würde fast augenblicklich sinken. Es wäre kalt beim Schwimmen. Wie lange er sich wohl an der Oberfläche halten könnte? Was für Aussichten hätte er, gefunden zu werden? Er wollte nicht abstürzen. Der Cockpit mit der wohlvertrauten Uhr, dem Kartenhalter und den Drahtstreben schien so sicher. Er war das Zuhause. Die Tragflächen, die sich zu seinen beiden Seiten ausbreiteten, schienen so tröstlich sicher zu sein, ganz danach angetan, ihn in der Luft zu tragen. Aber der Rumpf der Maschine hinter ihm war nicht mehr als ein Gerüst, er war nicht einmal geschlossen. Und in den Boden des Cockpits war ein kleines Beobachtungsloch eingeschnitten. Wenn er durchblickte, sah er in widerlichem Kontrast zu dem stumpfen Gelb der Leinwand an Seiten und Boden den Nebel. Noch niemals hatte er Angst bekommen, wenn er durch dieses Loch hinuntersah. Jetzt aber hielt er die Augen davon abgewandt, und während er Kompaß und Ölstandzeiger beobachtete und geraden Kurs hielt, mußte er ununterbrochen daran denken, wie abscheulich es wäre, zu stürzen, hier abzustürzen und schwimmen zu müssen. Schauerlich verlassen wäre man – um das Wrack des Flugzeuges herumschwimmen, Schiffsnebelhörner hören, weit, weit weg, hoffnungslos.

Während er dies dachte, hörte er tatsächlich die Sirene eines Dampfers heiser aufheulen und flog unaufhaltsam darüber hin. Er zuckte zusammen, seine Schultern fielen nach vorn.

Mehr als einmal wünschte er sich, er hätte Forrest Haviland noch einmal vor seinem Aufstieg sehen können. Mit der Herbheit, die die Zuneigung eines Mannes für einen wirklichen Mann hat, wünschte er sich, er hätte Forrest beim Essen im Brevoort gesagt, wie glücklich es ihn mache, mit ihm zusammen zu sein. Er war entsetzlich allein.

Er fluchte über sich, weil er seine Gedanken so dünn und feucht werden ließ, wie der Dunst um ihn war. Er zuckte die Achseln. Dankbar lauschte er dem gleichmäßigen Brummen des Motors und dem Surren des Propellers. Er *wird* hinüber kommen! Er flog höher, hoffte die Küste erblicken zu können. Der nebelverhangene Horizont dehnte sich weithin. Er war unsagbar allein.

Durch einen Riß im Dunst sah er direkt vor sich, vielleicht eine Meile entfernt, in Sonnenlicht getauchte Häuser auf einem Hügel. Er schrie auf. Er war fast drüben. Aller Gefahr entronnen. Und die Sonne kam heraus.

Zwei Minuten später nahm er, zwischen dem Wasser und einer Stadt, die auf seiner Karte als Stamford bezeichnet war, Kurs nach Norden. Die Häuser unter ihm sahen freundlich aus; herzerquickend waren die ihm zuwinkenden Menschenmengen und die Klänge der Fabriksirenen, die ihn mit ihren rauhen Stimmen begrüßten.

Nun, da er wußte, wo er war, packte ihn augenblicklich wieder das Rennfieber. So sehr ihn auch der Flug über den Sund angestrengt hatte, um nichts in der Welt wollte er sich eine Rast auf dem Boden gönnen. Er begann darüber nachzudenken, wie weit vor ihm Titherington und Tad Warren sein könnten.

Er sah einen Eisenbahnzug in nördlicher Richtung aus Stamford ausfahren, flog auf ihn zu und begann ein Wettrennen mit ihm. Die Passagiere beugten sich aus den Fenstern, das Zugpersonal hing in gefährlichen Stellungen zu geöffneten Türen und von den offenen Plattformen heraus, der Lokomotivführer begrüßte mit rasendem Gepfeife den Kameraden, der da oben in seinem herrlichen Vogel dahinflog und telepathische Antworten zurücksandte, die der Mann unten wahrscheinlich niemals empfing. Der Lokomotivführer drehte auf, die Maschine stieß gewaltige schwärzliche Rauchwolken aus. Als Carl sich jedoch South Norwalk näherte, gab er das Spiel mit dem Eisenbahnzug auf.

Er war wieder im Aufsteigen begriffen, da gewahrte er eine Meile vor sich in einem Feld etwas, das wie ein Doppeldecker aussah. Er flog hinunter und umkreiste das Feld. Was da stand, war Titheringtons Farman-Biplan. Er hoffte, daß der liebenswürdige Engländer nicht verletzt war. Bald erkannte er Titherington, der neben seinem Apparat mit einer Gruppe von Leuten sprach. Mit einem Gefühl der Erleichterung stieg er wieder höher, über das Ameisengewimmel da unten lächelnd – Hunderte von Menschen, gleich schwarzen Käfern, rannten von benachbarten Feldern und einem Straßenbahnwagen, der angehalten hatte, zu dem gelandeten Flugzeug.

Gerade in diesem Augenblick hätte er nicht lächeln sollen. Er flog zu niedrig. Unmittelbar vor ihm erhob sich ein baumbestandener Hügel. Er schoß knapp über die Bäume hinweg, mit einem kalten Gefühl im Magen, und murmelte vor sich hin: »Verflixt! Das war leichtsinnig!«

Er eilte weiter. Wieder war das Rennfieber da. Konnte er Tad Warren überholen, wie er Titherington überholt hatte? Er sauste über die Ortschaften dahin, fröstelnd, aber zufrieden in der linden, kühlen Oktoberluft; jetzt war er schon so weit vom Wasser entfernt, daß die Nebelreste, die von der strahlenden Sonne noch nicht aufgesogen waren, nicht mehr bis zu ihm reichten. Unter ihm glitten die Felder und Wiesen dahin, so weit von ihm entfernt, daß sie zu einer einzigen wunderschönen, abwechselnd braunen und gelben Fläche wurden. Er begann zu singen. Er hatte Titherington gern und freute sich darüber, daß dem Engländer nichts zugestoßen war, aber es war trotzdem schön, Zweiter im Rennen zu sein; in einem Wettbewerb, auf den die Aufmerksamkeit des ganzen Landes gerichtet war, Siegesaussichten zu haben; der sanft leuchtenden Morgenröte des Ruhms entgegenzueilen. Doch während er sang, hielt er scharf Ausschau nach Tad Warren. Er mußte ihn überholen!

Mit der Vorsicht des Norwegers, der in diesem Punkte dem Schotten ähnelt, spielte er ununterbrochen mit dem Höhensteuer, um sich dem Wind anzupassen, der beständig mit dem Terrain wechselte. Einmal packte ihn ein Luftstrom von der Seite. Er schoß abwärts, um Wucht zu gewinnen, richtete die Maschine wieder auf und lachte laut vor Vergnügen, als er sie wieder nach oben stellte.

Niemals wieder konnte er so herrlich jung sein, so herrlich sicher seiner selbst und der Unmittelbarkeit seiner Erlebnisse. Er mochte wohl an Einsicht und Klugheit zunehmen, aber nie wieder so große Freude am Einsatz seiner Kräfte empfinden.

Jetzt stand es fest für ihn, daß es ihm bestimmt war, Tad Warren zu überholen.

Die Sonne schien immer strahlender; der Horizont, der auf der schüsselförmigen Erde aufsaß, weitete sich immer mehr. Als er auf den Sund zuflog, sah er, daß der Nebel fast ganz verschwunden war. Das perlfarbene Wasser sah freundlich aus, es bespülte den Sand an der Küste und gischtete zum strahlenden Himmel auf. Er flog über leerstehende, verschlafene Landhäuser mit phantastischen roten und grünen Feriendächern hin. Möwen schwebten gleich Silbersicheln über der mattschimmernden See. Selbst für den Rennflieger da oben herrschte Frieden.

Er sichtete eine von herbstlichen Bäumen bedeckte Felsklippe zur linken, dann eine ähnliche zur rechten. »West und East Rock – New Haven!« rief er aus.

Die Stadt zeichnete sich deutlich unter ihm ab, gleich Häuserwürfeln auf einem dunklen Teppich, mit Eisenbahn und Straßenbahnlinien, die im Oktobernachmittag wie Spinnweben glitzerten.

Er war also angelangt – ohne Tad Warren zuvorgekommen zu sein. Er war wütend.

Er kreiste über der Stadt und suchte nach der Rasenanlage, wo er (damals bekämpfte der amerikanische Aeroklub noch nicht das Überfliegen der Städte) landen sollte. Er sah den Yale Campus behaglich im Schatten der Ulmen liegen, sah die Zinnen und Türme der Universitätsgebäude, die von Oxford träumten. Der Zorn wich von ihm.

Er senkte sich zu den Anlagen hinab – und sein Herz hörte auf zu schlagen. Überall standen Zuschauer herum. Wie konnte er landen, ohne einen Menschen unter sich zu zermalmen? Rechts und links von ihm standen Bäume, vor ihm eine Kirche, er war schon viel zu weit unten, um wieder aufzusteigen. Sein Rücken stemmte sich gegen die Lehne seines kleinen Sitzes, schien sich mechanisch vor dieser tragischen Landung bewahren zu wollen.

Die Menschen flüchteten. Vor ihm lag ein kleiner freier Raum. Aber er hatte keinen Platz, wagrecht zu segeln und glatt hinunter zu kommen. Er drosselte den Motor ab und richtete die Nase des Eindeckers direkt zum Boden. Das Flugzeug stieß hart auf, prallte ein wenig zurück.

Es ging hinten hoch und begann mit furchtbarer Langsamkeit vornüber zu kippen. Mit einem Satz war Carl aus dem Cockpit draußen, bevor die Maschine umgeschlagen war.

Ohne die schreiende und gestikulierende Menge zu achten, die sich um ihn drängte, ihm im Licht stand, den saubern Geruch des Benzins und der höheren Luftschichten mit ihrer Körperausdünstung verdrängte, untersuchte er den Apparat und konstatierte, daß außer dem Propeller und dem Steuer alles intakt war.

Jemand bahnte sich einen Weg durch die Menge zu ihm – Tony Bean. Tony, der rundliche, manierliche Mexikaner von der Bagby Schule. Er rief Carl zu: » *Hombre*, war das eine Landung! Du hast vielen das Leben gerettet … Macht doch Platz da, Leute.«

Carl grinste und sagte: »Schön, dich zu sehen, Tony. Wann ist Tad Warren angekommen? Wo ist – –«

»Er ist noch nicht da.«

»Was? Wie? Wieso denn? Bin ich Sieger? Das – – Ja, um Gottes Willen! Hoffentlich ist ihm nichts passiert.«

»Ja, du bist Sieger.«

Ein Zeitungsverkäufer, der neben Tony stand, erzählte: »Warren hat bei Great Neck runtermüssen. Er hat sich die Schulter verrenkt, aber sonst ist ihm nichts passiert.«

»Aber du«, forschte Tony, »hast du dich nicht übel zugerichtet, Falke?«

»Mir ist gar nichts passiert.«

Die neugierige Menge, die jedes Wort der beiden Flieger belauschte, brach in den Ruf aus: »Hurra! Nichts passiert!« Als diese Stimmen laut wurden, merkte Carl auch, daß in der ganzen Stadt Hunderte von Fabriksirenen und Glocken ihm lärmend ihre Willkommengrüße zuriefen – ihm, dem Sieger.

Die Polizei bahnte ihm einen Weg. Als ihm ein Polizeihauptmann salutierte, die Hand zur goldbetreßten Mütze führte, mußte er daran denken, welche Angst der Tramp Slim Ericson vor der Polizei gehabt hatte. Carl machte sich auf den Weg, um die Glückwünsche – und den Scheck – des Preisspenders entgegenzunehmen und feierlich von der Universität Yale empfangen zu werden. Vor ihm, längs des schmalen, für ihn frei gemachten Weges, war ein wirres Kaleidoskop von Händen, die aus den Menschenmauern hervorkamen – Hände, die sich ausstreckten und seine Hände schüttelten, bis sie schmerzten, Hände, die Papier und Bleistift für Autogramme bereit hielten, Hände junger Mädchen mit goldenen Herbstblumen, Hände schmutziger, begeisterter kleiner Jungen – zahllose winkende Hände. Völlig verwirrt durch den Anblick einer Welt, die nur aus zuckenden, zappelnden Händen bestand, aber gerührt von dieser Begrüßung, schritt er über den Rasenplatz, ging durch Phelps Gateway und kam auf den Campus. Seine Mütze in den Händen drehend bedauernd, daß er seine lederne Fliegerjacke nicht abgelegt hatte, stand er auf einer Tribüne und hörte sich die Glückwünsche der Universität an.

Der Empfang war vorüber, aber die Mengen wichen und wankten nicht. Und er war sehr müde. Er fragte flüsternd einen Professor: »Ist das da hinter uns ein Wohngebäude? Kann ich hinein und dann fort?«

Der Professor winkte einen der Studenten zu sich heran und antwortete: »Gehen Sie nur, Mr. Ericson; man wird Sie wohl in den Vanderbilt-Hof bringen – durch die Tür hinter uns – und dann werden Sie fort können.«

Carl vertraute sich den jungen Leuten an und fand sich bald in einem verhältnismäßig stillen Tudorhof. Ein netter Junge, dessen glattes Haar von keinem Hut verdeckt war, rief: »Gleich hier, Mr. Ericson, die Treppe im Turm hinauf – und wir sind schon in Sicherheit.«

Nach dem lauten Stimmengewirr war die schattige Stille im Flur eine Wohltat. Carl war mit einem Male ein junger Mensch, der Yale sehen durfte, eine Universität, die so groß war, daß sie auf die Hörer am Plato College wie ein kolossaler Mythos gewirkt hatte. Er starrte die Liste der Hausbewohner an, die im ersten Stock in einem Rahmen an der Wand hing. Voll Ehrfurcht erblickte er durch eine offene Tür eine Flucht von Räumen.

Er wurde in ein Zimmer mit zahllosen Kissen, Feuerzangen, Morrisstühlen, in gepreßten Saffian gebundenen Büchern, Tabakkrügen und Pfeifen geführt – es sah ein wenig wild und jungenhaft aus, war aber ein Paradies. Er sah auf den Campus hinunter, wo die Menge noch immer auf ihn wartete. Er warf einen Blick auf den Studenten, dessen Gast er war, und machte eine beschwörende Handbewegung, dann bemühte er sich wirklich erwachsen, wirklich wie der berühmte Falke Ericson auszusehen. Aber er sehnte sich danach, daß Forrest Haviland da wäre und er staunen dürfte: »Sieh dir doch die Leute da an! Die warten auf mich! Kannst du das verstehen? Ein ganz schöner Anfang für meine Studien in Yale.«

In einem riesigen Sessel rauchte er eine Pfeife, die ihm der Junge gegeben hatte, und versuchte schüchtern mit einem Senior aus der großen Welt Yales zu sprechen (er selbst war nicht imstande gewesen, es auch nur in Plato zur Seniorenwürde zu bringen) und der ehrfurchtsvolle Junge versuchte schüchtern, mit dem großen Flieger zu sprechen.

Carl hatte ein Vorlesungsverzeichnis zur Hand genommen und blätterte zerstreut darin; er dachte an den Unterschied zwischen der Unzahl von Vorlesungen hier und dem kleinen, stets gleichen Lehrplan Platos. Auf einer Seite las er den Namen »Frazer«. Rasch blätterte er zurück. Da stand es: »Dr. phil. Henry Frazer, A. M., Dozent für englische Literatur.«

Carl bereitete es eine geradezu kindische Freude, daß Professor Frazer es nach seiner Niederlage in Plato hier zum Sieg gebracht hatte. Er vergaß seinen eigenen Triumph. Einen Augenblick empfand er den Wunsch, Frazer einen Respektsbesuch zu machen. »Nein«, knurrte er sich zu, »ich hab mich so viel rumgetrieben, daß ich mein bißchen Bildung längst wieder verlernt hab. Ich würd ihn ja gern sehen, aber – – Himmel Herrgott! Ich werd wieder zu studieren anfangen.«

Wohl verborgen im Schlafzimmer des Studenten schlief er ein wenig und träumte nicht gerade angenehm von Frazer und gelehrten Büchern. Das hinderte ihn jedoch nicht daran, am nächsten Nachmittag in seiner hastig reparierten Maschine, die einen neuen Propeller bekommen hatte, beim New Haven Meeting einen guten Höhenflug zu machen. Seine Gedanken beschäftigten sich mit neuen Wegen, die in das Land der Büchergelehrtheit führten, während er müde und schläfrig, doch eifrig bemüht, vergnügt und dankbar auszusehen, bei dem großen Dinner zu seinen Ehren – dem ersten Bankett, das er mitmachen mußte – am Tisch saß; ernste Herren im Frack waren da, die den Anlaß, ein ganz klein wenig zu viel Champagner zu trinken, vergnügt begrüßten; Bürgermeister, Ratsherren und

Bankiers nahmen daran teil; und die unvermeidlichen Geschichten von dem Mann, der beschuldigt wird, Regenschirme zu stehlen, und von den beiden Stinktieren, die, auf einem Zaun sitzend, neiderfüllt ein Automobil betrachten, wurden erzählt.

Ebenso unvermeidlich waren die Reden, welche Carls Flug priesen, als eine »erstaunliche Leistung, die für immer in den Annalen des Sports und des Heroismus weiterleben und dem Ruhmeskranz unserer schönen Stadt ein weiteres Blatt hinzufügen wird.«

Carl gab sich Mühe, geschmeichelt auszusehen, in seinem Innern aber dachte er: »Quatsch! In den Annalen von gar nichts werd ich weiterleben. Curtiss und Brookins und Hoxsey haben alle längere Flüge gemacht als ich, und zwar hier bei uns, und das sind Flieger, denen ich nicht einmal den Benzintank füllen kann … Herrjeh, hab ich einen Schlaf! Wenn ich nur abhauen könnte! Aber ich muß ein höfliches Gesicht machen … Mal sehen. Jetzt paß einmal auf, junger Carl; morgen gehts los, dann fängst du an und liest haufenweise Bücher. Mal sehn. Anfangen werd ich mit den Lieblingsbüchern von Forrest. Da wäre *David Copperfield* und das Buch von Wells, *Tono-Bungay*, da kommen Flugexperimente drin vor, und *McTeague* und *Walden* und *Krieg und Frieden* und *Madame Bovary* und bißchen Turgenjew und bißchen Balzac. Und dann auch was Ernsthaftes. Vielleicht versuch ichs mit dem Buch von William James über Psychologie.«

Alle diese Bücher kaufte er am nächsten Morgen. Sein übriges Gepäck war sehr leicht, und Martin Dockerill brummte: »Das ist ja wirklich allerhand – Zahnbürste, ein Paar Socken zum Wechseln und siebenundneunzigtausend Bücher.«

Zwei Abende später plagte sich Carl in einem Hotel in Portland, Maine, mit der Psychologie. Er haßte das Studieren. Er blätterte mit wütenden Bewegungen um und fuhr sich mit den Fingern durch sein maisfarbenes Haar. Aber er arbeitete angestrengt weiter und unterbrach sich nur, um von einem Tag zu träumen, an dem ihn die Menschen, die ihm öffentliche Ehren erwiesen, auch privat kennen würden. Irgendwo unter ihnen, glaubte er, war das Mädchen, mit dem er spielen könnte. Er würde sie bei irgend einem Wettfliegen kennen lernen, und sie würde sich ebenso über ihn freuen, wie er über sie ... Hatte er sie vielleicht schon kennen gelernt? Er ging zum Schreibtisch und kritzelte ein Briefchen an Gertie Cowles – er schrieb ihr über die Schönheiten des Yale-Campus.

Einundzwanzigstes Kapitel

9. Mai (1911). – Auf dem Mineola Flugplatz N. Y. angekommen, um neuen Bagby-Eindecker, den ich gekauft habe, auszuprobieren. Vorläufig noch nicht sehr für Bequemlichkeit gesorgt hier. Viele von uns sind in Zelten untergebracht. Zu wenig Hangars. In der Nacht sitzen wir im langen Gras herum und erzählen uns Lügengeschichten wie kleine Jungs bei einem Ausflug. Heute war ich bei Peter McLoughlin ein Bier trinken; von da ist Glenn Curtiss zu seinem ersten Flug um den Sci. Am.-Pokal gestartet.

Meine neue Bagby-Maschine ist mir in vielem lieber als der alte Blériot, sie hat ziemlich waagrechten Schwanz; sollte bei allen modernen Maschinen so sein. Seiten- und Höhensteuer ganz ähnlich wie bei Nieuport. Ein Passagier. Geräumiger Cockpit und geschlossener Rumpf. Blériot-Steuerung. Bis jetzt beste Stromlinienannäherung bei amerikanischen Flugzeugen. Spannweite 10,24 m, Länge 7,3, lichter Flügelquerschnitt am Rumpf 16,3 cm. Chauviere-Propeller 16,5 cm; Ganghöhe 10,2 cm. Blendender neuer Gnome-Motor 70 PS, müßte 120 bis 130 Stundenkilometer hergeben.

Mein Mechaniker Martin Dockerill ist ganz gerissen. Heute beim Aufstellen der Werkbank sagte er zu mir: »Wenn jetzt nicht alle zu uns gelaufen kommen, fresse ich einen Besen. Nicht, weil Sie ein besserer Flieger sind als die anderen Jungens; aber Sie haben die neueste Maschine, auf die die Affen ihren Namen schreiben können.«

Es sind wirklich eine Unmenge Leute da. Sie kommen in Autos oder Motorrädern oder zu Fuß und stehen herum und sehen bei allem zu, was man macht, bis man ihnen am liebsten einen Schraubenschlüssel an den Kopf werfen möchte.

Hank Odell ist in die Pyramidenloge aufgenommen worden, und jetzt gerade sitzt er draußen vor seinem Zelt und redet mit einem von den Großmächtigen und Hochwürdigen Bonzen – einem fetten alten Kerl mit Jachtmütze und großer Messinguhrkette und einem Amulett von der Pyramidenloge, das so groß ist wie ein Daumen, und mit einem ekelhaften jungen Kerl in einem schwarzen Seidenhemd, dem der Hut ganz schief auf dem Kopf sitzt, und im Mundwinkel hat er eine Zigarette herunterhängen.

Inzwischen sind ein paar Leute hereingekommen, die Frauen in enganliegenden Kleidern, damit man ihre Stromlinienformen sieht, und haben die Nase in alles hereingesteckt, während der Mann, dem das Automobil gehört, alles falsch erklärt. »Das ist ein Zweidecker«, sagt er, »ihr seht, auf beiden Seiten von dem Platz, wo der Flieger sitzt, kommt je ein Flügel heraus; es ist ein neuer Areoplan (so hat er es ausgesprochen) und das Dings da vorn ist ein Drehmotor.« Ich saß da an der Werkbank, heiß und verschwitzt und in Khaki-Hosen, in weichem Hemd und Filzpantoffeln, und da kam der feine Herr auf mich zu und sagte: »Wo ist Falke Ericson, mein guter Mann?« – »Weiß nicht«, sagte ich. »Wann ist er wieder zurück?« fragte er in einem Ton, als wollte er mich auf der Stelle wegen Unverschämtheit an die Luft setzen lassen. »Nächste Woche. Er ist noch gar nicht da.«

Da wird er wütend und sagt: »Hören Sie mal, mein lieber Mann, ich habe heute in der Zeitung gelesen, daß er eben eingetroffen ist. Gestatten Sie mir, daß ich Ihnen mitteile, daß er ein sehr guter Freund von mir ist. Sie brauchen ihn bloß zu fragen, er wird sich sicher an mich erinnern, Porter Carruthers, ich bin ihm beim Belmont Park Meeting vorgestellt worden. Und jetzt seien Sie so gut und führen Sie die Damen und mich herum – –« Na, ich fragte den Falken, und der Falke schien sich an seinen Freund Carruthers nicht erinnern zu können, der ihm mit tausend anderen Menschen vorgestellt worden war, aber er sagte mir, ich soll sie herumführen, und das tat ich auch; ich erzählte ihnen, der Gnome ist radial gebaut, damit Platz gespart wird, und die Drahtstreben oben sind ein Gerüst, auf das bei schlechtem Wetter ein Dach kommt, und die Leute rissen den Mund auf und nickten zu jedem Blödsinn, den ich sagte, und schluckten alles brav und ordentlich herunter, bis eines von den Weibern ihr Interesse bewies, indem sie sagte: »Wie bezaubernd; gehen wir ins Garden City Hotel hinüber, Porter; wenn ich nicht bald etwas zu trinken bekomme, sterbe ich.« Hoffentlich ist sie gestorben.

10. Mai. – Um drei Uhr oben gewesen, Maschine ausprobiert. Beim Landen Chassis zertöppert, ich ein bißchen durcheinander gerüttelt. Sehr interessant; beim Auffliegen war es auf dem Boden ganz dunkel, aber oben war im Osten ein schwaches Rot wie Rauch aus einer regelrechten Märchenstadt zu sehen.

Heute hat mir wieder ein Schriftsteller zugesetzt; wollte »Material«, wie er es nennt.

Ich muß aber sagen, es gibt auch recht anständige Leute dabei. Heute war ein Mädel da; mit Billie Morrison vom *N. Y. Courier* herausgekommen, Künstlerin, aber ganz verrückt mit Leben im Freien usw. Heißt Istra Nash, ein rothaariges Mädel, dünn wie ein Streichholz, aber ein ganz seltsames Gesicht, blaß, kriegt aber Farbe, wenn sie mit einem spricht. Hat sich von mir mitnehmen lassen; keine Angst gehabt, wie die meisten.

11. Mai. – Miss Istra Nash ist ganz allein herausgekommen. Sie denkt ernsthaft daran, fliegen zu lernen. Ist dagesessen und hat mir bei der Arbeit zugesehen, und wie niemand in der Nähe war, rauchte sie eine Zigarette. Ist erst unlängst in Europa gewesen, Paris, London usw.

Irgendwie, wenn ich mit einer Frau rede, die mir gefällt, merke ich, wie wenig Frauen ich sehe, bei denen ich mich wirklich wohl fühlen kann, obwohl ich bei Empfängen usw. sehr viele Menschen kennen lerne. Manchmal, wenn ich vor vielen tausend Zuschauern geflogen bin, gehe ich schleunigst in mein Hotel und wäre froh, wenn ich mich mit dem Nachtportier unterhalten könnte. Natürlich kann ich mit Martin Dockerill endlos reden, aber wenn ich einen Menschen wie Miss Nash vor mir habe, wird mir klar, daß ich jemand brauche, der Geschmack hat und weiß, was schön ist. Miss Nash legt zwar keinen Wert darauf, gescheit daherzureden, aber sie kapiert rasch die Fliegerterminologie. Deutsch kann sie reden, als ob sie im Land geboren wäre.

Ich glaube, Miss Nash ist etwas älter als ich, um ein paar Jahre vielleicht, aber das hat ja nichts zu bedeuten.

Heute abend etwas Deutsch gelesen, habe fast alles vergessen, was ich in Plato gelernt habe.

14. Mai. Sonntag. – Heute nachmittag in der Stadt gewesen und mit Istra zum Dinner ins Lafayette gegangen. Sie erzählte mir alles von ihren Pariser Erlebnissen und Kunststudien. Hier in N. Y. ist sie recht unzufrieden. Das kann ich auch verstehen. Drüben in Paris muß es großartig gewesen sein. Wir sind bis zehn beisammen gesessen und haben geredet. Ich würde gern mal Vedrines fliegen sehn, den Louvre sehn und die netten Grisettchen auch! Istra sollte nicht so viel Cocktails trinken; wenn man sich fürs Fliegen in Form halten will, lernt man, daß es nichts ist mit dem Saufen. Tad Warren scheint das allerdings nicht zu lernen. Nach zehn gingen wir in das Atelier, das Istra am Washington Sq. hat. Es waren ein paar Freunde von ihr da. Die gewöhnliche Aufregung und die dummen Fragen, wie es ist, wenn man Flieger ist; ich komme mir dabei immer ganz dumm und blöd vor. Aber die Leute merkten, daß Istra und ich allein sein wollten, und verkrümelten sich.

Es dämmert schon, aber ich schreibe trotzdem 14. Mai, was eigentlich schon gestern ist. Heute wird es mit dem Schlafen nichts mehr werden, fürchte ich. Aber am Nachmittag werde ich im Luftderby N. Y. umfliegen, muß mal sehen, daß ich noch eine tüchtige Portion Schlaf kriege.

15. Mai. – Derby gewonnen, hat aber nicht viel zu bedeuten. Über dem Harlem River auf scheußliche Luftströmungen gestoßen, Apparat geschlingert wie ein kleiner Kahn bei hohem Wogengang.

Istra war heute vormittag hier. Hat mich gefreut. Aber seit gestern abend bekomme ich Angst, daß ich zu abhängig von ihr werde, und ein Flieger, der sich halten will, muß doch ziemlich freundlos bleiben.

16. Mai. – Istra war hier. Scheint sehr unzufrieden zu sein. Ich fürchte, sie gehört zu den Menschen, die immer etwas Neues und ununterbrochen Aufmerksamkeiten brauchen, sie scheint ganz zu vergessen, daß ich einiges zu tun habe.

17. Mai. – Istra in der Stadt gesehen; sie hat ihre ganze Unzufriedenheit und ewige Würde vergessen und vor Freude einen Luftsprung gemacht; dann kam sie zu mir herüber und gab mir einen Kuß. Sie ist wirklich wunderbar. Kann ein französisches Lied so summen, daß man glaubt, man ist bei den

Bauern, aber sie verlangt ständige Ergebenheit und will immer unterhalten werden, und wenn eine Mechaniker wie ich es zu etwas bringen will, muß er sich schon verflucht ran halten.

18. Mai. – Istra war hier, sie hat herumgesessen und hat gelangweilt ausgesehen, wollte mich wahrscheinlich wütend machen. Als ich ihr sagte, daß ich morgen früh nach Worcester abreisen muß und nicht zum Dinner in die Stadt kommen kann usw., schob sie ab. Tut mir leid, sehr leid; das arme Kind, sie wird immer unzufrieden sein, wo sie auch ist, und immer die andern und sich selber ganz nervös machen. Sie will immer neue Sensationen, aber arbeiten will sie nicht, und das beides zusammen ist nicht gerade gut. Es wäre großartig, wenn sie bei ihrer Malerei richtig arbeiten würde, aber sie hört immer schon auf, bevor sie richtig angefangen hat.

Komisch, wie sie gegangen war und ich dasaß und über sie nachdachte, fehlte sie mir viel weniger, als Gertie Cowles. Hoffentlich sehe ich Gertie einmal wieder. Sie ist ein guter Kerl.

Istra wollte, daß ich meine neue Maschine Babette nenne; sie sieht pikant aus, sagt sie; weiß der Himmel, daß davon keine Rede ist, sie sieht vielleicht tüchtig aus, aber sicher nicht pikant. Ich glaube, ich werde ihr überhaupt keinen Namen geben, obwohl Istra sagt, das würde beweisen, daß ich keine Phantasie habe.

Alle Menschen, vor allem Reporter, fragen mich immer, ob Flieger Phantasie haben. Ich glaube, ich weiß nicht einmal recht, was Phantasie ist. Das ist genau so, wie das mit dem »Sinn für Humor«. Beide Redensarten sind jetzt schon ziemlich verbraucht. Vor ein paar Jahren, wie ich Chauffeur war, konnte ich mir vorträumen, ich wäre eigentlich ein ganz anderer Mensch, so etwas wie ein König, der durch sein Königreich fährt, aber wenn ich meine Steuer bedienen muß, habe ich keine Zeit zum Träumen. Natürlich beobachte ich recht oft Sonnenuntergänge usw. Aber das ist nicht Phantasie. Und ich reise gern herum; vielleicht komme ich deshalb zu keiner Phantasie – zum Teil besteht die Phantasie wohl darin, daß man wo sein will, wo man nicht ist – na, wenn ich das will, fahre ich eben hin, und das macht mir mehr Spaß.

Aber ich will lieber zum Teufel gehen als meinem Eindecker einen Namen geben. Tad Warren hat sich mit einer Soubrette verheiratet, die rotbraune Löckchen hat (Istras Haar ist ganz hellrot, aber dieses Weibsbild hat dunkelrotes Haar, so eine Farbe wie das Holz von den Kalifornischen Mammutbäumen, nein, noch etwas dunkler vielleicht) und sie hat immer ein dünnes hellblaues Kleid an, mit der Taille fast unten an den Knien; der Rock ist ziemlich kurz, man sieht ein gutes Stück von den Beinen; und dazu einen Hut, wie ich noch nie einen gesehen habe, das muß jetzt wohl modern werden, er hängt vorn so weit herunter, daß das Gesicht versteckt ist wie in einem Korb. Sie ist die typische Frau für einen 10-PS-Flieger. Die beiden amüsieren sich fast jeden Abend mit allen möglichen Leuten, jeder trinkt ungefähr fünf Cocktails, und sie tanzen einen neuen kalifornischen Tanz, der Turkey Trot heißt; die ganze Blase hat Tads neuen Wright »Sammy« genannt, und jetzt kommt es ihnen sehr komisch vor, wenn sie brüllen: »Hallo Sammy, wie gehts denn, trink einen Schluck mit uns.«

Ich werde meinen Apparat wohl einen Eindecker nennen und weiter gar nichts.

14. Juli. – Quebec. Rennen Toronto – Quebec verloren. Hatte gute Aussichten zu siegen, hatte aber dauernd Fehlzündungen. War so gut wie unmöglich, Kerzen zu kriegen, die funktionieren. Schwanzlandung gemacht, Höhensteuer beim Teufel. Freut mich aber, daß Hank Odell Sieger ist, wenn ich schon verloren habe. Hank hat einen neuen oszillierenden Wellenarm für Severn-Motorenventile erfunden. Wie gewöhnlich waren wir alle zu einer großen Esserei eingeladen, habe noch nie so viel Uniformen gesehen, auch eine Menge Mitglieder vom kanadischen Parlament war da. Ich verliere nicht gern ein Rennen, aber, verflucht noch einmal, ich lasse nicht den Kopf hängen. Beim Dinner gab es ein ausgezeichnetes Seezungenfilet. Ich saß neben einem jungen Leutnant, und da mußte ich an Forrest Haviland denken. Forrest fehlt mir sehr. Er ist recht tüchtig als Armeepilot, er fliegt jetzt einen Curtiss-Hydro und probiert einen Schalldämpfer für Aufklärungsflüge aus. Was mir an ihm am besten gefällt, ist die Selbstverständlichkeit, mit der er sich immer benimmt. Hoffentlich lerne ich noch einmal etwas davon. Was ich da aufgeschrieben habe, geht alles durcheinander, aber ich muß mich beeilen, um zum Empfang im Königlichen Mädchen-College zurecht zu kommen. Muß das alles bei Gelegenheit dem alten Forrest zum Lesen schicken – wenn du das mal zu sehen kriegst, Forrest, hallo, mein alter Junge, ich habe immer an dich gedacht, wenn ich eine Militärstation überflog.

Später. – Großer Empfang. Bin mir schrecklich dumm vorgekommen, war so verlegen, daß ich kaum aufzusehen wagte. Nach dem formellen Empfang wurde ich von der Präsidentin, einer netten alten Dame mit weißem Haar und Brillantkämmen darin, auf dem Campus herumgeführt. Ununterbrochen kamen Mädels, es sah aus, als ob es eine Million wäre, aus Türen heraus und machten Momentaufnahmen von mir. Gut, daß ich in der letzten Zeit viel gelesen habe, die Prinzipalin (so heißt das hier, nicht Präsidentin) hat sehr gebildet geredet. Sie fragte mich, was ich von den »schrecklichen Unruhen in den unteren Schichten« halte. Ich sagte ihr, ich bin Sozialist, und sie hat nicht einmal mit der Wimper gezuckt – Flieger dürfen ja verdreht sein. Ob ich wirklich ein guter Sozialist bin? Ich weiß, daß die meisten Regierungen, vielleicht alle, den Kindern gar keine Aufstiegsmöglichkeiten geben. Sie fangen damit an, daß sie sie in Schmutz und Tb.-Bazillen ersticken, aber wie sollen wir dem idiotischen Durchschnittswähler zeigen, daß internationale Solidarität praktisch erreichbar ist? Wie ist das möglich?

Heute abend Brief von Gertie bekommen, hierher nachgeschickt. Sie scheint sich in Joralemon bißchen zu langweilen, arbeitet aber angestrengt im städtischen Verschönerungsausschuß des Frauenklubs, damit ein Warteraum für die Farmersfrauen gebaut wird, und richtet eine anglikanische Sonntagsschule ein. Wäre ganz gut für Istra, wenn sie solche gewöhnlichen Sachen tun würde, da sie ja doch nie ernsthaft malt; aber sie würde schön wütend werden, wenn ich ihr sage, daß sie das ist, was sie »bourgeoise« nennt. Gertie Cowles macht sich. Hoffentlich macht sich der ganz ergebene, aber schläfrige Schreiber dieses auch. Wie ich mich auf mein Bettchen freue!

Zweiundzwanzigstes Kapitel

20. August(1911). – Das große Chicago Meeting ist vorbei. Es war wirklich alles mögliche los. Noch nie ein so gutes Meeting gesehen. Bin heute Sieger im Dauerflug geworden. Im Höhenrekord Zweiter, aber Schluß mit Höhenflügen, ich tauge nicht dazu. Bin kein Lincoln Beachey. Ich verstehe nicht, wie er atmen kann. Seine 2897 m waren schon allerhand.

Morgen geht mein größtes Unternehmen los; längster Distanzflug, der bis jetzt in Amerika versucht worden ist. Noch besser als der Europa-Rundflug und England-Rundflug, den Beaumont gewonnen hat.

Folgende Route: Chicago, St. Louis, Indianapolis, Columbus, Washington, Baltimore, Philadelphia, Atlantic City, New York. Der *New York Chronicle* stiftet zusammen mit Zeitungen von Städten, die an der Strecke liegen, einen Preis von $ 40.000. Ganz hübscher Zuwachs für das Bankkonto, wenn ich siege, obwohl die Kosten groß sind. Habe jetzt $ 30.000 im Trockenen, $ 3000 Mutter geschickt.

Die Konkurrenz geht gegen meinen guten alten Lehrer M. Carmeau und gegen Tony Bean, Walter MacMonnies, M. Beaufort, den Franzosen, Tad Warren, Billy Witzer, Chick Bannard, Aaron Solomons und andere gute Leute. Ein gewisser Forbes, Spezialberichterstatter für den *N. Y. Chronicle*, ist mir zugeteilt, geht mir nicht von der Pelle, was recht peinlich ist, aber mit der Zeit gewöhne ich mich schon an die Reporter.

Martin Dockerill hat sich etwas in den Kopf gesetzt! Heute sagte er mir: »Hören Sie mal, Falke, wenn Sie bei der großen Sache gewinnen, müssen Sie mir als meinen Anteil fünf Dingerchen geben, und dann kaufe ich mir zwei Rasiermesserabziehriemen.« »Wozu?« fragte ich. »Ach, es gibt ganz bestimmt keinen zweiten Menschen in der Welt, der *zwei* Abziehriemen hat.«

Beim Bankett selbstverständlich eine Unmenge Reden und gutes Futter.

Am meisten Spaß macht mir meine neue Fliegerausrüstung – *Ausrüstung*, kein Anzug! Ich werde noch ein richtiger kleiner Theaterflieger. Bis jetzt habe ich gewöhnliche Kleider getragen, dazu eine Mütze, irgend eine gute alte Mütze, immer mit einem Riemen am Kopf festgebunden. Aber für den Wettflug habe ich Reithosen und Gamaschen und ein Seidenhemd und eine Norfolkjacke, eine neue Lederjacke und einen französischen Fliegerhelm aus Leder, mit Filz gefüttert. Der richtige Theaterflieger. Tatsächlich. Die Photographen werden sich darauf stürzen. Die Norfolkjacke, die Tad Warren hat, bringt ihm bestimmt $ 10.000 im Jahr ein!

Martin machte ich vor, daß es mir ganz ernst ist mit dem Anzug, mit der Ausrüstung, meine ich. Gestern abend putzte ich mich auf und stolzierte in den Hangar und fragte Martin aufgeregt, ob ich ihm so gefalle, und da bekam er fast einen Anfall. »Du lieber Himmel«, stöhnte er, »Sie sehen aus wie ein Flieger auf dem Umschlag von einer Weiberzeitschrift, in der garantiert nicht geflucht und nicht Tabak gekaut wird. Was ist denn aus dem Mädel geworden, das Sie geküßt haben, wie ich Sie das letzte Mal auf dem Einband gesehen habe?«

25. August. – Nicht viel Zeit zum Tagebuchschreiben bei einem solchen Wettfliegen; wenn man nicht ununterbrochen auf dem Posten ist, verliert man.

Böser Wind heute. Manchmal stört mich der Wind beim Fliegen gar nicht, und manchmal, wie heute, ist es, als ob das Einzige, was es in der ganzen verdammten Welt gibt, der verdammte Wind wäre, der einem in die Ohren brüllt und das Wasser in die Augen treibt und durch den Kragen hineinkriecht, daß einem der Rücken friert, und in die Ärmel hineinbläst, wenn man keine Windschutzärmel hat, und einen an den Ohren sticht und brennt. Nichts als Brüllen und Brüllen und Brüllen, der Wind ist noch schlimmer als der lärmendste alte gußeiserne Konservenbüchsen-Vrenskoy-Motor. Man möchte den Kopf einziehen und zusehen, daß man herauskommt, und es macht einen so elend müde – die Fliegerei hat gar nichts mit »glänzendem Wagemut« und »kühnen Taten« und ähnlichem blödsinnigen Zirkusquatsch zu tun. Gar keine Rede. Zum größten Teil ist sie nichts anderes, als daß man nicht nachgibt und gegen den Wind angeht, ungefähr wie ein Taxenchauffeur, der bei einem Sturm einen Zug erreichen will. Bin müde und wütend heute abend.

5. September. – New York! Ich bin Sieger! Viel Malheur (Hurra, ich glaube, ich habe es richtig geschrieben), bin aber mit ein paar Schrammen davongekommen. Beaufort um acht Stunden und Aaron Solomons fast um einen ganzen Tag geschlagen. Carmeaus Apparat in Columbus vollständig zertöppert, er selbst unverletzt, aber der arme Tad Warren über Illinois tödlich verunglückt.

8. September. – Hatte bis jetzt keine Zeit, über meinen Empfang hier in New York zu schreiben.

Hatte Sorgen wegen der armen Frau von Tad Warren, wir haben uns zusammengesetzt und für sie gesammelt. Gibt nichts Rührenderes als diese armen kleinen Weiber, die Cocktails herunterschütten, um lebendig zu bleiben, und dann mit den Nerven kaputt sind.

Ich habe mich nicht sehr anständig gegen Tad benommen, glaube ich. Wenn man so ganz allein in einem Hotelzimmer sitzt, nach dem ganzen Getue und Gehabe von den letzten paar Tagen, kommt man sich doppelt allein vor. Dann denkt man an alle Schweinereien, die man gemacht hat. Armer alter Tad. Zu spät jetzt, sich um ihn zu kümmern. Zu spät. Verstehe eigentlich nicht, warum nach dem Unglücksfall nicht das ganze Wettfliegen abgebrochen worden ist.

Ich wollte, Istra würde mich nicht ununterbrochen besuchen. *Muß* ich denn grob zu ihr werden? Ich möchte ja gern anständig zu ihr sein, aber ich kann dieses Cocktailleben nicht leiden. Herrgott, diesmal hat sie aber angegeben.

Der arme Tad war –

Ach verflucht, ich muß zum Empfang zurück. War eigentlich großartig. Parade vom Aero-Klub und Staffel A, ich in einem offenen Wagen, dabei bin ich mir vorgekommen wie ein dummer Junge, während Milliarden und Milliarden Menschen Hurra gebrüllt haben. Dann Empfang durch den Bürgermeister, ich übergebe den Brief vom Bürgermeister von Chicago, den ich in Chicago heimlich an mich selber, N. Y. postlagernd, aufgegeben hatte, damit ich ihn nicht unterwegs verliere. Dann das größte Dinner, das ich in meinem Leben gesehen habe, es müssen tausend Menschen dagewesen sein, im Astor, ich piekfein in einem neuen Frack (da habe ich aber alle schön hereingelegt, er war fertig gekauft und hat mich bloß $ 37.50 gekostet, sitzt wie angegossen).

Der Oberbürgermeister, die fünf Bezirksbürgermeister von N. Y., der Distrikts-Anwalt, der Vizepräsident der U. S., der Vizegouverneur von N. Y., fünf oder sechs Senatoren, der Chefkommandierende der Artillerie, Polarforscher und noch Hunderte von solchen Bonzen, vor allem aber Forrest Haviland, den ich ganz in meiner Nähe placieren konnte. Reden zum größten Teil über mich; ich habe mein schönes neues Zigarettenetui fast ganz abgerieben, um nicht wie ein Idiot auszusehen, während die Leute über mich und die Zukunft der Fliegerei und lauter so interessante Sachen redeten.

Am nächsten Nachmittag bin ich mit Forrest den Reportern durchgebrannt, und wir konnten in aller Ruhe und Frieden im Chinesenviertel essen.

Wir haben einen großartigen Plan. Wenn wir ihn ausführen können und er Urlaub kriegt, werden wir in einem zweisitzigen Curtiss-Flugboot den Oberlauf des Amazonas erforschen, vielleicht schon im nächsten Jahr.

Jetzt ist der ganze Empfangstrara und die große Aufregung mitsamt Gebrüll vorüber, ich fahre nach Newport, wo ich ein kleines Privatmeeting mache, das der Stahlkönig Thomas J. Watersell finanziert, und morgen abend wird N. Y. mich schon vergessen haben. Das ist mir gleich nach dem großen Dinner klar geworden. Ich wollte mit der Untergrund zum Times Square und wollte gerade rasch in den Wagen, als die Türen sich schlossen, und da schnauzte der Stationsbeamte mich an: »Was machen Sie denn da, Mensch, wollen Sie sich umbringen?« Er hat sich nicht viel Zeit gegönnt, um über den berühmten Falke Ericson nachzudenken, und ich habe angefangen mir zu überlegen, wie gemütlich N. Y. weiter machen wird, wenn es nicht mehr in den Morgenzeitungen liest, ob ich mit dem Gouverneur diniert oder mit Martin Dockerill in der Imbißstube am Güterbahnhof gefuttert habe.

Man vergißt uns rasch. Und es gibt auch schon eine neue Generation von Fliegern. Manche von den alten Riesen sind nicht mehr da. Der alte Moisant und Hoxsey und Johnstone und die andern sind umgekommen, und jetzt machen sich eine

Menge junger Leute heraus, die gerade gut genug fliegen können, um berühmt werden zu wollen. Uns Alten, abgesehen von Beachey, sind sie in der Luftakrobatik über, und sowas will das liebe Volk ja sehen. (Ich muß sagen, für einen Sozialisten verachte ich den *Geschmack* des Volkes ganz gehörig!) Ich denke nicht daran, blödsinnige Kunststücke in der Luft zu machen, da können mir die Manager noch so viel schreiben. Ich möchte eben doch lieber am Leben bleiben und mit dem alten Forrest den Amazonas erforschen als nach »glänzenden, tollkühnen und furchtlosen Leistungen« tot sein. Los, Kinderchen, viel Glück, aber überprüft sorgfältig eure Drahtstreben und versucht nicht, Lincoln Beachey zu übertreffen, der ist ein Genie.

Gott sei Dank, ich habe für ein paar Tage eine Sekretärin, die mir bei der ganzen Post hilft. Hunderte von Bettelbriefen und Liebesbriefen von Mädels, seitdem ich den großen Preis gewonnen habe. Ich komme mir ganz komisch dabei vor. Eine nette Sache war bei der Post. Ein Brief vom Türken, von Jack Terry, den ich seit der Plato-Zeit nicht gesehen habe. Er hat nicht fertig studiert, sein alter Herr ist gestorben, und jetzt verwaltet er recht schöne große Fischgründe in Oregon. Bin sehr froh, daß ich wieder einmal von ihm höre. Komisch, ich habe schon ein Jahr nicht an ihn gedacht.

Mir ist heute sehr einsam und melancholisch, trotz allem, was ich tue, um mich aufzumuntern. Die Abspannung nach dem Empfang wahrscheinlich usw. Am liebsten möchte ich Istra anrufen, aber das darf ich wirklich nicht. Ich sollte mich hinhauen, aber schlafen könnte ich ja doch nicht. Armer Tad Warren.

(Die folgenden Worte sind an den unteren Rand einer Seite gesetzt, in einer zarten, schönen Handschrift, die keine Ähnlichkeit mit Mr. Ericsons gewöhnlichem Gekritzel hat.)

Was immer für höhere Wesen es geben mag, in der gegenwärtigen und in der künftigen Welt, nehmt dies Gebet von einem einfachen Mann wohl auf, der wenig von Monismus und Dreifaltigkeit und Logos weiß, und gebet Tad Warren, einem Kind, das niemals groß geworden ist, noch einmal eine Chance.

11. September. – Unterwegs nach Kokomo, soll für die Farmergenossenschaft fliegen.

Leichtes Meeting gestern (Newport, Rhode Island). Einfache Vorführungen und Passagierflüge. Nachher blendende Gesellschaft für mich, gegeben von Thomas J. Watersell, dem Stahlmenschen. Früher habe ich von solchen Gesellschaften gelesen. Vogelgesellschaft in einem Garten; Watersell hat ein riesiges Grundstück, darauf ein großes Haus mit herrlicher Terrasse und Schwimmbassin und kleinen Gärten vor den Fremdenzimmern und alle Zimmer mit Privateingängen. Haus im Missionsstil um ein offenes Patio herumgebaut. Alle feinen Hunde von Newport kamen als Vögel verkleidet zur Gesellschaft. Ich mußte mich als Falke kostümieren, Kostüm lag fix und fertig da; möchte bloß wissen, woher sie meine Maße hatten. Mädchen machten Vogeltanz. Sehr viel Beine in Seidenstrümpfen zu sehen, war recht nett. Als der Tanz aus war, standen alle im Halbkreis um mich. Ich war auf dem Rasen neben Mrs. Watersell, die Mädelchen verbeugten sich tief vor mir, flatterten mit ihren Seidenflügeln, dabei leuchteten bunte elektrische Birnen, die in den Flügeln versteckt waren, auf; es sah aus wie ein Regenbogen von bunten Glühwürmern in der Dunkelheit. Dann wurden plötzlich die großen Lampen eingeschaltet und Hunderte von allen möglichen Vögeln losgelassen, die alle um mich herum aufflogen. Ich war so überrascht, daß ich einen Schreck bekam. Hernach zum Essen die besten Sandwichs, die ich in meinem ganzen Leben gekriegt habe.

Hat mir sehr geschmeichelt, das Ganze. Irgendwie bin ich mir dabei nicht so blödsinnig vorgekommen wie bei den Banketten mit langen Reden.

Als die Gesellschaft vorüber war, ziemlich spät, ging ich mit Watersell in sein Privatbad, schwimmen. Merkwürdigste Sache, die mir bis jetzt vorgekommen ist. Er sagt, alle Leute haben römische und pompejanische Bäder, und er will es eben feiner haben, deshalb hat er sich ein ägyptisches Bad gebaut. Sieht aus, wie das Innere von einem antiken Tempel: lange Halle mit großen dicken grünen Säulen und einem riesigen Götzenbild am Ende, das ganze Bassin in grünem Marmor mit Lampen unter dem Wasser und an den Säulen, und das Wasser selbst genau Lufttemperatur, so daß man nicht weiß, wo das Wasser aufhört und die Luft darüber anfängt. Jedenfalls merkt man es wenigstens kaum. Und man hat so ein Gefühl, als ob man in der Luft durch eine grüne Dämmerung schwimmen würde. Tollste Sensation, die ich bis jetzt erlebt habe; und das Götzenbild und die Säulen schüchtern einen ein bißchen ein.

Das Schwimmen hat mir Spaß gemacht, und das Zimmer, das ich hatte, auch; aber ich hatte meine Zahnbürste verloren, und das hat mir die ganze Sache zum Schluß etwas verpatzt.

Mir ist aufgefallen, daß Watersell mir seine Tochter nur so halb vorgestellt hat; als großes Tier bin ich ihnen recht, aber – – Und doch scheinen sie mich ganz gern zu haben. Wenn nicht der alte Martin mit seiner Maiskolbenpfeife bei mir wäre, der mir immer sagt, was er sich denkt, würde ich auf den Reisen zwischen den einzelnen Meetings manchmal vor Einsamkeit krepieren. Es gibt ja oft genug nette Unterhaltungen, aber ich würde mich ganz gern mit den Cowles' hinsetzen und Poker spielen und nicht erklären müssen, wer ich bin.

Komisch – früher, wie ich mich herumgetrieben und um keine Menschenseele gekümmert habe, bin ich mir nie allein vorgekommen.

23. Oktober. – Ich bin bloß neugierig, wie weit ich es noch als Flieger bringen werde. Die Zeitungen preisen mich alle als Helden. Held, ja Dreck! Ich bin ein ganz zuverlässiger Flieger, aber das wären die meisten Chauffeure auch. Diese ganze Heldengeschichte ist doch einfach Unsinn. Es war ja fast reiner Zufall, daß ich überhaupt zur Fliegerei gekommen bin. Daß es Zufall ist, wenn man ein so großer Flieger wird, wie Garros und Vedrines und Beachey, glaube ich nicht, aber ein Garros werde ich wohl nie werden. Genau so wie der Mann, der dreieinhalb Meter springen kann, aber nicht darüber hinaus kommt.

1. Dezember. – Carmeau gestern bei einem Flug in San Antone umgekommen. Motorexplosion, Feuer ausgebrochen, in der Luft bei lebendigem Leib verbrannt. Einen bessern Lehrer hätte ich nicht haben können, er war geduldig und klug. Ich kann nicht über ihn schreiben. Und eine völlig verrückte Frage kann ich nicht aus dem Kopf herauskriegen. Ist sein Bart verbrannt? Ich erinnere mich ganz genau, wie der Bart ausgesehen hat, und denke ununterbrochen daran, während ich mich daran erinnern sollte, wie gescheit und verflucht anständig er war. Carmeau wird mir nie wieder neue Kunststücke zeigen.

Und Ely im Oktober umgekommen. Cromwell Dixon, der tapfere Junge, futsch, Professor Montgomery, Nieuport, Todd Shriver, den Martin Dockerill und Hank Odell so gern gehabt haben, und viele andere, alle tot wie Moisant. Ich glaube ja, ich riskiere nichts Überflüssiges, aber das bringt einen doch zum Nachdenken. Und Hank Odell hat eine kaputte Schulter. Hauptmann Paul Beck hat mir einmal gesagt, er meint, diese Unfälle sind meistens auf Leichtsinn zurückzuführen. Und er ist bestimmt ein guter Beobachter. Aber wenn ich an einen so guten Konstrukteur wie Nieuport denke – –

Ein fabelhaftes Geld verdiene ich. Gott sei Dank wird es noch ein gutes Jahr geben, 1912, aber was 1913 sein wird, weiß ich nicht, sieht so aus, als ob es dann mit dem Schaufliegen aus sein würde – jetzt haben schon fast alle, die darauf neugierig waren, einen Aeroplan fliegen sehen, und mehr wollen sie ja nicht haben. Also adieu Fliegerei, außer für Militärzwecke und außer Flugzeugen für Sportsleute, mindestens Adieu für eine ganze Reihe von Jahren.

Ich hoffe nur, Forrest und ich werden wirklich unsern Südamerikaflug machen können. Von mir aus soll es mich den letzten Cent kosten, den ich habe. Das wird wenigstens etwas sein. Ein neues Land sehn und nicht mit Managern um Geld zanken müssen.

22. Dezember. – Hurra, Weihnachten auf hoher See! Recht schön, wieder einmal das Meer zu riechen und die schmalen Gänge zwischen den weißen Luxuskabinentüren entlang zu schlingern. Soll einen Monat mit Tony Bean in Brasilien und Argentinien fliegen. Wir werden Material für die Erforschung des Amazonas-Oberlaufs sammeln. Martin Dockerill stolziert wie ein richtiger Kleiderfatzke in neuen weißen Flanellhosen auf dem Deck herum und macht hübschen Mexikanermädels Augen. Es ist schon schön, wieder auf Reisen zu sein.

22. Februar 1912. – Washingtons Geburtstag. Der hätte mit der Vorbehaltsklausel Schluß gemacht, wenn er überhaupt in die Lage gekommen wäre, ein Aero-Meeting zu propagieren.

Start zum Flug New Orleans – St. Louis. Läßt sich wirklich großartig an, überall großer Jubel, eine Unmenge von Preisen, allerdings riskant. Nur schäbige 2.500 Dollars sind garantiert, dafür Versprechungen auf Einkünfte in den Städten an der Route, wo Aufenthalte für kurze Schauflüge vorgesehen sind. Jeder Teilnehmer hat bestimmte Städte anzufliegen und erhält Beteiligung an Eintrittspreisen.

23. Februar. – Ein miserables Fliegen war das heute. Wenig Leute zum Abschied draußen. Kaum oben, haben auch schon Anstände mit den Kerzen begonnen. Wollte landen, aber nichts wie Bayous, Reisfelder, Zuckerrohrpflanzungen und Sümpfe. Farmer schoß nach meiner Maschine. Motor setzte bald aus, mußte Hals über Kopf auf kleinem Acker landen. Landungschassis zertöppert, Fresse zerschunden. Aber nichts Ernsthaftes. Dauerte zwei Stunden, bis ich mit einem Grobschmied aus dem nächsten Ort Chassis reparieren und Kerzen reinigen konnte. Weitergeflogen, nachdem ich drei Angsthasen von Negern dazu gebracht hatte, den Schwanz zu halten, während der Schmied Propeller anwarf. Drehte ein paarmal herum, duckte sich dann zu früh, während ich dasaß und versuchte, nicht wütend auszusehen, obwohl meine Wut nicht von Pappe war. Hier in diesem Nest als Vierter gelandet und zweifelhaftes Unterkommen im Hotel gefunden. Wollte, ich wäre wieder in New Orleans. Wird schon wieder besser werden. Daß andere vor mir liegen, macht die Sache höchstens interessanter. Bloß morgen abwarten. Und ich bin nicht der einzige, der Pech hat. Aaron Solomons hatte Propellerbruch und ging beinahe zum Teufel.

Später. – Kabel. Tony Bean ist tot. Beim Fliegen umgekommen. Du guter Gott, Tony, unmöglich, sich ihn tot vorzustellen. Ist erst ein paar Tage her, daß wir zusammen flogen und Señoritas besuchten, und er, immer höflich und freundlich, spielte Geige und lachte, ganz so, wie er uns in der Bagby-Schule in gute Laune geigte, wenn wir den Kopf hängen ließen. Ist so, als ob es erst ein paar Minuten her wäre, daß wir in seinem großen Wagen durch die Avenida de Mayo fuhren und ihm alles zujubelte; er war der Held von Buenos Ayres, hat mich aber trotzdem behandelt, als ob ich die Hauptperson wäre. Kabel von gestern datiert, aus New Orleans nachgeschickt: »Beanno tödlich verunglückt, aus sechzig Meter Höhe abgestürzt.«

Und morgen werde ich wieder auf dem Posten sein und mit den kleinen Managern Witze machen müssen. Am liebsten würde ich irgendwohin abhauen und in aller Stille nachdenken. Ich wollte, ich könnte weg, könnte mit Forrest nach Südamerika.

24. Februar. – Pechsträhne hält an. Bin wieder im selben Nest! Gestern aufgestiegen. Fehlzündungen. Mußte Hals über Kopf in einem Bayou landen und Maschine mit Hilfe von erschrockenen Kindern herausziehen. Hierher zurückgekommen. Benzinleitung war versaut, kleines Stück Zinn hat darin gesteckt.

Martin ist Tonys Tod genau so in die Knochen gefahren wie mir, obwohl er über nichts viel Worte macht. »Herrgott, Tony war doch so ein netter kleiner Kerl.« Mehr hat er nicht gesagt, hat aber ganz elend ausgesehen.

25. Februar. – Noch ein Mann ist ausgeschieden. Bin aber trotzdem immer noch Dritter im Rennen. Heute hat mich das Rennfieber erwischt, dachte an nichts als an Gewinnen, fing gut an, wurde dann leichtsinnig, Maschine schaukelte wie ein Stück Holz in der Brandung. Habe ein komisches kreolisches Hühnergericht vor mir, soll wohl so was wie ein Lunch sein. Schreibe im Speisesaal des Hotels.

Später. – Aaron Solomons überholt, bin jetzt Zweiter im Rennen, eben drei Stunden hinter Walter MacMonnies hier gelandet. Drei Briefe hierher nachgeschickt bekommen, einer von Forrest, er fliegt täglich im Armeelager, dann einer von Gertie Cowles, sie ist mit ihrer Mutter in Minneapolis, zur Opernwoche, und zu meiner Überraschung eine kurze Nachricht von Jack Ryan, dem Brummbären, er hat die Fliegerei aufgegeben und ist wieder in der Automobilbranche.

Mehr als Geld für die Auslagen wird bei der Geschichte nicht herauszuholen sein.

Morgen werde ich den Leuten einmal zeigen, was richtiges Fliegen ist.

Später. – Telegramm von einer St. Louiser Zeitung. Feine Sache. Bericht sagt, daß Wettflugveranstalter ihr Versprechen, Frist zu verlängern, nicht gehalten haben. Sehr zweifelhaft, ob Walter MacMonnies oder ich es in der vorgeschriebenen Zeit schaffen können.

26. Februar. – Pech will nicht aufhören, konnte aber trotzdem raschen Flug machen. Wieder zwei Notlandungen, eine davon mitten auf Eisenbahnstrecke, um ein Haar in Telegraphendrähten hängen geblieben, konnte Maschine gerade noch von der Strecke fortschaffen, als Zug zu hören war, schauerliche Sache. Nerven nicht in bestem Zustand. Einmal, als ich sechzig Meter hoch war, Höhe, aus der Tony Bean abgestürzt ist, sah ich sein Gesicht direkt vor mir in der Luft und fuhr so zusammen, daß Steuerungsdrähte beschädigt wurden.

###

15. März. – Eben aus dem Lazarett gekommen, nach dreiwöchigem Liegen, gebrochenes Bein noch in Schienen. Bin froh, daß Walter Macm. innerhalb der Frist angekommen ist und Preis bekommen hat. Zu schwach und kribblig, um viel zu schreiben. Schulter tut noch weh.

18. März. – Wie es zum Sturz kam (Sturz vor drei Wochen, bei dem ich mir das Bein gebrochen habe). Flog über unregelmäßiges Gelände, als plötzlich böser Windstoß durch Hügeleinschnitt kam. Tragfläche knickte. War 120 Meter hoch. Apparat kippte nach vorn, dann seitwärts. Herrgott, dachte ich, ich bin erledigt, will aber so lange wie möglich leben, und wenn es nur ein paar Sekunden sind, und arbeitete mit Höhensteuer weiter, um ein bißchen auszubalancieren. Boden kam schnell hoch. Muß wohl gesprungen sein. Landung im Sumpf, das hat mir das Leben gerettet. Kam im Haus des Doktors zu mir. Bein gebrochen, Schulter übel zugerichtet und so weiter. Maschine in Trümmern, aber Martin Dockerill hat sie ganz nett wieder repariert. Mit ihm und dem Doc spielte ich jeden Abend Poker. Martin gewinnt immer mit seinem verfluchten Begräbnisgesicht, das er immer aufsetzt, auch wenn er Full mit zwei Assen hat.

24. März. – Bein wieder so ziemlich in Ordnung. Steuerpedal so hergerichtet, daß ich mit einem Fuß arbeiten kann. Heute eine Meile geflogen, nicht schlecht gegangen. Hoffentlich kann ich nächste Woche beim Meeting in Springfield, Illinois, mitmachen. Aber Brasilienflug mit Forrest Haviland wird auf jeden Fall tadellos gehen. Der alte Junge hat mir jeden Tag geschrieben, während ich auf der Nase lag. Zeitungen haben viel davon hergemacht, daß ich sobald wieder fliege, neue Verpflichtungen, und jetzt sieht alles wieder ganz schön aus. Lese recht viel und bin so vergnügt wie nur möglich.

25. März. – Forrest Haviland ist tot. Heute ums Leben gekommen.

27. März. – Eindecker telegraphisch verkauft. Martin Stelle bei der Sunset Aviation Company verschafft.

28. März. – Nach Europa abgereist.

###

8. Mai, Paris. Heute wollten Forrest und ich in New York zusammenkommen, um endgültig die Pläne für Brasilienflug zu besprechen.

10. Mai. – Versuche noch immer, Brief von Forrests Vater zu beantworten. Scheint nicht richtig zu gehn. Wenn ich Forrest wenigstens noch einmal gesehen hätte. Aber vielleicht haben sie recht gehabt, daß sie mit dem Begräbnis nicht gewartet haben, bis ich hinkommen konnte. Leutnant Faber sagt, Forrest war schrecklich zugerichtet. Aus 520 Meter Höhe abgestürzt. Wenn ich nur nicht immer wieder Pläne für den Brasilienflug machen würde, bis mir wieder einfällt, daß es ja gar nicht mehr dazu kommen kann. Ich werde wohl übrigens kaum vor dem Herbst wieder fliegen, obwohl ich mich jetzt nach der Erholung in England wieder kräftiger fühle. Titherington hat einen schönen Besitz in Devonshire. England scheint bei Doppeldeckern bleiben zu wollen, ist für Eindecker nicht zu gewinnen. Ich glaube, ich werde wirklich nicht vor dem Herbst fliegen. Heute sollte ich mit Forrest Haviland in New York sein. Den Urlaub für den Brasilienflug hätte er schon bekommen. Wir hätten Martin mitgenommen. Tony wollte uns in Rio aufsuchen. Frankreich gefällt mir, aber ich kann mich nicht an die Sprache gewöhnen, fange immer wieder an, Spanisch zu reden.

Vielleicht werde ich noch hier in Frankreich fliegen, aber in der nächsten Zeit sicher nicht, obwohl die Massage mich wieder tadellos in Ordnung gebracht hat. Vielleicht mache ich eine Fahrrad-Tour durch Frankreich. Ich lerne Französisch. N. B.: An Oberst Haviland schreiben, sobald ich kann.

Muß, sobald ich kann.

Dritter Teil.
Das Abenteuer der Liebe

*

Dreiundzwanzigstes Kapitel

Im Oktober 1912 suchte ein junger Mann, ein Motoren-
sachverständiger, der ein ruhiges, sicheres Auftreten hatte und
es gewohnt war, mit prominenten Männern zu sprechen, den
alten Stephen VanZile, den Vizepräsidenten und Generaldirek-
tor der VanZile-Motor Corporation in New York auf, über-
reichte ihm einen begeisterten Brief von dem Präsidenten des
Aero-Klubs und wurde augenblicklich mit einem Anfangsgeh-
alt von 2500 Dollar jährlich eingestellt; seine Aufgabe war die
Schaffung eines Wagentyps, dem er den Namen »Touricar« gegeben hatte – es handelte sich um ein mit allen Bequemlichkei-
ten zum Übernachten ausgerüstetes Automobil, das den Automobilisten unabhängig von den Gasthöfen machen, ihm außer
den Freuden des Fahrens auch die Freuden des Lagerlebens
bieten und – ein Charakteristikum fast aller Erfindungen – dem
Erfinder Geld einbringen sollte.

Dieser junge Mann war Carl Ericson, den Mr. VanZile im
Februar des gleichen Jahres in New Orleans hatte fliegen sehen. Auf die Idee des Touricar war Carl während seiner Mo-
torradreise durch Skandinavien und Rußland gekommen.

Er zählte damals siebenundzwanzig Jahre; in seinem Äußeren hatte er nichts, was auffallend oder gar schön zu nennen
gewesen wäre, aber er wirkte so sauber, so gut gebadet, so
prächtig in Form und von der Sonne gebräunt, daß man bei
seinem Anblick glaubte, einen der vielen Großstädter vor sich
zu haben, die in guten Sommerfrischen schwimmen, tanzen
und Tennis spielen – ein Eindruck, den sein glattes, maisfarbenes Haar und sein kleiner heller Schnurrbart nur zu bestätigen
schienen. Seinem Aussehn nach war er viel zu sehr der elegante, wohlerzogene, ziemlich unerfahrene junge Mann von
der Universität Yale oder Princeton, um schon viel vom Leben
oder der Arbeit zu wissen. Sobald er aber mit Zeichnern und

218

Stenotypistinnen an die Arbeit ging, sobald er freundlich, aber sehr bestimmt sprach, erwies er sich als ein durchaus konzentrierter Mann, der vor keiner Verantwortung zurückscheute und fähig war, viele Leute zu beschäftigen.

Seinen Händen war anzusehn, daß sie schon so manches geleistet hatten. Sie waren groß und breit und hatten plumpe Knöchel; die Schwielen seiner Handflächen stammten von der Betätigung mit derberen Geräten als Ruder und Rackett. Da waren winzig kleine Spuren schwarzen Fettes, die sich beim besten Willen immer noch nicht ganz aus den Poren seiner Haut entfernen ließen. Und zwei von seinen gut gepflegten, aber dicken Nägeln waren offenbar zerquetscht worden.

Die ihm gleichgestellten Kollegen im Bureau, wie er Anwärter auf Karriere, sagten von ihm, er »fresse die Arbeit einfach auf.« Die Zurückhaltung, die er bei aller Freundlichkeit zeigte, ließ das Gerücht entstehn, daß er einen »heimlichen Kummer« habe, und überhaupt gab es viel Klatsch und Altweibergewäsch, weil er das Fliegen aufgegeben hatte. Was er vor einem Jahr, in jenen prähistorischen Zeiten, getan hatte, wußte man nicht recht genau, aber man behandelte ihn mit Achtung und nicht mit jener dünkelhaften Ironie, mit der ein Bureau abzuwarten pflegt, ob ein Neuer sich als Dummkopf oder Brummbär, als Hanswurst oder guter Kamerad entpuppen wird. Die Stenotypistinnen, die Kontoristinnen und die Telephonistinnen schmachteten ihn an, und das Mädchen, das in ihrer Schublade eine alte Nummer des *New York Chronicle* entdeckte, welche ein Interview mit ihm enthielt, bildete sich sehr viel auf diesen Fund ein und borgte die Zeitung nur ihren besten Freundinnen. Die älteren Frauen, die wußten, daß Carl einen ernsthaften Unfall erlitten hatte, wisperten einander in den Vorzimmern zu: »Der arme Kerl, und er trägt es so tapfer.«

Doch in Carls porzellanblauen Augen war nichts von Leid oder Kummer zu sehn, nichts von jenem verächtlichen Flehen um Mitgefühl, das man »tapfer seinen Kummer tragen« nennt.

Der Touricar hatte eine Menge von klug ausgedachten Einzelheiten zum Kampieren – einen extragroßen Koffer, dessen dreieckige Form dem Wagen zudem noch eine gute Stromlinienannäherung   gab,   zusammenfaltbare   Seidenzelte, zusammenklappbares Aluminiumkochgeschirr, ein elektrisches Öfchen, das von Strom aus dem Wagen geheizt wurde, und ähnliches mehr. Das Entscheidende aber, das, worauf Carl ein Patent nehmen konnte, war eine Anordnung, die es ermöglichte, beim Aufschlagen der Betten mit Hilfe der Sitzpolster zwei Einzelkojen herzustellen. Die Lehnen der Vordersitze hingen in Angeln und konnten nach hinten in die Horizontale geklappt werden. Die Rückenpolsterung der Vordersitze war gleichfalls herauszunehmen und umzulegen. Wenn auf den so gewonnenen Betten Laken aufgeschlagen, die Seitenvorhänge eingehängt und das elektrische Licht angeknipst war, hatten die Reisenden einen angenehmeren Aufenthalt als in einem ländlichen Gasthof und waren sicherer aufgehoben als in einem Zelt.

Der erste Touricar war im Bau. Carl ließ eine Liste präsumtiver Käufer kursieren und korrespondierte mit Sportfirmen.

Da er noch nicht durch lange Bureautätigkeit verbraucht war, machte er sich keine Sorgen über das Riskante des neuen Unternehmens. Die langweiligen Einzelheiten des Geschäftsbetriebes waren für ihn noch etwas Lebendiges: Das Abenteuer des Geschäfts.

Er war unermüdlich im Konferieren mit Zeichnern und Werkmeistern und war davon durchdrungen, daß das wichtigste Rad in der Weltindustrie stehn bleiben würde, wenn er nicht pünktlich auf die Sekunde um halb neun ins Bureau kam, um zu hören, wie der Chef, der alte VanZile, in aller Höflichkeit Bedenken über die Fortschritte der Arbeit äußerte. Unablässig dachte er über Mittel und Wege nach, die ihn zum Besitze einer Million Dollar führen würden; er war aber Wirklichkeitsmensch genug, sich nicht von phantastischen Kombinationen hinreißen zu lassen. Das alles war nicht so berauschend wie das Aufstellen von Flugrekorden vor den Augen von Tausenden, aber es befriedigte Carls Arbeitsdrang und Verantwortlichkeitssinn nicht minder. Während der Arbeitsstunden war er lebendig und ehrgeizig, in seiner freien Zeit wußte er nichts mit sich anzufangen. Seine einsamen Mahlzeiten nahm er in billigen Lokalen, wo die Tischtücher alles andere als sauber waren. Er hatte einen großen Teil seines Vermögens in die neue Touricar

Company, eine Tochtergesellschaft der VanZile Corporation, gesteckt.

In seinem großen, unschönen, ziemlich billig eingerichteten Zimmer in der Fünfundsiebzigsten Straße verbrachte er ungemütliche Abende, indem er an Plänen für den Touricar arbeitete oder Französisch las: französische Fachliteratur, leichte Romane, Balzac, alles Mögliche.

Er gab sich Mühe, körperlich in Form zu bleiben, und obwohl ihn der alberne Betrieb in der Sporthalle langweilte, ging er dreimal in der Woche hin. Ohne recht zu wissen warum, gab er sich dort nicht zu erkennen und trug sich als »O. Ericson« ein.

Selbst im Aero-Klub, wo ihn sehr viele Menschen vom Sehn kannten, war er ein Niemand. In der jungen Aviatik richtete sich das Interesse natürlicherweise auf die Männer, die Neues unternahmen und Neues planten, nicht auf die Helden der Vergangenheit. Carl war oft allein beim Lunch im Klub. Er konnte ganze fünf Minuten lang im Speisesaal unverwandt auf die Tapete aus gepreßtem Leder starren. Oft musterte er die Preise in der Halle mit einer Aufmerksamkeit, die er in glücklicheren Tagen nicht aufgebracht hätte. So mancher hätte ihn mit Freuden willkommen geheißen, aber er suchte niemand auf. Früher hatten ihn die Gespräche mit den Kameraden viel zu sehr beschäftigt, als daß er Zeit gehabt hätte, um sich zu blicken. Jetzt hatte er Zeit und Müsse, die Einrichtung der Klubräume zu studieren. Nur eine Ecke vermieden seine Blicke. Dort hing ein Bild des vergessenen Falke Ericson, des Siegers im Fluge Chicago – New York, das ihn bei seiner eleganten Landung auf Governor's Island zeigte …

In jenen Tagen hatte er wenige Freunde, und von den Mitgliedern des Aeroklubs schätzte er nur zwei: einen früheren Rennfahrer, der jetzt als Verkäufer für die VanZile Corporation arbeitete, und Charley Forbes, den lockenköpfigen, kleinen Reporter, der ihm für den *Chronicle* auf seinem Flug von Chicago nach New York gefolgt war. Hin und wieder tauchte in der Stadt einer der Männer auf, mit denen er geflogen hatte – Hank Odell, Walter MacMonnies oder Leutnant Rutledge von der Marine – und dann kam Carl sich wieder wie ein Mensch vor.

Frauen … das einzige Mädchen, das er gut gekannt hatte, die Malerin Istra Nash war in Kalifornien, wo sie ihrem Vater den Haushalt führte und auf einen Vorwand wartete, um wieder nach New York oder Europa durchzubrennen.

Innerhalb des Bureaus – ein eifriger, optimistischer junger Geschäftsmann. Die ganze übrige Zeit ein entthronter Fürst. Das war Carl im November 1912, als ihn ein Brief von Gertrude Cowles, der ihm durch ganz Amerika und Europa nachgereist war, endlich erreichte:

– – West 157th St.
New York.

Lieber Carl, – Ach, es ist ja so aufregend, wir leben jetzt in *NewYork*! Ray hat eine glänzende Position bei einer großen N. Y. Immobilien Gesellschaft, und Mamma und ich sollen ihm den Haushalt führen, obwohl es nur eine Mietswohnung ist (aber sie ist ziemlich groß und hat den Blick auf ein ganz reizendes altes Haus, das schon seit ewigen Zeiten in Harlem stehn muß, und unser Haus hat allen modernen Komfort, Fahrstuhl und alles andere.

Denke mal an, Carl, ich werde tanzen lernen, in der Schule von Madame Vashkowska – sie war beim russischen Ballett und ist wirklich fast eine so wunderbare Tänzerin wie Isadora Duncan und die Pawlowa. Vielleicht werde ich einmal Kinder in allen diesen reizenden neuen Tänzen unterrichten. Ich bin jetzt furchtbar aufgeregt darüber, daß ich hier bin, ganz wie ein dummes, albernes, kleines Mädchen. Und ich hoffe sehr, daß Du nach N. Y. kommen und uns die Ehre erweisen kannst, einmal bei uns zu essen, Du berühmter Flieger – unser Carl, und wir sind so *stolz* auf Dich – wenn Du überhaupt noch an so einfache Menschen wie wir denkst. Wo Du wohl bist, wenn Dich diese Zeilen erreichen?

Ich lese in den Zeitungen, daß Dein Unfall nichts Ernsthaftes ist, aber ich mache mir doch Sorgen. Ach, Carl, Du mußt wirklich besser auf Dich acht geben.

Wie immer die Deine
Gertie

P. S. – Mamma läßt Dich schönstens grüßen und Ray auch, er hat jetzt einen schwarzen Schnurrbart, mit dem wir ihn furchtbar aufziehen.

G.

Kaum hatte Carl den Brief zu Ende gelesen, da stand er auch schon im Erdgeschoß und erkundigte sich bei der Auskunft nach der Telefonnummer von – – West 157th Street; dann wechselte er hastig Kragen und Krawatte und trabte, wie der kleine Carl, den Gertie gekannt hatte, zur Untergrundbahn, die ihn »nach Hause« führen sollte.

Vierundzwanzigstes Kapitel

Carl stand vor dem zwölfstöckigen Miethaus und musterte die Fensterreihen … Hier war sein Zuhause, Joralemon, Erinnerungen, Gerties Glaube und Verständnis … Sie hatte ihn ja immer verstanden … Aufgeregt ging er hinauf … Wie mochten die Cowles' jetzt sein?

Gertie empfing ihn in dem nach Mänteln riechenden Vorzimmer der Wohnung, sie nahm ihn bei beiden Händen und rief: »Ach *Carl*, es ist ja so schön, daß du da bist!« Hinter ihr zeigte sich die steifrückige Mrs. Cowles und begrüßte ihn mit hoher, müder Stimme: »Mr. Ericson! Ein Freund von Zuhause, und noch dazu so ein berühmter Freund!«

Gertie führte ihn in das Wohnzimmer. Er betrachtete sie. Vor ihm stand nicht ein Mädchen, sondern eine rundliche, massive Frau von dreißig Jahren mit kleinen Fältchen in den Mundwinkeln; aber ihre Augen strahlten ihn süß an, und ihr Haar über der breiten ruhigen Stirn war bezaubernd weich und braun. Sie trug ein fliederfarbenes Crêpe-de-Chinekleid, das ziemlich tief ausgeschnitten war.

Sie saßen in Stühlen und sprachen.

Ray kam herein, schlug Carl auf die Schulter und brüllte: »Na, da haben wir ja den fremden Herrn! Heiliger Strohsack, hast du dir auch einen Schnurrbart wachsen lassen? Nimm ihn dir lieber ab, bevor Gert anfängt, dich damit aufzuziehn. Zigarre?«

Zum ersten Male seit einem Jahr fühlte Carl sich zu Hause, zum ersten Male sprach er ohne ein Gefühl des Unbehagens.

»Hör mal, Gertie, erzähl mir was von meinen alten Herrschaften und von Bone Stillman.«

»Ja, deinen Vater habe ich noch kurz vor unserer Abreise gesehn, Carl. Du weißt doch, er arbeitet noch immer ein bißchen. Deine Mutter haben wir so weit gebracht, daß sie in den Nautilus Klub eingetreten ist – oft geht sie zwar nicht hin; aber einmal hat sie einen sehr netten Vortrag über ›Java und seine Erzeugnisse‹ gehalten, und sie hilft uns sehr mit dem Warteraum. Stillman habe ich sehr, sehr lange nicht gesehn. Ray, was hat – —«

Ray: »Ja, soviel ich weiß, ist Bone wieder losgezogen. Jemand hat mir erzählt, daß Bone oben in den Großen Wäldern sowas wie Forstheger oder Bergwerksinspektor ist. Jetzt muß er schon ziemlich nah an siebzig sein, übrigens.«

Carl: »So, Vater geht es also einigermaßen. Mit seinen Briefen ist nicht sehr viel anzufangen. Ach ja, sag doch, Gertie, was ist denn aus Ben Rusk geworden? Von dem hab ich jede Spur verloren.«

Gertie: »Ja, weißt du das denn nicht? Er war am Rush Medical College. Er soll dort sehr tüchtig gewesen sein. Er hat alle Prüfungen mit Glanz abgelegt, und jetzt praktiziert er zu Hause bei seinem Vater.«

Carl: »Rush?«

Gertie: »Ja, du weißt doch, in Chi – –«

Carl: »Ach ja, natürlich, in Chicago, natürlich, jetzt erinner ich mich. Ich hab es ja einmal gesehn. Aber! Dort war doch sein Vater auch?«

Ray: »Ja, freilich, der war auch dort.«

Dieser Punkt schien geklärt.

Carl: »So, so, Ben hat also wirklich Medizin studiert, obwohl – – Ach, sagt doch mal, was ist eigentlich mit Adelaide Benner?«

Gertie: »Die wirst du bald sehn! Sie kommt in ein paar Wochen nach New York und bleibt bei uns, bis sie sich eingerichtet hat. Denk bloß mal an, sie soll ein ganzes Jahr hier bleiben und Haushaltskunde studieren, und dann soll sie eine einfach blendende Position als Lehrerin an der Fargo Höheren Schule bekommen. Ich soll eigentlich gar nichts davon erzählen – du darfst mit keinem Wort verraten, daß – –«

Mrs. Cowles (*unterbrechend*): »Adelaide ist ein gutes Mädchen … Ray! Wipp nicht mit dem Stuhl!«

Gertie: »Ja, *nicht* wahr, Mamma … Also, was ich eben sagen wollte: ganz unter uns, Carl, sie soll die Position an der Fargo schon ganz fix haben, die wartet schon auf sie, obwohl sie das nicht öffentlich bekannt geben kann, denn dann würden sich alle darauf stürzen und ihr die Stellung wegzuschnappen suchen. Ist das nicht fein?«

Carl: »Na freilich … Weißt du noch, wie wir das Maivergnügen bei Adelaide hatten und ich für meinen Korb nur Stoffpuppen und Maiblumen kriegen konnte? Herrjeh, damals hab ich mich benachteiligt gefühlt!«

Gertie: »Wir hatten doch manchmal wirklich nette Vergnügen, nicht wahr? … Ach, Carl, *kannst* du überhaupt vergessen, wie wir damals als ganz kleine Kinder davongelaufen sind?«

Carl: »Ich werd nie vergessen – —«

Mrs. Cowles: » *Ich* werde das nie vergessen! Du lieber Himmel! Ich glaubte, ich würde überhaupt nicht am Leben bleiben, so eine Angst hatte ich.«

Carl: »Aber jetzt haben Sie mir schon verziehen, nicht wahr?«

Mrs. Cowles: »Aber natürlich, mein lieber Junge!« (*Sie wischte sich mit einem Spitzentaschentuch einige Tränen ab. Carl ging quer durch das Zimmer und küßte ihre geäderte, blasse alte Hand. Dann zog er sich verlegen auf den Divan zurück und versuchte so auszusehn, als hätte er es nicht getan – —)*

Carl: »Ach sag doch übrigens, was ist denn aus – – Na, ich komm jetzt nicht auf seinen Namen – – Na, du mußt es doch wissen, ich kenn seinen Namen so gut wie meinen eigenen, aber grade jetzt will er mir nicht einfallen – – Du weißt doch, er hat das Billardzimmer gehabt, der Sohn von dem – —«

(*Von Mrs. Cowles kam ein leises mißbilligendes Geräusch. Ray grinste gemein und schüttelte heftig den Kopf.*)

Gertie (*freundlich*): »Ja … Er – ist aus Joralemon fortgezogen … Klemm meinst du.«

Carl (*hastig, nicht ganz begreifend, was Eddie Klemm angestellt haben könnte*): »Aha, aha … Hat sich in Joralemon viel geändert?«

Mrs. Cowles: »Schreiben Sie Ihrem Vater und Ihrer Mutter, Carl? Das müssen Sie tun.«

Carl: »O ja, jetzt schreib ich ihnen ziemlich oft; eine Zeitlang hab ich es allerdings nicht getan.«

Mrs. Cowles: »Das freut mich, mein Junge, es ist doch schließlich ganz angenehm, daheim noch Familie zu haben, auf die man sich verlassen kann. Als ich nach Joralemon kam, fand ich es ja ein bißchen eng, aber jetzt bin ich älter geworden, und ich habe so lange dort gelebt, daß mir New York fast Angst macht, und ich muß sagen, manchmal bekomme ich geradezu Heimweh nach Joralemon. Ich würde gern Dr. Rusk – ich meine Bens Vater, den alten Doktor – an meinem Haus vor-überfahren sehn, obwohl ich natürlich, wie Sie ja wissen, sehr lange in Minneapolis gelebt habe, und ich glaube auch, ich müßte wohl die Gelegenheiten wahrnehmen, die einem hier ge-boten werden, und ich habe auch schon ganz ernsthaft daran gedacht, wieder mein Französisch aufzunehmen, obwohl es schon so lange her ist, daß ich es studiert habe – – Sie sollten es studieren, Carl, Sie werden finden, daß es den Geist veredelt; und Sie müssen auch ganz bestimmt oft Ihrer Mutter schrei-ben; es gibt nichts, worauf man so bauen kann wie auf die Liebe einer Mutter, mein Junge.«

Ray: »Hör mal, Du, Carl, du mußt mir alles von der ganzen Fliegerei erzählen. Wie ist das denn, wenn man fliegt? Ich hätt ja eine Heidenangst; es ist doch komisch, ich kann nicht von einem Wolkenkratzer runterschauen, ohne das Gefühl zu ha-ben, daß ich runterspringen will. Herrgott! Ich – –«

Gertie: »Wart doch, bis Carl uns von selber erzählen will, Ray! Zuerst möchte Carl doch alles von zu Hause hören … Alle die vielen Jahre! … Du hast gefragt, was sich geändert hat. So viel war das nicht. Du weißt ja, es geht dort alles ein bißchen langsam. Ach, natürlich, das hätt ich beinah vergessen; du bist ja noch gar nicht in Joralemon gewesen, seitdem die alte Weide von Tubb bebaut worden ist.«

Carl: »Doch nicht die alte Weide am See? Aber, aber! Was du nicht sagst! Ja, siehst du! Und ich hab dort immer Taschen-ratten gejagt.«

Gertie: »Jaja. Ach, du würdest es gar nicht wiedererkennen, so sehr hat sichs dort geändert. Mindestens zehn, zwölf Häuser müssen jetzt dort stehen. Es sind sogar zementierte Bürger-steige da und alles, und Mr. Upham hat dort ein Haus, ein wirk-lich nettes Häuschen mit verglaster Veranda und allem, was dazu gehört. Das weißt du natürlich, daß inzwischen kanalisiert worden ist, und es gibt eine Menge moderne Badezimmer, und fast jeder Mensch hat einen Ford. Wir hätten uns auch einen

gekauft, aber wo wir doch vor hatten, so bald fortzuziehn – –
Ach ja, und das Schulhaus hat eine Feuerleiter bekommen.«

Carl: »So, so! … Ach, übrigens, Ray, sag doch mal, was
macht Howard Griffin?«

Ray: »Ja, Howard hat an der Chicagoer Rechtsfakultät promoviert und sich dann in Denver niedergelassen. Es geht ihm
recht gut, soviel ich weiß … Noch ne Zigarre, alter Junge? Übrigens, weil wir von Plato reden, du hast natürlich gehört, daß
der alte S. Alcott Woodski als Präsident geschaßt worden ist,
wegen Ketzerei, irgend was mit Baptismus; sein Nachfolger ist
der Dekan geworden. Der arme alte Kerl, so gemein wie der
Dekan war er sicher nicht … Übrigens weißt du, Carl, ich war
ja immer der Ansicht, daß man dich dort ziemlich übel behandelt hat – —«

Gertie (*unterbrechend*): »Einfach fürchterlich – – Ray, leg
doch die Füße nicht auf den Divan. Es war einfach schrecklich,
Carl, ich hab immer gesagt, wenn Plato seinen größten Sohn
nicht richtig zu ehren – —«

Mrs. Cowles (*verschlafen*): »Schauderhaft … Und leg die
Füße nicht auf den Stuhl dort, Ray.«

Ray: »Ach laßt meine Füße in Frieden! … Alle haben gewußt, daß du ganz recht gehabt hast, wie du dich hinter Professor Frazer gestellt hast. Du weißt doch noch, wie ich allen
im Omega Chi Bescheid gesagt habe, wie sie gemeint haben, es
ist verdreht von dir, daß du dich für ihn einsetzt. Und wie du
in der Kapelle aufgestanden bist – – Herrgott, das war wirklich
mutig.«

Gertie: »Wirklich, du hast recht gehabt, und jetzt, wo du so
berühmt geworden bist – —«

Carl: »Ach, ich bin nicht so – —«

Mrs. Cowles: »Ich war einfach starr … Kinder, seid nicht
böse, aber ich muß euch jetzt allein lassen. Mr. Ericson, es ist
wirklich eine Schande, daß ich so früh schläfrig werde. Als wir
noch in Minneapolis lebten, bevor Mr. Cowles das Zeitliche
segnete, er war ein richtiger Nachtvogel, da blieben wir immer
– immer —« (*ein Gähnen*) »– weiß Gott wie lange auf. Aber heute
abend – —«

Gertie: »Ach, mußt du schon gehen? Ich wollte Carl grade Rarebits machen. Carl kennt meine Rarebits noch gar nicht.«

Mrs. Cowles: »Mach ihm doch nur welche, mein liebes Kind, und ihr jungen Leute bleibt eben auf und amüsiert euch so lange, wie ihr wollt. Gute Nacht allerseits. Ray, bitte, daß du mir ganz bestimmt nachsiehst, ob das Fenster ganz fest zu ist, bevor du schlafen gehst. Ich werde so nervös – – Mr. Ericson, ich bin sehr stolz bei dem Gedanken, daß einer von unseren Joralemoner Jungen es so weit gebracht hat. Manchmal weiß ich allerdings nicht recht, ob der liebe Gott wirklich will, daß die Menschen fliegen. Die vielen Unfälle, und Sie wissen ja selbst am besten, wie oft Flieger tödlich verunglücken usw. Erst vor ein paar Tagen habe ich gelesen, ein so großer Prozentsatz – – Aber wir waren sehr stolz darauf, daß Sie der erste unter allen waren. Ich erzählte noch in der Eisenbahn einer Dame, daß wir einen Freund haben, der ein berühmter Flieger ist, und es hat sie ganz kolossal interessiert, daß wir Sie kennen. Gute Nacht.«

Sie aßen die Welsh Rarebits, bei deren Bereitung Carl mithalf, und tranken Bier dazu. Gertie rief ihn in die saubere Küche und erklärte, während sie ihm eine Schürze umband, mit schönem Gleichmut:

»Wir können uns kein Mädel leisten (eigentlich sollte ich wohl ›Dienstmädchen‹ sagen), weil Mamma so viel von unserm Geld in Rays Geschäft gesteckt hat; du darfst dir also nichts Großartiges erwarten. Aber du hilfst doch gern, nicht wahr? Du mußt den Käse schneiden. Du mußt ihn in ganz kleinwinzige Würfel schneiden.«

Carl half gern. Er fühlte sich dadurch nur umso mehr zu Hause. Es war schön, mit Menschen zusammen zu sein, die ihn sofort verstanden, wenn er sagte: »Ich glaub, es gibt wirklich schlechtere Lehrer wie Professor Larsen – –«

Als sie, die Rarebits vor sich, am Tisch saßen, rief Gertie aus:

»Ach, Ray, jetzt *mußt* du Carl deine neue Sache zeigen; es ist zum Schreien komisch, Carl.«

Ray stand auf, nahm mit zwei raschen Griffen Kragen und Krawatte ab, knöpfte den Kragen hinten zu, zog seine Weste vergnügt mit dem Rücken nach vorn an, legte sein Gesicht in Falten salbungsvoller Frömmigkeit und wandte sich um, in einer Minute zu einer ganz anständigen Kopie eines Bühnengeistlichen geworden. Mit gefalteten Händen näselte er: »Nun, in Christo geliebte Schwestern, hören wir Markus 34, Vers 16 bis 19«, während Carl vor Wonne auf den Tisch schlug, weil er sah, wie der alte Ray, der breitschultrige Junge, der Damenheld, der tüchtige Geschäftsmann, die Augen senkte und in frömmelnden Tönen winselte.

»Jetzt muß du was machen!« riefen Ray und Gertie; und Carl sang zögernd, was er von Forrest Havilands albernem Lied noch im Gedächtnis hatte:

>»Ich stieg auf in einem Ballon ganz groß und fein,
>»Die Menschen auf der Erde, die sahen alle aus wie'n Schwein,
>»Wie 'ne Maus, wie'n Heuschreck, wie Fliegen und wie Flöh'.«

Dann beschloß Gertie, ohne daß man sie darum gebeten hätte, das »Einsammeln der Goldenen Garben« zu tanzen, was sie in der Schule Mme. Vashkowskas, vormals (sehr vormals) beim russischen Ballett, gelernt hatte.

Sie erklärte ihre Arbeit; skizzierte die Theorie des sinnlichen und des ästhetischen Tanzes; erzählte von den Herrlichkeiten Nidschinskys; sprach von ihrem Ehrgeiz, den Kindern das Neue Tanzen beizubringen. Carl lauschte voll Ehrfurcht, und voll Ehrfurcht sah er zu, während Gertie die Goldenen Garben einsammelte, rein hypothetische Garben, auf einem Feld, das den größten Teil des Wohnzimmers einnahm.

Nach den Darbietungen zog Ray sich diskret zurück. Er ging nicht ausdrücklich und offiziell zu Bett, er war eben mit einemmal nicht mehr da. Gertie und Carl waren allein, und endlich sprach er von Forrest Haviland und Tony Bean, vom Fliegen und vom Abstürzen, von begeisterten Mengen und von den nebelerfüllten Luftwegen.

Sie erzählte ihm wiederum von ihrem Streben, etwas Modernes und Gebildetes zu tun. Sie hatte zwischen dem Tanzen und dem Schaffen modernen exotischen Schmucks geschwankt; sie war sehr froh, daß sie das erste gewählt hatte, es brachte den Kontakt mit dem Volk … Sie hatte unlängst mit echten Bohemiens, wahren Feuergeistern, dem geraden Gegenteil der langweiligen Leute Joralemons, zu Abend gegessen. Es war in einem wunderbaren Lokal in der Zehnten Straße im Westen gewesen, sehr ausländisch, alle hatten Wein getrunken und Spaghetti und kleine Bücklinge gegessen, und die Frauen hatten ganz furchtlos Zigaretten geraucht, einige wenigstens. Sie war mit einem Mädchen aus Mme. Vashkowskas Schule hingegangen, einem wunderbaren Geschöpf aus London in Nebraska, das mit einem ganz bezaubernden Mädchen im Three Arts Klub wohnte. Sie hatten einen Künstler mit schwarzen Haaren und Kohlenaugen kennen gelernt, der einen Yankeenamen hatte, aber einfach göttlich italienische Lieder sang, bei jeder Gelegenheit, so sehr moussierte er von Lebensfreude.

Carl erschrak. »Herr Jesus!« rief er, »hoffentlich hast du nicht viel mit dem langhaarigen Gesindel zu tun.«

»O *nein*! Ich nehm die Leute ja gar nicht ernst, es hat mir nur Spaß gemacht, einmal dabei zu sein.«

»Manche darunter sind natürlich sehr klug.«

»O ja, sehr!«

»Aber ich glaube, die Leute halten sich nie lange.«

»O nein, sicher halten sie sich nicht lange. Ach, Carl, ich bin viel zu alt und viel zu dick, um zu den Bohemiens zu gehören – –«

»Unsinn! Du siehst so – ach, Donnerwetter! Ich weiß nicht recht, wie ichs ausdrücken soll – na ja, so *wirklich*! Es ist einfach herrlich, wieder mit euch allen zusammen zu sein. Ich will nicht sagen, daß du nicht mehr als ›ein so nettes, braves Mädel‹ bist. Ich meine eben, du bist sowohl verläßlich wie künstlerisch.«

»Ach, du kannst ganz beruhigt sein, ich nehm sie schon nicht zu ernst. Außerdem sind sicher viele von den Leuten, die in Bohémerestaurants gehn, gar nicht Künstler. Sie gehn eben hin, um die Künstler zu sehn; sie sind fürchterlich gewöhnlich – – Findest du gewöhnliche Menschen nicht auch fürchterlich? Natürlich will ich etwas von dem Leben dort sehn, aber ich meine – – Findest du nicht, daß die Künstler und alle, die dazu gehören, schrecklich salopp in ihrer Moral sind?«

»Also – –«

»Ja«, seufzte sie nachdenklich. »Nein, ich bleibe bei meiner Kirche und bei allem – wirklich wahr. Ach, Carl, du mußt in unsere Kirche kommen – St. Orgul. Sie ist zu reizend. Die Kirche ist nur zwei Straßen von hier, und weißt du, mit der Untergrundbahn ist es hierher gar nicht weit. Und die Gottesdienste sind so schön. Ich bin der Ansicht, Gottesdienste sollen schön sein. Findest du nicht auch? Weißt du, dort ist es nicht so, als wenn wir ein Haufen armer Leute wären, die sich in einer Mission die Seelen retten lassen … Was für Kirche besuchst du denn? Du wirst doch wirklich manchmal in unsere kommen, nicht wahr?«

»Mit dem größten Vergnügen. Ach sag doch, Gertie, bevor ichs vergesse, was macht Semina jetzt? Ist sie verheiratet?«

Damit war Gertie ein willkommener Anlaß zu der Mitteilung gegeben, sie selbst sei nicht verlobt.

An dieses Problem hatte Carl gar nicht gedacht; als er aber wieder in seinem Zimmer saß, war er froh zu wissen, daß Gertie frei sei.

Carl lunchte mit Ray Cowles im Omega Chi Delta Klub. Zwei Abende später führten Ray und Gertie Carl und Gerties Freundin, das herrliche Geschöpf aus London in Nebraska, in die Oper. Carl wußte nicht viel von der Oper. Mit andern Worten: da er ein normaler junger Amerikaner mit Collegebildung war, wußte er überhaupt nichts davon; doch er lauschte dankbar Gerties klugen Erklärungen, warum Mme. Vashkowska Wagner höher schätzte als Verdi.

Mittlerweile hatte er eine ganz formelle Einladung zu einer Gesellschaft bekommen, die am nächsten Freitagabend bei Gertie stattfinden sollte.

Am Donnerstagabend lehrte Gertie ihn einen neuen Tanz, den Turkey Trot, und zeigte ihm auch eine neue Tour im Boston, die Mme. Vashkowska erfunden hatte.

Es war ein wunderschöner Abend. Daheim! Ray kam auch; sie tranken zu dritt Kaffee und aßen belegte Brötchen dazu. Auf Gerties Vorschlag drehte Ray wieder seinen Kragen um und zeigte seine »Sache mit dem Geistlichen«. Wenn die Vorführung diesmal auch nicht ganz so lustig wirkte wie zuvor, war

Carl amüsiert; und er sang auch sein Ballonliedchen, damit Ray es lernen und im Bureau vorführen könnte.

Am schönsten aber war es, als Gertie ihm beim Abschied sagte: »Hoffentlich kannst du morgen recht früh zu der Gesellschaft kommen, Carl; du weißt doch, wir wären dir sehr dankbar, wenn du uns ein bißchen helfen könntest.«

Fünfundzwanzigstes Kapitel

Die Gesellschaft bei den Cowles' hatte begonnen.

Alle Gäste machten es sich, weil sie schon einmal »auf einer Gesellschaft« waren, zur Aufgabe, munter und vergnügt zu sein, ob sie nun danach aufgelegt waren oder nicht. Sie alle redeten durcheinander und nahmen auf die köstlichste Weise Anstoß an dem Mädchen aus London in Nebraska, das jetzt, da es doch ganz in der Nähe einer Künstlerkolonie wohnte, Zigaretten rauchte und eng anliegende Kleider trug. Obwohl es ihr nichts Neues war, daß die Männer dazu neigten, sich für ihre Fesseln zu interessieren, ging sie noch eifrig und brav zur Kirche und verkehrte auch bei allen netten Leuten der St.-Orgul-Clique, mit denen Gertie sie bekannt gemacht hatte.

Sie und Gertie waren die beiden einzigen vollberechtigten Repräsentantinnen der schönen Künste, doch Lieberiz, Courtoisie und Witz waren ganz allgemein vertreten. Die männlichen Teilnehmer dieser Verschwörung zur Abhaltung einer Gesellschaft waren ein Versicherungsmann, ein schmächtiger junger Geistlicher, vier ältere Männer, die mit ihren Frauen gekommen waren und immer heimlich auf die Uhr sahen, und fünf junge Leute mit blitzenden Augengläsern und höflich lächelnden Grimassen, die Carl beim besten Willen nicht auseinanderhalten konnte.

Ebenso schwierig war es für ihn, im Gedächtnis zu behalten, welche von den Damen Gertie von ihrem Schuljahr in New York, welche sie von der St.-Orgul-Kirche, und welche sie durch ihre Beziehungen zu Minnesota kannte. Alle saßen da und sagten ihm aus Gründen, die ihm nicht recht klar wurden: »Sie Schlimmer!« Schließlich floh er ihre Gesellschaft und schloß sich der Gruppe junger Leute an, die immer wieder ungezogenerweise in Rays Zimmer entwischte, um ungestört rauchen zu können. Eine junge Dame war jedoch da, die nicht zuließ, daß er sich ihr entzog – eine ebenso ausgesprochene Persönlichkeit wie das herrliche Geschöpf aus London in Nebraska; sie hieß Dorothy, wurde aber von den Mitgliedern der St.-Orgul-Clique »Tottykins« genannt.

Tottykins, eine magere kleine Frau mit gebobbtem Haar, die irgendwo in einem Haus Mann und Kind verborgen hielt, war eine von den Frauen, die den Männern bewundernde Blicke zuwerfen und darauf warten, daß sie auftauen, um sie dann, wenn sie ihre Korrektheit vergessen und zutraulich werden wollen, mit einer zerschmetternden Antwort abblitzen lassen.

Sie beorderte Carl in eine Ecke und sagte ihm in ihrem belustigt herablassendem Ton: »So, Falke Ericson, jetzt setzen Sie sich daher und erzählen mir ganz genau alles von der Fliegerei.«

Carl war nicht allzu empfindlich. Bis jetzt war ihm nicht einmal ganz bewußt geworden, wie sehr ihn Tottykins' Gerede über die Schönheiten eines toll bacchantischen Lebens gelangweilt und angewidert hatten. Nun aber wurde es ihm zu viel; er erteilte ihr in Worten, deren Ironie alles andere als wohltuend war, eine gründliche Abfuhr – wobei er ihr freundlich in die Augen sah und brüderlich die Hand tätschelte.

Das war das einzige Mal, daß Carl sich nicht langweilte, und selbst da hatte er wegen seiner Grobheit ein peinliches Gefühl seelischer Verdauungsstörungen.

Alle kannten alle und nahmen Carl zur Seite, um ihm mitzuteilen, jedermann sei »der gewissenhafteste Mensch in unserm Bureau, Ericson; es gibt nichts, was ihm der Boss nicht anvertrauen würde.«

Man war so uniform höflich, so anständig und langweilig. Fast alle Mädchen strichen sich auf die gleiche Weise das Haar zurecht und kokettierten auf die gleiche Weise. Als der jüngere Johnson mit vielen Einzelheiten von seiner Firma erzählte, glaubte Carl auf dem tiefsten Punkt der Langeweile angelangt zu sein. Das war jedoch ein Irrtum.

Nachdem man einen kleinen Imbiß verzehrt hatte, erklärte Gertie: »Jetzt muß jeder irgendetwas zum Besten geben; drücken darf sich keiner. Ich weiß, daß jeder von euch was kann, und wenn einer mit Ausreden kommen will – na, was es dann setzt –! Mein Bruder hat eine ganz neue Sache – –!«

Zum drittenmal in diesem Monat sah Carl, wie Ray seinen Kragen umdrehte und den Geistlichen mimte; alles, auch der schmächtige Prediger bildete keine Ausnahme, kreischte vor Wonne.

Und zum viertenmal sah er Gertie »Das Einsammeln der goldenen Garben« tanzen. Sie erschien schüchtern und ernsthaft in türkischen Hosen und kurzem Jäckchen; ihre dicken Waden sahen in den absatzlosen Tanzschuhen noch umfangreicher aus. Sie stellte sich auf die Zehenspitzen, machte mit den Armen flatternde Bewegungen und preßte mit großen Kraftaufwand und unter heftigem Keuchen die goldenen Garben an ihre Brust.

Dann seufzte der Versicherungsmann, von einem Banjo begleitet, nach seiner alten Kentucky-Heimat, die Carl irgendwo in Brooklyn lokalisierte. Alle Anwesenden stimmten in den Refrain ein und – –

Plötzlich – das kam mit solcher Heftigkeit, daß er sich für das zynische Überlegenheitsgefühl verachtete, an dem er sich eben noch geweidet hatte – plötzlich mußte Carl daran denken, daß Forrest Haviland, Tony Bean, Hank Odell, ja selbst der Brummbär Jack Ryan und der landfremde Carmeau am letzten Abend in der Bagby-Schule »My Old Kentucky Home« gesungen hatten. Er glaubte, ihre geliebten Schatten im Zimmer zu sehn, und als er dann in den Refrain mit einstimmte, mußte er gegen die Tränen ankämpfen, die ihm in die Augen stiegen.

Er hatte bereut. Jetzt nahm er wirklich an der Gesellschaft teil, ja, er unterhielt sich sogar freundlich mit Tottykins. Aber diese ließ sich, obwohl sie bereits ihr Gehn angekündigt hatte, dazu bereden, noch zu bleiben, und rezitierte zehn Minuten lang in höchst tragischen Tönen Verse von Byron. Hierauf sang der jüngere Johnson zur Freude aller Anwesenden ein Schweizer Sennerliedchen mit Jodeleinlagen.

Im Verlauf dieser Darbietung merkte Carl ein oder zweimal, daß Gertie ihn überlegend musterte. Er wußte, daß ihm etwas Schauerliches blühte, und faßte einen heroischen Entschluß. Sowie die letzten Klänge der Schweizer Ballade in der mitternächtlichen Alpenluft der Hundertsiebenundfünfzigsten Straße verklungen waren, erklärte er mit fester Stimme: »Schade, daß ich heute so heiser bin; ich hätte Ihnen sonst sehr gern ein Lied vorgesungen, das ich von einem Kameraden in Kalifornien gelernt habe.«

Gertie blickte ihn zweifelnd an, wandte sich aber dann an ein Mädchen aus Minnesota, das nur zu bereit war, wie ein Kind, das seine Puppe zerbrochen hat, zu weinen. Ihre »Sache« fand lebhaften Beifall, und man verlangte ein Da Capo.

Als Carl sah, daß sie ernsthafte Vorbereitungen zur Wiederholung traf, machte er hastige Aufbruchsbewegungen.

Wirklich unruhig wurde er erst, als er in der Untergrundbahn an der Neunundsechzigsten Straße seinen Platz einer Dame anbot, die ihn an Tottykins erinnerte.

Er zerbrach sich den Kopf darüber, ob er zu lange von seinem »Zuhause« fort gewesen wäre. An der Zweiundsiebzigsten Straße hatte er eine Eingebung, er stieg um und fuhr zur Neunundfünfzigsten. Er suchte eine Garage auf und mietete einen Rennwagen. Als die Morgendämmerung aufstieg, fuhr er, hundert Meilen von New York entfernt, auf einer Straße, die der fallende Schnee gefährlich schlüpfrig machte, wie ein Besessener durch Long Island.

Sechsundzwanzigstes Kapitel

An einem verschneiten Sonntagnachmittag im Dezember ging Carl mit Gertie und Adelaide Benner, die nun tatsächlich nach New York gekommen war, im Central Park spazieren. Er wußte recht gut, daß er verdrossen war und sich keineswegs freundlich benahm, aber er konnte, so sehr er sich auch bemühte, seiner schlechten Laune nicht Herr werden. Adelaide sagte immer wieder züchtig und verlegen: »Es ist doch zu schlimm, daß ich euch Beiden im Weg bin. Kümmert euch gar nicht um mich, Tantchen wird euch den Rücken zudrehen, so oft ihr wollt.«

Und Gertie wurde bloß rot und murmelte: »Sei doch nicht albern.«

An der Achtzehnten Straße erklärte Adelaide: »Jetzt muß ich euch allein lassen, Kinderchen. Ich geh ins Metropolitan Museum. Ich seh mir ja zu gern Gemälde an. Daß ihr mir aber jetzt recht brav seid, ihr Beiden.«

Gertie antwortete mechanisch: »Ach, lauf doch nicht weg, Addy.«

»Natürlich, eine alte Jungfer wie ich wird euch sicher schrecklich fehlen!« Und damit war Adelaide auch schon verschwunden.

Carl dachte seufzend: »Wenn sie bloß diese dummen Anspielungen auf Gertie und mich lassen würde – –« Er bereute augenblicklich seine Gereiztheit und sagte zu Gertie, die gerade seinen Arm nahm: »Adelaide ist wirklich ein gutes Ding. Schade, daß sie gehn mußte.«

Gertie ließ seinen Arm fahren und brummte: »Wenn sie dir so sehr fehlt, kannst du ihr ja nachlaufen. Ich will mich, weiß Gott, nicht zwischen euch stellen.«

»Aber nanu, Gertie, was ist denn plötzlich? Was hast du denn? Ich wollte grade ein ganz ordinäres Vergnügen vorschlagen. Wollen wir nicht ins Casino gehn und Tee oder so was trinken?«

»Na, du könntest wirklich wissen, daß eine Dame nicht – – «

»Ach, Gertiechen, sag nicht ›Dame‹.«

»Ich kann es wirklich nicht nett von dir finden, Carl Ericson, daß du Witze machst, wenn ich ganz ernst bin. Und warum bist du überhaupt so lange nicht zu uns gekommen? Mamma und Ray haben auch schon davon geredet. Seit meiner Gesellschaft warst du nur ein einziges Mal bei uns, und dann bist du – –«

»Ach bitte, wir wollen doch nicht zu zanken anfangen. Es tut mir leid, daß ich nicht öfter kommen konnte, aber ich mußte mir immer abends noch Arbeit nach Hause nehmen. Du weißt ja, wie das ist – und wenn deine Tanzschule einmal richtig in Schuß ist – –«

»Ach, davon wollte ich ja mit dir sprechen. Ich bin fertig, einfach *fertig* mit der Vashkowska und ihrer scheußlichen alten Schule. Sie ist ein Biest, und beim russischen Ballett war sie bestimmt nie in ihrem Leben. Was, meinst du, hat sie die Frechheit gehabt, mir zu sagen? Sie hat behauptet, ich übe nie und gebe mir gar nicht richtig Mühe, wirklich etwas zu lernen. Und dabei habe ich gearbeitet, bis ich – – Tatsächlich, meine Nerven waren in einem unglaublichen Zustand. Wenn ich so weiter gearbeitet hätte, hätte ich bestimmt einen Nervenzusammenbruch gehabt. Tottykins hat schon einmal einen gehabt, und da bin ich mit ihr zu ihrem Doktor gegangen. Du, das ist aber wirklich ein reizender Mensch. Er heißt Dr. St. Clair und ist ein so gebildeter und sympathischer Mensch, und der sagte mir auch, ich habe ganz recht, daß die Vashkowska jetzt überhaupt von niemand mehr ernst genommen wird, und außerdem muß ich dir sagen, ich halte sowieso gar nichts von diesem symbolischen Tanzen. Ich bin endlich dahinter gekommen, was ich wirklich will. Ach Carl, es ist ja zu wunderbar! Ich studiere Keramik bei Miss Deitz; sie ist einfach herrlich und so künstlerisch, und sie hat ein süßes Atelier am Gramercy Park. Gemacht habe ich natürlich noch nichts, aber ich weiß, daß es mir sehr Spaß machen wird, und Miss Deitz sagt, ich habe von Natur aus Geschmack für Keramik und – –«

»Ha? Ach so, sone Töppe und Vasen. Ich versteh schon.«

»(Werd nicht ordinär.) – und ich werde jeden Tag zu ihr ins Atelier gehn und dort arbeiten, und sie meint auch nicht, wie diese gräßliche Vashkowska, daß man sich wie ein Scheuerweib abrackern muß, wenn man etwas erreichen will. Miss Deitz hat so viel Künstlerblut. Und, ach Carl, sie sagt, ›Gertrude‹ paßt gar nicht zu mir (›Gertie‹ erst recht nicht!) und sie sagt ›Eltruda‹ zu mir. Findest du nicht auch, daß das ein süßer Name ist? Würdest du mich nicht gern ›Eltruda‹ nennen, manchmal wenigstens?«

»Hör mal, Gertie, ich will mich da nicht einmischen, und schließlich versteh ich auch nichts davon, aber ich hab doch ein bißchen den Eindruck, daß dich eine von diesen Kunstschmarotzerinnen in die Klauen gekriegt hat. Was weißt du von dieser Deitz? Hat sie wirklich schon was geleistet? Und wirklich wahr, Gertie – – Übrigens, ich will nicht grob sein, aber ›Eltruda‹, das könnt ich nicht aushalten. Das klingt ganz so wie ›Tottykins‹.«

»Na erlaube mal, Carl – —«

»Wart eine Sekunde. Woher weißt du, daß du das hast, was du ›Künstlerblut‹ nennst? Von mir aus, viel Glück, wenn du damit weiter kommst, aber woher weißt du, ob das Ganze nicht einfach daher kommt, daß du ganz gemütlich in deiner Wohnung lebst und nichts anderes zu tun hast, als Künstlerblut an dir zu entwickeln? Warum versuchst du nicht, bei Ray im Bureau zu arbeiten? Er ist ein ausgezeichneter Geschäftsmann. Das ist bloß ein Vorschl – —«

»Also erlaube, das ist – —«

»Sieh mal, Gertie, was ich immer an dir bewundert habe, das ist dein vernünftiges Wesen und – —«

»›Vernünftig‹! Ach, dieses Wort! Miss Deitz hat mir erst vor ein paar Tagen gesagt, es ist genau so schlimm —«

»Aber du bist vernünftig, Gertie. Das heißt, wenn du dir nicht von New York den Kopf verdrehen läßt; und wenn du deine Fähigkeiten für eine wirkliche Arbeit einsetzt. Wenn du Ray hilfst oder Unterricht gibst, oder ja, wenn du wirklich bei deiner Keramik oder bei deinem Tanzen bleibst und den ganzen Künstlerblutquatsch fort läßt. Nein, wart noch. Ich weiß, daß es mich nichts angeht; ich weiß, daß kein Mensch sich ändern wird, bloß weil ich ihn darum bitte, aber siehst du, du – und Ray und Adelaide – ihr seid die Freunde, zu denen ich gehöre, und es ist mir fürchterlich, wenn ich sehn muß – —«

»Also lieber Carl, jetzt könntest du auch mich zu Wort kommen lassen«, sagte Gertie in aufreizend sanftem Ton. »Wenn ich mirs richtig überlege: seit wann bist du eigentlich eine Autorität für Künstlerblut? Vielleicht darf ich dich daran erinnern, daß du in Joralemon gar nicht so wunderbar warst! Ich bin immer mit Freuden die erste, die anerkennt, was du als Flieger geleistet hast, aber das gibt dir meiner Ansicht nach noch lange nicht das Recht dazu – –«

»Hab ich auch nie behauptet!« erklärte Carl mit gespielter guter Laune.

»– dir einzubilden, daß du eine Autorität für Künstlerblut und Kunst bist. Leider hast du dir scheinbar den Kopf ein bißchen verdrehn lassen, weil – –«

»Ach verflucht … Oh, entschuldige, das ist mir bloß so rausgerutscht.«

»Es *hätte* dir aber nicht herausrutschen dürfen. Das läßt sich dann nicht mehr so einfach abtun.« Gertie sprach ganz in den Tönen einer eifrigen Joralemoner Schullehrerin, die dem schmutzigen kleinen Ericson aufträgt: »Jetzt gehst du hinaus und wäschst dir die Händchen.«

Carl sagte nichts, er ärgerte sich. Es tat ihm leid, daß er sich in dieses vage Gerede über »Künstlerblut« eingelassen hatte.

Noch sanftmütiger sprach Gertie weiter: »Du scheinst heute nachmittag leider nicht sehr gut aufgelegt zu sein. Schade, daß meine Pläne dich gar nicht interessieren. Wenn ich erwarten würde, daß du dich für dein scheußliches Gefluche entschuldigst, würde das sicher ein Beweis dafür sein, daß ich sehr künstlerisch bin, und deshalb wird es wohl besser sein, ich geh jetzt, und wenn du wieder besserer Laune bist – –« Sie war empörend freundlich, »– würde es mich freuen, wenn du mich anklingelst. Adieu Carl. Hoffentlich tut dir der Spaziergang wohl.«

Sie bog in einen Fußweg ab, und er brummte, beleidigt wie ein kleiner Junge, vor sich hin: »Herrjesus! Jetzt hab ichs getan!«

Er war in Joralemon.

In einem vorüberfahrenden Wagen saß eine Witwe, die keineswegs so aussah, als ob ihr viel daran läge, in der besten Gesellschaft Joralemons akzeptiert zu werden. Ein Grinsen zog

über Carls Gesicht. Er lachte: »Weiß Gott! Das hat Gertie großartig gemacht. Ich soll sie anrufen und ganz klein und häßlich
und bescheiden sein, und dann – päng! – das Mindeste, was ich
dann tun kann, ist, daß ich sie um ihre Hand bitte und zum
Altar führe und mein ganzes Leben lang in der Sonntagsschule
von St. Orgul unterrichte. Komm mal her, Falke Ericson, wir
wollen Kriegsrat halten. Ja, so hat Gertie sichs wohl ausge-
dacht. (›Eltruda‹!) Weil ich ›verflucht‹ gesagt hab, werd ich ein
einsamer Reue Abendbrot essen – – Nein. Erst muß ich ganz
allein und eifrig bereuend zu Fuß in die Stadt gehn, und dann
futter ich allein, und so gegen acht Uhr hab ich meine eigene
süße Gesellschaft so satt, daß ich anklingel und bitte, bitte
mach. Quatsch! Es ist doch eigentlich hundsgemein, sich das
so auszudenken, aber trotzdem – – Ich – nach allem, was ich
erlebt hab, mach ich mir schwere Gedanken darüber, daß ich
einmal ›verflucht‹ gesagt hab ... Hallo, Taxi!«

Stolz fuhr er durch den Park und machte, höchst unzer-
knirscht, jeder hübschen Frau, die er sah, sehr zum Ärger ihrer
zylinderbehuteten Kavaliere eine Verbeugung.

Er vergaß ganz die Existenz Gertie Cowles' und der lieben
Leute von daheim.

Aber eine Taxe konnte er sich eigentlich nicht leisten, und
deshalb mußte er seine Verschwendung wieder durch Sparsam-
keit gutmachen. Um halb acht trat er verdrossen ins Miggleton
in der Zweiundvierzigsten Straße und ließ sich an einem Tisch
in der Nähe des Fensters nieder. Es waren nur wenige Gäste
da. Carl fühlte sich sehr einsam. Er las eine Abendzeitung und
starrte mißvergnügt durch das Fenster auf das Schneetreiben in
der Zweiundvierzigsten Straße hinaus. Als er mit seinem Nach-
tisch fertig war und den Kaffee umrührte, sah er, daß gerade
vor dem Restaurant ein Straßenbahnwagen stehn geblieben
war. Ein hübsches, blondes Mädchen von zwei- oder dreiundzwanzig Jahren, das einen Weißfuchs trug, saß in seiner Blick-
linie. Carl verrenkte sich den Hals, um besser sehn zu können.
Er mußte an die junge Dame denken, die damals vor der Florida-Imbißstube in Chicago mit dem Schutzmann gesprochen
und den Packer Carl auf den Gedanken gebracht hatte, Chauffeur zu werden.

Das Mädchen in der Straßenbahn unterhielt sich mit ihrer Nachbarin, deren Züge von Humor und Lebensfreude sprachen; sie war brünett und sah gut gewachsen, aber nicht sehr groß aus; auf ihrem Kopf saß ein einfacher kleiner Hut, der gut zu ihrem braunen Fohlenmantel paßte. Beide machten einen sehr vergnügten Eindruck.

Der Straßenbahnwagen fuhr ab, und schon verlor Carl in dem Dschungel der Großstadt die beiden Bekanntschaften, die er eben gemacht hatte. Der Wagen mußte noch einmal halten. Carl packte seinen Mantel, warf der Kassiererin ein Fünfzigcent-Stück zu, stürzte, ohne auf seinen Rest zu warten, hinaus, lief über die Straße, wobei er um ein Haar überfahren worden wäre, rannte um den Wagen herum und sprang auf.

Als er sich gegenüber den Mädchen niedersetzte, fragte er sich, was er nun tun sollte. Die beiden nahmen gar keine Notiz davon, daß er da war. Und wozu hatte er sich so beeilt? Der Wagen stand noch immer. Doch diese Überlegungen hinderten ihn nicht daran, durch eine Zeitung gedeckt, seine ahnungslosen Opfer mit großem Behagen zu beobachten.

In der unnatürlichen Stille, die in dem haltenden Wagen herrschte, hörte er die beiden Mädchen über irgendeinen »George« sprechen. Er konnte gerade genug verstehen, um zu erkennen, daß sie der ziemlich eleganten, ziemlich kultivierten Klasse angehörten, deren Vertreter als »New Yorker« bekannt sind – sie mochten russisch-amerikanische Prinzessinnen sein oder Fürsorgearbeiterinnen, schlecht bezahlte Erzieherinnen oder Schauspielerinnen, oder vielleicht waren sie auch ganz einfach zwei jener Mädchen, die ein Automobil und einen nützlichen Papa in der Familie haben.

Auf jeden Fall war es offenbar unmöglich, sie anzusprechen.

Das große Mädchen mit dem aschblonden Haar schien, obwohl ihr Teint durchaus nichts Olivenfarbenes hatte, Olive, ihre muntere Gefährtin Ruth zu heißen. Carl hatte sich an Olives lebloser Schönheit ebenso bald sattgesehn wie an ihrem Schirm mit dem Silbergriff. Ihre einzige Tugend war, daß sie gut zuzuhören verstand. Aber die weniger blendende, die weniger schöne, weniger verführerische Erscheinung, die dunkelhaarige Ruth, war zum guten Kameraden geboren. An ihrem Lachen konnte man hören, daß sie zu den Frauen gehörte, denen kein Erdbeben, keine Überschwemmung und keine Schwangerschaft den Sinn für Humor rauben kann.

Die Verkehrsverstopfung war endlich behoben. Der Wagen bog um eine Ecke und fuhr in nördlicher Richtung. Carl musterte die Mädchen.

Ruth, die etwa vier- oder fünfundzwanzig Jahre alt sein mochte, war nicht groß, aber bei aller Zierlichkeit kräftig. Sie hatte üppiges, leicht gewelltes dunkelbraunes Haar, das metallisch schimmerte, und auffallend schwere dunkle Augenbrauen. Wenn sie lächelte, waren nicht nur ihre Augenwinkel daran beteiligt, sondern auch ihre Nase, eine zarte, aber pikante Nase, die zittern konnte wie ein Rehschnäuzchen. Carl bemerkte, daß sie beim Lachen eine ganz bestimmte Art hatte, ihre schweren Lider rasch zu heben und einen mit einem Blick aus blauen Augen – man hätte braune erwartet – zu überraschen. Sie hatte ein weiches, aber grübchenloses Kinn und glatte, knabenhaft schmale Wangen. Ihre gekreuzten Füße waren schmal und schienen in den faltenlosen Lackpumps (eine lächerliche Fußbekleidung für einen verschneiten Abend) vor Tanzlust nicht stillhalten zu können.

Nichts Kokettes schien in ihrem Wesen zu sein. Sie war jung und sauber; süß, ohne zuckrig zu wirken; zu jung, um viel von den wilden Kämpfen der Welt zu wissen; zu glücklich, um zu ahnen, daß hinter allem eine Traurigkeit stand, vor der es kein Entrinnen gab; und doch eine Frau, die durchaus nicht immer wünschen würde, daß man sie »beschütze«, die nicht in der Einbildung lebte, daß sie das Zentrum sein müsse, um das sich alles dreht.

So etwa träumte Carl, bis er sich lächelnd sagte: »Ich könnt mir fast einbilden, daß ich sie schon in- und auswendig kenne.« Das große Problem für ihn war, ob sie ihm schließlich, wenn er die beiden tatsächlich kennen lernen sollte, wirklich lieber sein würde als Olive. Wenn er sie nur ansprechen könnte – – Aber das war in New York noch viel schwieriger, als einen Schutzmann zu verprügeln oder mit dem Bürgermeister bekannt zu werden. Sicherlich verschwanden sie bald aus seinem Gesichtskreis.

Da standen sie auch schon auf und gingen auf die Plattform hinaus.

Sie durften aber nicht für ihn verschwinden. Er warf einen Blick durch das Fenster hinaus und spielte geschickt den Verwirrten, der zu seiner Überraschung merkt, daß er aussteigen muß. Noch immer die Zeitung vor dem Gesicht haltend, verließ er nach den beiden den Wagen. Seine ernsthafte Beschäftigung mit dem Blatt sagte allen, die ihn etwa beobachteten, daß er ein würdiger Bürger wäre, der niemals auf den Gedanken kommen könnte, fremden jungen Damen nachzugehen.

In dem beleuchteten Wagen waren ihm seine neuen Freundinnen nahe gewesen, doch jetzt, als sie an einer fremden Straßenkreuzung standen, schienen sie unerreichbar fern. Er studierte ein Straßenschild und stellte fest, daß er in der Madison Avenue war. Als sie bei der -undfünfzigsten Straße in östlicher Richtung einbogen, blieb er unter einer Laterne stehen, holte ein Kuvert aus der Tasche und überzeugte sich noch einmal von der Adresse seines lieben alten Freundes, der in der -undfünfzigsten Straße wohnte und seinen Besuch erwartete. Das tat er, um den Schutzmann an der Ecke von der völligen Reinheit seiner Absichten zu überzeugen. Dann folgte er den rasch vorwärtsschreitenden Mädchen, wobei er eifrig die Hausnummern studierte und des öfteren auf seine Uhr sah. Er durfte sich um keinen Preis bei seinem lieben alten Freund verspäten.

Die Gegend verwirrte Carl ein wenig. Die Mädchen, auf deren Spuren er dahin ging, schienen so gar nicht in dieses etwas herabgekommene Viertel zu passen. Eines der Häuser unterschied sich von den andern dadurch, daß fünf Automobile davor hielten, und hier blieben die Mädchen stehn. Carl ging weiter, stieg die nächste Treppe hinauf und drückte dort auf den Klingelknopf.

»Eine komische Gegend!« hörte er nebenan eine der beiden Freundinnen sagen. Seiner Meinung nach mußte es Ruth sein. »Können wir direkt hinauf gehen, oder müssen wir klingeln? Die Gesellschaft muß ja ganz verrückt sein. Anarchisten – —«

»Eine Gesellschaft, so?« dachte Carl.

»– doch wohl klingeln, glaube ich, aber – – Ja, bei Mrs. Hallet werden wir sicher die sonderbarsten Leute sehn«, sagte die Stimme der andern, und schon schloß sich die Tür hinter ihnen.

Ein verlegener Carl merkte, daß ein Dienstmädchen die Tür, an der er geklingelt hatte, öffnete und ihn erstaunt musterte.

»W-wo – – Wohnt Dr. Brown hier?« stammelte er.

»Nein«, und das Mädchen schlug ihm die Tür vor der Nase zu.

Carl stöhnte: »Nein? Mein lieber alter Brown? Wohnt nicht hier? Was? Was soll ich da bloß tun?«

Auffallend guter Laune ging er zu dem Haus hinüber, in dem Ruth und Olive verschwunden waren. Zu zweien und dreien kamen Leute. Ja. Die Herren waren im Frack. Er hatte erfahren, was er wissen wollte.

Er lief zum nächsten Taxenstand, fuhr rasch nach Hause und riß sich die Kleider vom Leib. Dann rasierte er sich in aller Hast und zog sich den Frack und sein schönstes Frackhemd an. Mit einem Griff raffte er Zylinder, Halstuch, Handschuhe, Brieftasche, Taschentuch, Zigarettenetui und Schlüssel zusammen, lief zu dem wartenden Wagen hinunter und fuhr zurück.

Vor dem Haus, in welchem die Gesellschaft abgehalten wurde, blieb er stehn und suchte auf dem Briefkasten vor der Tür den Namen Mrs. Hallet, den Olive erwähnt hatte, konnte ihn aber nicht finden. Die Eingangstür war nicht verschlossen, und vergnügt stieg er die steile Treppe hinauf, die kein Ende zu nehmen schien. Als er im obersten Stockwerk anlangte, fand er eine Tür offen, die zu einem großen Raum voll laut durcheinander schwatzenden Menschen führte.

Von Ruth und Olive war nichts zu sehn.

Ein Dienstmädchen kam auf ihn zu und flüsterte: »Hier, bitte. Am andern Ende.« Er folgte ihr gefügig und legte Hut, Mantel und Stock auf einen Haufen von Überkleidern, die in einem kleinen Zimmer auf einem Bett lagen.

Nun mußte er sich in den Strudel der fremden Menschen stürzen, aber er hatte Lampenfieber. Während er die Treppe hinaufstieg, hatte er noch das Gefühl gehabt, mit den beiden

Mädchen in Kontakt zu sein, jetzt glaubte er ihnen jedoch noch ferner zu sein als vorhin auf der Straße, und überdies wußte er ja auch noch gar nicht, ob die Hausfrau ihn willkommen heißen würde. Er zündete sich eine Zigarette an und lauschte dem Stimmengewirr im Nebenzimmer.

Er wurde aus seiner Unsicherheit erlöst, als ein neuer Gast kam und im selbstverständlichsten Ton der Welt sagte: »Eine schauerliche Fülle. Darf ich Sie um Feuer bitten?«

Carl folgte ihm zur Hausfrau, einer kleinen, eifrigen Dame, die unablässig damit beschäftigt war, eine muntere Miene zu zeigen und bei jeder Kopfbewegung ihre goldenen Haarfransen durcheinander baumeln zu lassen. Er drückte ihr die Hand und sprudelte hervor: »Ich fürchtete schon, ich könnte nicht kommen. Mein Stück – aber dann ist es schließlich – –«

Er war sehr aufgeregt, doch die Hausfrau schrie nicht nach der Polizei, sondern rief: »Es freut mich ja *so*, daß Sie überhaupt kommen *konnten*. Übrigens, ich möchte Sie mit Miss Moeller bekannt machen. Mr. Aeh – Mr. – –«

»Ich dachte mir ja, daß Sie meinen Namen vergessen haben.« Carl war überaus brüderlich und liebenswürdig. »Ericson, Oscar Ericson!«

»Aber natürlich, wie dumm von mir; Miss Moeller, das ist Mr. Ericson, Sie wissen ja – –«

»Sehr angenehm, Miss Mmm«, sagte Carl manierlich.

Als er zehn Minuten in einer Ecke mit Miss Moeller gesprochen hatte, konnte er sich frei machen und auf die Suche nach Ruth gehen.

Wie sollte er sie nur finden? Es war doch nicht möglich, die Hausfrau zu fragen: »Sagen Sie mal, wo steckt denn Ruth?«

In dem großen Zimmer war sie nirgends zu sehn. Wenn er wenigstens Olive finden könnte …

Er ging umher, nickte völlig fremden Leuten zu, die freundlich zurücknickten, und musterte systematisch alle Gruppen und Grüppchen. Von Ruth war nichts zu entdecken.

Er wechselte noch einmal einige Worte mit der Hausfrau, und als er sich glücklich wieder von ihr losgeeist hatte, entdeckte er ein Zimmer, das er noch nicht abgesucht hatte – und dort sah er endlich Ruth und Olive.

Siebenundzwanzigstes Kapitel

Am liebsten wäre er auf die beiden zugelaufen, hätte sie bei den Händen genommen und gerufen: »Endlich!« Er glaubte das Wort schon zu hören. Aber er bezähmte sich und ließ sich, ohne einen zweiten Blick auf die Mädchen zu werfen, auf einem Stuhl nieder, der in der Türöffnung zwischen den beiden Zimmern stand.

Ruth hörte mit höflich belustigter Neugier einem Manne zu, der begeistert auf sie einredete. Carl konnte sich vorstellen, wie sie Olive, die neben ihr saß und von einem andern gesprächigen Herrn heimgesucht wurde, heimlich in die Rippen stieß.

Er horchte schamlos und erfuhr auf diese Weise Ruths Zunamen: Winslow. Der Mann ließ Konversation entweichen, wie ein geplatzter Reifen Luft, und schien Ruth eine aufregende Schilderung von der Aviatik zu geben. Fünf Minuten lang steuerte der kühne Held (als Passagier) einen Eindecker über gefährliche Abgründe und ließ noch immer, obwohl Ruth Winslow sich schon sehr langweilte, nichts davon merken, daß er zum Gleitflug ansetzen wollte. Olives Kavalier verschwand, und jetzt lauschte auch sie dem Salonflieger, der nicht sehn konnte, daß zwischen den Händen der beiden Mädchen ein furchtbarer Kampf ausgefochten wurde. Ruths Hand siegte; sie umklammerte Olives Daumen in einem tödlichen Griff und hielt ihn fest.

Carl ging hinüber und sagte, den gesprächigen Helden der Lüfte ignorierend, in aller Ruhe: »Das ist aber nett, daß ich Sie endlich finde, Miss Winslow; Sie haben mir doch diesen Tanz versprochen.

»J-ja?« stammelte Miss Winslow, während der Dauerredner verschwand und Olive mit der Hausfrau, die eben hereingekommen war, ein Gespräch begann. »Getanzt wird ja gar nicht«, sagte Carl erklärend, »aber ich hatte das Gefühl, wenn Sie in diesem Aeroplan noch höher steigen, müssen Sie schwindlig werden.«

Ruth versuchte eine abweisende Miene aufzusetzen, aber ihre dunklen Wimpern gingen hoch, und ihre überraschenden blauen Augen strahlten ihn verschmitzt und lausbübisch an.

»Das war aber wirklich allerhand von einem Griff, mit dem Sie Miss Olives Hand hatten, Miss Winslow.«

»Sie haben unsere Hände gesehn?«

»Vielleicht … Können Sie mir nicht helfen? Ich möchte auf eine nette Art sagen, daß wir beide für diese dumme Gesellschaft und den Lärm hier eigentlich viel zu gut sind. Ist die Gesellschaft nicht wirklich dumm?«

»Ja, leider haben Sie recht.«

»Was hat das Ganze eigentlich für einen Sinn? Kommen die Leute her, um diese Luft einzuatmen? Das habe ich schon einige gefragt, aber ich fürchte, man hat mich für verrückt gehalten.«

»Na, Sie sind doch auch hier. Kommen Sie öfters zu Mrs. Salisbury?«

»Ich bin zum erstenmal da. Außer Ihnen und Miss Olive habe ich in meinem ganzen Leben noch keinen einzigen von den Menschen gesehen, die hier sind. Ich bin wegen einer Wette hergekommen. Ein Freund hat mit mir gewettet, ich würde mich nicht trauen, uneingeladen hierher zu gehn. Na, und jetzt bin ich da. Ich hab der Hausfrau meinen Diener gemacht und ihr gesagt, es tut mir kolossal leid, daß meine Proben mich so lange aufgehalten haben, und sie war ganz glücklich, daß ich doch noch kommen konnte – na und so weiter. Sie hat mich heute zum erstenmal in ihrem Leben gesehn.«

»So? Sie sind Dramatiker?«

»Das war ich im andern Zimmer; draußen in der Diele war ich Arzt, auf der Treppe Bildhauer, und jetzt weiß ich selber nicht mehr recht, wer und was ich bin. Es geht mir also genau so wie Ihnen, Miss Winslow. Sie haben keine Ahnung, wo Sie mich hintun sollen. Erinnern Sie sich wirklich nicht mehr? Es war beim Tee – ich glaube, im Vanderbilt; oder Plaza?«

»Ach ja, richtig – ich habe mir schon den Kopf zerbrochen – –«

Carl grinste. »Der Junge, der mich Ihnen vorstellte, sagte Mr. Mmm, weil er sich auch nicht auf meinen Namen besinnen konnte. Sie können also gar nicht wissen, wer ich bin. Ich heiße Ericson … Jetzt habe ich eine Mission. Eine sehr ernsthafte Mission. Ich muß weggehn, eine mittelgroße Bombe kaufen und die ganze Blase hier in die Luft sprengen. Ich hab so eine finstere Ahnung, daß Dichter hier sind.«

»Ich auch«, seufzte Ruth. »Soviel ich weiß, hat Mrs. Salisbury immer sieben Rechtsanwälte, neunzehn Propagandisten, einen Zahnarzt, einen Dichter und einen Forschungsreisenden bei ihren Gesellschaften. Sind Sie der Dichter oder der Forschungsreisende?«

»Ich bin der Zahnarzt. Ich glaube – – Sie sind nicht zufällig Schriftstellerin?«

»Wie ich sieben Jahre alt war, habe ich ein Epos über Jonas und den Walfisch geschrieben, aber seitdem nichts. Es bestand zum größten Teil aus einem Dialog zwischen den beiden, der sich abspielte, während Jonas im Magen des Walfisches wohnte. Finden Sie nicht auch, daß der Walfisch sehr gelenkig sein mußte?«

»Na, dann kann ich Ihnen ja ruhig sagen, was ich von Schriftstellern halte – und so ziemlich auch von Dichtern, Malern und so weiter. Ich hatte einmal mit technischen Untersuchungen zu tun, und da kam immer eine Menge von Schriftstellern, die etwas suchten, was sie ›Material‹ nannten. Seit damals hab ich einen Widerwillen gegen diese Leute, den ich nie ganz überwinden kann. Als ich nun heute abend hierher kam und das ganze literarische Gewäsch hörte, da kam ich plötzlich auf den Gedanken, daß diese Autoren wahrscheinlich so eine Art Bewunderungskonzern bilden. Sie machen Schriftsteller zu den Helden in ihren Geschichten und reden den Leuten ein, daß das Schreiben eine heilige Sache ist. Mir hängt es wirklich schon zum Hals heraus, Romane zu lesen, in denen der junge Bill mit einem unschuldsvollen Seelchen nach New York kommt und bitterböse Zeiten durchmacht, bis ein Verleger seinen großen Roman annimmt. Die Schriftsteller scheinen zu glauben, daß sie die einzigen Menschen sind, die Ideale haben. Ich bin jetzt in der Automobilbranche und sorge dafür, daß die Menschen leichter aufs Land hinausfahren können – ich bin überzeugt davon, daß die meisten Menschen eher hinausfahren, wenn sie ein Automobil haben, als wenn sie Frühlingsgedichte lesen. Aber wenn ich behaupten würde, ich hätte

Künstlerblut, weil ich die Seele des Automobilisten dem Gänseblümchen zuführe, würde sich alle Welt totlachen.«

»Aber meinen Sie nicht, daß die Kunst das – ach, das letzte Ziel der Zivilisation oder irgend so etwas ist?«

» *Nein*, das meine ich nicht! Ganz im Ernst, Miss Winslow, es war nicht einmal eine gar so schlechte Idee, es mal eine Generation hindurch ohne alle Kunst zu probieren und dann zu sehn, was uns fehlt. Wir würden wahrscheinlich Tanzmusik brauchen, aber ob wir Opern brauchen, bezweifle ich sehr. Komisch, wie die Welt die Opernsänger immer so in den Himmel hebt und so gut bezahlt und dabei die Schuster verhungern läßt. Dabei braucht die Welt gute Schuhe viel nötiger als Opern – oder Krieg, oder Belletristik. Ich möchte einmal sehn, wie das wäre, wenn alle Schuhmacher zusammenkommen und sich solange weigern wollten, Schuhe zu machen, bis man ihnen verspricht, Kritiken darüber zu schreiben. Genau so wie Buchkritiken. Sobald dann keine Schuhe mehr da wären, würde man nachgeben, und dann könnten Sie Besprechungen über die neuen Meisterwerke Mr. Regals und Mr. Walkovers oder Mr. Stetsons lesen.«

»Ja! Das kann ich mir vorstellen. ›Dieser eingefaßte Schuh ist einer der wichtigsten, ergreifendsten und gesündesten Schuhe der ganzen Saison.‹ Wahrscheinlich würden die jungen Schuhmacher dann auch mit verdrehten Künstlermienen in Cafés herumsitzen. Aber finden Sie Ihre Theorie nicht etwas gefährlich, Mr. Ericson? Da hätte ich ja eine Entschuldigung dafür, daß ich es zufrieden bin, ein ganz gewöhnliches Mädchen aus der Upper West Side zu sein. Und sind Literaten nicht immer noch besser als Banalitäten? Es ist Ihnen so ernst, daß ich fast glauben könnte, Sie wollten selbst schon einmal Schriftsteller werden.«

»Nein, nein. In Wirklichkeit bin ich das Bübchen im sauber geflickten Höschen, mit dem Sie spielten, als Sie ein ganz, ganz kleines Mädchen waren.«

»Ja natürlich! Im Hain von Arden. Sie hatten eine Itsche, die Sie gegen mein Haarband eintauschten.«

»Und wir aßen Brot und tranken Milch aus blauen Schüsselchen!«

»Ach ja! Blaue Schüsselchen mit Kaninchen, die darauf gemalt waren.«

»Und Riesen und ein Sechszylinderschloß mit Wächtern und einem Burgverließ. Und Hans der Riesentöter. Aber vor allem Kaninchen.«

»Haben Sie Kaninchen wirklich gern?« Ihre Stimme streichelte das Wort.

»Ich habe sie so gern, daß ich, wenn ich an sie denke, weiß, es gibt etwas, was noch schlimmer ist als ein hochfeiner literarischer Salon, und das ist: zu vornehm sein – –«

»Zu sehr Upper West Side!«

»– um sich zu trauen, aus blauen Schüsselchen Milch mit Brot zu essen.«

»Ja, ich werde Sie wohl in den Blauen-Schüsselchen-Bund aufnehmen müssen, Mr. Ericson. Apropos – sagen Sie doch, wer hat uns beide miteinander bekannt gemacht? Ich habe ein so schlechtes Gewissen, weil ich mich nicht mehr daran erinnern kann.«

»Darf ich nicht ein Rätsel bleiben, Miss Winslow? Wenigstens, solang ich dieses neue Hemd anhabe, das Sie während meiner Bemerkungen über die Schriftsteller so wohlwollend betrachtet haben. Ich seh darin doch aus wie ein Graf oder vielleicht auch wie ein Ritter vom Kaninchenorden. Bitte, lassen Sie mich noch ein Rätsel bleiben.«

»Ja, Sie dürfen. Außer Olives Friseur und Ihrem schönen Hemd hat das Leben ja doch keine Rätsel mehr. Schickt es sich eigentlich, über Hemden zu sprechen, wenn man sich zum zweitenmal sieht?«

»Anscheinend schickt es sich.«

»Ja … Heute abend *muß* ich ein Geheimnis haben … Können Sie mir als Ehrenmann schwören, daß Sie nicht eingeladen sind und sich auf ganz ehrlose Weise in diese Gesellschaft eingeschlichen haben?«

»Ich schwöre, Prinzessin.«

»Also, ich auch. Olive war mit einem Bekannten zusammen eingeladen; aber der konnte nicht mitkommen, und da hat sie mich hergeschleift; sie hat mir versprochen, ich würde weiß Gott was zu sehen kriegn – –«

»Anarchisten?«

»Ja! Und der einzige nette, verrückte Mensch, den ich hier gefunden habe, außer Ihnen, mit Ihrem vulgären Vorurteil gegen die ganze Gilde der Schriftsteller, ist eine Frau mit dunklen Augen, die höchst geheimnisvoll in dem großen Zimmer auf einer Couch sitzt und einen mit ihren funkelnden Blicken zu sich lockt – sie sieht aus, als wollte sie über Theosophie sprechen, und dann fragt sie, ob man meint, daß ein Kognaksoda gut gegen ihren Schnupfen wäre.«

»Ich glaube, ich weiß, wen Sie meinen. Als ich diese Dame sah, sprach sie mit einem Mann, dessen peitschender Bart auf einem finstern, dem Untergang bestimmten Gesicht dahintanzte ... Danke schön. Mir gefällt die Phrase auch recht gut, aber leider hab ich sie von einem gewissen Haviland gestohlen. *Ich* stell mir eine witzige Unterhaltung ungefähr so vor: ›Feiner Wagen, den Sie da haben. Was für Magnet?‹«

»Hören Sie. Olive Dunleavy sieht bekümmert aus. Die Fragen, die sie mir über Sie stellen wird, sind gar nicht zu zählen! ... Also, Olive und ich, wir hatten heute zu nichts richtige Laune, und da kamen wir zu dem Schluß, wir hätten die Zusammenkünfte Auserwählter satt, wir wollten das Primitive sehen und vielleicht sogar das Leben in seiner ganzen Härte kennen lernen. Olive kennt eine Bergsteigerin, die immer davon spricht, daß sie sich in die Wildnis zurücksehnt, und da machten wir einen Besuch bei ihr. Wir waren mindestens auf Brote mit rohem Fleisch gefaßt, aber das wilde Weib setzte uns Suchong und Hühnersandwiches und Teegebäck und Nabiscos vor und erzählte uns, was für glänzende Fortschritte ihr Sohn in seinen Altfranzösisch-Studien an der Columbia macht. Unsere Stimmung sank darauf noch tiefer, und wir beschlossen, zum Abendessen ins Chinesenviertel zu gehen. Na, wir gingen auch hin! Ich habe ein bißchen Fürsorgearbeit hinter mir – – Du lieber Gott, ich erzähle Ihnen viel zu viel von mir, o Mann der Rätsel! Das schickt sich aber wirklich nicht, fürchte ich.«

»Bitte, Miss Winslow! Im Namen des – wie hat er nur geheißen – Ordens zum Blauen Schüsselchen?« Er prägte sich ein, daß Olive den Zunamen Dunleavy hatte.

»Also schön, ich habe etwas Fürsorgearbeit hinter mir – –
Haben Sie übrigens zufällig auch schon so etwas gemacht?«

»Ich hab einmal einen Chinesen zum Lutheranertum be-
kehrt; das war alles, glaub ich.«

»Bei meiner Arbeit mußte ich in irgend ein Haus gehn, mich
um drei schmutzige Kinder kümmern und ihnen beibringen,
daß sie glücklich sein würden, wenn sie brav wären, obwohl die
Bälger natürlich ganz genau wußten, glücklich kann man nur
sein, wenn man so schlimm wie möglich ist und durchbrennt,
um im East River zu schwimmen. Jedenfalls lernte ich dabei,
keine Angst vor der Bowery zu haben, aber Olive hat sich wunderschön gefürchtet. Gleich neben uns im Straßenbahnwagen
saß ein harmloser alter Mann, der völlig betrunken war, und als
Olive von ihm fortrückte, blinzelte er mir zu und sagte: ›Alle
Achtung vor Ihrer Angst, junge Frau, ganz richtig so.‹ Ich
glaube, Olive dachte, er will uns umbringen – sie war überzeugt
davon, daß das der letzte dahinsiechende Repräsentant eines
edlen Stammes oder so etwas war. Aber im Chinesenviertel war
sogar sie enttäuscht.

Wir hatten uns auf Opiumteufel gefaßt gemacht, so wie es
seiner Zeit in den Stücken in der Vierzehnten Straße war, bevor
die Kinos aufkamen. Aber wir hatten einen geradezu ekelhaft
saubern Tisch, und das einzige, was uns Angst einjagen konnte,
war ein scheußliches, auf Seide gemaltes Bild mit zwei Tauben
und einer gekochten Lotosblume, das in unserer Nähe hing.
Der Kellner war ganz bestimmt Harvarder Student – vielleicht
auch Oxforder – und sagte: ›Dalf ich den Damen sehl gutes
chinesisches Essen empfehlen?‹ ... Na, und erst das Publikum!
alle waren genau so idiotische Zuschauer wie wir selbst – außer
einem komischen kleinen Japaner. Und der hat den *Presbyterian*
gelesen! ... Da kamen wir hier herauf, und hier scheint es auch
gar nicht so primitiv zu sein. Das ist sehr traurig. Mir scheint,
ich erzähle Ihnen unglaublich viel von unsern albernen kleinen
Abenteuern, und Sie sind wahrscheinlich der Mann, der das
Automobilrennen in Indianapolis gewonnen hat, oder Sie haben die Elektrizität oder so etwas Ähnliches erfunden.«

Solange sie erzählte, hatte sie ihn angeblickt, aber jetzt sah sie um sich, und als sie Olive bemerkte, schien sie unsicher zu werden.

»Ich bin leider durchaus nicht so interessant«, sagte er; »aber ich wollte neue Gegenden und neue Dinge sehn – und die hab ich auch zum größten Teil zu sehn bekommen. Wenn ich von einem Ort genug hatte, ging ich ganz einfach davon, und wenn ich dann wo anders hinkam – ganz gleichgültig wohin – suchte ich mir Arbeit. Und – – Na, ich hab nichts dabei verloren.«

»Haben Sie das wirklich getan? Das ist doch das Schönste, was man überhaupt tun kann. Ich habe immer nur Cook-Reisen gemacht, mit Thomas Cook *und* Sohn in der eigenen Familie. Ich konnte nie selbst meine Wahl treffen. Immer hat meine Familie für mich gewählt. Aber ich wollte – – Man wandert nicht gern, wenn man kein Ziel hat, oder keine Entschuldigung für das Wandern.«

»Doch, ich tu es gern«, erklärte Carl. »Aber – – Darf ich ehrlich sein?«

»Ja«.

Eine Atmosphäre des Vertrauens war um sie. Sie waren zwei Reisende aus einem fernen Land, die sich inmitten fremder Menschen getroffen hatten.

»Ich spreche von mir wie von einem Globetrotter«, sagte Carl … »Das war ich auch, aber seit vielen Wochen bin ich hier in New York, ich kenne kaum einen Menschen und bin unruhig, und doch hab ich nicht den Drang, davon zu gehen; aus zwei Gründen: ich war eine Zeitlang krank, und ein Freund von mir, mit dem ich nach Brasilien wollte, ist ganz plötzlich gestorben.«

»Nach Brasilien. Eine Forschungsreise?«

»Ja – nur ein kleiner Abstecher, etwas ganz Dilettantisches … Ich bin gar nicht so sicher, daß ich nur spiele, wenn ich von blauen Schüsselchen und solchen Sachen rede. Hören Sie. Im Westen würde man einfach sagen: ›die Mädels nach Hause bringen‹. Wie muß man das recht anmutig auf New Yorkerisch sagen? Ich möchte nämlich Miss Olive Dunleavy und

Miss Ruth Winslow dazu betören, daß sie sich von mir nach Hause begleiten lassen.«

»Wir haben wirklich keine Angst davor, allein nach Hause zu gehen.«

»Ich wollte keine Witze machen, aber – – Darf ich einmal zu Ihnen zum Tee kommen?«

Sie zauderte, dann kam es mit einem Ruck heraus: »Ja. Kommen Sie. Nächsten Sonntag, wenn es Ihnen recht ist.«

Sie nickte Olive zu und stand auf.

»Und die Adresse?« fragte er.

»– – West, Zweiundneunzigste Straße. Gute Nacht. Die Blauen Schüsselchen haben mir Freude gemacht.«

Carl verabschiedete sich höchst manierlich von der Hausfrau und marschierte dann, seinen Spazierstock wie ein Taktstöckchen schwingend und einen Walzer pfeifend, durch das Schneegestöber nach Hause.

Als er in seinem Zimmer war, dachte er wieder an seinen häßlichen Abschied von Gertie im Park – vor vielen Jahren, am Nachmittag desselben Tages. Aber der Gedanke mußte im Vorzimmer warten, während Carl sich darüber freute, daß er am Sonntag seine neue Spielgefährtin wiedersehen sollte.

Achtundzwanzigstes Kapitel

Ruth Winslow wohnte in einem für den ziemlich wohlhabenden, aber noch nicht reichen »höheren Mittelstand« typischen Haus. Auf Carls Klingeln öffnete ein Mädchen, das um seine Karte bat – nicht ein imposanter Butler. Das Mädchen ging die Treppe hinauf, und Carl legte Mantel und Handschuhe ab. Er hörte aus der Bibliothek im obern Stockwerk Stimmen, und bald kam das Mädchen wieder, um ihn hinaufzuführen. Ruth Winslow, die hinter dem Teetisch saß, lächelte ihm freundlich zu, und als er ihre hellen Augen und ihr fröhliches Kopfnicken sah, wich das Gefühl der Beklemmung, das ihn während des Wartens überkommen hatte, wieder von ihm.

Sie stellte ihn vor und gab ihm eine Tasse Tee und ein Stück Kuchen, in dem Nüsse waren. Er ließ sich in einem Stuhl nieder und betrachtete die Menschen, die sehr gut in dieses Zimmer zu passen schienen. Es waren New Yorker, die im Gegensatz zu den meisten andern in New York Lebenden in der Stadt geboren waren und sie für ein Dorf hielten, in dem alle Welt einander kennt und sich noch auf die Zeit besinnen kann, da die Damen ihre Einkäufe in der Vierzehnten Straße zu machen pflegten. Olive Dunleavy war da und trug eine neue Frisur zur Schau. Sie debattierte mit einem gut angezogenen Mann über die Vorzüge des »Parsival«, den sich, wie Olive erklärte, jeder Mensch nur aus Pflichtbewußtsein anhöre.

Olive war anscheinend mit ganzer Seele am Gespräch beteiligt, aber Carl fühlte sich trotzdem von ihr beobachtet und dachte mit einem Gefühl des Unbehagens darüber nach, was Ruth ihr erzählt haben könnte.

Auch Olives Bruder Philip Dunleavy, ein schlanker, gut gewachsener Junge von sechsundzwanzig Jahren mit offenem Gesicht und überhoher Stirn, musterte ihn, während er mit einem hübschen, gewöhnlich aussehenden Mädchen sprach. Carl empfand vom ersten Augenblick an eine Antipathie gegen Philip Dunleavy und fürchtete sich ein wenig vor seiner latenten Ironie.

Von Minute zu Minute spürte Carl immer stärker, daß er trotz aller Freundlichkeit, mit der man ihn begrüßt hatte, keinem Menschen außer Ruth wirklich willkommen war. Er wurde gewogen und geprüft. Er war ein Mr. Ericson, nicht ein ganz bestimmter Mr. Ericson.

Ruth unterhielt sich, während sie Tee einschenkte, lachend mit einem Mann und einem Mädchen. Carl selbst war an einen Tisch geraten, an dem sich zufällig drei ganz verschiedene Leute zusammengefunden hatten – eine ältere Frau, die Rom und Paris besser zu kennen schien als New York und ebenso gut eine Putzmacherin wie eine Dame von Welt sein konnte, ein scharf dreinblickender junger Mann mit Schildpattbrille und Ruths älterer Bruder Mason J. Winslow jr., ein großer, magerer, feierlicher siebenunddreißig jähriger Mann mit langem, glattrasiertem Gesicht und langem, schmalem Schädel, dessen zunehmende Kahlheit stets auf schwere Arbeit zurückgeführt wurde. Mason J. Winslow jr. sprach über alles zögernd und bekümmert und trat für Moral und Geschäftstüchtigkeit ein. Er war ziemlich langweilig, ziemlich freundlich und hatte für Menschen, die keinem guten Klub angehörten, nicht das geringste Verständnis.

Mason Winslow ging zu dem großen Tisch hinüber, um sich eine Zigarette zu holen, und Carl folgte ihm. Während sie dort standen und über »die schlechten Zeiten« sprachen, ließ Carl Ruth nicht aus den Augen; sowie die Gäste, die gerade bei ihr standen, sich verzogen, machte er einen Vorstoß zum Teetisch und brachte es zuwege, früher anzulangen als Olives Bruder Philip Dunleavy, der offenbar das gleiche Manöver ausführte. Philip streifte ihn mit einem Blick, der sehr deutlich sagte: »Was für ein Kerl sind Sie denn?« nahm sich ein Stück Kuchen und zog sich wieder zurück.

Carl setzte sich in einen Rohrstuhl, blickte Ruth ins Gesicht und sagte finster: »Es schickt sich nicht.«

»Ja«, antwortete Ruth, »ich weiß, aber trotzdem tun es in dieser Saison einige sehr elegante Leute.«

»Aber meinen Sie, daß die Dame, die in den Programmheften die Rubrik ›Was der Herr trägt‹ schreibt, damit einverstanden wäre?«

»Nein«, sagte Ruth nach ernsthaftem Überlegen, »wenn die Glacéhandschuhe schwarz abgesteppt sind, nicht. Aber für das gefältelte Hemd treten einige Autoritäten ein.«

»Sie finden also, es könnte eventuell geduldet werden?«

»Ich will mich nicht zwischen Sie und Ihren Hemdenlieferanten stellen, Mr. Ericson.«

»Das ist eine ganz alberne Unterhaltung. Aber da Sie der Meinung sind, daß es in besseren Kreisen getragen wird – herrjeh! Es fällt mir schwer, so weiter zu reden. Eigentlich wollte ich Sie darum bitten, daß Sie mir eine zusammengedrängte, aber erschöpfende Antwort auf die Frage: ›Wer ist Miss Ruth Winslow?‹ geben, damit ich keine Dummheiten mache. Und dann, davor warne ich Sie, werde ich reden wie mein Vetter, der Mann mit den gestickten Pantoffeln.«

»Name: Ruth Winslow. Alter: zwischen zwanzig und dreißig. Vater: Mason Winslow, Hoch- und Tiefbau. Brüder: Mason Winslow jr., dessen armer Kopf etwas kahl wird, wie Sie sehen, und Bobby Winslow, ein Tunichtgut, der himmlisch tanzt und angeblich Medizin studiert. Meine Mutter ist vor drei Jahren gestorben. Ich leiste keine nützliche Arbeit, spiele aber ganz anständig Bridge und habe eine Stimme, die als annehmbar gilt. Ich spreche französisch, lese deutsch und singe italienisch. Ich trage ein französisches Kleid, das vom Hause Winslow wahrscheinlich niemals bezahlt werden wird. Ich wohne hier und bin Anglikanerin – weniger hochkirchlich als höchst seltene Kirchenbesucherin. Ich halte den Salon unten für das schlimmste Beispiel spätvictorianischer Greuel, das mir bekannt ist, werde meinen Vater aber wahrscheinlich nie zu einer anderen Einrichtung überreden können, weil Mason das pietätlos finden würde. Mein höchstes Ziel im Leben ist es, auf die Newport-Clique geringschätzig herabzusehn, sobald ich einen englischen Diplomaten mit göttlichem Schnurrbart geheiratet habe. Da ich einen solchen Herrn außerhalb des *Tatler* und der *Vogue* niemals kennen gelernt habe, kann ich Ihnen sehr viel über ihn erzählen. Ja, er wird natürlich wunderbar Polo spielen und ein Schloß in der Provence besitzen müssen, außerdem eine Ranch in Texas, wo ich Reithosen tragen, am Busen der Natur leben und einen chinesischen Koch in blauem

Seidengewand haben werde. Das wird so ziemlich meine Geschichte sein. Ach ja, fast hätte ich vergessen. Ich spiele Klavier und bin sehr unwissend und gehe ganz auf in den schlimmsten Traditionen der reichen Leute der Upper West Side und behaupte immer, ich lebe hier nur, weil ›die Luft besser‹ ist.«

»Was ist denn diese Upper West Side? Ist das eine Geistesverfassung?«

»Nein, im Gegenteil. Es ist eine Brieftaschenverfassung. Die Upper West Side besteht ausschließlich aus geborenen New Yorkern, die der Gesellschaft angehören wollen und es sich nicht leisten können, in der Fünften Avenue zu wohnen. Man kennt alle Welt, ist mit aller Welt in die Schule gegangen und hat mit aller Welt im Park gespielt; und der Herr Papa ist meistens im Großhandel und verachtet deshalb den Kleinhandel. In einem Sommer fährt man nach Europa, und im nächsten an die Jersey-Küste. Alle Kleider, die man trägt, alle Gesellschaften, Hochzeiten und Begräbnisse, an denen man teilnimmt, sind ›elegant‹. Das ist die Upper West Side. Und nun heraus mit der furchtbaren Wahrheit über Sie … Wissen Sie, da Sie eine zufällige Vorstellung bei einem Tee so skrupellos ausgenützt haben, möchte ich Sie fast für einen wohlerzogenen jungen Mann halten, der ein völlig makelloses Leben führt. Sonst würden Sie doch nicht den Mut aufbringen, über den Zaun zu steigen und mit mir im Hinterhof zu spielen, während alle andern Jungen höflich an die Vordertür klopfen und sich nach Hause schicken lassen.«

»Ich – also, ich bin ein Lohnsklave bei der Van Zile Motor, und zwar in der Touricar-Abteilung. Alter: achtundzwanzig – fast. Gewohnheiten: alle schlecht … Nein, jetzt will ich es Ihnen sagen. Ich bin einer von diesen ernsten, schweigsamen Männern aus Granit, von denen Sie in allen Büchern lesen, und nur mein Diener kennt mich von der menschlichen Seite; in der Wall Street erzittert alles, wenn ich mich zeige.«

»Ja, aber wie können Sie dann zur Blauen-Schüsselchen-Kongregation gehören?«

»Hm, ja – – Habs schon. Sie haben doch sicher Romane gelesen, in denen der ernste schweigsame Mann aus Granit in seinem Herzen eine geheime Zärtlichkeit verbirgt; er hebt noch immer den Ring von der ersten Zigarre, die er geraucht hat, in einem kleinen Safe auf, und den ersten Dollar, den er verdient hat, hat er einrahmen lassen – das bin ich.«

»Natürlich! Die Zigarre hat er von dem flachsblonden Schätzchen bekommen, daheim in Jenkins Corners, und im letzten Kapitel geht er wieder dorthin und heiratet sie.«

»Hoffentlich nicht immer!« Was Carl in diesem Augenblick dachte, ist unbekannt. »Nein, tatsächlich, ich war in den letzten Monaten ein ziemlich fleißiger junger Mann aus Granit und habe am Touricar gearbeitet.«

»Was ist ein Touricar? Das klingt nach einer von Kannibalen bewohnten Insel, die Hanf und Kokosnüsse exportiert, siehe rosa Pünktchen auf der Karte, nordnordöstlich von Mogador.«

Carl erklärte.

»Das interessiert mich kolossal«, sagte Ruth. (Aber sie sagte es in einem Ton, der wirklich echt klang.) »Ich finde das wunderbar ... Ach, ich möchte auf und davon und eine Wanderung in den Berkshires machen. Ich habe schon genug davon, immer dieselben Gegenden zu sehn.«

»Später einmal, wenn Sie ganz sicher sind, daß ich ein anständiger junger Mann von der Y. M. C. A. bin, werde ich Sie zu einer wirklichen Wanderung zu überreden suchen.«

Sie schien über diese Idee nachzudenken, nicht ernsthaft, aber – –

Philip Dunleavy trat in Aktion.

Philip hatte einige Zeit lang Interesse für Ruth und Carl gezeigt. Jetzt kam er an den Tisch heran, bat um eine Tasse Tee, machte einige Bemerkungen und ließ sich in aller Ruhe nieder. Ruth wandte sich ihm zu.

Carl hatte sich eingebildet, daß Ruths Stimme etwas ganz besonders Freundliches, ihr Lächeln etwas ganz besonders Vertrauliches eigens für ihn gehabt hätte; als er jedoch bemerkte, daß sie Philip nicht anders behandelte als ihn, war ihm, als hätte er etwas verloren, das ihm seit Jahren als köstlicher Schatz galt. Noch schlimmer wurde es, als Olive Dunleavy dazukam; sie diskutierten zu dritt die Verlobung eines ihm unbekannten Mädchens und sprachen auch im übrigen von Dingen, zu denen er keinerlei Beziehung hatte. Carl kam sich einsam und fremd vor. Er fand Phil Dunleavys ironische Bemerkungen unerträglich und wäre am liebsten davongelaufen.

Ruth schien zu merken, daß Carl sich ausgeschlossen fühlte, und sagte zu Phil Dunleavy: »Du hättest sehen sollen, wie Mr. Ericson mir am letzten Sonntag das Leben gerettet hat. Es war wirklich interessant.«

»Was hat es denn gegeben?« fragte ein Vierter, der jetzt dazu kam.

Alle im Zimmer hörten zu, als Ruth von dem Ausflug ins Chinesenviertel, von Mrs. Salisbury Gesellschaft und dem Helden, der einmal als Passagier geflogen war, erzählte.

Sie hörte nicht auf, Carl mit ins Gespräch zu ziehen, und das schien ihn wieder in Kontakt mit der ganzen Gesellschaft zu bringen. Als sie zu Ende gesprochen hatte, sagte er:

»Was mich an dem Salonflieger am meisten amüsierte, waren seine beiden Behauptungen, daß der Atlantic noch vor dem Ende des Jahres 1913 überflogen sein wird, und daß wir alle in fünf Jahren Aeroplane haben werden. Aus meinem eigenen Geschäft, dem Automobilgeschäft, weiß ich, was solche Prophezeiungen taugen.«

»Glauben Sie nicht, daß der Atlantic bald überflogen werden wird?« fragte der scharf dreinblickende Mann mit der Schildpattbrille.

Phil Dunleavy erklärte mit einer Miene amüsierter Überlegenheit: »Meiner Ansicht nach hat der Salonflieger recht. Wissen Sie, die Aviatik ist wirklich ein so schwieriges Thema, daß ein Laie wohl überhaupt keine Prophezeiungen abgeben kann, weder positive noch negative.«

»O ja«, gab Carl zu.

Dunleavy sprach mit seiner dünnen, fast unverschämten Stimme weiter: »Also, ich kann Ihnen sagen, daß ich aus ausgezeichneter Quelle, von einem Mitglied des Aeroklubs, weiß, daß das nächste Jahr das größte Jahr der Aviatik sein wird, und daß die Wrights einen Aeroplan in Arbeit haben, mit dem sie einen Non-Stop-Flug über den Atlantic machen werden, und zwar spätestens im Frühling 1914.«

»Das ist sehr bedauerlich, denn mit der Fliegerei ist es bei uns völlig aus, außer Hydroplanen und der Militäraviatik, und vielleicht bleibt es auch so«, sagte Carl.

»Von wem wissen Sie das?« Phil drehte einen großen, seltsam geformten Ring an seinem schmalen Finger herum, und alles im Zimmer wartete auf die Antwort dieses so sicher sprechenden Outsiders.

»Nun«, meinte Carl langsam, »der Mann, von dem ich das habe, dürfte etwas davon verstehen. Sagen wir zum Beispiel Walter Mac Monnies; der ist wohl gleich nach Lincoln Beachy so ziemlich unser bester Flieger.«

»Ach ja, er ist ein recht guter Flieger«, sagte Phil geringschätzig und lächelte Ruth verstohlen zu, »aber er ist nicht besser als Aaron Solomons, und der ist wieder nicht halb so groß wie der Mann, der den selben Zunamen hat wie Sie, wie Falke Ericson, den ich selbst gesehn habe, wie er den großen Wettflug nach New York gewonnen hat … Sie verstehen also, ich habe mich ziemlich eingehend mit der Aviatik beschäftigt.«

Carl sah, daß Ruth plötzlich den Kopf um ein, zwei Zentimeter sinken ließ und ihn aus Augen, die zu schmalen Schlitzen wurden, ganz überrascht musterte. Er wußte, daß sie eben gemerkt hatte, wer er war. Sie verständigten sich mit Blicken. »Sie kapiert rasch«, dachte er. Und dann sagte er leichthin:

»Nun, es ist mir wirklich unangenehm, Recht zu behalten, Mr. Dunleavy, aber ich bin in einer ausgezeichneten Lage zu beurteilen, ob MacMonnies heute ein besserer Flieger ist als Ericson, w − −«

»Aber hören Sie doch −«

»− weil ich nämlich zufällig *selbst* Falke Ericson bin.«

»Was für ein Esel ich bin«, stöhnte der Mann mit der Schildpattbrille. »Natürlich, jetzt erinnere ich mich auch wieder an Ihr Bild.«

Phils Mund stand offen, Ruth lachte, alle anderen im Zimmer schnappten nach Luft. Der lange und kahlköpfige Mason Winslow zerbrach sich den Kopf über die Frage, wie man Flieger beim Tee empfängt.

Und Carl war verlegen wie ein kleiner Junge, den man beim Marmeladenaschen erwischt hat.

Neunundzwanzigstes Kapitel

Als Carl am frühen Abend wieder zu Hause war, teilte ihm sein Wirt mit, daß eine Miss Gertrude Cowles angerufen, aber ihre Nummer nicht hinterlassen habe. Der Blick des Wirts gab Carl zu verstehen, daß es seine eigene Schuld wäre, wenn er Freundinnen hätte, die so dumm wären, ihre Nummer nicht zu hinterlassen. Carl rächte sich, indem er zum Telephonieren in die Drogerie an der Ecke ging und dem Wirt keine Gelegenheit zum Lauschen gab.

»Hallo?« sagte Gertie am Telephon. »Ach hallo, Carl; ich habe nur angerufen, um dir zu sagen, daß Adelaide heute abend hier ist, und wenn du nichts Besseres zu tun hast, dachte ich, willst du vielleicht herkommen.«

Carl hatte etwas Besseres zu tun. Er hätte den ganzen Abend dazu verwenden können, über Ruth und Phil Dunleavy und ihr ganzes Milieu nachzudenken, aber er ging zu Gertie.

Sie alle waren da – Gertie und Adelaide, Ray und seine Mutter und eine Miss Greene, irgend ein Mädchen aus Minneapolis; alle spielten Puff und erklärten, Karten zu spielen, schicke sich am Sonntag nicht, aber Puff sei »etwas anderes«. Als dies gesagt wurde, blinzelte Ray Carl zu.

Es war eigentlich recht gemütlich und behaglich. Carl fühlte sich wieder zu Hause. Adelaide erzählte komische Geschichten von der Schule, an der sie die Haushaltskunde studierte.

Als die andern sich zu verabschieden begannen, sagte Gertie zu Carl: »Geh noch nicht, ich will dir einen Brief von Ben Rusk vorlesen, den ich gestern gekriegt habe. Eine Menge Neuigkeiten von zu Hause. Joe Jordan ist verlobt!«

Man ließ sie allein. Gertie blickte ihn zutraulich an. Er wurde steif, taute aber bald wieder auf, als Gertie ihm den Brief aus Joralemon vorgelesen hatte und verträumt sagte: »Ich kann sie alle sehn, wie sie Schlitten fahren. Manchmal wünsche ich mich dorthin zurück. Wirklich, Carl. Obwohl hier das Meer ist und die Berge, wünscht du dir nicht manchmal, es wäre August, und du wärst daheim auf irgend einer bewaldeten Klippe über dem See?«

»Ja!« rief er. »Ich bin jetzt schon so lange fort, daß ich nie nach irgend etwas Bestimmtem Heimweh hab, aber trotzdem würd ich gern die Seen sehen. Und manchmal fehlen mir die Prärien. Du lieber Gott! Es wird ja wohl doch nicht lange dauern, bis ich wieder auf und davon geh – —«

»Aber Carl, du willst doch nicht sagen, daß du dein Geschäft aufgeben willst, wo es doch so gut geht. Und beim Fliegen hast du doch gezeigt, Carl, was du leisten kannst, wenn du bei einer Sache bleibst und nicht bloß herumvagabundierst, wie du es früher getan hast. Wir wollen doch, daß du Erfolge hast.«

Seine Antwort war ziemlich schwach: »Na ja. Ich werd wohl schon Erfolg haben, aber ich kann nicht recht einsehen, wozu man Erfolg haben soll, wenn man sein ganzes Leben in einer schmutzigen Großstadtstraße steckt.«

»Das ist richtig, Carl, aber tust du der Großstadt nicht Unrecht? Bist du schon einmal im Metropolitan Museum gewesen, oder bei einem Orchesterkonzert in der Carnegie-Hall?«

Carl war fest überzeugt davon, daß Gertie ihm weit überlegen sei; daß sie weit mehr von New York habe als er. Er mußte einmal mit ihr in ein Konzert gehen und sich von ihr erklären lassen, was das mit der ganzen Musik wäre.

Daß Gertie, obwohl sie häufig von Konzerten und Bildern sprach, nicht sehr viel davon zu wissen schien, wurde ihm nie ganz klar. Sie war eine feststehende Tatsache für ihn, war es seit zwanzig Jahren. Er konnte nur in oberflächlichen Streit mit ihr geraten, weil er ihre fundamentalen Eigenschaften kannte, und mit diesen, dessen war er sicher, mußte jedermann zufrieden sein. Seine Gedanken an Ruth und Olive waren köstliche Überraschungen; sein Eindruck von Gertie war unerschütterlich wie die Rockies.

Carl wußte nicht recht, ob man junge Damen von der Upper West Side nach kurzer Bekanntschaft zu einem Theaterbesuch einladen könne, aber er versuchte es und verabredete sich mit Ruth und Olive, mit Walter Mac-Monnies (der auf seinem Weg von Afrika nach San Diego in New York war), mit Charley Forbes vom *Chronicle* und, als Garde, der Allerweltsdame, die er bei Ruth kennen gelernt hatte, einer Mrs. Tirrell.

Als er Ruth abholte, erwartete er, das gleiche fröhliche Mädchen vorzufinden, das sie bei der Teegesellschaft gewesen war. Er erstarb jedoch in Ehrfurcht; er sah eine *grande dame* in schwarzem Samt vor sich, die um vieles würdevoller und scheinbar um einige Zentimeter größer war und überdies schlechte Laune hatte. Als sie abfuhren, erklärte sie:

»Es tut mir leid, daß ich so scheußlich schlechter Stimmung bin. Ich konnte nicht ein einziges anständiges Paar weiße Handschuhe finden, und beim Anziehn habe ich mir an dem Kleid, das ich eigentlich tragen wollte, die alte spanische Spitze zerrissen, und meine ganze Familie, mit der mich Gott zweifellos zu meiner Prüfung gesegnet hat, war ununterbrochen vor meiner Tür und brüllte Fragen wegen Wäsche und ähnlicher ekelhafter Dinge zu mir herein.«

Von den Vorgängen auf der Bühne sah Carl nicht viel. Er ließ die Blicke nicht von Ruths Augen und lauschte ihren geflüsterten Bemerkungen. Sie behauptete, die Anwesenheit von zwei Fliegern und einem Journalisten mache sie unsicher. In Wirklichkeit arbeitete sie schwer daran, MacMonnies, einen schüchternen, breitschultrigen jungen Mann, der der Meinung war, er dürfe nie den Mund auftun, von seiner Verlegenheit zu befreien.

Carl hatte zum Souper ins Ritz gehn wollen, aber Ruth und Olive überredeten ihn zum damaligen Café Rector; sie waren nie in einem Broadwaycafé gewesen, wie sie sagten, und wollten die berühmten Schauspieler ungeschminkt sehn.

Als sie am Tisch saßen, gelang es Carl, Ruth wieder in eine angeregte Unterhaltung zu ziehen.

Er fragte: »Würden Sie lieber eine vollkommene Dame sein, deren ausschweifendste Zerstreuung blaue Schüsselchen mit Kaninchen sind, oder würden Sie lieber sein wie Ihre Bergsteigerin, an einem Tag freundschaftlich mit Anarchisten verkehren und am nächsten irgendwo über den Wolken spazieren.«

»Ach, ich weiß nicht. Sehn Sie, ich bin durchaus nicht in einen Harem eingesperrt, und gesellschaftlich bin ich eine große Null, aber trotzdem hat man mich dazu erzogen, Dinge, die nicht ›dem Leben unserer lieben Königin gleichen‹, für unmöglich zu halten, und ich bin fest davon überzeugt, daß Vater der Meinung ist, arme Leute sind bloß deshalb arm, weil sie dumm sind und sich keine Mühe geben, reich zu werden. Aber ich habe gelesen; und ich habe etwas entdeckt – Ihnen kommt es vielleicht albern vor, es so zu nennen, aber für mich war es die größte Entdeckung meines Lebens: daß die Menschen einfach Menschen sind, alle – daß der kleinste bescheidene Bureauangestellte ein Held und der Held ein Niemand sein kann – na und so weiter. Finden Sie das auch?«

»Ich weiß es sogar. Ich habe die meiste Zeit meines Lebens mit Männern gearbeitet, die schmutzige Fingernägel hatten, und bin dahinter gekommen, daß der einzige Unterschied zwischen ihnen und den Leuten, die saubere Fingernägel haben, ein Nagelreiniger ist. Der kostet in der Eckdrogerie zehn Cent. Das ist mein voller Ernst. Ich erinnere mich an einen Koch, mit dem ich mich auf meiner Fahrt nach Panama – –«

(»Panama! da würde ich ja so gern einmal hin!«)

»– sehr viel unterhalten habe, und der war ebenso gebildet wie die feinsten Leute, die ich kennen gelernt habe.«

»Ja, aber finden Sie im allgemeinen sehr viel – also, Höflichkeit und Ähnliches unter Mechanikern? Ebenso viel wie bei den Leuten, die sich selbst als ›die besseren Schichten‹ bezeichnen?«

»Nein.«

»Nein? Wieso, ich dachte – was Sie eben gesagt haben –«

»Ja, aber um Himmels willen, wozu sollten die Leute denn versuchen aufzusteigen, wenn sie schon alles hätten, was die Reichen haben? Wenn man in jeder Sekunde nur einen Schritt vor der Dampfwalze ist, kann man nicht so liebenswürdig sein wie ein Mann, der nichts zu tun hat. Deshalb muß man sich die Dinge *nehmen*. Wenn ich ein organisierter Arbeiter wäre, würde ich allen diesen Schriftstellern und Collegeleuten und so weiter, die ihr Verständnis zeigen wollen, nicht trauen, nicht eine Minute lang. Sie meinen es recht gut, aber sie können ja doch nicht begreifen, was es für einen wirklichen Arbeiter heißt, jeden Wintermorgen in seinem ungeheizten Loch um fünf Uhr aufstehn zu müssen; oder, wenn die Frau krank ist, untätig zusehn zu müssen, weil er sich keinen Doktor leisten kann.«

So redeten sie, der Junge und das Mädchen, und zerbrachen sich beide den Kopf darüber, wie die Welt denn wirklich wäre.

»Ich möchte dahinter kommen, was wir mit dem Leben anfangen können!« sagte sie. »Arbeiten, um müde zu werden, und dann ausruhen, um wieder mit der Arbeit anzufangen, ist bestimmt nicht alles. Aber mich verwirrt das Ganze.« Sie seufzte. »Meine Fürsorgearbeit – ich fing damit an, weil ich mich langweilte, aber jedenfalls wurde mir dabei klar, wie viele Menschen hungern. Und trotzdem tun wir nichts als reden und reden und reden – wenn Olive zu mir kommt, sitzen wir manchmal die halbe Nacht auf, und wenn wir uns nicht über unsere neuen Negligés unterhalten und über die herrlichen Teekleider, die wir uns anschaffen wollen, sobald wir verheiratet sind, ja, dann retten wir die Armen und halten uns für weiß Gott wie fortgeschritten, aber hat es denn auch nur den geringsten Sinn, bloß zu reden?«

»Ich weiß nicht. Aber eines weiß ich: ich will nicht bloß stur mit allem zufrieden sein, und davor kann mich das Reden auf jeden Fall bewahren. Sagen Sie, Miss Winslow, angenommen, ich mache einmal den Vorschlag, daß wir brav und ernst reden und uns den Sozialismus und Besteuerungsfragen und diesen – was war das nur? – ach ja, Syndikalismus vornehmen und wirklich studieren, würden Sie darauf eingehen? Sich gegenseitig zum Nachdenken bringen?«

»Nur zu gern.«

»Denkt Dunleavy viel nach?«

Sie zog die Augenbrauen ein wenig in die Höhe und zögerte. »O ja – nein, ich glaube nicht. Oder wenn, so meistens über seine Geige. Er hat in Yale sehr viel gespielt.«

So wurde Carl dazu ermuntert, patzig zu werden; er sagte in einem Ton, der Phil Dunleavy endgültig erledigte: »Ich glaube nicht, daß viel mit ihm los ist. Ziemlich oberflächlich, würde ich sagen.«

Ihre Augenbrauen waren noch höher gestiegen. »Finden Sie? Das tut mir leid.«

»Warum tut Ihnen das leid?«

»Ach, wir waren immer recht gut befreundet. Olive und Phil und ich liefen schon als Achtjährige miteinander Rollschuh.«

»Aber – —«

»Und wahrscheinlich werde ich – Phil – heiraten – ziemlich bald.« Sie wandte sich einigermaßen plötzlich mit einer Frage an Charley Forbes.

Verloren, schon war die Spielgefährtin verloren, und das war ein Verlust, der ihm das ganze Leben verekelte. Er hätte sich prügeln können, beschimpfte sich als plumpen Mechaniker. Er mußte sich sehr zusammennehmen, um Olive zuhören zu können. Es dauerte einige Minuten, bis er zu Ruth sagen konnte:

»Verzeihn Sie mir – im Namen unseres Ordens. Mr. Dunleavy hat sich ziemlich schlecht gegen mich benommen, und jetzt habe ich mich ebenso schlecht benommen – gegen Sie! Und ohne seine Entschuldigung für mich zu haben. Denn er wollte Sie natürlich vor einem wilden Flieger, der weiß Gott woher ist, beschützen.«

»Es ist nichts zu verzeihn, und Phil war wirklich ungezogen. Außerdem kommen Sie sicher nicht weiß Gott woher.«

Nahezu brüsk bat Carl: »Machen Sie einen langen Spaziergang auf den Pallisaden mit mir. Am nächsten Sonnabend, wenn Sie können und das Wetter schön ist … Sie haben gesagt, Sie möchten gern durchbrennen, und wenn Sie wollen, können wir vor dem Dinner wieder zurück sein.«

»Ja – lassen Sie mich etwas nachdenken. Oh, ich würde es wirklich gern tun. Ich wollte immer gerade so etwas – es ist eigentlich kaum zu glauben: ich habe die Pallisaden direkt vor der Nase, und doch habe ich sie eigentlich nie gesehn, höchstens auf ganz kurzen Spaziergängen, wenn ich bei einer Freundin von mir, Laura Needham, bin, in Winklehust oben auf den Pallisaden. Mit etwas Wilderem als dem Central Park wäre meine Mutter nie einverstanden gewesen, und die Gewohnheit – – Olive konnte ich nie zu Forschungsreisen überreden. Aber schickt es sich, so lange Spaziergänge mit einem jungen Mann zu machen, und wenn er noch so nett ist?«

»Nein, aber – —«

»Ich weiß. Sie wollen sagen: ›Wer bestimmt, was schicklich ist?‹ Die Antwort heißt natürlich nur: ›Man.‹ Aber Man ist so allgegenwärtig. Man – – Aber ja, ja, ja, ich komme mit! Sie müssen mich aber zur Dinnerzeit wieder zurückbringen, nicht wahr? Wollen Sie mich gegen zwei abholen? … Und können Sie – – Ob ein Falke, der immer hoch oben in der stürmischen Luft fliegt, begreifen kann, wie mutig eine kleine Taube aus der Zweiundneunzigsten Straße sich vorkommt, wenn sie auf den Pallisaden spazieren geht?«

Dreißigstes Kapitel

Ruth und Carl standen, in dem kalten Wind fröstelnd, auf einem eisglitzernden Felsen auf den Palisaden. Tief unter ihnen floß der eisengraue Hudson, Eisschollen mit sich tragend, langsam und träge dahin. Die Krähen am Himmel sahen aus wie Bleistiftstriche auf einem sauberen Blatt Papier.

Carl erzählte von Joralemon, von Plato, von seinen ersten Flügen auf Jahrmärkten im platten Land; er sprach davon, was es bedeute, ein Zeitungsheld zu sein, und von seiner Einsamkeit als entthronter Fürst. Ruth gestand ihm, daß sie jetzt, da sie keine Mutter mehr hatte, die sie dazu drängte, »in der Gesellschaft Fuß zu fassen« und »eine anständige Ehe einzugehn«, nicht recht wußte, was sie mit dem Leben anfangen sollte. Sie erzählte tastend von ihrem bißchen Fürsorgearbeit; in allem, was sie sagte, offenbarte sich rückhaltlose Ehrlichkeit.

Dann sprach Carl von seiner Religion – von der Erinnerung an Forrest Haviland. Er hatte bis jetzt mit keinem Menschen außer dem Oberst Haviland und dem englischen Flieger Titherington ernsthaft von seinem Freund gesprochen. Nun aber schien dieses Mädchen, das Forrest nie gesehen hatte, ihn Zeit ihres Lebens gekannt zu haben. Carl schilderte ihr die schönen Stunden gemeinsamer Arbeit in Kalifornien, ihre vertraulichen Gespräche in New Yorker Restaurants, seine Sehnsucht nach ihrer Brasilienreise. Ruth sah ihn verständnisvoll an, und als er ihr in zehn Worten von der Nachricht erzählte, die ihm Forrests Tod mitgeteilt hatte, standen Tränen in ihren Augen.

Dann wurden sie wieder fröhlich, und Ruth jubelte:

»Ich bin so froh, daß wir hierhergegangen sind! So froh, daß wir hierher gegangen sind! Aber ich habe Angst vor den wilden Tieren, die ich hier im Wald sehe, und außerdem darf es gar nicht so früh dämmern. Ich kenne einen großen Zeitungsmann, der in Pompton, N. Y. lebt, und den werde ich bitten, daß er dem Gouverneur darüber schreibt. Es müßte zum Gesetz gemacht werden, daß es an Samstag-Abenden nicht vor sieben Uhr dunkel werden darf. Ich bin sehr froh, daß Sie mich dazu veranlaßt haben, mitzukommen, wissen Sie … Und darauf, daß Sie mir alles erzählt haben – von Leutnant Haviland

– und von dem schlimmen Carl in Joralemon, darauf bin ich sehr stolz.«

»Na – – Es freut mich – – Hören Sie, wir werden uns aber ganz verflixt beeilen müssen, wenn wir ein Fährboot erwischen wollen, mit dem Sie noch rechtzeitig zum Essen nach Hause kommen können.«

»Mir ist etwas eingefallen. Ob das wohl gehn wird – Ich habe eine Freundin, so etwas ähnliches wie eine entfernte Cousine, die hier auf den Palisaden, in Winklehurst, verheiratet ist und ziemlich nahe bei der Fähre wohnt. Wir müßten doch eigentlich sehn, daß sie uns beide zum Essen einlädt. Sie wird natürlich ganz genau wissen wollen, wer Sie sind, aber wir werden sehr mysteriös sein, und das wird die ganze Sache nur noch amüsanter machen, finden Sie nicht auch? Ich möchte unseren Ausflug noch verlängern, wissen Sie.«

»Ich wüßte nicht, was ich lieber täte. Aber trauen Sie sich, Ihre Freundin mit einem völlig fremden Mann zu überfallen?«

»O ja, ich kenne sie so gut, daß sie mir erzählt hat, was für eine Krawatte ihr Mann anhatte, als er um sie anhielt.«

»Dann tun wirs doch!«

»Ein Telephon! Hier gleich in der Nähe sind ein paar Läden, in der Siedlung dort. Da muß es auch ein Telephon geben … Ich werde schon dafür sorgen, daß wir etwas Gutes zu essen bekommen. Wenn Laura meint, daß sie so leicht davon kommt, wird sie sich schwer täuschen.«

Sie traten in einen winzigen Laden, in dem Zuckerwerk, Vorhängeschlösser und Fäustlinge verkauft wurden. Während Ruth mit ihrer Freundin, Mrs. Laura Needham, telephonierte, kaufte Carl bunte Drops, ein Zuckermäuschen und eine kleine Schokoladenkatze mit grünen Ohren und echten Schnurrbarthaaren. Er konnte es nicht vermeiden, Ruth beim Telephonieren zuzuhören, und die beiden grinsten einander wie Spießgesellen zu.

»Hallo, hallo! Mrs. Needham zu sprechen? … Hallo! … Oh, hal-lo, Laura. Hier Ruth. Ich … Ausgezeichnet. Es geht mir wunderbar. Ein bißchen kalt. Hör mal, Laura; ich habe einen langen Spaziergang auf den Pallisaden gemacht. Bin ich mit einem netten jungen Mann bei dir zum Essen eingeladen? …

Wie? … O ja, natürlich, selbstverständlich bin ich zum Essen eingeladen. Also, mein Kind, dann fahr nur ruhig in die Stadt, meinen Segen hast du. Aber das soll dir nicht die Gelegenheit rauben, deine Gastfreundschaft zu beweisen … Ich weiß nicht. Was für Boot nimmst du? … Sieben zwanzig? … N-nein, bis dahin können wir wohl kaum da sein, du kannst also ruhig gleich gehn; und laß alles vom Mädchen für uns vorbereiten … Gut, schön; es ist wirklich reizend von dir, daß du mir so zuredest.« Sie wurde rot, als ihre Blicke denen Carls begegneten. Sie sprach weiter: »Aber ernsthaft, wird es zu viel für das Mädchen, wenn wir kommen? Wir sind schrecklich erfroren, und in die Stadt ist es noch so weit … Danke schön, Laura. Ich werde mich revanchieren, wenn du – in ein paar Tagen … Wie? … Wer? … Ach, ein Mann … Na ja, vielleicht, aber ich würde viel lieber mit Olive spazieren gehen als mit Phil. Nein, er ist es nicht … Ach, wie gewöhnlich. Er wird bald überhaupt nichts anderes tun als tanzen … Na, wenn du es unbedingt wissen mußt – nein, seinen Namen kann ich dir nicht sagen. Er ist –« Sie musterte Carl taxierend. »– er ist ungefähr eins fünfzig groß und hat einen langen französischen Hängebart und eine wunderschöne rote Nase und hört zu, wie ich ihn beschreibe … Ja, vielleicht erzähle ich dir einmal von ihm … Auf Wiedersehen, Laura.«

Sie wandte sich zu Carl um, rieb sich das kalte Ohr, an das sie den Hörer gehalten hatte, und rief vergnügt: »Ihr Mann hat lange im Bureau zu tun, und Laura soll sich mit ihm in der Stadt treffen, sie gehn ins Theater. Wir werden also das ganze Haus für uns allein haben. Herrlich!« Rasch telephonierte sie noch nach Hause, daß sie nicht zum Essen komme.

Als sie den Laden verlassen hatten, gingen sie einige hundert Meter weiter, bis zur Winklehurster Straßenbahn, und stiegen ein; währenddessen dachte Carl rasch. Er war durchaus nicht über kleine Abenteuer erhaben. Nur – als sie ihn am Telephon vergnügt angesehen hatte, war sie so sichtlich frei von jeder versteckten erotischen Neugier gewesen, daß er die Frage: »Wie weit kann ich gehen, was erwartet sie?« – die außerhalb unschuldiger Romane die Männer wirklich beschäftigt – augenblicklich abtat.

Als sie sich im Wagen setzten, lachte er Ruth ganz glücklich an, ohne Theater zu spielen, wie er es bei Eve L'Ewysse getan hatte.

Glücklich. Aber hungrig! Mrs. Needham mußte, als sie zum Haus kamen, schon weg sein, aber trotzdem rief Ruth:

»Schhhhhh! Im Wohnzimmer scheint jemand herumzugehn. Ich glaube, Laura ist noch gar nicht fort. Das würde alles verderben. Kommen Sie. Wir wollen spionieren. Wir wollen Indianerkundschafter spielen!«

Sie schlichen auf den Zehenspitzen an die Seitenwand des Hauses und sahen durch das Speisezimmerfenster hinein, dessen Jalousie einen Spalt über dem Fensterbrett freiließ. Ein Geräusch im Hintergrund des Hauses ließ sie zusammenschrecken; sie preßten sich an die Mauer.

»Großer Häuptling«, flüsterte Carl. »Die Rothäute sind uns auf den Fersen, aber der alte Faßbraun wird so manchen von ihnen ins Gras beißen lassen!«

»Still, keine Dummheiten … Ach, es ist bloß das Mädchen. Sehn sie, sie schaut auf die Uhr und wundert sich, warum wir noch nicht da sind.«

»Aber vielleicht ist Mrs. Needham im Nebenzimmer.«

»Nein. Das Mädchen schnüffelt ja herum. Da, jetzt liest sie eine Postkarte, die jemand auf dem Tisch hat liegen lassen. Ja, und außerdem kaut sie Gummi. Laura ist bestimmt schon weg. Sie kaut jetzt wahrscheinlich auch Gummi, weil sie sich nicht vom Mädchen beobachtet fühlt. Laura war immer sehr fürnehm, aber ich glaube, gegen die wilden Genüsse, die einem das Gummikauen gibt, wenn man in Winklehurst wohnt, wird sie nicht gefeit sein.«

Mittlerweile hatten sie geklingelt.

»Ich bin sehr froh, daß Laura weggegangen ist«, sagte Ruth; »sie nimmt alles so wörtlich. Sie würde vielleicht gar nicht verstehn, daß wir in aller Hast getraut sein und sogar auf diese Weise ein Haus mieten und doch ganz einfache Teebekannte sein können.«

Das Mädchen hatte noch nicht geöffnet. Während sie warteten, zitterte Carl nahezu vor Freude über dieses Abenteuer. Er drückte ihr rasch die Hand, und sie erwiderte lachend und rasch atmend leicht den Druck. Als das Mädchen die Tür öffnete, zuckten sie zusammen wie überraschte Liebesleute. Das Bewußtsein, erschrocken gewesen zu sein, machte sie nur noch verlegener, so daß sie vor dem Mädchen nahezu stotterten. Ruth lief rasch die Treppe hinauf, während Carl sich bemühte, würdevoll Stufe um Stufe zu nehmen.

Als er sich gewaschen hatte und in der obern Diele wartete, rief ihm Ruth aus Mrs. Needhams Zimmer zu:

»Kopfbürsten und alles andere werden Sie wohl in Jacks Zimmer finden, rechts. Ach, ich bin wirklich dumm, ich habe ganz vergessen, daß das unser Haus ist. In Ihrem Zimmer, meine ich natürlich.«

Einen Augenblick lang sah er sie, wie sie eine Strähne ihres braunen Haars mit einer Bürste bearbeitete, und dann suchte er das Zimmer auf, das ihm und nicht Jack gehörte. Es war nicht mehr ein Haus fremder Leute, sondern eines, zu dem er gehörte.

»Nein«, hörte er sich erklären, »sie ist nicht schön. Istra Nash war das schon eher. Aber weiß Gott! Sie ist so ein guter Kamerad, sie ist eben *doch* schön. Ach, hör auf zu quatschen ... Wenn ich sie nur auf die süße kleine Stelle am Hals küssen könnte ...«

Als sie in die Diele herauskam, klagte sie: »Es ist doch eigentlich schrecklich verwirrend, plötzlich ein Haus und sogar drei Puppenkinder zu haben, alles so plötzlich fix und fertig!«

»Was? Familie haben wir auch schon? Ach, ich vergesse immer. Bitte sehr um Entschuldigung – ich hab im Bureau so viel zu tun –«

»Na, ich *glaube* wenigstens, wir haben Familie. Ich kann ja noch rasch ins Kinderzimmer gehn und nachsehn, aber ich bin fast ganz sicher – –«

»Nein, nein, Ihr Wort genügt mir. Sie sind ja mehr im Haus als ich. Ach, übrigens, da wir gerade davon reden, da fällt mir wieder ein: Weib, wenn du meinst, daß ich dir in diesem Jahr noch eine Waschmaschine kaufen werde, wo du schon einen Serviettenring und ein Bild von Martha Washington gekriegt hast – –«

»Oh weh, o weh! Ich wußte ja, daß ich einen rohen Gatten haben werde, der – Ach wie schön! Ich glaube, das Mädchen schleicht herum und versucht zu lauschen! Schhhh! Laura wird ja schöne Sachen von ihr hören!«

Während das Mädchen beim Essen servierte, waren die beiden ein höchst korrektes Paar; nur einmal mußte Carl sie auf den Fuß treten, weil sie zu dem Mädchen sagte: »Ach, Leah, denken Sie doch daran, Mrs. Needham zu sagen, daß ich ein Taschentuch aus meinem – will sagen, aus ihrem Zimmer gemaust habe.«

Als das Mädchen aber keine eingebildeten Krumen mehr auf dem Tisch finden konnte und die beiden mit ihren Herzen und dem Dessert allein waren, begann ein höchst ruppiges junges »Ehepaar« wütend über die Waschmaschine zu streiten, deren Anschaffung er noch immer verweigerte.

Carl ließ sich nicht nehmen, daß sie als Vorstädter Karten spielen müßten, und brachte ihr Pinochlespielen bei, was er von dem Barmann in der Bowery gelernt hatte. Aber die Karten fielen ihnen bald aus den Händen, und dann saßen sie träge und sehr glücklich vor dem Gaskamin im Wohnzimmer, und schließlich sagte sie:

»Die ganze Zeit, während wir Karten spielten – und, was ja etwas gefährlicher war, Ehepaar spielten – die ganze Zeit mußte ich daran denken, wie froh es mich macht, daß ich etwas von Ihrem Leben weiß. Irgendwie – – Ich möchte eigentlich wissen, ob Sie das schon vielen erzählt haben?«

»So gut wie niemand.«

»Ich möchte – – Ich will jetzt aber wirklich keine Komplimente hören, ich möchte ganz ernsthaft, daß Sie mir glauben, daß ich Verständnis – –«

»Noch kein Mensch hat so viel Verständnis gehabt.«

Dann herrschte Schweigen. Carl blickte sich in dem modern eingerichteten Zimmer um. Ruths Augen folgten. Sie nickte mit dem Kopf, als er sagte:

»Aber in Wirklichkeit ist es ein altes Farmhaus draußen in den Bergen, wo der Schnee ganz hoch liegt; und im Kamin brennen mächtige Holzklötze.«

»Ja, und gescheuerte Fußböden.«

»Und, ach, Ruth, ein Schlitten mit – – O weh! Es ist wohl etwas verfrüht, ›Ruth‹ zu Ihnen zu sagen, aber wir sind doch schon den ganzen Abend miteinander verheiratet, und da kann ich wirklich nicht einsehn, warum ich ›Miss Winslow‹ zu Ihnen sagen soll.«

»Nein, das dürfte unter diesen Umständen kaum das Richtige sein. Dann muß es eben ›Mrs. Ericson‹ heißen. Oh! Dabei muß ich an Wikingerschiffe und nördliche Meere denken. Natürlich – Ihr Wikingerschiff war das Flugzeug … Mrs. Eric –« Ihre Stimme wurde ganz klein, sie errötete und fragte gleichsam in Verteidigungsstellung: »Wie spät ist es? Ich glaube, wir müssen gehn. Ich habe am Telephon gesagt, daß ich um zehn zu Hause bin.« Der Ton, in dem sie sprach, war ebenso konventionell wie ihre Worte.

Aber als sie an der Straßenecke auf die Trambahn zur New Yorker Fähre warteten, war wieder alles Steife und Förmliche von ihr gewichen, so daß er den Mut bekam zu sagen:

»Ach – bitte – lassen Sie sich noch eine Zeitlang von Phil Dunleavy nicht davon abhalten, hin und wieder durchzubrennen.«

»J–ja, vielleicht.«

Einunddreißigstes Kapitel

Eine Woche lang – es war die Woche vor Weihnachten – hatte Carl weder Ruth noch Gertie gesehn; er war zu sehr vom Bureau in Anspruch genommen. Sie arbeiteten fieberhaft am Touricar, um ihn Anfang 1913 auf den Markt bringen zu können. An den beiden schönen Vormittagen, die es in dieser Woche gab, wollte er sich vom Bureau drücken, mit Ruth über die Berge wandern, aber dann bekam er plötzlich Gewissensbisse, weil er Gertie niemals zu einem größern Spaziergang aufgefordert hatte, und rief sich schuldbewußt ins Gedächtnis, daß der kleine Carl mit ihr sein Glück suchen gegangen war.

Als er am Sonntagabend zu Gertie kam, war sie allein zu Hause und las eine Liebesgeschichte in einer Frauenzeitschrift.

»Schön, daß du kommst«, sagte sie. »Ich war schon ganz einsam.«

»Sag mal Gertie, mir ist etwas eingefallen. Würdest du nicht gern schöne lange Spaziergänge über Land machen?«

»O ja; das wäre sehr schön, wenn wieder Frühling ist.«

»Nein; ich meine jetzt, im Winter.«

Sie sah ihn ein wenig schwerfällig an. »Wieso denn, es ist doch ziemlich kalt, findest du nicht?«

Er wollte widersprechen, aber er sah nichts Schwerfälliges an ihr. Er zog keine raschen Vergleiche zwischen Gerties Unbeweglichkeit und Ruths Leichtigkeit. Sie redete weiter:

»Du weißt doch, daß es hier recht kalt ist. Da wird immer so viel von der Kälte in Minnesota geredet; aber ich muß sagen, die Feuchtigkeit – —«

»Unsinn; es ist gar nicht so kalt, wenn man schnell genug geht.«

»Na ja, vielleicht; es wäre übrigens wirklich reizend, einen richtigen Ausflug zu machen.«

»Ausgezeichnet; machen wir einen.«

»Ich finde, die Leute sind so konventionell. Findest du nicht auch?« fragte Gertie, während Carl sich mit Sorgfalt und Umsicht eine von Rays besten Zigarren aussuchte. »Schrecklich konventionell. Nie machen sie größere Spaziergänge. Ich habe mit Dorothy Gibbons eine ganz reizende Stelle zum

Spazierengehn gefunden, draußen im Bronx Park, und dort ist auch ein süßes kleines Restaurant, direkt am Wasser. Das Wasser war natürlich zugefroren, aber für New York, weißt du, hat es ganz wild ausgesehen. Gehn wir doch mal dahin.«

»Ach – Bronx Park – nein! Gertie, das ist nichts für mich. Ich will von dieser zahmen Stadt fort und alle Bureaus und Parks und Menschen vergessen.«

»Aaaahber!« kluckte sie begönnernd. »Wir dürfen von New York keine Wildnis verlangen, weißt du! Das wäre doch etwas zuviel verlangt! Siehst du das nicht selbst ein?«

Carl stöhnte bei sich: »Ich will mich nicht bemuttern lassen!«

Er schwieg. Sein Schweigen war sehr laut, er wollte, daß sie es hörte. Aber es ist sehr schwer, gegenüber einer freundlichen, rundlichen Frau von dreißig Jahren, die einen schon als Kind gekannt hat, den Trotzigen zu spielen. Carl gab sein Schweigen wieder auf.

Er ging summend im Zimmer herum, blätterte in einigen Zeitschriften, und dann redeten sie wieder von Joralemon und Plato.

Um dreiviertelzehn gab Carl sich die Erlaubnis zu gehn. Er sagte: »Ich muß morgen ziemlich zeitig anfangen. Hier in New York kann man sichs nicht so gemütlich machen wie in Joralemon. Ich möcht also ganz gern – –«

»Schade, daß du so früh gehn mußt. Aber ich bin froh, daß du heute abend herkommen konntest. Sieh doch immer nach uns, wenn du nichts Besseres vorhast. Ja – was ist mit unserem Spaziergang? Wenn du etwas Schöneres weißt als den Bronx Park, könnten wir es ja versuchen.«

»Natürlich – äh – ja – natürlich, selbstverständlich; müssen wir mal machen.«

»Und, Carl, du kommst doch zu uns, uns unsere Weihnachtspute aufessen helfen?«

»Das würd ich zu gern tun, aber es ist wirklich zu dumm, ich hab eine andere Einladung annehmen müssen.«

Daran war kein Wort wahr, und Carl dachte noch darüber nach, warum er gelogen hatte, als plötzlich das Unwetter losbrach.

Der rechte Arm, den Gertie mit der Geste der kultivierten Hausfrau zum Abschied ausgestreckt hatte, fiel herunter, dann hob sie langsam beide Arme mit geballten Fäusten bis zur Schulterhöhe empor, ihr Kopf ruckte zurück und neigte sich leicht zur Seite, ihr Mund war im Schmerz aufgerissen – wie eine Gekreuzigte stand sie da. Ihre Augen blickten nach oben, ohne etwas zu sehn, dann schlossen sie sich. Sie holte tief Atem, und ihre runde, weiche linke Hand griff nach der keuchenden Brust, während der rechte Arm wieder herunterfiel.

Carl starrte sie an, spielte nervös mit seiner Uhrkette und wäre am liebsten davon gelaufen. Dann begann sie zu sprechen, mit immer schriller werdender Stimme:

»Ach, Carl – Carl! Ach warum, warum, warum! Warum willst du jetzt nicht mehr, daß ich mit dir gehe, warum willst du gar nichts mehr mit mir zu tun haben? Hab ich dich geärgert? Ach, das wollt ich doch nicht! Warum langweil ich dich so?«

»Aber – Gertie – ach – herrjeh! – verflixt!« jammerte ein eingeschüchterter kleiner Junge. Ein reiferer Falke Ericson setzte sich wieder durch und versuchte sie zu trösten: »Gertie, Kind, ich wollte dich nicht – – Hör mich an – –«

Aber sie jammerte weiter: »Wir haben immer zusammen gespielt und ich dachte, hier in der Stadt können wir gute Freunde werden, wo es doch so viel Neues gibt – und ich wollte, daß wir miteinander ins Chinesenviertel gehen und ins Theater, und ich wollte auch immer meinen Anteil bezahlen. Ich hab immer gewartet und gehofft, daß du mich auffordern wirst, und ich wollte, daß wir zusammen sind. Ach, wir hätten so viel Neues zusammen sehn können, das wäre so schön gewesen, so schön – – Zuerst waren wir so gute Freunde, und dann – dann wolltest du gar nicht mehr herkommen, und – – Ach, ich mußte es ja sehn, ich mußte es ja immer *mehr* sehn; aber ich wollte es eben nicht sehn; aber jetzt kann ich mir nichts mehr einreden. Ich war so einsam, bis du heute abend kamst, und wie du vom Spazierengehn geredet hast – und dann hat es wieder so ausgesehn, als ob du ganz einfach von mir fort wärst.«

»Aber, Gertie, du warst doch – –«

»– und eigentlich hab ich es ja schon lange gesehn, damals, wie wir im Park spazieren gegangen sind und ich durchaus wollte, daß du ›Eltruda‹ zu mir sagst – ach, lieber Carl, du brauchst wirklich nicht ›Eltruda‹ zu mir sagen, wenn du nicht willst – und wie ich von dir hören wollte, daß ich Künstlerblut habe. Und mit Adelaide und so weiter. Und du bist weggegangen, und ich dachte, du wirst noch am selben Abend zurückkommen – ach, ich hab mich ja so danach gesehnt, daß du kommst, so danach gesehnt, und du hast nicht mal angerufen – und ich hab bis nach zwölf Uhr gewartet und immer noch gehofft, du wirst anrufen, ganz sicher hab ich gedacht, du wirst es tun, und du hast es nie, nie getan; und ich hab immer darauf gelauert und gelauert, daß das Telephon klingelt, und so oft sich etwas gerührt hat – – Aber nie warst du es. Es hat überhaupt nicht geklingelt …«

Sie fiel in den Lehnstuhl zurück und schluchzte in die Kissen. Carl blickte sie an und betete um eine Möglichkeit, sich drücken zu können. Aber bald machte er sich klar, daß er ihr helfen mußte. Er ging zu ihr, tätschelte ihr knabenhaft den Arm, strich ihr über das Haar und bat: »Gertie, Gertie, ich wollte damals am Abend wirklich herauskommen, ich wollt es wirklich, mein Kind. Ich hätt es auch getan, aber ich hab dann ein paar Freunde getroffen – den ganzen Abend konnt ich mich nicht von ihnen losmachen.« Es lief ihm kalt über den Rücken. An jenem Abend hatte er doch Ruth gefunden! Aber er redete weiter: »Verstehst du denn nicht? Ja, Kindchen, ich würde dir doch nie im Leben weh tun wollen. Und grade heute abend – du weißt doch, das erste, wovon ich zu reden angefangen habe, war, daß wir zusammen Ausflüge machen wollen. Ich hab dann bloß nichts mehr davon gesagt, weil ich nicht wußte, ob dir viel dran liegt. Aber Gertie, mit dir muß man doch gern zusammen sein. Du weißt doch so viel von Konzerten und andern Sachen. Jeder muß stolz darauf sein.« Er schloß mit gut gespielter Munterkeit: »Wir werden ein paar schöne lange Ausflüge miteinander machen, ja? … Und jetzt ist es wieder besser, nicht wahr, Kindchen? Du bist heut abend bloß übermüdet. Hast du dir über irgendwas Sorgen machen müssen? Erzähl dem alten Carl alles – –«

Wie ein Kind, das sich Mühe gibt, brav zu sein, trocknete sie ihre Tränen, und ganz kindlich war auch ihr verwirrter, verletzter und doch vertrauensvoller Blick, als sie mit einem ganz kleinen, scheuen Stimmchen sagte: »Kann man wirklich stolz darauf sein, mit mir zusammen zu sein? … Wir haben es doch manchmal so nett gehabt, nicht wahr? Weißt du noch, wie wir Katzengold gefunden haben, und wir haben gemeint, es ist wirkliches Gold, und haben es am Seeufer versteckt, und dann wollten wir uns ein Schiff davon kaufen, weißt du noch? Du hast doch nicht alle unsere schönen Erlebnisse vergessen, während du so berühmt geworden bist?«

»O nein, nein!«

»Aber warum – Carl, warum – warum liegt dir jetzt nichts mehr an mir?«

»Aber mir liegt doch sehr viel an dir! Du bist doch einer von den besten Kameraden die ich hab. Du und Ray.«

»Und Ray!«

Sie stieß seine Hand weg und richtete sich wütend auf.

»Carl, kannst du denn nicht begreifen, wie schwer es für eine Frau ist, auf diese Weise ihren ganzen Stolz zu vergessen?«

Carl war außer sich. Für ihn hatte Gertie nie zu den Frauen gehört, deren Reize Männer locken können; sie war ihm immer als gute Freundin mit einfacher Seele und schwesterlichen Gefühlen erschienen. Er sagte verlegen:

»Du darfst nicht so reden … Sieh doch, Gertie, wenn du nicht acht gibst, werden wir gleich eine richtige ›Szene‹ haben. Wir sind doch ganz einfach gute Freunde, und du kannst dich immer auf mich verlassen, genau so wie ich mich auf dich.«

»Aber warum müssen wir ganz einfach Freunde sein?«

Am liebsten wäre er grob geworden, aber er blieb geduldig. Ihr mechanisch über das Haar fahrend, stammelte er: »Ach, ich war – – Du weißt doch; ich hab mich so viel herumgetrieben, daß ich sozusagen auch mit meinen besten Freunden außer Kontakt gekommen bin, und jetzt weiß ich nicht einmal recht, wo ich bin. Ich könnte keine Verbindung eingehn – – Ach! das klingt ja geschwollen. Ich meine: ich muß jetzt sozusagen noch einmal ganz von Neuem anfangen, ich muß herausfinden, wo ich bin.«

»Aber warum müssen wir deshalb bloß Freunde sein?«

»Hör zu, Kind. Das ist schwer zu sagen; mir ist wohl auch erst in diesem Augenblick klar geworden, was es bedeutet. Ein Mädel – – Warte; hör doch erst. Ein Mädel – anfangs hab ich ganz einfach gemeint, es ist sehr nett, sie zu kennen, aber jetzt, Herrgott! Gertie, du würdest mich für reichlich sentimental halten, wenn ich dir sagen wollte, was ich von ihr halte. Gott! Ich sehne mich so danach, sie zu sehn! Jetzt, grade in dem Augenblick! Bis jetzt hab ich mir ja gar nicht eingestanden, wie ich sie brauche. Sie ist alles für mich. Schwester und Kamerad und Frau und alles.«

»Das ist – – Aber ich bin sehr froh für dich. Glaubst du mir das? Und vielleicht kannst du jetzt verstehn, wie mir zu Mute war. Es tut mir sehr leid, daß ich mich hab gehn lassen. Hoffentlich wirst du – – Ach, geh jetzt, bitte.«

Er sprang auf – nur zu bereit, zu gehn. Aber erst küßte er ihr noch in achtungsvoller Höflichkeit die Hand und sagte mit einer Sanftheit, die ihm selbst ganz neu war: »Gertie, kannst du mir verzeihn, wenn ich dir jemals weh getan hab? Und wirst du mir glauben, daß ich dich sehr, sehr gern hab? Und wenn ich dich wiederseh, dann wird es nicht – wir werden beide den heutigen Abend ganz vergessen, nicht wahr? Wir werden ganz einfach wieder der alte Carl und die alte Gertie sein. Sag mir, daß ich kommen soll, sobald – –«

»Ja. Das werde ich tun. Gute Nacht.«

»Gute Nacht, Gertie. Alles Gute.«

Zweiunddreißigstes Kapitel

Carl hatte Weihnachtseinladungen von dem Piloten Titherington in Devonshire, von einem reichen Amateurflieger in Pasadena, von seinem Vater in Joralemon und von Gertie in New York, aber er hatte keine Einladung, die er annehmen konnte. VanZile hatte freundlich gefragt: »Fahren Sie über Weihnachten aufs Land?«

»Ja«, hatte Carl gelogen.

Wieder sah er sich als entthronten Fürsten, wieder mußte er daran denken, daß er noch vor einem Jahr, als er nach Südamerika fuhr, um mit Tony Bean Schauflüge zu veranstalten, der Löwe einer Weihnachtsveranstaltung an Bord gewesen war und an seinem Mechaniker Martin Dockerill einen Freund und Sklaven besessen hatte.

Den größten Teil des Heiligen Abends verbrachte er allein in seinem Zimmer. Er stöberte in alten Briefen herum, blätterte in Fliegerzeitschriften mit Bildern von Falke Ericson und dachte darüber nach, ob er nicht in diese verlorene Welt zurückkehren sollte. Josiah Bagby jr., der Sohn des exzentrischen Arztes, in dessen Schule Carl fliegen gelernt hatte, machte an der Palm Beach Versuche mit Hydroplanen und Bombenflugzeugen und beschwor Carl, er, der ruhigste und verläßlichste Pilot Amerikas, solle mit ihm zusammen arbeiten. In dem langweiligen stillen Zimmer hörte Carl mit einemmal die Musik eines gleichmäßig laufenden Motors, der ihn im Flugzeug über eine blaue Meeresbucht trug. Carls Antwort auf diesen verführerischen Traum lautete: »Quatsch! Ich kann den Touricar jetzt nicht gut im Stich lassen, und außerdem weiß ich nicht einmal, ob ich schon wieder die nötige Ruhe zum Fliegen hab. Außerdem, Ruth – –«

Immer dachte er an Ruth, sehnte er sich danach, mit ihr zu tanzen, zu lachen, zu spielen. Seit Tagen quälte ihn eine Frage: hätte er ihr ein Weihnachtsgeschenk schicken dürfen?

Um zehn Uhr abends ging er zu Bett – am Heiligen Abend, als in allen Straßen fröhliche Leute unterwegs waren, als von der anderen Seite der Straße die Töne eines Klaviers herüberklangen – er hörte irgendwo in der Nähe »O Tannenbaum, O Tannenbaum« auf deutsch singen …

Dann schlief er neun Stunden, erwachte mit dem seligen Gefühl, nicht ins Bureau gehn zu müssen, und sang im Bad »Die Ufer des Saskatchewan«. Als er nach seinem Frühstück wieder nach Hause kam, fand er einen Brief von Ruth vor:

Lieber Spielgefährte, – auf unserem Spaziergang sagten Sie, ich würde einen guten Spielkameraden abgeben, aber ich wäre wohl ein sehr armseliger, wenn ich Ihnen nicht ganz besonders Fröhliche Weihnachten wünschen würde und ein Neues Jahr, das Ihnen alles Liebe bringen soll, wonach es Sie verlangt. Es sollte mich sehr freuen, wenn Sie diesen Brief nicht am Weihnachtstage selbst bekommen: das könnte nämlich bedeuten, daß Sie irgendwo in einem entzückenden Landhaus sind und sich glänzend unterhalten. Sollten Sie aber doch zufällig in der Stadt sein, dann wird es Sie sicherlich freuen, wenn Ihr Spielkamerad Ihnen von seinem Hinterhof ein frohes Fest wünscht. Und noch eines: geben Sie bitte dem Touricar ein Paar warme Pantöffelchen von

Ruth Gaylord Winslow

»– alles Liebe, wonach es mich verlangt!« wiederholte Carl. »Ruth, Liebe, weißt du, wonach es mich am meisten verlangt? … Halt! Großartig! Ich lauf rasch hinaus und schick ihr alle Blumen, die es auf der ganzen Welt gibt.« Er war auch schon aus dem Haus draußen und eilte zur Untergrundbahn. »Was sie wohl von Dunleavy gekriegt hat? … Das ist mir ganz egal. Herrjesus, bin ich glücklich! Ich von hier fort und fliegen? Nicht daran zu denken!«

Den Abend des Weihnachtstages verbrachte er höchst feierlich im California Exiles Club.

In den beiden Wochen nach Weihnachten ging Carl zweimal zu Ruth. Das eine Mal erklärte sie, sie habe genug vom modernen Leben, Sozialismus und Atheismus seien Greuel für sie, die Welt brauche die höfische Steifheit der mittelvictorianischen Tage – und sie selbst: ihr Umgang in der letzten Zeit

habe einen schlechten Einfluß auf sie ausgeübt. Sie redete ununterbrochen in dieser Art und sagte zu ihm weder »Carl« noch
»Mr. Ericson«, bis er ganz entsetzt heimging.

Bei seinem nächsten Besuch empfing ihn eine muntere
Ruth, die ihn in die Bibliothek hinaufführte und sich dort vergnügt und ganz unvictorianisch mit ihm unterhielt. Carl war am
Nachmittag zum Kaffee gekommen, und um halb elf – das war
der letzte Termin, den er sich gesetzt hatte – saßen beide bequem in großen Sesseln und aßen Pralinés. Um dreiviertel elf
kam Ruths Vater vom Klub nach Hause. Carl sah ihn an diesem Abend zum erstenmal. Er war ein beleibter, ein wenig
nüchterner, freundlicher Mann – einer jener Väter, die den Ver-
ehrern ihrer Töchter Zigarren anbieten und sie ganz unver-
bindlich ermutigen.

Man muß schon eine sehr angenehme und modulationsfä-
hige Stimme haben, um ein fünfzehn Minuten währendes Te-
lephongespräch erträglich, und Jugend, um es überhaupt möglich zu machen. Ruth besaß beides. Eine Viertelstunde lang
sprach sie mit Carl über die Frage, ob sie am nächsten Sonnabend – dem ersten im Februar 1913 – wie Phil wünschte, zu
Marion Brownes Ball im Delmonico gehn oder, wie Carl es
wollte, in den Westchester Bergen Ski laufen sollte. Carl trug
den Sieg davon.

»Ach, ist das heute schön, es ist so schön wie – wie – wie
die Glasur auf einer Geburtstagstorte!« rief Ruth, als sie mit den
Füßen in die Bindung ihrer Skier fuhr und sich für ihre erste
Lektion vorbereitete. »Diese Bretter sehn jetzt, wo ich sie anhabe, so schrecklich lang und unlenkbar aus. Wie zwei Meter
lange Tischmesser, und meine albernen Füße wie Orangen-
kerne in der Mitte von den Messern!«

Die Skier waren wirklich unlenkbar.

Ein Brett stellte sich auf das andere, und Ruth versuchte,
ihr eigenes Gewicht in die Höhe zu heben. Als sie einen Hügel
hinunterglitt, spreizten die Skier sich auseinander und wollten
durchaus nach ganz verschiedenen Richtungen. Ruth fiel zwischen beiden hin und pflügte mit ihrer hübschen Nase die

feuchte Schneekruste auf. Carl, der auf gehorsam parallelen Skiern einherfuhr, hob sie auf und klopfte ihr den Schnee vom Pelzjakett und von der Nase. Sie lachte.

Fallend, wieder aufstehend, endlich die Freuden des Abfahrens und des Marschierens auf diesen gigantischen Schlittschuhen über ebene Strecken lernend, begleitete sie ihn von Hügel zu Hügel, bis sie zu einer Senkung inmitten eines Farmguts kamen, von wo ein Bachlauf tiefer in den Wald hineinführte. Der Nachmittag verging; schwärzliche Wolken zogen aus dem Osten auf, aber die tiefstehende Sonne tauchte alles in letzten roten Glanz. Ein Kaninchen hüpfte neben ihnen fort, Carl folgte seinen Spuren und erklärte ihr die Hieroglyphen des Waldes – Fährten von Kaninchen, Eichhörnchen, Feldmäusen und Hauskatzen im Schnee.

Die untergehende Sonne war jetzt hinter Wolken versteckt; die Luft war scharf; im Wald herrschte unheimliche Stille. Das Knacken der Zweige, die sich in der Kälte zusammenzogen, klang wie das feierliche Ticken einer Uhr des Waldlandes.

»Ich weiß ganz genau, da hinten schleichen Indianer«, sagte sie, »und Wölfe und Räuber; und vielleicht kommt auch ein Trapper in einem roten Rock.«

»Und vielleicht ein berittener Polizist und ein verirrtes Mädchen.«

»Mit diesen Worten«, erklärte Ruth, »öffnete der wackere junge Mann seinen Rucksack und breitete vor den bewundernden Augen des hungrigen Mädchens – damit bin ich gemeint, vor allem mit dem Wort ›hungrig‹ – die Wunder seines Rucksackes aus, von denen sie inmitten aller Gefahren des Nachmittags die Augen nicht hatte lassen können.«

Carl wußte es nicht, aber sein ganzes Leben lang hatte er sich ein Mädchen gewünscht, das, ohne an einer entschuldigenden Erklärung herumzustottern, eine Geschichte zu erzählen beginnen könnte, in der sie selbst und er die Helden wären. Unverzüglich setzte er ihre Erzählung fort:

»Und aus dem Rucksack holte der wackere junge Held, dessen neue Norfolkjacke sie gar nicht genug bewundern konnte – also, aus dem Rucksack holte er zwei blaugefrorene harte Eier und eine Thermosflasche mit Tee, den ich wahrscheinlich zu zuckern vergessen hab.«

»Und dann erstach sie ihn und ging rasch nach Hause«, schloß Ruth die Geschichte … »Machen Sie keine leichtsinnigen Witze über das Essen. Wenn es nur ein hartes Ei gibt, sind Sie ein Kind des Todes! Ich sollte natürlich so tun, als ob ich nicht mehr essen könnte als ein Vögelchen, aber in Wirklichkeit wäre ich jetzt imstande, eine englische Hammelkeule, vier Nierenpasteten und zwei heiße Würste zu verschlingen, und nachher noch eine Portion Plumpudding und eine Schachtel Pralinés.«

»Wenn das eine Geschichte wäre«, sagte Carl, dürre Zweige von dem angefrorenen Schnee befreiend und in der Mitte einer kleinen Lichtung sammelnd, »würde der junge Held aus Joralemon das Großstadtmädel daran erinnern, daß man nur in Gottes Freier Natur Appetit bekommen kann, und dann würde der Autor sagen: ›Noch nie hatte etwas so gut geschmeckt wie diese im sprudelnden Bächlein gefangenen und über den glimmenden Kohlen am Spieß gebratenen Forellen. Sie betrachtete den hünenhaft gewachsenen jungen Mann, der da so geschickt den Imbiß bereitete, und verglich ihn im Geiste mit den verweichlichten Laffen von der Fünften Avenue …‹ Jetzt aber, Weib, reiß lieber ein paar Zweige von diesem Strauch ab, damit wir etwas für das Feuer haben.«

Ruth sammelte Zweige, während Carl an den Baumwurzeln nach trockenem Laub suchte, und fuhr mit der Geschichte fort: »›Ja‹, sagte das schöne Mädchen aus den Wäldern, auf das grausame Geheiß des unerbittlich strengen und finstern Mannes gehorsam den armen, geduldigen Rücken beugend … Darf ich etwas einflechten, das in aller Höflichkeit zeigt, wie sehr die unglückselige junge Dame diese himmlische Schneelandschaft bewundert, obwohl sie so abscheulich schlecht behandelt wird?«

»Ja, aber vor den Wirkungen der freien Natur auf den Appetit habe ich Sie schon gewarnt. Sie brauchen nur zuzusehn, wenn ein Börsenmakler in einem Restaurant am Broadway ein vierzehn Pfund schweres Beefsteak ißt und dazu drei Kannen Kaffee trinkt und vier schwarze Zigarren raucht, und dann wird

Ihnen klar sein, daß der verweichlichte Stadtmensch manchmal auch einen ganz schönen Appetit hat!«

»Mein lieber Freund«, jammerte sie, »ganz abgesehn davon, wie unfein das Ganze ist – Sie wissen doch, daß kein Mensch zugeben will, daß ihn das Essen wirklich interessiert – also davon ganz abgesehn, ich bin so hungrig, daß ich, wenn noch mehr von Essen geredet wird, in eine Ecke gehn und zu heulen anfangen muß. Sie wissen doch, wie diese schönen deutschen Weihnachtsgeschichten immer anfangen: ›Der Weihnachtsabend hatte sich herabgesenkt, tiefer Schnee lag auf dem Boden. Durch den Wald kam ein armes Mädchen, das weinte bitterlich.‹ Und zwar weinte sie so bitterlich, weil es ihr in der Seele wehtat, daß ihr das Geheimnis des schönen, schönen Essens, das im Rucksack des Helden verborgen war, nicht enthüllt wurde. Und jetzt Schluß mit allen eingebildeten Menüs. Reden wir über Nidschinsky und die großen Dirigenten, bis Sie fertig sind – –«

»Fertig!« rief er, neben einer Pyramide aus Laub, Zweigen und Ästen kniend, die er aufgebaut hatte. Er zündete ein Streichholz an und setzte das Laub in Brand. Bald warf das Feuer einen rosigen Schimmer über den Schnee. »Übrigens«, sagte er, während er mit klammen Fingern die Riemen seines Rucksackes öffnete, »ich fürchte, wir werden viel später nach Hause kommen, als wir vorhatten.«

»Ja, dann werde ich wohl im Zug einschlafen und bei jeder Station aufwachen und jammern und Sie ganz verrückt machen, und Mason wird ganz unglücklich und unzufrieden sein, wenn ich zu spät nach Hause komme, aber jetzt im Augenblick ist mir das alles egal. Ganz egal! Jetzt haben wir unser schönes Abendfeuer! Carl, wissen Sie denn, daß ich mit meinen vierundzwanzig Jahren (jetzt sind es fast schon fünfundzwanzig!) noch nie so wie heute im Dunkeln draußen war, nicht einmal mit Phil? Aber Angst habe ich doch nicht – ich bin sehr glücklich.«

»Sie haben Vertrauen zu mir, nicht wahr?«

»Das wissen Sie ja … Aber wenn ich mir eigentlich klar mache, daß ich Sie in Wirklichkeit kaum kenne – –«

Er hatte aus dem Rucksack alle möglichen schönen Dinge zum Essen herausgeholt; bald saßen sie auf einem Holzklotz, den er zum Feuer geschleift hatte, und schlangen schamlos. Jetzt begann allmählich Schnee zu fallen. Carl rollte einen zweiten Klotz heran, um das Feuer ein wenig vor dem Wind zu schützen, und legte ihn in einem rechten Winkel zum ersten.

»Bei Mrs. Needham sagten Sie, daß es schön wäre, wenn wir ein altes Farmhaus hätten. Bauen wir uns doch hier eines her.«

Sie war augenblicklich dabei. Sie legte Zweige in den Winkel zwischen den beiden Holzstücken und erklärte: »Hier ist mein Zimmer mit niedriger Balkendecke und einer großen offenen Feuerstelle.«

»Dann ist hier mein Zimmer mit einer Werkbank und einem wunderbaren drei Meter langen Bett.«

»Und hier, vor meinem Zimmer«, sagte Ruth, »muß ich eine große gemauerte Terrasse haben, auf der überall Töpfe mit Heliotrop stehen.«

»Es tut mir sehr leid, mein Kind, aber eine Terrasse können Sie nicht kriegen. Haben Sie denn ganz vergessen, daß jeder einzelne Ziegel zweihundert Meilen weit durch diese Wildnis herangeschafft werden muß?«

»Das ist mir ganz egal. Wenn Sie wirklich etwas für mich übrig hätten, würden Sie die Ziegel, wenn es nicht anders geht, auf Ihrem Rücken herschleppen.«

»Na schön, ich werd mir das überlegen, aber – – Ach sehn Sie, ich werde mir vor meinem Zimmer so was Ähnliches wie eine Veranda bauen, aber aus Holz, und darauf stelle ich Feldbetten mit Pferdedecken, und wenn Sie morgens aufwachen, können Sie die Berge im ersten Sonnenschein sehn.«

»Wunderbar, dann verzichte ich auf meine Terrasse.«

»Ernsthaft, Ruth, würden Sie nicht gern so ein Häuschen irgendwo in den Wäldern haben?«

»Das wäre himmlisch! Mindestens eine Zeitlang.«

»Ich war einmal oben in den Hohen Sierras in Kalifornien, und dort fand ich eine Felsenklippe mit Bäumen – man hatte den Blick dreihundert Meter hinunter auf einen klaren grünen Bergsee. Nichts war zu hören außer dem Rascheln des Laubes.

Auf der andern Seite sah man eine Bergspitze im ewigen Eis, und darüber segelte stundenlang ein Adler. Und man roch die Fichtennadeln und saß da – wie würde Ihnen das gefallen?«

»Ach, ich kann gar nicht sagen, wie schön ich das fände!«

»Dann müssen Sie auch einmal hin.«

»Wenn Sie Präsident der VanZile Company sind, müssen Sie mir einen Touricar geben, in dem ich reisen kann, und vielleicht nehme ich Sie dann auch mit.«

»Gut! Ich werde Chauffeur und Koch und alles sein.« Voll Jubel über das Versprechen, das sie ihm damit gegeben hatte, sagte er rasch, um seine Aufregung zu verbergen: »Sogar ein armseliger ungebildeter Mechaniker wie ich begeistert sich bei einer solchen Aussicht.«

»Sie sind doch gar kein ungebildeter Mechaniker. Es reizt mich immer so, wenn Sie den Bescheidenen spielen. In Wirklichkeit sind Sie ein berühmter Mann, und ich bin ein armseliges kleines Balg. Zum Beispiel die Art, wie Sie über Sozialismus reden, wenn Sie lebhaft werden und sich gehn lassen. Ich war immer der Meinung, daß Flieger und alle Helden ziemlich langweilig sind.«

»Na ja. Aber wir werden gehn müssen. Es ist jetzt nach sieben; und wenn wir um neun in der Stadt sein wollen, müssen wir unbedingt den Zug um acht Uhr neun kriegen.«

»Ja, dann werden wir wohl gehn müssen. Obwohl wir unser Haus noch gar nicht fertig gebaut haben.«

»Hat es Ihnen wirklich Freude gemacht?« Er säuberte die letzten Teller mit Schnee und packte sie in den Rucksack. »Wissen Sie«, sagte er vorsichtig, »ich hab immer gedacht, daß ein Mädel – Sie sagen, Sie gehören nicht zur Gesellschaft, aber ich mein ein solches Mädel wie Sie – ich hab immer gedacht, mit so einem Mädel kann man nur spielen, wenn man ein reicher Mann ist, und das bin ich jetzt, wo mein bißchen Geld im Touricar steckt, ganz entschieden nicht. Trotzdem haben wir einen wunderschönen Tag verbracht, und es hat weniger gekostet als drei gute Theaterplätze.«

»Ich weiß. Phil sagt immer, er ist zu arm, um wirklich etwas vom Leben zu haben, und dabei hat er, ganz abgesehn von seinem Gehalt und der Rente, die ihm sein Vater gibt, fünfzehntausend Dollar, die ihm seine Großmutter hinterlassen hat; und manchmal macht er mich ganz wütend – selbst wenn ich von der Taktlosigkeit absehe, die darin steckt – indem er ziemlich deutlich zu verstehn gibt, daß ich von einem Ausgehn mit ihm nur etwas habe, wenn er einen Haufen Geld ausgibt. Die meisten von meinen Freunden, Mädchen sowohl wie Männer, denken so. Sie kommen nie auf den Gedanken, daß sie der idiotischen Stadt den Rücken drehen könnten, wenn sie ganz einfach Menschen wären, wie wir beide es heute gewesen sind … Phil sagte mir einmal, daß *kein* Mann – verstehen Sie wohl, kein einziger – heiraten kann, wenn er nicht mindestens ein Einkommen von fünfzehntausend Dollar im Jahr hat. Er hat es ganz einfach bewiesen.«

»Bewiesen? Das versteh ich nicht.«

»Phil sagte, daß man unmöglich in der West Side leben kann – daß sowohl er wie ich in der West Side leben, zählt natürlich nicht – und daß die billigste anständige Wohnung in der Nähe der Fünften Avenue viertausend Dollar im Jahr kostet; und dann kann man natürlich nicht mit weniger als zwei Wagen, vier Mädchen und einem Chauffeur auskommen. Das ist ganz unmöglich!«

»Natürlich. So eine Vorstellung. Nur drei Mädchen. Da kann man sich ja gleich begraben lassen.«

Der Rucksack war jetzt fertig gepackt. Er schwang ihn auf den Rücken und machte sich daran, das Feuer auszutreten, aber er ließ ihn noch einmal fallen und sah Ruth ins Gesicht. »Ruth, Sie werden sich nicht fest entschließen, Phil zu heiraten, bevor Sie sich innerlich wirklich entschieden haben, ja? Und bis dahin werden Sie noch ein bißchen mit mir spielen, ja? Können wir nicht noch ein paar – —«

Sie lachte nervös und versuchte, seinem Blick stand zu halten. »Ich habe Ihnen ja schon gesagt, Phil wird sich nicht dazu herablassen, ernsthaft an mich zu denken, bevor er seine Fünfzehntausend im Jahr hat, und das wird wohl noch einige Zeit dauern, wenn man bedenkt, daß er zu gut erzogen ist, um schwer zu arbeiten.«

»Aber allen Ernstes, Sie werden – – Ach, ich weiß nicht, wie ich es sagen soll. Ich darf Ihr Spielgefährte sein, genau so sehr wie Phil, solange wir noch – –«

»Carl, ich habe noch nie in meinem Leben mit einem Menschen so gespielt wie mit Ihnen. An Ihnen gemessen, erscheinen mir die meisten Männer sehr langweilig und lächerlich. Das macht mir Angst. Ich sollte Sie vielleicht nicht so leicht über den Zaun kommen lassen«.

»Sie werden sich von Phil noch eine Zeitlang *nicht* einsperren lassen?«

»Nein … Müssen wir nicht gehn?«

»Ich danke Ihnen dafür, daß ich zu Ihnen kommen durfte. Das Feuer ist aus. Gehn wir.«

Nach dem Erlöschen des Feuers war es stockfinster. »Wohin müssen wir denn?« fragte sie ängstlich; »ich komme mir ganz verloren vor. Ich kann nichts sehn. Ich bin ganz blind.«

An dem Ton ihrer Worte hörte er, daß er plötzlich wieder ein Fremder für sie war.

Hastig sagte er in beruhigendem Ton: »Warten Sie ruhig noch einen Augenblick! Passen Sie auf. Wir gehn auf die große Eiche zu, dort oben auf dem Hang, dann über die Schonung und halten uns rechts. Sobald sich Ihre Augen wieder an die Dunkelheit gewöhnt haben, werden Sie die Eiche sehn. Denken Sie daran, daß ich schon als Kind jedes Jahr im Herbst gejagt habe, und kommen Sie ruhig in die Finsternis. Und machen Sie sich keine Gedanken.«

»Jetzt kann ich gerade den Baum erkennen.«

»Gut. Gehn wir auf ihn zu.«

»Ich will meine Skier selbst tragen.«

»Nein, Sie geben bloß auf Ihre Füße acht.« Seine Stimme klang freundlich, ruhig, nicht allzu vertraulich. »Versuchen Sie nicht, Ihren Augen zu folgen. Ihre Füße müssen den Weg finden. Die Augen würden Sie im Dunkeln irreführen«.

Der Rückweg war schwer. Mit dem Rucksack und den zwei Paar Skiern belastet, konnte er sie nicht an der Hand führen. Es schneite noch immer, wenn auch nicht sehr heftig, und als sie ins Freie hinauskamen, fiel der Wind über sie her. Einmal rutschte Ruth aus, über einen Stein oder eine vereiste Stelle, und schlug schwer zu Boden. Bevor er die Skier abwerfen konnte, richtete sie sich wieder auf und sagte trocken:

»Ja, es hat weh getan, und ich weiß, daß es Ihnen leid tut, und Sie können gar nichts machen.«

Carl grinste und antwortete nichts. Sowie er aber eine Hand frei machen konnte, klopfte er ihr leicht auf die Schulter.

Als sie wieder stark bergauf gehn mußten, taumelte sie nahezu, so erfroren und so müde war sie, und so schwer war der Schnee an ihren Sohlen. Hinter der Höhe aber war ein Licht zu sehen.

»Gleich da oben ist die Straße«, rief er munter.

»Ach, ich kann nicht – – Ja, es geht schon – –«

Er ließ die Skier fallen, legte einen Arm unter ihre Schultern und den anderen unter ihre Knie und war auch schon halb auf der Höhe, bevor sie rufen konnte: »Ach nein, *bitte*, tragen Sie mich nicht!« Auf der Straße stellte er sie auf ihre Füße.

Sie bekamen ihren Zug gerade noch. Die Wärme und die Weichheit der Plüschsitze waren etwas Köstliches.

Ruth rieb sich mit einem rührenden, zutraulichen Lächeln die Hände. Ihre Schultern neigten sich ihm zu. Ihr ganzes Wesen schien sich ihm zuzuneigen. Er nahm ihre rechte Hand in die seine und murmelte: »Meine Hand ist ein Haus, in dem Ihre sich wärmen kann.« Ihre Finger krümmten sich und blieben zufrieden liegen. Wie ein verschlafenes Kätzchen blickte sie auf die beiden Hände hinunter. »Ein kleines braunes Haus!« sagte sie.

Dreiunddreißigstes Kapitel

Gelehrte suchen nach Keimstoffen, welche die Welt ändern sollen, Kriege kommen, der Winter schlägt die Erde in Fesseln, die Liebe blüht und übt ihre Herrschaft aus, stets aber peitscht eine Macht, der nicht weniger Gewalt gegeben ist als allen andern, die Menschen über die staubige Straße der Vergänglichkeit dahin. Der Name dieser Macht ist: Das Tagewerk.

In jener ganzen Zeit der ersten Liebe konnte Carl sich nie völlig von den Gedanken an sein Bureau frei machen. Das Geschäft war entschieden kein Abenteuer mehr für ihn, und wäre Ruth nicht gewesen, so hätte er es sicherlich aufgegeben und wäre zu Bagby jr. gegangen.

Sie unternahmen zu zweit Spaziergänge und sprachen viel miteinander. Sobald die Flugsaison wieder einsetzte, führte Carl sie auf das Flugfeld hinaus, und als sie seine Erklärungen hörte, begriff sie endlich auch gefühlsmäßig, daß er wirklich Flieger war.

Sie wanderten durch Staten Island; sie tranken Tee in Manhattan. Carl aß mit Ruth und ihrem Vater zu Abend; einmal lud er ihren Bruder Mason zum Lunch in den Aeroklub ein.

Im März erkrankte Ruth; es war nichts Rätselhaftes, nichts Romantisches, sondern eine Influenza, die ihr, wie sie Carl schrieb, alles verekelte.

Im April, als sie sich längst wieder erholt hatte, gingen sie in New York spazieren. Als sie zu den Kais hinaus kamen, ließ Carl seinen Arm unter ihren gleiten und sagte:

»Ich wollte, wir könnten mit dem Schiff da fortfahren, nach Singapur oder nach Nagasaki.«

»Ja!« rief Ruth; »Mondschein in Java, der Himalaya, das Kaschmirtal.«

»Aber ich bin auch froh, daß wir das hier haben. Ja, es ist wirklich ein wunderbarer Tag für Liebende, wie wir es sind.«

»Carl!«

»Ja. Liebende. Im Frühling. Liebende.«

»Wirklich, Carl, auch wenn es Frühling ist, kann ich nicht vergessen, was zu Hause auf mich wartet.«

»Wir sind nicht Liebende?«

»Nein, wir – –«

»Aber der schöne Tag macht Ihnen Freude?«

»Ja, aber – –«

»Und es macht Ihnen mehr Spaß, auf einem dreckigen Kai herumzubummeln und einen Frachtdampfer ausfahren zu sehn, als im Plaza Tee zu trinken?«

»Ja, im Augenblick vielleicht – –«

»Und Sie protestieren, weil Sie meinen, daß es sich gehört – –«

»Es – –«

»Und Sie haben so viel Vertrauen zu mir, daß es Ihnen schwer fällt, die Entsetzte zu spielen?«

»Wirklich – –«

»Und Sie spielen lieber mit mir als mit irgend einem von Ihren albernen jungen Leuten? Oder einem ausländischen Diplomaten mit Spitzbart?«

»Die würden wenigstens nicht – –«

»O ja, sie würden, wenn Sie sie ließen, was Sie nicht tun würden ... Also, Resultat, wir *sind* Liebende, und es ist Frühling, und Sie sind froh darüber, und sobald Sie sich daran gewöhnt haben, werden Sie auch froh darüber sein, daß ich so offen war, nicht wahr?«

»Ich lasse mich zu nichts zwingen, Carl! Wenn ich nicht sofort zu schreien anfange, werden Sie mich schließlich noch geheiratet haben, bevor ich um Hilfe rufen kann.«

»Wahrscheinlich.«

»Davon kann gar keine Rede sein! Ich denke nicht im entferntesten daran, Sie den Tyrannen spielen zu lassen.«

»Ja, ich weiß, mein Kind; Tyrannen sind mir auch ekelhaft. Aber sind wir nicht modern genug, um eines Tages die Frage, ob ich um Sie anhalten soll, ganz offen zu besprechen?«

»Aber mein Junge, woher wollen Sie denn wissen, daß ich überhaupt etwas von der ganzen Sache ahne? Daß ich überhaupt jemals daran gedacht habe?«

»Ich traue Ihnen zu, daß Sie schon einmal etwas davon gehört haben, daß es so was wie Heiraten gibt.«

»Ja, aber – – Ach, ich bin jetzt ganz durcheinander. Sie haben mich so sehr in eine Verteidigungsstellung gedrängt, daß ich den Drang habe, alles abzuleugnen. Wenn Sie mir plötzlich erklären, daß ich Handschuhe anhabe, würde ich es empört leugnen.«

»Damit wir aber unterdessen nicht das Thema wechseln: ich muß wirklich an einen passenden Tag für das Anhalten denken. Überlegen Sie doch. Hier ist der junge Ericson – so etwas Ähnliches wie ein Angestellter, glaub ich – nein, halten Sie ihn um Gottes willen nicht für einen Universitätsprofessor – – Sie wissen ja: man muß alles völlig klar stellen. Glauben Sie, daß heute der richtige Tag zum Anhalten, wäre? Ich möchte gern wissen, was Sie mir als Frau raten.«

»Ach, lieber Carl, ich glaube nicht heute. Es tut mir leid, aber ich glaube wirklich nicht.«

»Aber vielleicht ein ander Mal?«

»Vielleicht ein ander Mal!« Dann lief sie ganz einfach davon.

Später sprachen sie nur von den Matrosen, die sich in der West Street herumtrieben, aber ihrer beider Stimmen klangen zufrieden.

Sie aßen in einem kleinen italienischen Restaurant und gingen dann ins Theater. Und dort fand Carl im zweiten Akt des Stückes, als in der Heldin die Liebe erwachte, Ruths Hand.

Und in dieser Nacht, als Carl sich von ihr an der Tür verabschiedete, damals muß es gewesen sein, daß er die Arme um sie legte, sie aufs Haar küßte, schüchtern auf die süße, kalte Wange küßte und sagte: »Liebes.« Doch aus irgend einem Grund weiß Carl nicht, wann er sie zum erstenmal geküßt hat, obwohl er auf dieses Wunder wochenlang gewartet hatte. Damals in jener Nacht muß es aber gewesen sein, denn als er sie eine Woche später besuchte, küßte er sie zum zweitenmal.

Sie waren sehr munter, aber auch sehr manierlich gewesen an diesem Abend, und schließlich sagte er ganz langsam, als ob es etwas Besonderes wäre: »Jetzt muß ich gehn.« Sie versuchte ihn anzusehn und konnte es nicht. Glücklich und erschrocken legte er die Arme um sie. Sie bog den Kopf zurück, und wieder war das stets neue Wunder der blauen Augen unter den dunklen Brauen da. Sein Kopf neigte sich vor, bis er sie auf den Mund küßte. Die beiden Leiber verlangten nach einander, aber sie entwand sich seinen Armen und rief: »Nein, nein, nein!«

Er war noch ganz verwirrt davon, daß aus ihnen, den gut Bekannten, mit einem Mal innig Liebende geworden waren, als sie sagte: »Ich versteh das nicht, Carl. Ich habe mich noch nie von einem Mann so küssen lassen. Ach, ich werde natürlich wie alle Mädchen geflirtet haben und bei albernen Tanzereien flüchtig geküßt worden sein, aber das – – Carl, Carl, küß mich nie wieder, bis – ach, bis ich weiß nicht was. Ich kenne dich ja kaum! Ich weiß, daß ich dich sehr lieb habe, aber wenn ich daran denke, wie unbekannt mir noch alles ist, was zu dir gehört, bin ich entsetzt. Bitte, werd jetzt nicht traurig und verdirb nicht diesen Augenblick, aber ich weiß, wenn du fort bist, werde ich feig sein und wieder daran denken, daß es Familien und solche Dinge gibt, und werde warten wollen, bis ich wenigstens weiß, wie du ihnen gefällst. Gute Nacht, und ich – –«

»Gute Nacht, mein liebes Herz, ich weiß.«

Vierunddreißigstes Kapitel

Es gab, wie Ruth bemerkte hatte, Familien.

Als Carl gegen Ende April ganz formell zum Essen bei den Winslows eingeladen wurde, galt seine einzige Sorge dem Zustand seines Fracks. Sich passende und vernünftige Bemerkungen über die Geschäftslage für Mason und Mr. Winslow zurechtlegend, kam er vergnügt und munter hin. Als ihm das Mädchen öffnete, dachte er bloß daran, ob er Gelegenheit haben würde, unter dem Tisch Ruths Hand zu streicheln. Er kam voll zärtlicher Gefühle für die kleine zärtliche Familiengruppe, die bereit war, ihn zu empfangen.

Und er wurde in eine Höhle voll Fremder geworfen, die sich zum größten Teil in der einzigen gewaltigen Person Tante Emma Truegate Winslows konzentrierten.

Tante Emma Truegate Winslow war überall, wohin die Vorsehung (und auf diese hatte sie großen Einfluß) sie stellte, die Oberkommandierende. Bei einem Empfang im Weißen Haus hätte sie dem Präsidenten freundlich, aber fest bedeutet, er solle sich um seine eigenen Angelegenheiten kümmern und sich für den Ablauf des Empfangszeremoniells an seine Stelle gesetzt. Jetzt eben thronte sie auf einem prähistorischen Stuhl, ungefähr im Zentrum des Salons, und pumpte aus Phil Dunleavy alle Einzelheiten über das Privatleben seiner Chefs heraus.

Tante Emma besaß die Seele einer zwei Meter hohen Herzogin-Witwe und hätte eine Adlernase haben müssen. In Wirklichkeit war sie von mittlerer Größe, hatte einen nicht übertrieben mütterlichen Busen, ein breites gewöhnliches Gesicht, Haar von der Farbe welken Grases, eine Stumpfnase mit ziemlich großen Poren und schmale Lippen, die von vorn gesehen wie eine gerade Linie wirkten, im Profil aber vorgewölbt waren wie ein Fischmaul. Sie hatte die Gewohnheit, verstehend zu nicken, auch wenn sie gar nicht zuhörte, und die Knöchel ihrer linken Hand fast ununterbrochen mit den Fingern der rechten zu reiben. Tante Emma Truegate Winslow war nicht von imponierender Erscheinung, aber sie schien dazu geboren, einen Hof zu disziplinieren.

Sie war eine untadelhafte Witwe in kostbarem schwarzseidenem Abendkleid.

In unwichtigen Angelegenheiten hatte sie stets recht, und in wichtigen stets auf eine sehr idealistische Weise Unrecht. Sie mischte sich höflich in alles ein, redete mit großem Ernst über die Moral der Armen, über Bridge und die Notwendigkeit, hübsche Mädchen zu behüten, konnte über Wagner und Rodin sprechen, trug Fünfzehndollar-Korsetts und glaubte aus tiefstem Herzen, daß die Truegate und die Winslow die vornehmsten Familien der ganzen Gesellschaft seien: mit diesen einfältigen Mitteln hatte Tante Emma Truegate Winslow die ganze Welt, selbst ihren nahezu englischen Butler nicht ausgenommen, davon überzeugt, daß sie ein höheres Wesen sei. Die Familientradition besagte, daß sie nur einen Finger zu heben brauchte, um in wirklich feine Gesellschaften zu kommen. Beim Tod von Ruths Mutter hatte Tante Emma zu ihren alten Pflichten (Orchesterkonzerte und Ausschußsitzungen) noch die übernommen, Ruth so zu erziehen, wie es sich gehörte. Sie hatte diese Pflicht in solchem Maße vernachlässigt, daß ein Barbar namens Ericson hatte eindringen können, und das nur, weil sie sich mit ihrem kleinen Sohn Arthur in Kalifornien aufgehalten hatte. Jetzt, während ihr Haus noch in Stand gesetzt wurde, war sie mit Arthur und einem ganz besonders widerwärtigen japanischen Spaniel namens Taka-San bei den Winslows abgestiegen.

Sie ließ sich Carl vorstellen, musterte ihn und gab ihn an Olive Dunleavy weiter, alles in fünfundvierzig Sekunden. Als Carl sich von dem Gefühl erholt hatte, er sei ein in einem Sack ertränktes Kätzchen, sagte er Olive angenehme Dinge und studierte die Situation im Salon.

Phil genoß Tante Emmas Gunst; Mr. Winslow saß, anscheinend völlig vernichtet, in einer Ecke und unterhielt sich mit Ruth; Mason Winslow erwies einem gut angezogenen freundlichen Mädchen namens Florence Crewden, die vorzeitig graues Haar hatte und gern von kleinen Kindern sprach, zögernd und vorsichtig Aufmerksamkeiten. Ruths jüngerer Bruder, der Mediziner Bobby Winslow, war nicht da. Je länger Carl Bobbys liebe Tante Emma sah, desto mehr Entschuldigungen fand er in seinem Herzen dafür, daß Bobby sich von dem Familienessen gedrückt hatte.

Als Tante Emma und Mr. Winslow ihm Fragen über die Entwickelung des Touricar stellten, machte Carl einen unangenehmen Augenblick durch, aber noch ehe er ins Reine darüber kommen konnte, ob die Familie ihn absichtlich prüfte, war alles vorüber.

Als sie zum Essen hineingingen – Mr. Winslow führte Tante Emma wie ein kleiner Junge die Schulleiterin – konnte Ruth ihm zuflüstern: »Mein Falke, sei lieb. Bitte, glaub mir, daß ich nicht Schuld daran bin. Das hat alles Tante Emma so eingerichtet, dieses scheußliche steife Familienessen. Laß dich nicht von ihr einschüchtern. Ich habe eine Todesangst und – – Ja, Phil, ich komme.«

Angesichts des freundlichen Tisches schien diese Warnung ganz ungerechtfertigt zu sein – Kerzen, Kristall, Blumen auf einer geschliffenen Spiegelplatte, silbrig glänzendes Leinen, Grape-fruit mit Sekt. Carl saß neben Tante Emma, aber diese schien viel mehr Interesse für Mr. Winslow zu haben, der am andern Ende des Tisches war; zu seiner andern Seite hatte Carl Olive Dunleavy. Ihm gegenüber saßen Florence Crewden, Phil und Ruth – Ruth schimmernd und leuchtend in einem gelben Atlaskleid, das die Linien ihrer schönen Schultern nur mit schmalen Achselbändern unterbrach.

Die Unterhaltung spielte mit Menschen. Florence Crewden erzählte unter Beifallsgelächter von einem Besuch im College der Stadt New York, und wie sie dort eine neue Menschenart entdeckt hatte, zum größten Teil junge Juden, die das College besuchten, um zu arbeiten, und keinen Sinn für die vornehmen Schönheiten der Bundesbrüderschaften hatten.

»Solche Outsider!« sagte sie. »Eine ganz komische Gesellschaft habe ich dort mitgemacht. Alle standen herum und diskutierten über Psychologie und Vivisektion und altgriechische Wurzeln! Phil, für Sie wäre es eine ganz nette Strafe, dorthin gehen zu müssen – den ganzen Tag im Laboratorium arbeiten und Zelluloidkragen tragen.«

»Ach, ich kenne die Brüder; wir haben genug von der Sorte in Yale gehabt«, antwortete Phil herablassend.

»Vielleicht tragen sie Zelluloidkragen – wenn sie es wirklich tun – weil sie arm sind«, protestierte Ruth.

»Mein liebes Kind«, meinte Tante Emma, »Kragen kosten doch nur fünfundzwanzig Cent. Sei nicht albern!«

Mr. Winslow erklärte mit einiger Schüchternheit: »Aber Em, meine Kragen kosten mich nur fünfzehn – —«

»Lieber Mason, wir wollen das nicht beim Essen erörtern. Ich möchte lieber hören, was für Skandale ich in Kalifornien versäumt habe. Ach, da fällt mir ein: habe ich euch schon erzählt, daß ich die unglückliche Amy Baslin gesehn habe, ihr wißt doch, die Kleine, die den Portier oder Aufseher, oder was er sonst in der Fabrik ihres Vaters war, geheiratet hat. Ich habe sie und ihren Mann in Pasadena getroffen, und die beiden sahen ganz glücklich aus. Natürlich setzte Amy ihr strahlendstes Gesicht auf, aber in Wirklichkeit müssen sie sehr unglücklich gewesen sein – eine sehr traurige Sache, und dabei hätte sie doch ganz anständig heiraten können!«

»Was meinst du mit ›anständig‹?« fragte Ruth.

Carl war verblüfft; er hatte Ruth einmal dasselbe mit denselben Worten gefragt.

Tante Emma drehte sich herum wie ein Geschützturm, zielte auf Ruth und bemerkte in aller Ruhe: »Mein liebes Kind, du weißt recht gut, was ich meine. Ich bitte dich, sprich nicht bei Tisch von sozialen Problemen, wenn du nicht wirklich etwas davon verstehst … Und jetzt will ich ganz genau über die Skandale informiert werden, die ich versäumt habe.«

Sie hatte nicht viel versäumt, aber sie achtete sorgfältig darauf, daß über Menschen gesprochen wurde, deren Namen Carl nicht kannte. Wieder war er der Outsider. Carl weiter ignorierend, fragte Tante Emma Ruth und Phil, die zusammen ihr gegenüber saßen:

»Also, wie habt Ihr euch denn amüsiert, Ruthie? Ich bin sehr froh, daß Phil und du endlich zu William Truegate gegangen seid. Und sein Brief über das Beaux Arts-Fest war einfach reizend, Ruthie. Ich war ganz neidisch auf dich und Phil.«

Der Drache sprach weiter zu Ruth, und Carl hörte zu, so oft sein Gespräch mit Olive es zuließ.

»Hoffentlich hast du nicht zu viel Zeit an diese Fürsorgearbeit gewendet, Ruthie – weiß der liebe Himmel, was für Krankheiten man sich da holen kann – ich bin natürlich die erste, die mit jeder Arbeit für die Armen einverstanden ist, so undankbar und dumm sie auch sind – ich kenne das ja von meinen Ausschüssen und dem Truegate-Hospiz für junge Arbeitermädchen – es ist sicher recht schön und gut, Mitleid mit ihnen zu empfinden, aber schließlich hätte ja der liebe Gott die Armut nicht in die Welt geschickt, wenn er nicht einen sehr guten Grund dafür gehabt hätte. Ihr wißt doch, was die Bibel sagt: ›Arme habt ihr allezeit bei euch‹, ganz abgesehen von dem Segen der Armut, der bestimmt nicht abzuleugnen ist. Aber lassen wir das. Jedenfalls hoffe ich, Ruthie, daß du dich nicht für undankbare schmutzige kleine Kinder überarbeitet hast.«

»Nein, liebes Tantchen, ich war so vorsichtig, wie es einer Winslow zukommt. Du siehst, auch ich habe meinen Egoismus. Nicht wahr, Carl?«

»O ja.«

In diesem Augenblick schien Tante Emma sich darauf zu besinnen, daß unmittelbar neben ihr ein Mann saß, der ihr vorgestellt worden war. Sie streifte Carl mit einem Blick, gab ihn zum zweitenmal als gesellschaftliche Unmöglichkeit auf und fuhr fort:

»Nein, Ruthie, nicht so sehr egoistisch, wie ohne Rücksicht auf die Pflichten einer Familie, wie wir es sind – und ich habe nie angestanden zu sagen, daß die Winslow ebenso gut sind wie die Truegate. Ich werde dafür sorgen, daß du noch in diesem Jahr mehr ausgehst, Ruthie. Vor allem aber mußt du in der nächsten Saison mit Phil die Wohltätigkeitsbälle besuchen. Du mußt endlich deine Aufmerksamkeit – –«

»Liebes Tantchen, bitte, sprechen wir doch von meinen Sünden erst, wenn wir das nächste Mal – –«

»Mein liebes Kind, jetzt habe ich einmal euch alle beisammen – Mr. Ericson wird sicher unser kleines Familiengespräch entschuldigen – und da will ich dir und unserm jungen Herrn Phil eure Pflichten vor Augen halten. Ihr vernachlässigt beide eure gesellschaftlichen Pflichten – es sind Pflichten, Ruthie, nicht nur der Mann hat welche – obwohl ich sagen muß, daß

Phil bedeutend besser ist als du mit deinen absonderlichen Gewohnheiten, von denen wirklich nur der Himmel weiß, wo du sie her hast. Weder dein Vater noch deine selige Mutter waren – –«

»Liebes Tantchen, wir wollen zugeben, daß ich ein schwarzes Schaf mit einem schwarzen Schnäuzchen bin und die Gewohnheit habe, alle Mülleimer umzustoßen.«

Ruth sprach heiter, aber ihre Stimme klang nervös, und wenn sie nicht sprach, nagte sie nervös an ihren Lippen. Carl wagte es, dem Drachen die Stirn zu bieten.

»Mrs. Winslow, Ruth ist sicher viel braver gewesen, als Sie glauben. Sie hat alle diese fürchterlich komplizierten neuen Tänze gelernt. Sie wissen ja, ein armer Geschäftsmann wie ich findet diese – –«

»Ja«, sagte Tante Emma, »ich bin ganz sicher, sie wird immer daran denken, daß sie eine Winslow ist und die Traditionen der Familie wahren muß, aber manchmal fürchte ich, ihre Gutmütigkeit setzt sie schlechten Einflüssen aus.« Sie sagte das ganz laut und blickte Carl in die Augen.

Alles am Tisch hörte auf zu sprechen. Carl war zu Mute wie einem Vagabunden, der einem Kettenhund einen Tritt gegeben hat und dann entdeckt, daß die Kette gerissen ist.

Er wollte gut sein, keine Szene machen. Er bemerkte wütend, daß Phil grinste. Am liebsten hätte er Phil in eine Ecke geholt, die nicht einmal finster sein mußte, und ihn dort verprügelt. Er wollte Ruth signalisieren, wagte es aber nicht. In einer Viertelsekunde wurde ihm klar, daß die Familie über ihn gesprochen hatte, und das gefiel ihm gar nicht.

Alle schienen darauf zu warten, daß er etwas sage. Sich ununterbrochen den Kopf darüber zerbrechend, was sie mit den »schlechten Einflüssen« eigentlich gemeint hätte, begann er schüchtern:

»Ja, aber – – Ich wollte gerade sagen – – Meiner Ansicht nach ist Fürsorgearbeit ein guter Einfluß – –«

»Bitte, fangt nicht darüber zu diskutieren an, ob – –« stöhnte Ruth, aber Tante Emma schnitt ihr in strengem Ton das Wort ab:

»Es ist sehr freundlich von Ihnen, Mr. Ericson, daß Sie für Ruth Partei ergreifen, und bitte, mißverstehen Sie mich nicht. Ich weiß, daß ich nur eine törichte alte Frau bin, und daß es ganz altmodisch ist, wenn ich wünsche, daß die Winslow sich auf ihrem Niveau halten, aber sehn Sie, es ist ein Steckenpferd von mir, dem ich schon viele Jahre gewidmet habe, und da Sie die Winslow noch nicht gar so sehr lange kennen – –« Sie sprach nahezu höflich.

»Ja, allerdings«, murmelte Carl verbindlich, gerade in dem Augenblick, als sie auf die Höflichkeit wieder verzichtete und weitersprach:

»– können Sie gar nicht beurteilen – ja (das ist durchaus nicht persönlich gemeint) ich halte es einfach für unmöglich, daß jemand aus dem Westen sich überhaupt eine Vorstellung davon machen kann, wie teuer uns unsere Familienideale sind. Wahrscheinlich ist das sehr albern von uns, und bei Ihnen, mit Ihren großen Weizenfeldern, wo man sich nicht darum kümmert, wen man zum Großvater gehabt hat, ist alles sehr schön, aber eben weil uns alles das fehlt, müssen wir zum Ersatz dafür schützen, was wir durch die Anstrengungen vieler Generationen erworben haben.«

Carl wäre am liebsten aufgestanden und hätte gerufen: »Wenn Sie meinen, daß Ruth gegen mich geschützt werden muß, dann seien Sie so anständig und sagen Sie es auch.« Aber er beherrschte sich und sagte ganz freundlich:

»Aber warum diese Beschränkung des Interesses auf ganz wenige Familien? Übrigens, die Fürsorge – –«

»Von Beschränkung kann gar keine Rede sein. Es gibt reichlich genug *gute* Familien, die für Ruth in Frage kommen, wenn für mein Mädelchen die Frage einer Verbindung überhaupt auftaucht«, konstatierte Tante Emma kühl.

»Ich *will* den Mund halten«, sagte er sich. »Ich will den Mund halten. Ich will sehn, daß ich dieses Essen übersteh, und dann nie mehr dieses Haus betreten.«

Und Tante Emma räusperte sich höchst damenhaft, um eine neue Attacke zu beginnen. Carl wußte, daß er in Versuchung geraten würde, eine grobe Antwort zu geben.

In diesem Augenblick war an der Speisezimmertür die hohe Stimme eines aufgeregten Kindes zu hören:

»Ach Mamma, ach Ruthie, Fräulein sagt, Falke Ericson ist da! Ich will ihn gezeigt kriegen!«

Alles drehte sich um, um den fünf- oder sechsjährigen Jungen zu sehn, der in seinem kleinen Pyjama, einen Stoffaffen unter den Arm gepreßt, verlegen und doch trotzig dastand.

»Aber Arthur!« – »Aber Jungchen!« – »Ach, das süße Kind!« rief alles am Tisch.

»Komm her, Arthur, und sag, was du willst, bevor Fräulein mit dir schimpft«, sagte Phil durchaus nicht herablassend, während er mit ausgestreckten Armen aufstand.

»Nein, nein! Du laß mich gehn! Ich will Falke Ericson sehn. Ist das Falke Ericson?« fragte der Sohn Tante Emmas, auf Carl zeigend.

»Ja, mein Liebling«, antwortete Ruth sanft und stolz. Arthur lief um den Tisch herum und versuchte, Carl auf den Schoß zu springen.

Carl hob ihn herauf und fragte: »Also, was willst du, mein Junge?«

»Bist du Falke Ericson?«

»Zu Befehl, Käpt'n.«

Und Tante Emma erhob sich und sagte in gebieterischem Ton: »Komm, mein Söhnchen, jetzt, wo du Mr. Ericson gesehen hast, heißt es wieder ins Bettchen gehn, hinauf – ins – Bettchen.«

»Nein, nein; bitte nein, Mamma! Ich hab noch nie einen Flieger gesehn. Noch nie in meinem ganzen Leben, und in Pasadena hast du mir versprochen, mit Ehrenwort und Hand aufs Herz, daß ich einen zu sehn krieg.«

Auf Arthurs Gesicht erschienen Zeichen eines unmittelbar drohenden Ausbruchs von Ungezogenheit.

»Also schön, du darfst ein bißchen bleiben«, sagte Tante Emma sich fügend, während alle außer Carl, der mit Arthurs Begeisterung zu tun hatte, über das ganze Gesicht grinsten.

»Ich werd auch Flieger werden; Flieger ist tapferer als alles andere, glaub ich. Ich möcht lieber Flieger sein als General oder Schutzmann oder sonstwas. Ich hab ein Bild von dir, da hast du so einen komischen Hut auf wie Vetter Bobby, wenn er Fußball spielt. Soll ich das Bild mal runterholen? … Schenkst du mir noch eins?«

Tante Emma unternahm einen zweiten Versuch, Arthur zum Hinaufgehn zu bewegen, aber Seine Majestät lehnte ab, und so begnügte sie sich damit, das Fräulein zur Rede zu stellen und einen Schlafrock herunterholen zu lassen, einen kleinen blauen Schlafrock mit gelben Enten und weißen Kaninchen.

»Wie unsere blauen Schüsselchen«, sagte Carl zu Ruth.

Erst nach dem Kaffee, der im Salon serviert wurde, ließ Arthur sich dazu bewegen, zu Bett zu gehn. Dieses wirkliche Haupt der Familie Tante Emmas hatte viel zu viel damit zu tun, Carl von seinen langen Flügen erzählen zu lassen und ihn zu fragen: »Warum fliegt eine Flugmaschine? Was ist Winddruck? Warum schiebt der Wind nach oben? Warum sind die Tragflächen krumm? Warum wollen sie den Wind auffangen?« Und alles, Tante Emma nicht ausgenommen, lauschte.

Carl ging früh nach Hause. Ruth fand noch eine Gelegenheit, ihm zuzuflüstern:

»Lieber Falke, ich kann dir *gar* nicht sagen, wie sehr ich mich schäme, weil meine Familie die Grobheiten und Vorurteile Tante Emmas duldet. Aber jetzt ist alles wieder gut, nicht wahr? … Nein, nein, gib mir keinen Kuß, aber – recht schöne Träume, Falke.«

Von hinten rief Phils Stimme: »Ach, Ericson! Einen Augenblick, bitte.«

Carl war das gar nicht recht. Er wußte noch ganz genau, daß Phil seinen Versuchen, Tante Emmas Angriffen entgegenzutreten, mit unverhohlener Belustigung gelauscht hatte.

Phil aber sagte, während Ruth verschwand: »In welcher Richtung gehn Sie? Ich komme bis zur Untergrundbahn mit. Sie gewinnen, alter Junge. Ich bewundere Ihren Mut, Tante Emma zu widersprechen. Was ich aber eigentlich sagen wollte – Sie dürfen wirklich nicht annehmen, ich wäre schuld daran, daß Mrs. Winslow von Ruth und mir immer in einem Atem gesprochen hat, und – – Also, Sie verstehn schon. Ich bewundere Sie wirklich sehr, weil Sie so genau wissen, was Sie wollen, und auch direkt darauf losgehn. Ruth werden Sie wohl noch überzeugen müssen, aber mich, weiß Gott! mich haben Sie schon überzeugt. Freut mich, daß Arthur Ihnen zu Hilfe gekommen ist. Ein besseres Kind gibts nicht. Wenn ich so einen Sohn haben könnte – – Ich muß hier herunter. V-viel Glück, Ericson.«

»Recht herzlichen Dank, Phil.«

»Danke. Gute Nacht, Carl.«

Fünfunddreißigstes Kapitel

Am ersten heißen Sonntag im Mai waren sie in Long Beach und picknickten ohne jede falsche Scham wie die andern Badenden in den Dünen. New York und alle Verwandten Ruths waren vergessen. Tante Emma Truegate Winslow war ein Mythos aus der Zeit der Drachen. Nach dem Essen streckten sie sich faul in den Sand.

»Eines Tages«, träumte Carl, »werden unsere Kinder sagen: ›Ihr habt wirklich in einem ganz wunderbaren Zeitalter gelebt.‹ Überleg es dir einmal. Man redet so viel von der Romantik der Kreuzzüge und der alten Römer, aber denk doch nur, was für Wunder wir schon erlebt haben, und dabei sind wir fast noch Kinder: Flugzeug, Automobil, drahtlose Telegraphie, Kino, elektrische Lokomotiven, elektrisches Kochen, Radio, Röntgenstrahlen, Setzmaschinen, Unterseeboote, die Arbeiterbewegung – das heißt, ich weiß ja gar nichts von der Arbeiterbewegung; aber sie wird schon das Wichtigste von allem sein. Und Metschnikoff und Ehrlich. Ach ja, und der größte Teil der Entwicklung von elektrischem Licht und Telephon und Grammophon. Herrgott! und alles in ein paar Jahren! Romantik – welche Romantik steckt allein in der Funktelegraphie. Denk doch nur, ein kleiner einsamer Dampfer weit draußen auf hoher See, mitten in der Nacht, und dort läßt einer den Sender spielen – und hier in Long Island nimmt das ein anderer auf. So viel Romantik hat es noch nie gegeben. Die Erde kühlt sich ab; na schön, da übersiedeln wir eben auf einen andern Planeten. Ich bin froh, daß ich Flieger war; dadurch gehöre ich mit zu dem allen.«

»Ich bin auch froh, Falke, schrecklich froh.«

Die Dämmerung senkte sich herab, und es wurde kühler. Sie fröstelte und rückte näher an ihn heran. Er zog sie ganz an seine Schulter, legte die Arme um sie und sagte: »Siehst du, meine Arme sind ein kleines Haus für dich, genau so, wie meine Hand damals ein kleines Haus für deine Hand war. Meine Arme sind die Mauern, und dein und mein Kopf sind zusammen das Dach.«

»Ich liebe dieses kleine Haus.«

»Nein. Sag: ›ich liebe *dich*.‹«

»Nein.«

»Sags.«

»Nein.«

»Bitte – –«

»Ach, lieber Falke, ich könnte es nicht einmal, wenn – doch, gerade jetzt, in dem Augenblick möchte ich es sagen – aber ich will anständig zu dir sein. Es macht mich sehr glücklich, in dem Haus deiner Arme zu sein. Da habe ich keine Angst, nicht einmal hier in der Finsternis auf den Dünen, womit Tante Emma gewiß nicht einverstanden wäre. Aber ich will anständig gegen dich sein, und wenn ich mich so von dir lieben lasse, bin ich es nicht, fürchte ich. Ich will dir nicht wehtun, niemals. Vielleicht ist es egoistisch von mir, aber ich fürchte, es würde dir wehtun, wenn ich mich ganz einfach von dir küssen ließe und später dann dahinter käme, daß ich dich gar nicht liebe.«

»Aber kannst du denn nicht eines Tages – –«

»Ach, ich weiß nicht, ich *weiß* nicht! Ich weiß ja nicht einmal, ob mir klar ist, was Liebe ist. Ich weiß nicht, ob es die Liebe ist, die mich glücklich macht (und das bin ich wirklich), wenn du mich küßt. Vielleicht bin ich bloß neugierig und will etwas ausprobieren. Siehst du, und wenn du alles das zu ernst nimmst, dann verhalte ich mich nicht anständig gegen dich.«

»Ich bin sehr froh, daß du so offen bist, und ich kann vielleicht auch ganz gut verstehn, wie du über solche Dinge denkst. Aber, liebes, liebes Kind, ich für meine Person weiß nichts als das eine: ich liebe dich.«

Während sie auf ihren Zug warteten, sagte Ruth plötzlich: »Ich muß dich vor etwas warnen. Du hast keine Ahnung davon, mit was für einer Wonne ich Tennis spiele oder in einem eleganten Lokal Tee trinke oder eine ganze Nacht durchtanze. Siehst du, wir haben so oft von einer einsamen Hütte in den Bergen geträumt, aber da könnte es eben plötzlich passieren, daß mir die scheußlichen steinigen Berge zuwider werden und ich mich nach dem Tee und dem Klatsch in einer Ecke im Ritz sehne. Und davor muß ich dich warnen.«

»Dann würden wir eben rasch nach San Francisco fahren, wir würden im St. Francis oder im Fairmont oder Palace Tee trinken und dann nach Hawaii fahren und die Glühwürmchen im Busch bewundern.«

»Vielleicht, aber nimm einmal an, wir sind verheiratet, und mit dem Touricar geht es nicht so besonders gut, und wir sind arm und können nicht davon laufen und müssen in einer greulichen kleinen Stadtwohnung bleiben und sparen. Es hört sich ja recht schön an, wenn man davon spricht, wie man zusammen arbeiten will, aber wie das wäre, wenn man keine anständigen Kleider haben kann und aus Verzweiflung jeden Abend ins Kino geht – uff! Weißt du, wenn ich ab und zu so ein Mädchen sehe, das früher hübsch und munter war und dann einen armen Mann geheiratet hat – und jetzt ist sie so müde und abgearbeitet und hat Dienstbotensorgen – nein, ich bin schon lieber eine müßige Reiche.«

»Wenn wir im Geschäft solches Pech hätten, würd ich eben meinen Anteil verkaufen, und dann würden wir in unsere Berghütte hinaufgehn und Bienen züchten.«

»Und wahrscheinlich gestochen werden. Und ich würde kochen und waschen müssen. So zum Spaß wäre es ja ganz nett, aber wenn man es tun *muß* – –«

»Ruth, Liebling, müssen wir uns jetzt den Kopf darüber zerbrechen? Ich glaube wirklich nicht, daß die Gefahr sehr groß ist. Verderben wir uns doch nicht diesen wunderschönen Tag.«

»Es war herrlich. Ich will auch gar nicht mehr unken.«

»Da kommt der Zug.«

Sechsunddreißigstes Kapitel

Der New Yorker Juni wurde immer heißer und erstickender. Carl plagte sich in seinem Bureau und verbrachte die meisten Abende bei Ruth, die sehnsüchtig auf den Juli wartete; für diesen Monat hatte sie eine Einladung von ihrem Vetter Patton Kerr in den Berkshires. Carl suchte ihr Kühle zu bringen. Er aß abends nur Spiegeleier auf Toast oder Suppe und Salat, um nicht müde und stumpf zu werden. Sie saßen draußen auf der Veranda und sprachen über die Schönheiten einer Temperatur von vierzig Grad unter Null; das heißt, davon sprachen sie manchmal. Ihr Lieblingsthema waren sie selbst.

Sie ließ sich noch immer nicht nehmen, daß sie nicht in ihn verliebt sei, und bei dem Wort Verlobung ging sie hoch. Sie könnte vielleicht eines Tages durchbrennen und irgend jemand heiraten, aber sich verloben – niemals!

Wie Liebende nun einmal sind: Carl konnte nicht vergessen, daß sie gelegentlich davon gesprochen hatte, sie mache sich sehr viel aus Kleidern, Tanzen und Ähnlichem. Es wäre für Ruth eine sehr erbauliche Überraschung gewesen, wenn sie erfahren hätte, mit welcher Gewissenhaftigkeit er das Problem ihrer Unterhaltung bei sich wälzte. Inmitten seiner Arbeit bekam er Einfälle, die ihm keine Ruhe ließen, bis er sie irgendwo notiert hatte. Seine Notizen auf alten Kuverts sahen ungefähr folgendermaßen aus:

> Landkl. eintreten, damit R. tanzen kann?
> Obstkorb für R.
> Mason W. zum Lunch einladen
> T-car-Tour NY. – S. F. aufziehn
> Reporter für Tour wahrsch. Forbes
> Walters neuer Höhenflug 5168
> R. Dachgarten Astor führen
> Landkl. denken

Er bekam eine Einladung vom Peace Waters Country Club und nahm Ruth mit. Sie schien alle Mitglieder zu kennen und tanzte hinreißend. Er ging mit ihr zu Josiah Bagby dinieren und führte sie zur Premiere einer Sommeroperette. Aber stets blieb er noch der Fremde in New York. Das meiste, was sie unternahmen, geschah auf ihre Veranlassung.

Hundert andere »Unterhaltungen« plante Carl, der in einsamen billigen Restaurants zu abend speiste. Hundertmal begnügte er sich mit einem Zehncent-Nachtisch und verzichtete auf ein begeisterndes Erdbeertortelett, das fünfzehn Cent gekostet hätte, um Geld für diese Unterhaltungen zu sparen.

Doch immer bestand für ihn ihr wirkliches Leben in einfachen Vergnügungen im Freien, bei denen keine Rücksichten auf andere genommen wurden. Ihr Vater schien sich darüber zu freuen. Einmal sagte er zu Carl (wobei er ihm eine Zigarre anbot): »Kinder, seht lieber zu, daß Tante Emma nichts davon erfährt, daß ihr euch so unterhaltet, wie es euch Spaß macht. Wie geht das Automobilgeschäft?«

Es wäre sehr schön zu erzählen, daß Carl von der Liebe dazu begeistert wurde, in seine Arbeit so viel von jener viel gerühmten amerikanischen Eigenschaft, dem »Schmiß«, zu stecken, daß der Touricar den ganzen Markt überschwemmte. Oder leise schluchzend zu schildern, wie erschütternd sein geschäftlicher Zusammenbruch gerade in der Zeit kam, da er das Geld am notwendigsten brauchte. In Wirklichkeit gingen die Touricarangelegenheiten so, wie im Leben die meisten Geschäfte gehn – gerade passabel. Einige Wagen wurden verkauft; es waren mehr Verkäufe zu erwarten; die VanZile Corporation dachte weder daran, den Touricar fallen zu lassen, noch daran, unsern jungen Helden zum Vizepräsidenten der Gesellschaft zu erwählen.

Im Juni fuhr Gertrude Cowles mit ihrer Mutter nach Joralemon. Carl hatte sie nach Weihnachten ungefähr alle Monate einmal gesehn. Zuerst war Gertie für ihn eine unglückliche alte Freundin gewesen, zu der er nett sein mußte. Da sie aber niemals imstande zu sein schien, auf ihren Wunsch zu verzichten, er möge irgendwie fest gebunden sein, sei es durch ihre Zuneigung oder durch seine Arbeit, kam er allmählich dahin, in ihr einen Feind zu sehn, der seine Freiheit bedrohte. Das letzte

Stadium war völlige Gleichgültigkeit gegen sie. Sie bedeutete nichts für ihn, konnte nie wieder etwas für ihn bedeuten ... Gertie war ihm jetzt ferner als jene hawaiischen Tänzerinnen, die er eines Tages mit Ruth zu sehn hoffte. Doch wenn Gertie seine Freiheit nicht gefährdet hätte, wäre er nie in die Lage gekommen zu erkennen, welchen Wert Ruth für ihn hatte.

Am ersten Juli 1913 reiste Ruth zu dem in der Nähe Pittsfields gelegenen Landhaus Patton Kerrs in den Berkshires ab. Carl schrieb ihr täglich; er erzählte ihr, ob er nun vom Touricar, von Dachgartengesellschaften, von Fliegerrekorden oder einem Motorradausflug mit Bobby Winslow berichtete, daß er sie liebe; er zog sogar an dem Ende seiner Briefe die altmodischen Kreuzzeilen, die Küsse darstellen sollen. So oft er ihr zu verstehn gab, wie sehr sie ihm fehlte, wußte er nicht recht, was sie herauslesen würde; fragte er sich, ob sie den Brief unter ihr Kissen legen würde.

Sie antwortete jeden zweiten Tag mit freundlichen Briefen und schilderte mit drolligem Humor die Menschen, die sie kennen lernte. Seinen Liebesruf beantwortete sie niemals direkt. Aber sie gab zu, daß sie gern wieder mit ihm spielen würde, und einmal, spät in einer kalten Berkshirenacht, als schwarzer Regen herabströmte und der Wind wie ein Bluthund heulte, schrieb sie ihm:

In meinem Zimmer ist es so still und draußen so wild, daß ich Angst habe. Ich wollte mich mit einem blauseidenen Schlafrock und einem Frühstückshäubchen aus Spitzen elegant machen, aber trotzdem bin ich ein einsames Kind und möchte dich gern hier haben, damit du mich tröstest. Hättest du etwas dagegen herzukommen? Ich würde eine bunte Decke über mein Bett breiten und einen türkischen Säbel aus Pappe und einen Othellokopf über mein Bett hängen und behaupten, es wäre ein gemütliches Eckchen – das heißt, wenn man solche Pappdekorationen überhaupt noch bekommt. Wir würden sehr still in zwei Schaukelstühlen zu beiden Seiten meines Kamins sitzen und hören, wie der angeschwollene Bach unter meinem Fenster dahintost. Aber da kein Falke hier ist, klagt der Wind ununterbrochen, daß Pan tot ist und daß die Sonne niemals wieder über dem Tal leuchten wird. Liebling, es ist wirklich nicht ungefährlich, so zu schreiben. Wenn du das gelesen hast, wirst du meinen, daß ich mich gerade nach dir sehne; aber ich würde mich ebenso sehr über Phil oder Puggy Crewden oder deinen netten feierlichen Walter MacMonnies oder irgendjemand freuen, der komische Töne von sich geben und mich vor dem Wind beschützen kann. Jetzt werde ich diesen Brief zukleben und morgen NICHT absenden.

Deine Spielgefährtin RUTH

Hier ist ein kleiner Kuß auf die Stirn, vergiß aber ja nicht, daß du das nur dem Wind und dem Regen verdankst.

Wahrscheinlich gab sie den Brief doch auf. Jedenfalls bekam er ihn.

Er trug ihre Briefe in der Seitentasche seines Rocks mit sich herum, bis die Couverts mit Notizen bedeckt und an den Kanten ganz abgerieben waren. Er fand völlig neue Auslegungen für ihre Briefe. Er wollte darin lesen, daß sie ihn liebte; und jeder nicht ganz eindeutige Satz bedeutete abwechselnd, daß sie ihn liebte, auslachte, verabscheute, liebte.

Carl war es sehr ernst damit, daß er so bekümmert ihre Stellung zu ihm untersuchte. Er wußte, daß sowohl Ruth wie er die Unbeständigkeit und Initiative des Vagabunden besaßen. Ebenso rasch, wie sie einander gefunden hatten, konnte einer von ihnen beiden, sobald er genug hatte, das Liebesband wieder zerreißen. Carl selbst, der durchaus noch nicht genug von ihr hatte, war so treu wie der langweiligste moralische junge Mann. Er vergaß Gertie, dachte niemals an Istra Nash, und als eine neue Telephonistin zu Van Zile kam, eine schlanke verführerische Brünette mit langbewimperten Augen und schönen Wangen, lächelte er sie nicht einmal an.

Aber – wie stand es um Ruth? Sie wollte noch immer nicht einmal zugeben, daß sie sich verlieben könnte. Er wußte, daß Ruth und er durchaus keine romantischen Geschöpfe waren, sondern höchst alltägliche Menschen mit einem Hang zum Streiten. Er wußte, daß sein rosiger Traum, selbst wenn er sich erfüllen sollte, nicht fleckenlos bleiben würde. Und jetzt, da sie fort war, Ausflüge nach Lennox machen und Polo spielen konnte, würde da der linkische, ungebildete Carl Ericson, als den er sich insgeheim kannte, sie noch fesseln können?

Ende Juli wurde er eingeladen, ein Weekend von Freitag bis Dienstag mit Ruth bei Patton Kerr zu verbringen.

Siebenunddreißigstes Kapitel

Die kurze Reise in die Berkshire Berge dauerte unfaßbar lange. Aber auch sie näherte sich schließlich ihrem Ende, und im letzten Augenblick machte er eine furchtbare Entdeckung. In wenigen Minuten würde er Ruth sehn, und jetzt wußte er nicht einmal genau, ob er sie gern hatte.

Er konnte sie sich nicht vorstellen. Den Ärmel ihrer blauen Jacke konnte er sehn, aber ihre Augen nicht. Sie war eine Fremde. Hatte er sie idealisiert? Er hatte Schuldgefühle bei diesem keineswegs schmeichelhaften Zweifel, aber was für ein Mensch war sie denn eigentlich?

Der Zug fuhr in die Station ein und hielt mit ratternden Fenstern und verzweifeltem Räderknirschen. Carl nahm seine beiden leichten Gepäckstücke in gespielter Begeisterung aus dem Netz. Entsetzen hatte ihn gepackt. Als er aus dem schützenden, unpersönlichen Zug auf den Bahnsteig trat, sah er sie.

Sie winkte ihm von einem leichten Wägelchen zu, war ihn allein abholen gekommen … Während er über den Bahnsteig ging, dachte er jubelnd: »Sie ist wunderbar. Ob ich sie liebe? Das will ich meinen!«

Während sie unter den Ulmen, an weißen Landhäusern vorüber, über die Straße fuhren, während sie sich über gleichgültige Dinge unterhielten, lernte Carl sie von neuem kennen. Sie hatte eine tiefausgeschnittene Bluse und einen weißen Leinenrock an. Ihr schönes Lachen machte ihm Freude; die blauen Augen, darüber die dunklen Brauen unter dem Panamahut; ihr volles dunkles Haar, von der Sonne ein wenig ausgebleicht; ihr nackter Hals, knabenhaft braun, mädchenhaft glatt; die eine Hand hielt fest den Peitschengriff … »Ob ich sie liebe? Das – will – ich – meinen!«

Sie hatten die Ortschaft hinter sich gelassen, fuhren eine kleine Anhöhe empor und bogen dann in einen schmalen Sandweg ab. Neben ihnen floß ein Bach. Sonnenbeschienene Felder wechselten mit kleinen Laubwäldchen ab.

»So viel schönes Land, und die Menschen drängen sich in Untergrundbahnen zusammen«, seufzte Carl.

Sie schwatzten über die Kerrs und über die Berkshires; über den Unterschied zwischen dem professionellen englischen Weekender und dem Amerikaner, der sich noch immer etwas von der naiven Provinzfreude des Besuchemachens bewahrt hat; über New York und die Dunleavys. Aber bald wurde aus ihrem Gespräch ein aufgeregtes Schweigen. Ihm schien, eine gewaltige Stimme aus den Wolken rufe ihm zu: »Du sitzt neben Ruth; was du da spürst, ist Ruths Arm!« Schweigend nahm er ihre linke Hand in seine.

Als er langsam ihre Hand mit dem Zügel nach hinten zog, um das Pferd zum Stehn zu bringen, starrten die beiden Kinder einander hungrig und voll Entsetzen an. Ihr Kuß – nicht nur ihre Lippen, ihre Seelen vereinigten sich rückhaltlos. Ein heftiger langer Kuß, als preßten sie ihre Lippen aufeinander, bis sie eine einzige lodernde Flamme waren. Ein Kuß, in dem seine Augen nichts sahen, seine Ohren nichts hörten. Alle seine Sinne waren auf die nahe Wärme ihrer feuchten Lippen konzentriert, auf die weiche Linie ihrer jungen Schulter, ihre weibliche Süße und Sehnsucht. Dann vergaßen seine Sinne sogar ihre Lippen, und er wußte überhaupt nichts mehr. Es war der frömmste, der heiligste Augenblick seines Lebens.

Als er ihrer Lippen und Wangen, ihrer ganzen Person wieder bewußt wurde, löste sich langsam der Zauber des Kusses. Aber wieder und wieder küßte er sie, hastig, wild, bis sie rief:

»Jetzt weiß ich es! Ich liebe dich!«

Schweigend blickte sie in den Wald, während ihre Finger seine Knöchel streichelten. Ihre Augen waren feucht verschleiert.

»Daß ein Kuß so sein kann, wußte ich nicht«, sagte sie verwundert. »Ich hätte nie gedacht, daß die egoistische Ruth sich so ganz aufgeben kann.«

»Ja! Es war die ganze Welt.«

»Falke, Lieber, diesmal habe ich nicht experimentiert. Ich bin so froh, so froh! Ich weiß, daß ich wirklich lieben kann, daß es nicht bloß Neugier ist! … Ich habe mich schon den ganzen Tag so nach dir gesehnt. Ich dachte, es will gar nicht vier Uhr werden – und ach, Liebling, lieber, lieber Falke, ich wußte nicht einmal sicher, ob ich dich gern haben werde, wenn du kommst!

Manchmal sehnte ich mich schrecklich nach deinem dummen kindischen blonden Haar – dieses Haar! Mädchenhaar! – aber manchmal wieder wollte ich dich überhaupt nicht sehn und hatte Angst, wenn ich an dein Kommen dachte, und schusselte im Haus herum, bis Mrs. Patt mich auslachte und sagte, ich wäre verliebt, und ich leugnete es – und sie hatte ja doch recht.«

»Ach Kind, den ganzen Weg hierher hatte ich eine Heidenangst. Ich dachte, so wunderbar, wie du in meinen Gedanken warst, könntest du gar nicht sein. Das klingt etwas verdreht, aber – – Ach, Kind, Kind, liebst du mich wirklich? Hast du mich wirklich lieb? Es ist so schwer zu glauben, daß du das wirklich gesagt hast. Und ich liebe dich doch so.«

»Ich liebe dich! … Da ist eine reizende Stelle zum Küssen, gleich da unter deinem Ohr«, sagte sie. »Liebling, halt mich fest in dem kleinen Haus deiner Arme, wo nur für dich und mich Platz ist, kein Platz für ein Bureau und eine Tante Emma! Aber nicht jetzt, wir müssen uns beeilen. Wenn ein Wagen auf der Straße gekommen wäre – –!«

Als sie auf die von Rhododendron eingefaßte Einfahrt der Kerrs kamen, fiel Carl eine Kleinigkeit ein, die nicht wichtig, aber herkömmlich war. »Ach ja«, sagte er, »ich habe vergessen, um dich anzuhalten.«

»Mußt du das? Anhalten, das klingt so langweilig formell. Sieh mal! Dort winkt uns Pat Kerr jr. zu. Da oben, auf dem Balkon. Er ist ein ganz reizendes Kind mit seinem aschblonden Haar. Hast du mit deinem hellen Haar als Kind nicht so ähnlich ausgesehn?«

»Gar keine Spur. Ich war meistens schmutzig. Und hab immer Krach gemacht … Herrgott! ist das schön hier. Und das Haus sieht nett aus … Wirst du mich heiraten?«

»Ja! … Es ist wirklich nett hier. Mrs. Pat ist – –«

»Wann?«

»– immer damit beschäftigt; sie pflanzt Narzissen und Krokus im Wald, so daß sie hier schon wild wachsen.«

»Diese Markisen gefallen mir. Vor den weißen Wänden … Ich darf also annehmen, daß wir verlobt sind, Miss Winslow – richtiggehend verlobt?«

»Ach nein, nein, nicht verlobt, mein Lieber. Weißt du denn nicht, daß es zu meinen Prinzipien gehört – –«

»Aber sieh mal – –«

»– nicht verlobt zu sein, Falke? Wenn man verlobt ist, holen alle Leute die ältesten eingemotteten Witze heraus. Ich werde dich heiraten, aber – –«

»Im nächsten Monat heiraten – im August?«

»Nein.«

»September?«

»Nein.«

»Bitte, Ruthie, ach ja, September. Netter Monat, der September. Herbst. Erntemond. Und Äpfel zum Klauen. Sag schon ja. September.«

»Also schön, vielleicht September. Wir werden sehn. Ach Falke, kannst du begreifen, daß wir wirklich hier sitzen und feierlich von *Heiraten* sprechen? Wir, die Kindlein im Walde? Und dabei ist mir, als würde ich dich erst seit drei Tagen kennen … Also, wie ich gesagt habe, *vielleicht* heirate ich dich im September. (Eigentlich ein schrecklicher Gedanke; es erschreckt mich und macht mich ganz beklommen, und gleichzeitig finde ich es maßlos komisch.) Das heißt, ich werde dich heiraten, wenn du nicht anfängst, perlgraue Hüte oder weiße Schleifen mit schwarzer Kante zum Frack zu tragen, oder Mason in einem Duell tötest oder etwas anderes Schändliches tust. Aber verlobt will ich nicht sein. Und das Geld für den Brillantring werden wir in einer riesigen Couch anlegen. Werden wir schrecklich arm sein?«

»Ach, nicht so arm, daß wir immer aufs Versatzamt laufen müssen. Ich hab in der vorigen Woche VanZile dazu gebracht, daß er mir mein Gehalt erhöht, und mit meiner Dividende vom Touricar hab ich etwas mehr als viertausend Dollar im Jahr.«

»Ist das viel oder wenig?«

»Na, damit werden wir uns wohl eine anständige Wohnung und beinah ein anständiges Mädchen leisten können. Und wenn der Touricar sich weiter macht, können wir, vielleicht in drei oder vier Jahren, durchbrennen und auf die Wanderschaft gehen.«

»Hoffentlich. Wir sind da! Dort erwartet uns Mrs. Pat.«

Auf der Terrasse stand eine etwa fünfunddreißigjährige Frau mit klugem, aber ein wenig müdem Gesicht, in weißer Bluse und fußfreiem Tweedrock, und begrüßte Carl mit ausgestreckter Hand: »Es ist wirklich sehr lieb von Ihnen, daß Sie zu uns in unsere Wildnis herauskommen.« Sie wurde sofort unterbrochen durch das lärmende Erscheinen eines untersetzten, hübschen vierzigjährigen Mannes mit schwarzem krausen Haar, in Reithosen, Stiefeln und Seidenhemd; mit ihm kam ein aufgeregter kleiner Junge in Spielhosen – Patton Kerr, sen. und jr.

»Da sind Sie ja!« bemerkte Senior höchst klug. »Freut mich, Sie kennen zu lernen. Ihr beide habt aber verflixt lange hier herauf gebraucht. Habt euch auf der Straße wohl an den Händen gehalten? Ja, diese Flieger!«

»Pat!«

»Biest!«

– protestierten Mrs. Kerr und Ruth gleichzeitig.

»Schon recht. Werd schon brav sein. Ich hab Sie einmal am Nassau Boulevard fliegen sehn, Ericson. Damals hab ich meine Hupe runtergenommen und einen Klamauk gemacht, bis alle gemeint haben, ich bin eine Sufragette wie Ruthie da. Himmel! War das ein Fliegen! Ich würde gern mal einen Wettflug zwischen Ihnen und Weymann oder Vedrines sehen … Ruthie, willst du Mr. Ericson zeigen, wo sein Zimmer ist, oder muß der arme alte Pat ein Dienstmädel aus seiner Zeitungslektüre reißen?«

»Ich gehe schon, Pat«, sagte Ruth.

»Laß mich gehn, Papa«, rief Pat jr.

»Nein, mein Sohn, das wird wohl besser Ruthie machen. Ich sehe einen Blick in ihren Augen – –«

»Basilisk!«

»Salamander!«

Ruth und Carl gingen durch die große Diele mit den Mahagonitischen, mit den Bildnissen der Kerrs und dem Säbel des Obersten Patton. Am andern Ende war eine offene Tür, die in einen alten Garten führte. Als sie die gewundene Treppe hinaufstiegen, schob Ruth ihren Arm in seinen und sagte:

»Jetzt siehst du, warum ich nicht verlobt sein will. Pat Kerr ist der beste Kerl, den es auf der ganzen Welt gibt, aber er findet eben jede Verlobung ausgesprochen komisch – genau so wie Schwiegermütter oder Dichter.«

»Aber hör mal Ruth, du *wirst* mich doch heiraten?«

»Du Kindskopf! Mein kleiner Falke, natürlich werde ich dich heiraten. Glaubst du, ich will mir die Hütte in den Rockies entgehn lassen?« Sie öffnete die Tür zu seinem Zimmer und sagte mit einem tiefen Knix: »Euer Gemach, Mylord! … Komm rasch wieder hinunter. Wir dürfen in diesen Tagen keinen Augenblick versäumen.« Bevor er etwas antworten konnte, war sie fortgelaufen.

Am Sonnabend ließen sie sich beim Frühstück lange Zeit und fuhren mit den Kerrs im Automobil nach Lennox, von wo sie erst in der Dämmerung zurückkehrten. Dann sprachen sie bis zwölf Uhr nachts auf der Terrasse.

Am nächsten Nachmittag machten sie einen Ausflug auf Fahrrädern durch den Wald. Der Flieger und das Mädchen, das psychologische Werke las, die modernen Liebenden, standen Hand in Hand, als wäre das Maschinenzeitalter eine Sage, als wäre er ein schmachtender Troubadour und sie eine Schäferin. Um sie war der Duft der Fichten und das Summen der Bienen.

Am Montag nachmittag, als die Kerrs sich zu einem Schläfchen zurückgezogen hatten, saß Carl mit Ruth im schattigen Garten. Aber auch dort war die Hitze fast unerträglich.

»Ich würde gern schwimmen gehn«, sagte er. »Könnten wir nicht mit den Rädern zum Teich hinunter fahren, oder vielleicht mit dem Ford?«

»Gut. Aber es ist kein Badehaus da.«

»Zieh dir einen Schwimmanzug unter dem Kleid an. In der Sonne wird er ja sofort wieder trocken.«

»Wie Ihr befehlt, mein hoher Herr.«

Sie fuhren zu dem Teich hinunter, der die Größe eines Sees hatte. Die Wasserfläche war ganz still und ungekräuselt; auf dem Grund konnte man jeden Kieselstein sehen.

»Sehr ähnlich wie die Minnesota-Seen, nur kleiner«, sagte Carl. »Ich geh gleich hinein. Was ist mit dir? Komm.«

»Ich habe Angst!« Sie hockte sich mit einemmal auf die Erde und zog das Kleid um die Füße zusammen.

»Aber Kind, wovor hast du denn Angst? Es sind doch keine Haifische da, und keine Unterströmung. Netter weißer Sand – –«

»Ach Falke, ich war dumm. Ich habe mich für eine ganz unabhängige moderne Frau gehalten, und jetzt merke ich, daß ich es gar nicht bin. Ich habe immer behauptet, es ist eine Dummheit, wenn Mädchen in ihren umständlichen Schwimmanzügen baden gehn. Die Röcke stören so. Deshalb habe ich mir einen Jungensanzug genommen – und – und jetzt ist es mir furchtbar peinlich.«

»Aber Kind – – Na ja, du wirst selbst wissen müssen, was du tun willst.« Seine Stimme klang etwas unsicher. »Große Angst vor Carl?«

»Ja! Ich dachte, ich würde keine haben, aber jetzt trau ich mich eben doch nicht.«

»Na ja. Ich weiß nicht. Natürlich – – Also, ich geh rein, und du kannst dann ja tun, was du willst.«

Er warf rasch die Kleider ab und war auch schon im Wasser und schwamm hinaus.

Als er sich umdrehte und zurücksah, sah er sie auf dem hellen Sand stehen. Rock und Bluse lagen zu ihren Füßen. Sie rief ihm zu: »Schau nicht her!«

Gehorsam plantschte er herum, bis er ihr Plätschern hinter sich hörte; dann schwammen sie nebeneinander hinüber zu dem schattigen Ufer auf der anderen Seite.

Als sie wieder zurück waren, nahm Ruth ihre Matrosenbluse um, und bald hockten sie wie Kinder am Strand, während auf einer Wiese in der Nähe eine Grille ihr Augustlied fiedelte. Verträumt bauten sie eine Sandburg. Die Stunde war so schön, daß das Herz melancholisch wurde. Als er seufzte: »Es wird spät; komm, mein Kind, jetzt sind wir trocken«, da schien es, als könnten sie nie wieder eine so verzauberte stille Stunde erleben.

Und doch kam noch eine. Denn am Abend, als sie auf der Terrasse standen und zu vergessen suchten, daß er am nächsten Tag wieder in die Stadt zurück müsse, als der Nebel seine kalten

Fangarme aus dem Tal emporreckte, küßten sie einander scheu zum Abschied, und da wußte Carl, daß das wahre Abenteuer des Lebens nicht das Abenteuern ist, sondern das Finden eines Gefährten, mit dem man sich daran machen kann, den Sinn des Lebens zu ergründen.

Achtunddreißigstes Kapitel

Nach sechs schönen Monaten ehelichen Lebens – im April oder Mai 1914 – hatte die glückliche Mrs. Carl Ericson nicht viele »moderne Theorien über die Ehe im allgemeinen«, obgleich es ihre Theorie war, daß sie derartige Theorien hätte. Wie die Mehrzahl intelligenter Männer und Frauen war Ruth in ihrer Rebellion gegen die kanonische Ehe des Pantoffelwärmens und Gehorsams begeistert, aber nicht sehr aktiv. Sie hatte sehr festumrissene Ansichten hinsichtlich bestimmter Einzelheiten des Ehelebens, im übrigen aber war sie durchaus nicht allzu konsequent. Vor allem bestand sie mit Entschiedenheit darauf, ihr eigenes Schlafzimmer zu haben – was ihre Mutter einigermaßen unerhört gefunden hätte. Sie wünschte eben das Rasieren und Kämmen im Hintergrund zu halten. Sie wollte nicht, daß aus dem Liebhaber Carl der Gatte Carl würde.

Daß sie alle diese Einzelheiten so hatte, wie es ihren Wünschen entsprach, war zum größten Teil ihrer eigenen Initiative zu verdanken. Carls nicht sehr klare Theorien über den Aufbau der Gesellschaft bezogen sich fast ausschließlich auf die Arbeiterlöhne und die Lächerlichkeit der Klassenunterschiede. Gleichfalls Ruth war es zu verdanken, daß sie eine so angenehme Wohnung hatten. Carl war durch sein langes Leben in Hotels und möblierten Zimmern gleichgültig gegen seine Umgebung geworden. Die Schönheit seiner ersten eigenen Wohnung bedeutete ihm weniger als die Tatsache, daß sie ihr eigenes Badezimmer besaßen.

Sie hatte den Mut gehabt, ihren Freunden vor der Hochzeit zu sagen, was sie haben wollte, und daß auch Schecks nicht unwillkommen wären. Selbst Tante Emma hatte sich dazu bereit erklärt, einen Scheck zu schicken; allerdings machte sie zur Bedingung, daß das Paar, wie es sich gehörte, in der St.-George-Kirche getraut würde. Infolgedessen war in ihrer Wohnung nichts von den typischen scheußlichen Hochzeitsgeschenken zu sehen.

Sie lehrte Carl, mit dem New Yorker Akzent statt mit seinem gewohnten mittelwestlichen zu sprechen. Ob nun ihre Aussprache korrekter war als seine, ist gleichgültig; in New

York sprach man eben so, und im Augenblick machte es ihm Spaß. Sie brachte ihm auch etwas von der Theorie der Beleuchtungskünste bei. Carl hatte im Grunde nichts gegen schirmlose elektrische Birnen an der Decke, aber er fand bald Gefallen an den Lampen, die auf Ruths Wunsch in das Wohnzimmer kamen. Als sie vier Kerzen als einzige Beleuchtung auf den Speisetisch brachte, brummte er jedoch laut darüber, daß er nicht sehn könne, was er esse. Sie zog sich in ihr Schlafzimmer zurück, und er ging verdrossen fort, um sich eine Zigarre zu holen. Am Ladentisch bereute er alles Unfreundliche, was er jemals getan hatte oder tun könnte, und ging demütig wieder zum Essen nach Hause, zum Essen bei Kerzenlicht. Und als zwei Wochen vergangen waren, glaubte Carl Ericson, seit jeher das sanfte Kerzenlicht gewohnt zu sein.

Jedoch nicht nur er hatte in dieser Zeit der gegenseitigen Anpassung zu lernen. Carl bestand darauf, daß sie sich bemühte, dahinter zu kommen, was sie beide eigentlich glaubten. Sie gab zu, daß sie nur bei Abendandachten, wenn süße Violinen sangen, in der Kirche fromm sein konnte. Sie glaubte nicht, daß Priester und Geistliche, die, was irdische Dinge betraf, ganz gewöhnliche Menschen waren, ein besonderes Wissen von den himmlischen Geheimnissen hätten. Doch sie hielt sich mit aller Selbstverständlichkeit für eine gute Christin. Sie war selten anderer Meinung als die katholischen Dunleavys; als ihre Tante Emma, die alles, was nicht hochkirchlicher Anglikanismus war, für schlechte Form hielt; als ihr Bruder Mason, der ein etwas unsicherer Unitarier war; oder als Carl, der sich eines stillen Agnostizismus erfreute.

Von diesen Vieren schien Carl das größte Interesse für religiöse Dinge zu haben. Er leistete sich manchmal Monologe folgender Art:

»Ob es nicht reiner Egoismus ist, wenn ein Mensch glaubt, daß die Religion, in der er geboren und aufgewachsen ist, die beste ist? Mein Vaterland, meine Religion, meine Frau, mein Geschäft – wir bilden uns ein, daß alles, was uns gehört, auch heilig sein muß, oder mit andern Worten, daß wir Götter sind. Und das nennen wir dann Glauben und Patriotismus. Hindus und Christen sind gleich bereit, zu beweisen – und es können weise alte Männer mit langem weißen Bart sein – daß ihre Religion offensichtlich die einzige ist. Man muß selbst dahinter kommen, wie man eigentlich denkt, und wenn man dann Sonnenanbeter wird oder fanatischer Baptist, schön, viel Glück. Wenn man aber nicht selbst darüber nachdenkt, dann gesteht man damit ein, daß man sich unter Glück nichts anderes vorstellt wie ein alter Hund, der in der Sonne schläft. Und vielleicht ist der auch wirklich glücklicher als alle Forscher.«

Seine Argumente waren weder originell noch besonders logisch, er hatte sie zum größten Teil von Bone Stillman und Professor Frazer und aus Artikeln in radikalen Zeitschriften, die er hin und wieder gelesen hatte. Für Ruth aber, die in einem Haus mit drei Dienstboten aufgewachsen war, wo Diskussionen über Gott für ebenso taktlos galten wie Diskussionen über Sexualia, waren seine Ansichten erschreckend neu …

Carl und Ruth waren glücklich. Ihr Verkehr bestand aus denjenigen von Ruths Freunden, an denen sie festhielt, weil sie sie um ihrer selbst willen gern hatte, und einer phantastischen Zusammenstellung der verschiedensten Menschen, die Bekannte des Exfliegers waren. Die Ericsons führten das »Bruncheon« ein – ein Breakfast-luncheon – das heißt, es gab bei ihnen an den Sonntagvormittagen von zehn Uhr an Kaffee, Eier und ein Nierengericht, einen Bridgetisch, ein Sofa für Gespräche und einen Lehnstuhl für Sonntagszeitungen. Beim Bruncheon erzählte Walter MacMonnies Florence Crewden, wie er als Teilnehmer der Schließ-Banning-Expedition Südgrönland vom Flugzeug aus erforscht hatte. Beim Bruncheon sprach Bobby Winslow, der jetzt zum engeren Kreis gehörte, mit Carl über die letzten Baseballspiele. Beim Bruncheon musterte Phil Dunleavy zynisch alle Leute, die er nicht kannte, und spielte in einer Ecke mit Ruths Vater Piquet.

Carl und Ruth traten in den Peace Waters Country Club ein und verbrachten im Frühjahr 1914 fast jeden Sonnabendnachmittag mit Tennispartien und Tanzereien. Golf zu spielen weigerte sich Carl jedoch; er wiederholte, so oft die Rede darauf kam, den bereits abgenützten Witz, es sei eine Schande, einen so kleinen Ball zu mißhandeln.

Er schien mit Bureau, Haus und Tennisplatz zufrieden zu sein. Die Pläne für ihre Weekendausflüge, die am Sonnabend um acht Uhr früh vorgeschlagen und um zwei Uhr ausgeführt wurden, stammten immer von Ruth. Er selbst machte selten Vorschläge; ihm genügte seine Freude an Ruth. Wie viele Männer, die »Abenteurer« genannt werden, war er zu allem bereit, aber auch mit allem zufrieden.

Neununddreißigstes Kapitel

Die anscheinend nicht unerfreuliche Entwicklung, welche das Touricargeschäft im Spätfrühling des Jahres 1914 nahm, war das Resultat eines unökonomischen Energieeinsatzes von Seiten Carls. Er verfolgte selbst brieflich jeden Amateurflieger, jeden automobilisierten Großwildjäger, auf dessen Spur er kommen konnte. Er schenkte sich nie einen Nachmittag. Van Zile hatte alles Interesse an der Angelegenheit verloren. So oft Carl daran dachte, wie sehr die Entwicklung des Touricar-Geschäfts auf ihn gestellt war, machte er sich Sorgen über die Zukunft und beugte sich noch angestrengter über seinen Schreibtisch.

Gegen Ende Mai litt er einige Tage lang an Kopfschmerzen, Schlaffheit und Übelkeiten. Ruth log er vor: »Ich werd wohl beim Lunch was gegessen haben, was nicht mehr ganz frisch war. Du weißt ja, was man in den Gasthäusern kriegt.« Er gab jedoch zu, daß er sich eigentlich krank fühlte. Obwohl er keinen andern Wunsch hatte, als sich irgendwohin zu verkriechen, sich niederzulegen und ruhig zu sterben, ging er weiter ins Bureau.

Unmittelbar nach einem Sonntagsbruncheon, bei dem er sehr still war und elend aussah, legte er sich mit Typhus zu Bett.

Sechs Wochen lang war er krank. Täglich schien er mehr von der Jungenhaftigkeit zu verlieren, die ihn sein ganzes Leben lang hatte in der Sonne tanzen lassen. Dieser Verlust erschien Ruth wie ein hämischer Kobold, der dem Gespenst des Todes aufwartete. Stets an seinem Bett bleibend, nur hin und wieder die müden Augen mit Borwasser kühlend und an sein Lager zurückeilend, klagte sie um ihren verlorenen Jungen, während sie ihre Angst verbarg, dafür sorgte, daß ihre Blusen immer frisch, ihr Haar wohlfrisiert war, und den harten Mann, der so furchtbar still in seinem Bett lag, bemutterte … Er wurde nicht täglich rasiert; unter seinen hohlen Wangen wuchs ein heller Bart … Selbst wenn er nicht im Delirium lag, selbst wenn er verhältnismäßig bei Kräften war, sagte er niemals, bloß um der Jugend willen und des Zusammenseins mit ihr, etwas munter Törichtes.

Im Verlauf seiner Rekonvaleszenz war Carl so voll müden Sanftmuts, daß sie hoffte, der kleine Junge, den sie liebte, werde in ihm wieder zu neuem Leben erwachen. Aber die Schwingen des Falken schienen gebrochen. Zum erstenmal hatte Carl Angst vor dem Leben. Er saß da und machte sich Sorgen. Überlegte, was für Möglichkeiten der Touricar noch hatte, was für Stellungen er bekommen könnte, wenn es mit dem Touricar aus sein sollte. Er blieb gern den ganzen Tag müßig am Fenster sitzen, die Blicke auf einen schmalen, blutroten Streifen in der Decke gerichtet, die über seine Knie gebreitet war, über diesen Streifen ununterbrochen hinunter und hinauf, hinunter und hinauf fahrend, ganze Viertelstunden lang, während sie ihm Kipling und London und Conrad vorlas, um wieder den Lebensmut in ihm zu entfachen.

Ein süßer Tropfen war in ihrem Becher der Bitternis. Als Spielgefährten im Wald hätten sie nicht zu solcher Vertrautheit kommen können wie in diesen stillen traulichen Stunden.

Er begann ihr zuzusehn wie ein ernstes Kind, wenn sie im Zimmer umherging; und so fand sie wieder etwas von dem kleinen Jungen Carl. Doch es war nicht mehr der gleiche freche Junge, dessen Ungezogenheiten sie geliebt hatte. Aber das brave Kind, das dessen Stelle einnahm, vertraute ihr so sehr, baute so sehr auf sie ...

Sobald Carls Kräfte es gestatteten, fuhren sie auf drei Wochen nach Point Pleasant an der Jersey-Küste, wo ihn die Fichtenwälder und die Seeluft von seiner Schwäche heilten. Einmal schwammen sie sogar, und Carl lernte zwei neue Tänze, die sonderbarerweise »Fox Trot« und »Lu Lu Fado« hießen. Ihr Hotel glich einer großen Scheune: Veranden, weiße Flanellkleider und hübsche junge Juden, die aufgeregt mit jungen Jüdinnen plauderten. Aber der Tanzsaal hatte einen guten glatten Boden, und Ruth war so lange ohne Musik und Freude gewesen, daß sie jeden Abend tanzte und mit einem rätselhaften jungen Mann, der sich durch einen Harvard-Akzent, jüdische Gesichtszüge, schöne braune Augen und eine Schildpattbrille auszeichnete, einen freundlichen Flirt begann, während Carl, ein zufriedenes Mauerblümchen, zusah.

Erholt und frisch kamen sie in die Stadt zurück, und augenblicklich schmiedete Carl sich wieder an seinen Bureautisch, als hätten Krankheit und Erholung ihm nicht das mindeste von den Schönheiten des Spielens gezeigt.

Ruth hatte das Tanzen und Flirten in Point Pleasant nicht ernst genommen, aber als sie in diesem Sommer Tag um Tag in der halbverfinsterten Wohnung saß und unter der Hitze litt, mußte sie manchmal weinen, wenn sie an die mondbeschienene Promenade am Meer, an die Lichtreflexe auf dem Parkettboden des Tanzsaals, an das Scharren der von der Musik berauschten Füße dachte.

Die Wohnung war heiß und stickig. Die Sommerhitze drückte unbarmherzig auf sie, und die unablässig summenden Fliegen machten sie halb wahnsinnig. Sie saß müde auf einer Stuhlkante, haßte alles, die Hitze, die zudringlichen Fliegen, den Schweiß auf ihrer Stirn, die Feuchtigkeit ihrer Hände, und nahm immer wieder ein kaltes Bad, um frisch zu sein, wenn Carl heimkam, der müde Mann, den sie bemuttern mußte und den sie als Einziges auf der ganzen Welt nicht haßte.

Selbst an den nicht seltenen kühleren Tagen, wenn die Straßen und die Wohnung erträglich wurden, war es Ruth ziemlich gleichgültig, ob sie ausging oder jemand zu ihr kam. Außer den Dunleavys und wenigen andern waren alle, die sie kannte, außerhalb der Stadt, und Olives fröhliches, oberflächliches Geschwätz konnte sie nicht mehr hören. Mit Phil war es etwas besser. Er kam hin und wieder zum Tee, starrte die Bilder an den Wänden an und tat rätselhafte Äußerungen über völlig gleichgültige Dinge.

Das ist nicht die Geschichte Ruth Winslows, sondern die Geschichte Carl Ericsons, aber Ruths böse Tage gehören mit dazu, denn ihre Unzufriedenheit bedeutete für ihn ebenso viel wie für sie. Wenn er in seinem heißen, dumpfen Bureau saß, wußte er ganz genau, daß Ruth in der Wohnung lebendig begraben war. Er schlug ihr vor, sie solle verreisen, aber sie weigerte sich, ihn zu verlassen. Er bemühte sich um eine weitere Ferienwoche für sie beide, aber er konnte nicht fort und begriff allmählich, daß er nun ganz und gar ein Gefangener des Geschäftes war.

Die Touricar Company hatte bis jetzt noch niemals ihre eigenen Kosten getragen. Wie lange konnte sich der alte VanZile mit den Millionen begnügen, welche die Zukunft – vielleicht – bringen würde?

Carl nahm sich sogar Arbeit mit nach Hause, obwohl er um Ruths willen lieber frei gewesen wäre. Es war wirklich um ihretwillen; er selbst wäre ja auch ganz gern frei gewesen, aber er war in den Fängen der unaufhörlichen Überanstrengung. Es freute ihn, wenn sie ihn hin und wieder an den Abenden allein ließ und in den Peace Waters Country Club ging, um mit Phil und Olive Dunleavy an einem Tanzvergnügen teilzunehmen. Wenn sie heimkam und ihn noch immer bei seinen Berechnungen antraf, hatte sie ein schlechtes Gewissen, aber er summte Walzermelodien vor sich hin, während sie einen dünnen blauseidenen Schlafrock anlegte und ihr Haar aufmachte.

»Ich *kann* diesen scheußlichen Kerker nicht mehr ertragen«, schrie sie ihm schließlich eines Abends zu, als er nicht mit ihr zur Eröffnung eines Dachgartens gehn wollte.

Er knurrte zurück: »Brauchst du ja auch gar nicht. Warum gehst du denn nicht mit deinem widerlichen Phil und Olive? Ich hab ja so was natürlich gar nicht notwendig!«

»Hör einmal, mein lieber Freund, jetzt hast du es aber lang genug ausgenützt, daß du krank warst. Ich werde nicht bis in alle Ewigkeit die Krankenschwester spielen.« Sie schlug die Tür zu ihrem Schlafzimmer hinter sich zu.

Etwas später stolzierte sie höchst würdevoll wieder heraus und verließ die Wohnung. Er tat, als sähe er sie nicht. Aber sobald die Fahrstuhltür ins Schloß gefallen war, fehlte ihm Ruth. Sie kam sehr betrübt nach Hause – und fand einen ebenso betrübten Carl vor. Dann, als sie sich den Versöhnungskuß gegeben hatten, machten sie miteinander aus, daß sie sich nach jedem Streit noch vor dem Schlafengehn wieder aussöhnen würden, was immer auch zum Streit geführt hätte, wer auch daran schuld sein mochte … Aber die nächsten beiden Tage waren sie so unangenehm höflich zueinander und hatten so offenbare Angst vor einem Streit, daß der Streit unbedingt kommen mußte.

Carl war noch nicht ganz einen Monat wieder an der Arbeit, aber er hoffte, der Touricar verspreche doch wenigstens so viel Erfolg, daß er nicht mehr an den Abenden arbeiten müßte. Er mietete einen VanZile Wagen, schmiedete Pläne für Weekendausflüge, hoffte, sie könnten – –

Da explodierte die ganze Welt.

Gerade in dem Augenblick, als die Erfindung des Dämmerschlafs daraufhinzuweisen schien, daß die Welt zur Zivilisation gelangen könnte, stürzten sich die Mächte in einen Krieg, dessen Gründe noch kein Mensch erforschen konnte. Carl las am Morgen des 5. August 1914 die Zeitungsüberschriften in dem Wahn, nicht »Nachrichten« zu lesen, sondern Geschichte.

Zehntausend Bücher berichten vom Weltkrieg, schildern, wie bitter Europa darunter litt; dieses Buch soll berichten, daß Carl wie die meisten in Amerika den Krieg nicht begriff, selbst als die Rekruten des Kaisers mit deutschen und amerikanischen Fahnen den Broadway entlang marschierten, selbst als sein eigenes Geschäft davon bedroht wurde. Der Krieg war zu viel für seine Einbildungskraft.

Jeden Mittag kaufte er ein halbes Dutzend Extraausgaben und eilte zu den Nachrichtentafeln des *Times*- und des *Herald*-Gebäudes. Wenn er Schlagzeilen sah wie: »Russen marschieren in Preußen ein«, »Japan wird am Krieg teilnehmen«, »Flugzeuge und U-Boote greifen englischen Kreuzer an«, redete er sich ein, er sei eine Figur in einem jener phantastischen Weltkriegsromane.

»Unsinn!«, sagte er, »ich träume. So einen Krieg kann es gar nicht geben. Dazu sind wir viel zu zivilisiert. Ich kann beweisen, daß das Ganze unmöglich ist.«

In diesem Rätsel verwirrte Carl nichts so sehr wie die Frage des Sozialismus. Es war für ihn eine feststehende Tatsache gewesen, daß das Bündnis der französischen und der deutschen sozialistischen Arbeiter einen Krieg zwischen den beiden Nationen völlig unmöglich machte – und sein Wissen erwies sich als Ahnungslosigkeit, sein Glaube als Torheit. Er kaufte sich ein oder zwei sozialistische Zeitungen, um eine Erklärung zu suchen, und fand bei den Theoretikern und den Führern der Partei nur noch mehr Verwirrung. Auch sie begriffen nicht, wie das alles zustande gekommen war, und standen klagend inmitten der Trümmer des internationalen Sozialismus. Wenn deren Glaube verfinstert war, um wieviel mehr mußte es Carls unbestimmtes, ungeleitetes, optimistisches Träumen von einer Weltbrüderschaft sein.

Zwei Möglichkeiten standen ihm offen – den Sozialismus als Irrtum über Bord zu werfen, oder zu ihm zu halten als zu einer Lehre, die logisch war, sich aber bis jetzt noch nicht durchgesetzt hatte. Er beschloß, zu ihm zu halten; er konnte sich nicht vorstellen, daß er sich dem unsagbar pessimistischen Glauben auszuliefern vermöchte, die ganze Menschheit bestehe aus tierischen Dummköpfen, denen es unmöglich sei, nach dieser großen Sünde zu bereuen und sich vom Morden abzuwenden. Und was für andere Mittel gab es? Freilich, der Sozialismus hatte den Krieg nicht verhindert, aber die Monarchie und die Bureaukratie, die bürgerlichen Friedensbewegungen und die Kirche hatten es auch nicht getan.

Während eine ganze Welt im Krieg stand, dachte Carl vor allem an sein eigenes Geschäft. Er bildete keine Ausnahme. Die Presse war voll bestürzter Fragen, was mit Amerika geschehen würde. Zwei Wochen lang schien die Automobilbranche, abgesehen von einer großen Steigerung der Erzeugung von Kriegslastwagen, völlig darniederzuliegen. VanZile ließ Carl zu sich kommen und sprach pessimistisch über die Zukunft des Touricar – nun, da jeder Luxus bedroht war.

Doch der Mittelwesten versprach eine glänzende Ernte und Wohlhabenheit. Der Osten folgte; und langsam auch der Süden, obwohl die Ausfuhr für seine Baumwollernte versperrt war. Nach wenigen Wochen gingen alle Typen von Automobilen gut, ganz besonders teure Wagen. Es zeigte sich, daß das Automobil nicht mehr bloßer Luxus war. Das Geschäft versprach sogar mehr denn je, so rasch wurden die Wagen der kriegführenden Nationen zerstört.

Doch VanZile hatte einmal die Möglichkeit erwogen, der Sicherheit halber seine Beteiligung am Touricar zurückzuziehen, und schien sie auch weiter zu erwägen. Carl las sein Schicksal in VanZiles zerstreutem Wesen, und wenn VanZile sich zurückzog, mußte Carls Anteil wertlos werden. Aber er klammerte sich mit dem erschrockenen Trotz eines Jungen und mit der stillen Härte eines Mannes an seine Arbeit. Nie war die Furcht weit von ihm. Im Flugzeug hatte er niemals große Angst gehabt, er konnte, ganz allein, durch eigene Anstrengung gegen den Wind kämpfen, aber wie sollte er einen Weltkrieg oder eine Weltindustrie steuern?

Er suchte seine Besorgnisse vor Ruth zu verbergen, aber sie erriet sie. Eines Abends sagte sie: »Manchmal glaube ich, wir beide sind etwas Ungewöhnliches, weil wir wirklich frei sein wollen, und dann kommt so etwas wie dieser Krieg, und unser Butterbrot und unsere kleinen Kuchen sind in Gefahr, und da merke ich, daß wir gar nicht frei sind; daß wir genau dasselbe sind wie alle andern Gefangenen, darauf angewiesen, wieviel uns die Arbeit einbringt und wie schnell die Untergrundbahn fährt. Ach Liebling, wir dürfen nicht ganz darauf verzichten, ein wenig töricht zu sein, so ernst jetzt auch alles wird.« Sie stand ganz nahe bei ihm und legte ihren Kopf an seine Schulter.

»Freilich dürfen wir das nicht. Wir müssen nur um so mehr zueinander halten, wenn die Welt einen Anlauf nimmt und auf uns los geht.«

»Das wollen wir auch!«

Der Kriegswahnsinn dauerte weiter, und Carl bewegte sich, was seine Geschäfte betrafen, am Rande eines Abgrundes, aber mit der Zeit gewöhnte er sich daran. Der alte Carl erwachte in ihm zu neuem Leben und sagte lachend: »Laß doch das verfluchte blöde Geschäft zum Teufel gehn, wenn es will.«

Aber es wollte nicht zum Teufel gehn.

Es schleppte sich dahin, und Carl wurde nervös, dann munter sorglos, und schließlich wieder nervös, bis der Wechsel zwischen Niedergeschlagenheit und Galgenhumor ihn anekelte und Ruth sich den Kopf darüber zerbrach, ob er ein Bureausklave oder ein Freibeuter wäre. Da er beides auf einmal war, konnte er keines recht überzeugend sein. Sie machte ihm sein Schwanken zum Vorwurf, er gab Antworten; die Spannung zwischen ihnen wuchs …

Zu allen anderen Schwierigkeiten tauchte zum Entsetzen Ruths jetzt noch der muntere, aber sehr vulgäre Martin Dockerill, Carls früherer Mechaniker, auf.

Martin Dockerill war ebenso hager und scheu wie früher, er schrieb noch immer seiner Tante in Fall River Postkarten und hatte eine Schwäche für Operettenchoristinnen, aber er spielte (wenigstens in der Öffentlichkeit) nicht mehr Mundharmonika, weil er so wohlhabend geworden war, daß er ein gewisses Dekorum wahren mußte.

Weder er noch Carl kamen auf den Gedanken, daß Martin nicht »jederzeit«, so oft er kommen wollte, »willkommen« war, daß Ruth sich nicht freute, wenn er von betrunkenen Abenteuern und seinen Gedanken über die Verwendung des Automobils in der Kriegführung erzählte. Weil Ruth lächelte, meinte Martin, sie interessiere sich für seine Theorien über die Luftaufklärung im Krieg ebenso sehr wie Carl.

Ruth wußte längst, daß Carls Leben zum größten Teil mit Dingen ausgefüllt gewesen war, die ganz außerhalb ihrer Sphäre lagen, aber sie hatte es gewußt, ohne es auch wirklich zu empfinden. Seine Gespräche mit Martin machten ihr klar, wie zufrieden er auch ohne sie mit seinem Leben gewesen war. Sie begann zu fürchten, daß er das Fliegen wieder aufnehmen könnte.

So kam es zu ihren ersten ernsthaften Streitigkeiten; es waren nicht viele, und nach ein oder zwei Tagen hatten sie sie wieder vergessen; aber mindestens drei hitzige Auseinandersetzungen waren darunter, bei denen beide glaubten, damit sei »alles aus«. Sie stritten immer über das eine, wovor sie schon vorher Angst empfunden hatten, über die Notwendigkeit des Streitens.

Und immer wieder kam Martin Dockerill als ausgezeichneter Anlaß zu Meinungsverschiedenheiten.

Ruth hatte nichts gegen Martins Derbheit einzuwenden, aber als der frühere Mechaniker dahinter kam, daß er mehr Geld verdiente als Carl, und diesen in ihrer Gegenwart fragte, ob er nicht einen kleinen Pump bei ihm aufnehmen möchte, da haßte sie Martin, ohne sich einen Grund dafür nennen zu wollen. Es wurde ihr unmöglich, etwas anderes in ihm zu sehn als einen Bauernlümmel, einen emporgekommenen Dienstboten, dessen Freundschaft mit Carl lediglich darauf hinwies, daß ihr Mann gleichfalls ein »Outsider« sei. Fest davon überzeugt, höchst vornehm und zurückhaltend zu sein, fragte sie Carl, ob es denn keine Möglichkeit gebe, Martin taktvoll darauf aufmerksam zu machen, daß es völlig genügen würde, wenn er alle vierzehn Tage einmal und nicht jede Woche zwei- bis dreimal käme. Carl ärgerte sich. Sie sagte wütend, was sie sich wirklich dachte, und zog sich für den Abend zu Tante Emma zurück. Bei ihrer Rückkunft erwartete sie einen Carl vorzufinden, der ebenso reuevoll wäre wie sie selbst. Unglückseligerweise galten demselben Carl, der erklärt hatte, es sei purer Egoismus, seine Religion oder sein Vaterland für etwas Heiliges zu halten, seine Freunde als heilig. Er ging im Wohnzimmer auf und ab und wartete auf einen Kampf – und seine Erwartung erfüllte sich auch.

In der Meinung, nichts weiter als furchtlos offen zu sein, übertrieben sie in der Erinnerung alles, worunter sie gelitten zu haben glaubten. Ruth wies darauf hin, daß Carl für Florence Crewden ebenso wenig übrig hätte, wie sie für Martin. Sie klagte ihn von neuem des Schwankens an, spottete über Walter MacMonnies (den sie in Wirklichkeit gern hatte), über Gertie Cowles (die sie gar nicht kannte) und sogar, wenn auch zaudernd, über Carls ländliche Verwandte.

Und Carl war ebenso unangenehm. Nach ihrem letzten Angriff nannte er sie eine degenerierte New Yorkerin und schlug die Tür zu seinem Schlafzimmer hinter sich zu. Ihr Gelübde, nicht zu Bett zu gehn, ohne vorher jeden Streit geschlichtet zu haben, war gebrochen.

Als sie am nächsten Morgen zum Frühstück kam, war er bereits fort.

Am Abend waren sie wieder von gefährlicher Höflichkeit. Martin Dockerill kam, und Carl sprach absichtlich von den Schönheiten eines Vagabundierens, das für sie offensichtlich völlig unmöglich war. »Ich weiß nicht«, sagte er, »aber am schönsten ist es doch, wenn man morgens hinter irgend einem Holzstapel aufwacht und dann zur Bahn geht und schwarz irgend wohin fährt; man hat keine Ahnung, wo man eigentlich ist, und alle Eisenbahner und Polypen sind hinter einem her. Das nenn ich Leben!«

Als Martin gegangen war, warf Carl einen Blick auf Ruth. Sie nahm eine steife Haltung ein und tat so, als wäre sie ganz in eine Zeitschrift vertieft. Er nahm aus dem Durcheinander von Papieren und Briefen, das er immer in der Brusttasche seines Rockes mit sich herumführte, eine aus einer Zeitung herausgeschnittene Kriegskarte hervor und zog Linien darauf. Dann holte er aus seinem Zimmer ein dünnes Büchlein, das er sich an diesem Tag gekauft hatte. Er las gespannt darin. Ruth gelang es, zu sehn, daß das Buch den Titel *Flugzeuge und Luftaufklärung bei den europäischen Heeren* trug.

Sie sprang auf und rief: »Falke! Warum liest du das?«

»Warum soll ichs denn nicht lesen?«

»Du denkst doch nicht daran – – Du – –«

»O nein, ich werd wohl nicht die Traute haben, mich jetzt zu melden. Du hast mir ja schon zu verstehn gegeben, daß ich ein Schlappschwanz bin.«

»Aber warum schließt du mich so von deinen Gedanken aus? Warum tust du das?«

»Du guter Gott! Sollen wir denn mit dem Ganzen noch einmal anfangen? Wir haben das ja schon oft genug durchgekaut, und ich hab wirklich keine Lust mehr, dir zu sagen, daß es nicht wahr ist.«

»Ich bitte sehr um Entschuldigung, Falke. Vielen Dank dafür, daß du mir klargemacht hast, daß ich nichts anderes bin als eine dumme kleine Durchschnittsfrau.«

»Ich danke dir dafür, daß du mir gezeigt hast, daß ich plump und brutal bin. Das hast du ja schon oft genug getan. Daß ich die Fliegerei aufgegeben hab, hat natürlich nichts zu sagen.«

»Ach, werd nicht tragisch. Oder wenn es schon sein muß, dann vergiß nicht, mir zu sagen, daß ich dir dein Leben ruiniert habe.«

»Bitte. Ich werde nichts mehr sagen, Ruth.«

»Sieh mich nicht so an, Falke. So hart. So beobachtend … Kannst du denn nicht begreifen – – Hast du gar kein Verständnis? Kannst du nicht begreifen, wie schwer es für mich ist, nach

dem gestrigen Abend zu dir zu kommen und zu versuchen – –
«

»Sehr nett von dir«, sagte er finster.

Mit einem Ach-Schrei lief sie in ihr Schlafzimmer.

Er konnte sie schluchzen hören, er fühlte, wie ihr Schmerz ihn hinüberzog. Aber diesmal sollte kein Frauenarm seinen Groll betäuben. Er hatte ganz entschieden keine Lust, zu ihr hinüberzugehn. Es war ja so müßig, sich zu versöhnen und zu streiten, sich wieder zu versöhnen und zu streiten. Es brachte ihn ganz aus der Fassung, daß ihr Weinen nebenan so deutlich forderte, er solle kommen und Frieden schließen. Er knurrte: »Verflucht!«, riß seinen Mantel vom Haken und ging aus der Wohnung – um elf Uhr an einem kalten Novemberabend.

Vierzigstes Kapitel

Alle Probleme des Lebens wirbelten in seinem Kopf herum; er merkte gar nicht, wohin er ging. Irgendwo stieg er in eine Straßenbahn ein, dann kaufte er sich eine schwere Zigarre, später saß er wieder in einem Straßenbahnwagen, der ihn nach Long Island brachte. Bei der achten oder zehnten Haltestelle stieg er aus, als der Wagen gerade wieder anfahren wollte. Dann ging er weiter, bis er auf einmal draußen auf dem Land war.

Es erschreckte ihn, daß er Ruth verlassen hatte, aber er hatte nicht den Wunsch zurückzugehn; er wollte sie nicht einmal anrufen. Er mußte dahinter kommen, was mit ihm los war; dahinterkommen, was er zu tun hatte.

Er war schon viele Meilen gewandert. Ein Wegweiser zeigte ihm in der trüben Dämmerung des nahenden Tages, daß er nicht weit von Mineola war. Das brachte ihn auf den Gedanken, den nahegelegenen Flugplatz aufzusuchen und dort den Morgenflügen zuzusehn.

Nachdem er an einem Imbißwagen heißen Kaffee getrunken und eine Kleinigkeit gegessen hatte, suchte er den Flugplatz auf. Es war fast niemand zu sehn. Schließlich fand er ein Schuppentor offen, aus dem gerade drei verschlafene junge Leute in Sweatern und Khaki-Hosen einen Eindecker herausschoben.

Carl sah beim Start zu, freute sich über die Musik des Motors und beobachtete dann den Flug. »Mm. Ganz gut. Sehr anständig. Ich könnte vielleicht größere Geschwindigkeit rausholen. Würd es gern wieder mal probieren.«

Überrascht merkte er, daß er eigentlich gar nicht fliegen wollte, daß nur seine Lippen gesagt hatten: »Würd es gern wieder probieren.« Er hatte so wenig Beziehung zur Aviatik, als ob er nie geflogen wäre. Er ertappte sich dabei, daß er Ruth diese Entdeckung in einem erträumten Gespräch mitteilte.

Der Eindecker machte eine glatte Landung; der Pilot und sein Mechaniker schoben die Maschine zum Schuppen. Carl wurde von ihnen gar nicht beachtet. Er begriff, daß er hier, wo er einmal geglänzt hatte, für diese Leute nicht mehr als ein ganz gewöhnlicher Zuschauer war.

Dann sah ihn der Pilot aber doch an, ging auf ihn zu und rief aus: »Sagen Sie, sind Sie nicht Falke Ericson? Das ist aber eine Ehre. Ich habe gehört, daß Sie irgendwo in New York stecken. Einmal am Abend im Aeroklub sind Sie mir sozusagen gerade vor der Nase weggelaufen. Ich wollte Sie etwas wegen des Bagby-Hydro fragen. Wollen Sie nicht reinkommen und mit uns ne Tasse Kaffee trinken? Wäre eine große Ehre für uns. Berry ist mein Name.«

»Danke schön. Wird mir ein Vergnügen sein.«

Während die jungen Leute ihn bewunderten und sich an diesem neunundzwanzigjährigen Veteranen inspirierten, gaben sie ihm seinen Glauben an sich selbst wieder. Er war klein und demütig gewesen. Sie schenkten ihm wieder Selbstvertrauen, überzeugten ihn davon, daß er jemand war, daß es einen Wert hatte, zu leben.

Doch die ganze Zeit wußte er, daß er allein sein wollte, um im Geiste mit Ruth zusammen zu sein. Und so halb und halb wußte er auch schon, daß er nach Mineola zurückeilen und mit ihr telephonieren wollte.

Als er die Straße entlangtrabte, dachte er nur an sie. Es fiel ihm nicht ein, daß er hier einstmals Istra, die Malerin Istra Nash, kennen gelernt hatte, auf deren Namen er sich kaum besinnen konnte. Istra war ein Zufall; Ruth war der Sinn seines Lebens.

Und mit einemmal kam die Lösung des Problems, als ihm plötzlich klar wurde, worin das Problem bestand.

Ruth und er mußten sofort weg; irgendwohin, ganz gleichgültig wohin, solange sie nur auf neuen Wegen gingen und miteinander gingen. Nach dieser einsamen Nacht wußte er positiv, daß er in der Freiheit, nach der es ihn verlangte, nicht glücklich sein konnte, wenn er nicht sie zum Kameraden hatte. Und er wußte auch, daß sie das Einzige, wofür ihre Ehe überhaupt da war, nicht getan hatten. Sie waren nicht ganz einfach ein Mann und eine Frau. Sie waren ein Mann und eine Frau, die gelobt hatten, neue Horizonte für einander zu finden.

Er wußte ganz genau, daß es für Ruth und ihn – nicht für jedermann, aber sicherlich für Ruth und ihn – nur eine Pflicht gab: die Pflicht zur Freiheit, und daß sie diese Pflicht auch erfüllen mußten.

Am Telephon sagte er: »Ruth, ich bin gleich zu Hause. Ich bin die ganze Nacht gegangen. Jetzt ist mir alles klar geworden. Ich bin draußen in Mineola. Mit mir ist alles wieder in Ordnung, mein Kind. Ich kanns gar nicht erwarten, daß du auch so weit bist. Ich bin ungefähr in einer Stunde zu Hause.«

Sie antwortete in so gleichgültigem Ton, daß ihm auf die niederschmetterndste Weise klar wurde, er müsse erst Verzeihung dafür erlangen, daß er wütend fortgelaufen war; er müsse erst den Panzer des Grolls sprengen, in dem sie jetzt noch stak.

Erst als er in seinem Stockwerk den Fahrstuhl verließ, begriff er, daß Ruth ihn vielleicht gar nicht erwartete, vielleicht fortgegangen war. Er blickte unentschlossen zur Gittertür des Fahrstuhls und schlug sie dann zu.

»Wie ich angerufen habe, war sie da – –«

Er wartete. Vielleicht kam sie nachsehn, ob er heraufgekommen wäre.

Es zeigte sich nichts. Er legte die endlose Entfernung der drei Meter bis zur Eingangstür zurück, öffnete und ging mühselig durch die kleine Diele ins Wohnzimmer. Sie war zu Hause. Auf die Seitenlehne des Diwans gestützt, stand sie da, mit rotgeränderten Augen und einer angespannten Miene, die alles bedeuten konnte: Feindseligkeit, Angst, scheue Sehnsucht. Er streckte ihr seine Hände entgegen wie ein Gefangener, der um Gnade fleht. Sie breitete die Arme aus. Er vermochte kein Wort hervorzubringen. Die plumpen Laute, die »Worte« genannt werden, konnten den Sturm seiner Gefühle nicht ausdrücken. Er lief auf sie zu, und ihre Arme umfingen ihn. Er hielt sie fest und gab sich ganz in dem Kuß auf. Sein abgematteter Geist entspannte sich; ihr Körper entspannte sich in seinen Armen. Er wußte, nicht nur mit dem Verstand, sondern mit den gewaltigeren Kräften, die Verstand und Gefühl und Leib regieren, daß sie einander liebten.

»Jetzt ist auch bei mir alles in Ordnung«, sagte sie schließlich; »so wunderschön in Ordnung.«

»Ich muß dir noch alles erklären, ich hab allein sein müssen; dahinterkommen. Ich muß wohl einfach schauderhaft gr – –«

»Ach nein, nicht erklären! Unser Kuß hat ja alles erklärt.«

Als sie auf dem Diwan saßen und miteinander sprachen, war Ruth wie Carl der Meinung, daß sie augenblicklich, bevor es zu spät würde, fort müßten. Aber sie bestand darauf, praktische Pläne zu machen, und sie war es, die verwundert fragte: »Aber was würde denn geschehen, wenn alle so davonliefen wie wir? Wer würde die Kinder pflegen und dafür sorgen, daß die Felder gepflügt werden, damit die, die davongelaufen sind, etwas zu essen haben?«

»Ach«, rief Carl, »ich wollte, das wäre unser schwierigstes Problem. In tausend Jahren vielleicht, wenn alle so künstlerisch geworden sind, daß sie Bücher schreiben wollen, wird es schwer sein, genug Menschen zu finden, die sich abrackern wollen. Aber jetzt – – Sieh dir doch alle Bureaus an, in denen die Angestellten Tag für Tag schuften, sogar die unverheirateten. Sieh dir doch alle die jungen Familienväter an, die auf alles, was sie wünschen, verzichten, um Kinder groß zu ziehen, die dann wieder für ihre Kinder dasselbe tun werden. Die Lebensfackel wird immer weiter gegeben, aber niemand hat etwas davon. Die Menschen laufen vor der Sklaverei nicht oft genug davon, und deshalb kommen sie auch nie zu richtiger Arbeit.«

»Aber mein Herz, was soll sein, wenn wir eines Tages Kinder haben? Du weißt – – Natürlich, bis jetzt wollen wir ja gar keine, aber einmal könnte es doch dazu kommen, und wie sollen wir dann herum wandern – –«

»Ach ja, wahrscheinlich werden wir einmal Kinder haben, und dann werden wir eben wie die andern unsern Anteil am Schuften und Abrackern auf uns nehmen müssen. Unsere liebe Zivilisation bestraft ja nichts so sehr wie das Kinderkriegen. Wenn du Nahrungsmittel durch Verfälschung vergiftest, kannst du zu fünfzig Dollar verknallt werden, aber wenn du Kinder kriegst, nennt die Welt das ein Wunder – was es auch ist – und dann brummt sie dir schleunigst lebenslängliche Angst vor dem Boss auf.«

»Also Liebling, ich kann ja nichts dafür.«

»Ich wollte gar nicht so geschwollen daherreden. Aber es macht mich immer wütend, wenn ich daran denke, wie der

Staat die Menschen dafür bestraft, daß sie arbeiten und Kinder kriegen wollen. Wer weiß, wenn genug von uns aus der braven normalen Tretmühle davonlaufen würden, dann würden die Menschen vielleicht anfangen darüber nachzudenken, wozu sie sich eigentlich damit abschinden, Unmengen von Alkohol und allen möglichen Dingen zu erzeugen, die kein Mensch braucht.«

»Vielleicht, mein Falke … Aber meinst du nicht, daß wir uns in deiner Hütte in den Rocky Mountains langweilen könnten, wenn wir ungezählte Monate dort wären?«

»Ja, das wird schon so sein«, meinte Carl nachdenklich. »Die Rebellion gegen ein enges Eheleben muß viel mehr sein als eine so kleine Veränderung wie von der Stadt aufs Land ziehen. Für manche Menschen ist es wahrscheinlich das Schönste, in einer unordentlichen Wohnung zu leben und viel Leute bei sich zu haben, und für andere, irgendwo in der Vorstadt zu wohnen und zu sehn, daß das liebe Weibchen Präsidentin vom Verschönerungsverein wird. Für uns aber, glaub ich, ist das Schönste, Abwechslung und *nie stehen bleiben*.«

»Ja, das glaube ich auch. Falke, mein Falke, ich bin fast die ganze Nacht wach geblieben, und da ist mir klar geworden, daß wir wirklich eins sind. Nicht wegen irgend einer Trauungszeremonie, sondern weil wir einander im Ernst und im Spiel verstehn können. Ich wußte, daß wir es von neuem versuchen müssen, was immer auch geschehn ist … Ich habe in der letzten Nacht ganz allein eingesehn, daß es sich nicht darum handelt, wer gerade an einem Streit schuld war; daß es niemandes ›Schuld‹ war, sondern ganz einfach die Verhältnisse, und die werden wir ändern … Wir wollen keine Angst davor haben, frei zu sein.«

»Nein! Himmel! ist das Leben schön!«

»Ja! Wenn ich bedenke, wie herrlich das Leben sein kann – so wunderbar herrlich – dann weiß ich, daß alle Propheten die Menschen lieben müssen. Und wenn sie auch noch so sehr über die Nichtswürdigkeiten klagen, an die das Leben vergeudet wird … Aber ich bin kein Prophet. Ich bin ein Mädchen, das schrecklich verliebt ist, und will nichts anderes, als daß du bei mir bleibst.«

Drei Monate später, im Februar 1915, reisten Ruth und Carl zu Schiff nach Buenos Ayres, Amerikas neuem Exportmarkt. Carl war Vertreter der VanZile Motor Corporation für die Republik Argentinien, war im Besitze eines höchst unwichtigen Gehalts, aller erdenklichen Möglichkeiten zu großen Geschäftsabschlüssen und schöner, kometengleicher Hoffnungen. Ihr Glück war wie ein Zauber. Sie hatten nicht wieder gestritten.

Das D. S. *Sangrael*, Ziel Buenos Ayres und Rio, war vom Schnee in den Sommer gefahren. Carl zitierte Kipling:

»›The Lord knows what we may find, dear lass,
Und the deuce knows what we may do –
But we're back once more on the old trail, our own
  trail, the out trail,
We're down, hull down on the Old Trail – the trail
  that is always new.‹

Auf jeden Fall«, erklärte er, »weiß nur der Teufel, was wir nach Argentinien machen werden, und das ist mir auch piepegal. Und dir?«

Zur Antwort drückte sie ihm die Hand, und er redete weiter:

»Ach siehst du, Kind, jetzt hab ich doch, bevor wir von New York abgereist sind, ganz vergessen, im Adreßbuch nachzusehn, ob es eine Gesellschaft zur Verbreitung von Verrücktheiten unter den Wohlanständigen gibt. Die hätte uns doch als Missionare ausschicken können … Da ist ein fliegender Fisch; und morgen werd ich nicht sehn müssen, wie Angestellte die Uhr stechen; und du wirst hören können, wie ein Matrose die Ventilatoren umstellt; und da oben auf dem Fockmast hockt ein kleiner Stern, der singt; aber das Schönste und Großartigste ist, daß du hier neben mir bist, und daß wir in Fahrt sind. Wie herrlich ist doch das Leben, wenn man nicht darauf verzichten muß zu leben, damit man genug Geld zum Leben verdient.«